Valeria al desnudo

Elísabet Benavent

Valeria al desnudo

Papel certificado por el Forest Stewardship Council®

MIXTO
Papel procedente de
fuentes responsables
FSC® C117695

Primera edición: mayo de 2020
Segunda reimpresión: junio de 2020

© 2020, Elísabet Benavent Ferri
© 2020, Penguin Random House Grupo Editorial, S.A.U.
Travessera de Gràcia, 47-49. 08021 Barcelona

Printed in Spain – Impreso en España

ISBN: 978-84-9129-496-2
Depósito legal: B-4151-2020

Compuesto en Punktokomo S. L.

Impreso en EGEDSA
Sabadell (Barcelona)

SL 9 4 9 6 2

Penguin
Random House
Grupo Editorial

A mis padres por todo. A Lorena por ser la mejor
hermana del mundo. Y a Bea por su pasión.

Querida Valeria:

A veces me da por pensar si habrás sido consciente, alguna vez, de lo que significas para mí. Y no me refiero tanto al camino que inicié contigo, sino a lo mucho que, en tu andadura, me enseñaste.

Muchas de las cosas que sospechaba acerca de la vida se confirmaron en mi viaje a tu lado. Una de tus lecciones fue que la amistad debe cultivarse día a día como un arte frágil y bello que germina y se convierte en algo fuerte que va más allá del uno más uno. Contigo y con las chicas asumí la añoranza, abracé mis soledades y abrí una ventana enorme desde la que mantener cerca a mis amigas siempre... A aquellas que fueron la génesis de vuestras conversaciones, de vuestras situaciones, de vuestras ansiedades.

Valeria, entre tanto vivir y recorrer Madrid, me enseñaste que la amistad es una de las formas más puras de amar.

Gracias a tus aventuras y desventuras aprendí sobre la inspiración y sobre cómo gestionar el vacío, la nada que dejan las musas cuando se largan a darle cuerda a otro muy lejos de mi ordenador. Y, aunque a veces sigo viviendo la paralizante pesadilla de la página en blanco, te recuerdo a ti, con tu moño alto y despeinado, con tus pantalones viejos de andar por casa y... un poco se me pasa. Porque es en la vida, en la de verdad, donde encontraremos siempre el hilo del que tirar y esto, querida, es una lección tuya.

No te sorprenderá si te digo que me enseñaste mucho sobre el amor propio. Quizá había mucho de mí en tu desaliño inicial. Yo también pasé por eso, por estar triste y hacer de un jersey desbocado lleno de pelotillas mi mejor amigo. Pero, junto a ti, entendí que en ocasiones algo frívolo puede hacernos felices y me encontré de nuevo, a veces en la alegría de un pintalabios rojo; y otras, en la comodidad de un zapato plano, ¿qué más daba? Porque de ti aprendí que no hay que juzgar las apariencias y que tampoco podemos limitar nuestra vida, nuestra felicidad, solo por el qué dirán. Creo que no me equivoco si digo que practicamos juntas eso de querernos más…, más y mejor, que en esto del amor, ya sea propio o a terceros, la calidad pesa más que la cantidad.

¿Y Madrid? Cuánto me enseñaste de Madrid. Aprendí a caminar por sus calles con seguridad, a convertir esta ciudad en la cómplice perfecta en la búsqueda de aquello que nos hace felices. Ay, Madrid…, tan enorme, tan inabarcable, tan ruidosa… Personaje también protagonista de estos libros.

Con ella te dejo en estas páginas, Valeria. Con tu Madrid, que es el mío, pero también con ellas, con Lola, con Carmen, con Nerea, que tienen aún mucho que respirar. Te dejo con tus recuerdos de Adrián, con tu valentía para intentar rehacer tu vida con Bruno y con Víctor…, con ese Víctor que tanto te cuesta olvidar. Estoy segura de que con todo esto harás algo bonito.

Querida Valeria…, gracias. Por la vida que empezamos a vivir juntas, por los retos, por las ilusiones, por las puertas que abriste para que yo pudiera entrar, por el Madrid que descubriste a mis ojos y por los consejos. Ahora solo queda que permitas que esta vez sea yo quien te dé uno: deja de coger taxis, querida; en Metro se llega a todas partes.

Te quiere,
Elísabet

Prólogo

Julio

Hacía un mes que no veíamos a Carmen. Un mes es mucho tiempo para el tipo de amigas que somos nosotras. No es que la hubiéramos perdido después de su boda, como tantas chicas que cambian de chip y de vida olvidando a sus amigas solteras. No. Es que la tía se había pegado un viaje y unas vacaciones de kilo, así, en lenguaje coloquial.

Dos días después de la boda se fue y ni siquiera pudimos despedirnos porque su noche de bodas duró cuarenta y ocho horas, según dicen las malas lenguas. Bueno, estoy siendo demasiado malévola. En realidad la parejita quiso quedarse en su nueva casa para ponerlo todo en perfecto orden antes de irse de viaje. Claro, con el follón de la boda no habían tenido aún tiempo de disfrutar de esas rutinas del nidito de amor.

Después la luna de miel... de dieciocho días. Nueve a Japón. Nueve a Bali. Así, poquita cosa. Como quien se va un fin de semana a Benidorm.

Perdón. No soy yo la que escribe, es mi envidia cochina.

Y tras esos dieciocho días de viaje (ya llevábamos veinte sin verla) trató de deshacerse del *jet lag* en su casa durante dos días, aludiendo a unos tremendos mareos que no se había podido quitar, seguramente por el cambio de horario y la falta de sueño. Cuentan las malas lenguas, sin embargo, que estuvo entregada al… amor.

Vale, vuelvo a ser mala.

En fin, después se marchó unos días al pueblo con sus padres y a la vuelta tuvo que estar dos días cumpliendo con compromisos de su familia política, tales como dar las gracias por los regalos de la boda.

Y allí estábamos, un mes después de su boda, preparando cócteles y cuencos con chuches en mi casa, esperando que nos lo contara todo (todo es todo, estimado Borja) y nos enseñara las fotos del viaje, que es algo que suele hacer mucha ilusión a las recién casadas.

Cuando sonó el timbre, Lola, que no podía esconder su emoción, se levantó del cojín sobre el que estaba sentada y se fue a abrir. Yo andaba en ese momento en la cocina y Nerea estaba sentadita en el sillón, con las piernas encogidas.

Oí a Carmen saludar efusivamente y a Lola lanzar una exclamación, tras la cual se escuchó un silencio denso. Luego solo un carraspeo de Nerea. Salí a ver si es que se le había ocurrido la peregrina idea de venir acompañada de Borja, pero lo que me encontré fue a una sonrojada Carmen con un par de kilos de más. Bueno, eso es un eufemismo. A decir verdad, de un tetazo nos habría podido matar a las tres… a la vez. Llevaba una camiseta blanca desbocada que destacaba su moreno… y su barriga, que no pude evitar quedarme mirando durante unos segundos.

Después, tomando las riendas de la situación, me abalancé sobre ella para abrazarla y cubrirla de besos.

—Pasa, pasa. ¿Qué tal? Pero ¡cuéntanoslo todo! ¿Qué te pongo?

Ella pasó, mirando a Lola, a Nerea y a su propia barriga alternativamente.

—Os he traído unas tonterías —dijo enseñándonos una bolsa de la que salían unos paquetes—. Son unos kimonos japoneses. Podéis usarlos de bata para estar por casa, así en plan erótico glamuroso.

Y el tono de su voz era… tenso. No sé si porque estaba ofendida porque la hubiéramos mirado como lo habíamos hecho (y Lola seguía haciéndolo) o por otra cosa.

Nerea se levantó del sillón para darle dos besos, un abrazo y cederle el asiento, que ella no rechazó. Antes de que Carmen nos diera nuestro regalo y ante la conmocionada mirada de Nerea y mía, Lola le dijo:

—Oye, Carmenchu, ¿te has tragado un melón?

Muy bien, Lola. Tú sí que sabes tratar a una mujer.

Eso es lo que comúnmente se conoce como tener el mismo tacto que un guante de crin. Creí que Carmen, con razón, se levantaría y se iría o no sé, le tiraría la mesa de centro a la cabeza, pero no hizo nada más que resoplar. Después nos miró con sus enormes ojos algo asustados y abrió la boca.

—Bueno, chicas, veréis… ¿Os acordáis de que la semana pasada tenía *jet lag* y…?

—¿Y te la pasaste comiendo donuts porque te dijeron que quitaban el mareo? —la interrumpió Lola.

Esta vez me pilló lo suficientemente cerca como para que pudiera arrearle una colleja.

—Eres muy graciosa, Lola —Carmen sonrió—, pero lo que pasa es que estoy casi de catorce semanas.

—¿Catorce semanas de qué? —dijo Lola sin despeinarse.

Nerea se dejó caer en el cojín y yo me tapé la boca abierta de par en par con las dos manos mientras cogía aire exageradamente.

—Catorce semanas de embarazo, Lolita, cielo. —Carmen sonrió y se acarició el vientre—. Ya se me empieza a notar, claro. Son tres meses y medio.

—No entiendo —contestó una estupefacta Lola.

—Pues que… voy a ser mamá. Y por extensión, tú vas a ser tía.

Agosto

Lola y yo salíamos de casa de Carmen. Eran las nueve de la noche y decidimos que sería genial terminar la noche en uno de esos restaurantes indios con terraza de Lavapiés. Lola iba enumerando todo lo que íbamos a pedir cuando sonó su móvil.

—Que no se me olvide pedir *cheese naan*. Me vuelve loca. Un mordisco y me pone los pezones para tallar diamantes. —Hizo una pausa, en la que se apartó el pelo hacia un lado y se colocó el teléfono en la oreja—. ¿Dónde andas, que estoy loca por mi tigre?

Me paré en la calle para encenderme un cigarro y Lola me lo robó de entre los labios para fumárselo ella. Repetí la maniobra.

—No sabes cuánto me alegro de que te llovieran chuzos de punta. Te tendrían que haber llovido ranas, maldito mamón desalmado. —Lola reanudó el paso y se echó a reír a carcajadas—. No, no estoy con Rai. Si vienes puedes hasta tocarme las tetitas, que sé que tienes ganas. —La miré de soslayo. ¿Con quién narices estaría hablando?—. Espera. —Lola dejó caer el brazo con el teléfono y susurrando me dijo—: ¿Te importa si viene? Hace como un trillón de años que no lo veo.

—¿Quién es? —le pregunté.

—Es Víctor.

La sangre me bajó de la cabeza a una velocidad pasmosa y me mareé. Lola me miró alucinada.

—Yo… Yo me voy. ¿Vale?

—Pero Val…

—Me voy. Te quiero, ¿vale?

Sin pensarlo ni un segundo di media vuelta y me marché andando todo lo rápido que mis sandalias de tacón me permitieron. Cuando llegué a la boca del metro me costó horrores introducir el billete por la rendija. Me temblaban tanto las manos que apenas podía controlarlas.

Recibí varias llamadas aquella noche. Una no me la esperaba.

Lola decidió que no iba a quedarse con todas las cosas que opinaba sobre mi huida y en una perorata de veinte minutos me puso a caldo. Casi no me dejó ni hablar, pero tampoco es que yo tuviera mucho que decir al respecto. No tenía sentido salir corriendo despavorida por el simple hecho de que ella nombrara a mi ex. Un ex que, además, era algo así como su mejor amigo. Y no, no me parecía adulto.

Si Lola hubiera sabido cómo terminó la noche de su fiesta de cumpleaños y yo me hubiera esforzado por explicarle qué me había empujado a decidir que Bruno era la única opción viable, me habría entendido, aunque solo fuera en parte. Pero es que carecía de toda esa información y a mí no me apetecía en absoluto darla.

Así que… chitón. Me callé, agaché la cabeza y acepté la bronca como un niño que sabe que le han pillado con la mano dentro del tarro de las galletas.

Cuando nos despedimos y colgué el teléfono creí que habría solventado todas las crisis por el momento, pero es que no me esperaba la siguiente llamada.

—¿Sí? —contesté muy extrañada al recibir una llamada a aquellas horas.

—Espero no haberte despertado, pero tenemos que hablar. —La voz de Víctor, seria, serena y decidida, por poco me provocó una angina de pecho. Me llevé la mano hasta la frente y me senté delante de la ventana abierta—. No podemos permitir que lo de hoy se repita, Valeria, entre otras cosas, por Lola. Pero ella no es la única razón por la que deberíamos comportarnos como dos personas adultas y dejar a un lado esta historia.

—No —susurré.

Víctor parecía tener muy claro lo que debía decir porque no titubeaba, no dudaba. Todas las palabras salían de su boca con una contundencia sumamente educada. Como quien resuelve un problema de trabajo que no quiere arrastrar por más tiempo.

—Las cosas fueron mal. Nos hemos equivocado muchas veces, pero no es justo para ninguno de los dos. Esta noche me has hecho sentir francamente mal.

—Yo… —balbuceé—. No tenía esa intención.

—Lo imagino. Pero los dos tomamos nuestras propias decisiones después de aquella noche, Valeria. Yo decidí sincerarme. Tú seguir con Bruno. No suframos más de la cuenta.

—Tienes razón. Al menos hasta cierto punto.

—Tengamos inteligencia emocional. Si cargamos toda la vida con las cosas malas que quedaron terminaremos por destrozar las que de verdad merecen la pena.

—Lo mejor sería tener una relación cordial —dije sin llegar a creérmelo.

—Que conste que entiendo que no te apetezca sentarte a cenar conmigo y con Lola, pero de ahí a que salgas huyendo hay un abismo.

—Pensé que era lo mejor, que vosotros teníais ganas de veros y que yo no pintaba nada.

Víctor suspiró y cuando lo hizo cerré los ojos. Sus labios de bizcocho vinieron a mi mente y lo imaginé en su casa, sentado en la cocina, con una mano sujetando el teléfono y la otra perdida en su espeso cabello negro. Nos mantuvimos en silencio.

—No volverá a suceder —le dije resuelta.

—A partir de hoy seremos dos personas con una relación cordial, ¿vale?

—Sí. Vale.

Volvimos a quedarnos en silencio. Sentí que me dolía algo muy por debajo de la piel. No era la primera vez que lo sentía. Me dejaba sin aire.

—No creas que no me duele —gimió con un hilo de voz—. No creas que se me olvidan todas las cosas que te dije y que te he jurado. Yo sigo teniéndolo claro, Valeria, pero tú…

—Hagámoslo fácil, Víctor —contesté resuelta—. Dos personas con una relación cordial.

1
El principio del fin

Segunda semana de enero del año siguiente
(unos seis meses después)

Entré en casa de Carmen y la encontré de pie junto a la puerta. Parecía un tráiler, la pobre. No es que estuviera gorda, es que estaba muy embarazada. Sonreí al verla y ella puso los ojos en blanco. Eso de ser futura mamá no le había mejorado el humor.

—¿Qué tal? —dije cerrando la puerta tras de mí.

—Mátame. ¿Responde esto a tu pregunta?

—Creo que sí.

—Mátame. Lo digo en serio. No sufras por Borja. Hasta él te lo agradecerá.

—No digas tonterías. A ver, siéntate. ¿Quieres algo de la cocina?

—Sí, el cuchillo jamonero para degollarme —contestó mientras se dejaba caer estrepitosamente en el sillón.

—Carmeeeen —me quejé.

—Tráeme un vaso de agua, por favor. Y coge lo que quieras para ti. *Self service*. No sé ni lo que hay. Ni me interesa.

Llené dos vasos de agua y volví al salón, donde la encontré siguiéndome con la mirada.

—Tendrás que dejar de venir a verme. Estoy empezando a cogerte manía.

—¿Y eso? —Me reí.

—Siempre vienes tan mona, tan arregladita, tan… apolínea.

—¿Apolínea? Ay, Carmen, por Dios. —Me reí de nuevo—. Pero si estás monísima. Muy embarazada, es verdad, pero no se te ha hinchado la cara, ni apenas las piernas. Tienes una barriga que parece un remolque, pero es que llevas un bebé dentro.

—Cuanto más mona y adorablemente maternal me veis los demás, más gorda y amorfa me veo yo.

—Te queda poco. —Le toqué el vientre.

—Y tan poco... Salgo de cuentas mañana.

—Espero que no seas una excepción a esa norma de que las mamás primerizas se retrasan.

—¿Tú me quieres matar de un disgusto? —dijo al tiempo que cogía el vaso de agua.

—No, pero es que me voy a casa de Bruno hasta el miércoles y no quisiera perdérmelo, la verdad.

—Borja dice que nacerá el viernes que viene. Mi madre decía que hoy, pero creo que no.

—¿Y tú? ¿Has participado en la porra?

—No, solamente opino que si nace el viernes que viene, lo mato. Estoy harta. Quiero que salga ya. ¡Ya está bien, Gonzalo, sal ya y deja a mamá vivir en paz con su cuerpo! —le dijo a su tripa.

—¿Tú estás segura? —pregunté riéndome—. ¿Recuerdas por dónde salen los bebés?

—Por el mismo sitio por el que entran, si no me equivoco. —Sonrió.

Carmen se recostó, se tocó la barriga y, subiendo los pies a la mesa baja del salón, emitió un sentido suspiro. Pobre. Esperaba que la última semana como contenedor de vida se le hiciera corta.

Llegué a casa cuando ya era noche cerrada, a pesar de que mi reloj de muñeca apenas marcara las siete en punto. Hacía un frío de mil demonios y había empezado a chispear; esperaba que no se pusiera a nevar, no porque no me pareciera pintoresco y todo eso, sino porque al día siguiente, a las seis y veinte de la mañana, tenía que coger un avión y no me apetecía tener que sufrir retrasos y los problemas varios que se acumulan en cualquier lugar del país cuando caen dos copos de nieve.

Encendí la cafetera, saqué la maleta del altillo y empecé a doblar la ropa que quería llevarme, incluido ese salto de cama tan absolutamente desvergonzado que Lola me había regalado por Navidad. Tenía unas ganas locas de enseñárselo a Bruno. Bueno, de enseñárselo y de que me lo quitase, porque entre unas cosas y otras llevábamos casi un mes sin vernos.

Y mientras yo pensaba en ello, o más bien fantaseaba, sonó el timbre de mi casa.

—¿Sí? —dije mientras me acercaba a la puerta.

—Val...

Me paré como un gato que ve cernirse sobre él un posible peligro.

—¿Val? —repitió la voz.

En dos grandes zancadas fui hacia allí y abrí; no había razón para esconderse ni para alargarlo. Yo sabía quién esperaba al otro lado de la puerta. Y así, de golpe, apareció Víctor, vestido con un traje oscuro precioso y un abrigo cruzado de paño gris. Tragué saliva y bajé la mirada hacia sus bonitos zapatos Oxford negros, evitando el verde intenso de sus ojos a través de unos mechones caídos de su pelo oscuro. Conozco a bien pocas mujeres que no caerían rendidas a sus pies al verlo con aquel aspecto. Era un dios. Me recompuse y sonreí por inercia, aunque no me hacía mucha gracia verlo allí. Pero Víctor siempre ha tenido ese poder: nos hace sonreír.

—Hola —dijo—. ¿Vengo en mal momento?

—No —contesté un poco alelada—. Pasa. Me pillas haciendo la maleta. ¿Te apetece un café?

—Sí, gracias.

—Con leche y dos de azúcar, ¿verdad?

—Verdad.

Me metí en la cocina maldiciéndome a mí misma por haber decidido que quedar con él en que seríamos «amigos» era más agradable y cordial que desaparecer del mapa. No quería poner a Lola en una situación violenta. Quería ser civilizada y adulta, sobre todo después de que Víctor tuviera que llamarme para evidenciar que había un problema. Tras hablar con él estuve pensando, esforzándome por entender que dar carpetazo a una relación no tiene por qué suponer que él pase a ser persona non grata.

Pretendíamos normalizar el asunto, pero creo que empezaba a desmadrarse; últimamente Víctor aparecía cada dos por tres allá donde Lola y yo hubiéramos quedado, como por casualidad. Para mí la frase «dos personas con una relación cordial» significa saludarse, darse dos besos, preguntarse qué tal y después decir adiós muy buenas sin tener que llamarse ni para quedar ni para gritar como posesos por una relación que es imposible retomar. La noche del cumpleaños de Lola había terminado de manera un poco conflictiva... Y yo prefería olvidar todo lo que pasó después de que Bruno se marchara al hotel.

En un principio ni siquiera me planteé que Víctor y yo fuéramos a vernos motu proprio, pero él se había tomado muy a pecho lo de «relación cordial». Aunque a mi entender, y a juzgar por el mensaje que había recibido días antes de la boda de Carmen, había algo en aquel planteamiento que fallaba: «Sé lo que dije. Sé que dije que era la última vez. Pero necesito verte. Necesito olerte. Necesito que vuelvas a mirarme como aquella noche. Vuelve, por favor. Vuelve porque ya no te echo de menos. Ahora, simplemente, te necesito».

No. No estaba claro. Y ahora, después de meses de ambigüedad, de vernos con pretextos absurdos y de tardes confusas y a veces hasta incómodas, allí lo tenía, en mi casa. Al menos en los cinco meses anteriores siempre nos habíamos visto en terreno neutral. Ni su casa ni la mía, y casi nunca porque quedáramos solos. Nada que nos recordara que hacía algo más de un año éramos pareja…Y compartíamos cama. Y vida. Y un proyecto.

Saqué una taza de café para él y otra para mí y las coloqué en la mesita del espacio que hacía las veces de salón; de reojo vi a Víctor coger de encima de la cama un ejemplar de mi segunda novela autobiográfica y sonreír melancólicamente.

—¿Lo leíste? —le pregunté.

—Claro. Estoy esperando el tercero —y al decirlo me lanzó una mirada muy elocuente.

Supongo que se preguntaba si nuestro pequeño secreto vería la luz al final de la siguiente novela o me limitaría a pasar por encima del catastrófico final del cumpleaños de Lola.

Yo contesté obviando su tono:

—Pronto entregaré la tercera parte a la editorial. Es posible que en mayo ya esté en la calle.

—¿No me preguntas qué me pareció este?

—No, quiero atajar posibles situaciones incómodas. —Sonreí.

—Pues quizá deberías evitar que viera tu lencería fina sobre la colcha.

Cogí el salto de cama que me había regalado Lola, un conjunto de encaje y un par de cosas más y lo metí todo hecho un gurruño en la maleta, donde él no pudiera verlo.

—Cabrón con suerte —murmuró.

Nos miramos un momento. Yo estaba segura de lo que él acababa de decir, pero prefería hacerme la tonta, o la sorda, o las dos cosas a la vez, para no tener que ahondar mucho en eso. Bueno, ni mucho ni poco. Nada.

—Tu café. —Señalé la taza con la cabeza, esperando que se alejase de mi cama.

Él caminó elegantemente hasta la mesita y yo lo seguí.

—Y, bueno…, ¿a qué debo el placer?

—Lola me dijo que te vas mañana, y ya que pasaba por aquí me he acercado a preguntarte si quieres que te lleve al aeropuerto.

Arqueé una ceja.

—No te preocupes. No hace falta.

—¿Llamarás a un taxi?

—Claro. —Sonreí—. Como siempre que me voy tan temprano.

—Bueno, yo esperaba que…, como amigos…, pudieras tener la confianza suficiente como para pedirme un favor cuando te hiciera falta.

—Así será. —Volví a sonreír y me aparté el pelo—. Pero es que esta vez no hace falta.

—Bueno, pues como somos amigos acepta que yo alargue la mano tratando de hacerte la vida más cómoda de vez en cuando.

—Ya. Pero es que…

—¿A qué hora tienes que estar en el aeropuerto?

Dios. ¿Qué había hecho yo para merecer aquello? Bueno…, bien lo sabía yo. Lo sabía yo y lo sabía él. El que no lo sabía era Bruno y así, por el momento, era mejor. De ahí que el borrador de mi tercera novela sobre mí misma se resistiera a ver la luz. Tenía un capítulo loco que quitaba y ponía según el día.

Me armé de mi mejor sonrisa y me bebí el café casi de un trago. Después me apoyé en la pared y tomé aire para darme ánimos. Tenía que hacerlo.

—Víctor… —dije.

—¿Vas a darme una charla? —preguntó con cara de buen chico.

—Puede.

—Pones tu cara de «vamos a hablar claro».

—Mi cara es un libro abierto. —Sonreí.

Víctor se quitó el abrigo sin dejar de mirarme, lo dejó caer en el respaldo del sillón y después se quitó la americana, se desabrochó los dos puños y se arremangó la camisa. Por Dios santo, ¿por qué me lo ponía tan difícil?

Luego se acomodó los pantalones del traje y se sentó, mirándome.

—Venga, habla. —Alcanzó su café y le dio un sorbo.

—Tienes la cara muy dura. —Me reí.

—¿Por qué?

—Deja el numerito ese… —Cerré los ojos.

—¡¿Qué numerito?! —Se rio.

—Ese despliegue de gestos de seducción. Te lo diré de todas maneras.

—Pues venga, dilo. —Sonrió de lado.

—A ver… —Dejé caer un cojín al suelo y después me senté frente a él—. ¿Te acuerdas de cuando decidimos que era mejor tener una relación cordial?

—Sí —asintió.

—Pues quizá es hora de confesar que no me refería a que tuviéramos que ser amigos íntimos, de los que se cuentan sus cosas y quedan todas las semanas para verse. No soy como Lola. No puedo.

—¿Te sientes incómoda conmigo?

—Un poco. —Y dejé de sonreír—. A veces la situación es… rara. Y tensa.

—Valeria, somos adultos. Los dos sabemos lo que hay. —Sonrió de esa manera… como Cary Grant…

Cagüenlalecheagria…

—No. —Negué con la cabeza—. También éramos adultos y también sabíamos lo que había cuando yo estaba casada y mira cómo acabó la cosa. Como el rosario de la aurora.

Víctor levantó las cejas.

—¿Es que no estás segura de…?

—Estoy muy segura. —Esbocé una gran sonrisa cínica—. No va por ahí. Simplemente… me parece raro.

—Pues no tiene por qué parecértelo. Podemos ser amigos. No hay que sacarle más punta al lápiz. Puedo llevarte al aeropuerto para que vayas a ver a tu novio; te aseguro que después no voy a llorar durante todo el fin de semana pensando que él te tiene y yo no.

Su manera de sonreír después de decirlo me hizo sentirme extraña. Fue como si su boca convirtiera mis suposiciones en patéticas. Era muy poco probable que él tratase de ir más allá de lo que decía. Qué ridícula, Valeria, como si él no pudiese tener a la mujer que quisiera. Y mujeres de ensueño, de las de piernas eternas y pechos que miran al cielo.

—Bueno…, visto así —conseguí decir tras mi monólogo interior.

—Tú me importas. No quiero alejarte de mí porque no pueda meterte en mi cama.

Levanté la cabeza y lo miré fijamente. No podía haber elegido aquella frase por azar. Era prácticamente lo mismo que me había dicho una noche, cuando yo aún estaba casada con Adrián. Y para nosotros esas frases aún tenían mucho significado.

—Relájate. —Se reclinó cómodamente en el respaldo del sillón con la taza de café en su mano derecha y cruzó las piernas, apoyando el tobillo derecho en su rodilla izquierda.

Me quedé unos segundos callada, mirándolo, perdida en esa imagen tan abruptamente masculina. ¿Cómo podía Víctor parecer sexual solo con sentarse allí frente a mí? Gritaba sexo… Quizá debía sacar la cámara y fotografiarlo. Parecía un modelo directamente salido de una sesión para *Vanity Fair*. Tan deseable. Tan jodidamente grácil y masculino a la vez. Tan… hombre. Pero…

El problema no era el sexo. El problema era lo que había debajo. Si fuera solo sexo sabríamos controlarlo.

—¿A qué hora quieres estar en el aeropuerto? —preguntó mientras dejaba la tacita sobre la mesa.

—A las cinco y media.

—Pasaré por aquí a las… ¿cuatro y media? Así vamos con tiempo y me tomo un café contigo en el aeropuerto.

—No, no. Tendrías que dejar el coche en el aparcamiento y es un follón. No quiero que encima te cueste dinero. Mejor a las cinco. Me dejas en la puerta y te vas. —Sonreí por fin.

—Bien. Oye…, ¿te apetece salir a cenar?

Durante unos segundos me lo planteé realmente. Pero era fácil adivinar dónde podía terminar aquello. Salir a cenar, volver tarde y con dos copas de vino encima, decirle: «Eh, no vale la pena que vayas a tu casa a dormir, puedes quedarte aquí…».

Desde luego Víctor de tonto no tenía un pelo.

—Tengo que hacer aún la maleta y enviarle a la redactora jefe mi artículo. —Mentira. Hasta finales de la semana siguiente no esperaban que les enviara nada—. Además, tendría que dormir algo y…

—Oh, bien. Pues entonces te veo a las cuatro y media en la puerta.

—Cinco.

—Ah, sí, a las cinco menos cuarto. —Y me guiñó un ojo. Se levantó, se bajó los puños de la camisa, los abrochó, se puso la americana y cogió el abrigo. Y, mientras, yo no podía dejar de mirarlo. Pero… ¿cómo se podía ser tan guapo? ¿Es que no había una ley que lo prohibiera?—. Hasta mañana entonces —dijo sonriéndome.

—Hasta mañana —contesté aún sentada en el suelo.

—¿No me despides ni me das un beso?

—Para levantarme voy a tener que rodar por el suelo, tipo albóndiga asesina. —Sonreí—. Preferiría que no tuvieras que verlo.

Víctor se me acercó y tiró de mí con facilidad hasta tenerme en pie frente a él. Después me dio uno de sus besos en la mejilla (con caricias en el pelo y en la cintura incluidas) y fue hacia la puerta.

—Que sueñes con cosas bonitas —dijo antes de cerrar.

Pensé que si tenía que soñar con cosas estéticamente admirables y podía elegir, quería que fuese con él.

En el momento en que la puerta encajó en el marco, el teléfono se puso a sonar. Anduve hasta la mesita de noche, cogí el inalámbrico y contesté con un aséptico: «¿Sí?».

—Hola, cielo.

—¡Hola, Bruno! —Sonreí.

—Llamo para confirmar la hora a la que llegas. No me gustaría volver a equivocarme.

—Ni a mí. —Me reí—. Llego a las siete y media, en teoría. Ya sabes la manía que tienen los aviones de retrasarse...

—Esperemos que sean las siete y media en punto. ¿Llamarás a un taxi para ir al aeropuerto?

Me quedé mirando la puerta y, cerrando los ojos, contesté:

—Sí.

2

Asturias

Víctor bajó del coche sin chaqueta y el viento frío le revolvió ese pelo negro, suave, sexi y espeso que Dios le ha dado.

—Buen viaje —me dijo tras tenderme la maleta.

—Gracias. Venga, entra en el coche. Te vas a resfriar. —Le palmeé el brazo, tratando de que me hiciera caso.

—Espera, dame un beso.

Su brazo me rodeó la cintura y me acercó a él. Se inclinó sobre mi mejilla y la besó. Después se dirigió hacia mi cuello, mientras mis brazos torpes trataban de hacer de aquello un abrazo de amigos. Sus labios mullidos junto a mi oído susurraron:

—Pásalo bien, nena. Pero no demasiado.

Después nos alejamos un paso y nos miramos sin decir nada. Hasta que un coche pitó detrás del de Víctor no me di cuenta de que mi mano derecha y su mano izquierda estaban unidas y nuestros dedos se acariciaban. Todo salía tan jodidamente natural…

Me subí a la acera; Víctor cerró el maletero y fue hacia la puerta del conductor. Antes de meterse en el coche sonrió y me guiñó un ojo.

Qué sensación más extraña en la boca del estómago…

Cuando vi a Bruno entre la gente el corazón estuvo a punto de salírseme del pecho, pero lo contuve y me dirigí hacia él para abrazarlo. Solté la maleta y me apreté contra su pecho delgado pero fuerte, oliendo su cuello y ese aroma tan suyo. Algo me palpitó debajo de la ropa interior.

Le rodeé el cuello con los brazos, permitiendo que mis manos se enredaran entre la espesa mata de su pelo negro. Bruno me agarró de la cintura y, dejando que una de sus manos viajara hacia mi trasero, me estampó contra su boca, besándome de esa manera, salvaje pero lánguida, que me volvía loca.

—No sabes cuánto te he echado de menos —susurró apoyando su frente en la mía.

—No más que yo a ti.

Cuánto empalago, ¿eh? Y es que en los últimos ocho meses lo nuestro había dado un paso enorme al frente. Se respiraba entre los dos una relación distinta. Creo que para Bruno íbamos en serio, pero yo no dejaba de preguntarme si no estaríamos dependiendo demasiado de nuestra atracción sexual. Me costaba un mundo encontrar ternura entre nosotros, aunque la había. Es solo que… no sabíamos expresarnos entre nosotros, en relación a nuestros sentimientos, si no era con el sexo.

Ya llevábamos juntos un año y ninguno de los dos había dicho «te quiero». Yo no lo necesitaba. Bruno tampoco. Bruno no es un hombre de grandes palabras de amor. A él le gustan los actos.

Y aunque el sexo siempre significaba muchas cosas entre nosotros, jamás hacíamos el amor. Bruno y yo… Bruno y yo no sabíamos hacerlo porque nos calentábamos mucho y muy deprisa, de modo que no había manera de hacer de aquello un acto de entrega y amor galante. Lo que no significa que yo no estuviera satisfecha, que conste. Hay muchas maneras de demostrar lo importante que es alguien para ti.

Bruno se pasó parte del trayecto en coche callado, lo cual no era precisamente normal. Normal habría sido que dijera doscientas palabrotas entrelazadas con frases como «y tus tetas rebotando frente a mi cara». Ya se sabe, sutilidad, sutilidad…, como que no. No era lo suyo ni le interesaba. Entonces ¿a qué venía tanto silencio? Por mi cabeza pasó de todo, hasta si habría podido adivinar que Víctor me había llevado aquella mañana al aeropuerto. ¿Y si al darme el beso de despedida se había acercado demasiado y yo ahora olía a su *after shave* o a su colonia? Acercarse se había acercado. No podía evitarlo. Cerré los ojos pensando en ello y me sorprendió comprobar que mi mente trazaba una historia paralela en la que al final nos besábamos.

Abrí los ojos. No. Bruno. Tenía que centrarme. Y a Bruno le pasaba algo.

Lo que le pasaba lo descubrí cuando llegamos a su casa.

Dejé la maleta sobre la cama y la deshice. Como siempre el primer cajón de la cómoda estaba vacío y en el armario había dejado perchas libres en la parte derecha. Creo que ya lo tenía siempre así, hasta cuando yo no estaba. Era un recordatorio constante de que en ese momento yo no estaba con él pero pronto lo estaría. Era un recuerdo de que hacía poco habíamos dormido juntos. Un pósit que le decía que mantenía una relación, que seguía queriendo compartir la vida conmigo incluso cuando yo no estaba allí.

Bruno entró y dejó una taza de café negro como la boca de un lobo sobre mi mesita de noche, junto con un platito con un trozo de bizcocho que miré con placer.

—¿Es casero?

—Sí. Lo hice anoche —contestó.

Le guiñé un ojo y bebí un trago de café mientras pellizcaba el bollo. Qué novio más apañado tenía. Hasta bizcochos sabía hacer. No me hacía falta Víctor.

—Valeria… —La cadencia de su voz hizo que me volviera alarmada, aun con la boca llena.

—¿Qué pasa? —dije farfullando.

—Nada. Traga.

—¿Qué pasa? —pregunté otra vez con medio bizcocho bajando y otro medio en la boca.

—Traaagaaa —me reprendió como un padre.

Tragué y con los ojos asustados me dejé caer en la cama frente a él, que me miraba sentado en el sillón de leer, con la cabeza apoyada en el puño.

—¿Ya? —dijo con una sonrisa. Asentí y él siguió—: ¿Crees que nos va bien?

Os… tras. Pero ¿qué clase de pregunta era esa?

—Sí. Supongo que sí. Es duro estando lejos pero… creo que lo llevamos bien. ¿No?

—Bien. Entonces… estarás de acuerdo conmigo en que…

—¡Ay, Dios! —Me tapé la cara—. ¡Ve al grano!

Bruno se echó a reír, pero hasta la risa era algo tensa.

—Es solo que he decidido dar un paso. Un paso por los dos y… no sé si estarás de acuerdo.

—¿Qué? —Lo miré a través de los dedos de mis manos entrelazadas.

—Bueno, este fin de semana… lo pasaremos con Aitana.

Me quité las manos de la cara, dejándolas caer sobre mi regazo, y levanté las cejas, sorprendida. ¿Aitana? ¿Aitana, su hija?

—¿Por qué no me has avisado? —dije poniéndome mucho más seria de lo que, seguro, Bruno esperaba.

—¿Para qué necesitarías saberlo?

—Lo primero, para traerme ropa y no un sinfín de picardías, saltos de cama y conjuntos de ropa interior de encaje —repliqué nerviosa.

Bruno se acomodó en el sillón y sonrió, pero tirante. Aunque la que debería estar tirante era yo. No entraba en mis planes empezar a formar parte de la vida de esa niña. Yo quería que mi relación con Bruno se rigiera por sus propias normas y no por la obligación moral de no marear a una niña de seis años. ¿Y si dentro de dos meses decidíamos que no queríamos vernos más? Él era el primero que se había mostrado siempre muy cauteloso, que había querido evitar un baile de «amiguitas» delante de Aitana. ¿Entonces?

Bueno, Valeria, entonces puede que él ya no te considere una amiguita.

Bien, pues conociendo la situación y todos los agravantes, me sentí presionada y obligada. Era posible que lo que viniera a continuación acabara en bronca, pero no me iba a callar. Al menos algo había aprendido de mi penoso currículo sentimental.

—Bruno… —dije con voz firme—. Yo no sé si estoy preparada para esto. Y lo has decidido por mí.

—Su madre se marcha y me preguntó… Yo pensé que…

Miré al techo y resoplé. Después devolví la mirada hacia su cara.

—No puedes hacer que me comprometa con esto de esta manera. Es ruin. —Se mordió el labio, pero no dijo nada—. Me pones en esta situación y mírame, parezco la madrastra de Blancanieves. No es que no tenga sentimientos, es que me preocupa que…

—Por mi hija no te preocupes. Amaia y yo, que somos sus padres, ya hemos hablado de esto.

¿Encima se ponía a la defensiva? Pues yo no iba a dejarlo correr.

—Estupendo, pero resulta que yo soy la amiguita de papá que va a ser presentada en sociedad sin que nadie le pida su opinión.

—Amaia está intranquila.

—No lo estaría si yo no fuera a pasar el fin de semana con su hija.

—¡Es que también es mi hija!

Me levanté y paseé por allí.

—Lo siento, Bruno. Llámala y dile que no puedes. Si no, siempre puedes acercarme al aeropuerto de nuevo. Cambiaré el billete de vuelta.

Bruno levantó las cejas sorprendido.

—¿Y esto? —preguntó muy molesto, levantándose también.

—No me gusta que nadie tome decisiones por mí. De eso ya tuve suficiente estando casada con Adrián. No quiero sentar precedentes peligrosos. Y no me siento cómoda conociendo a tu hija porque, si lo hago y esto empieza a ir mal, me sentiré con la obligación moral de… —Bruno chasqueó la lengua contra el paladar. Él sabía que en el fondo yo tenía razón—. Me sorprende mucho que hayas hecho esto. No me lo esperaba. Pensaba que nos comprendíamos bien —me quejé.

—Solo…, solo quiero comprobar cómo empastáis, Valeria. Si a ti nunca te va a interesar dar el salto…, ¿qué somos? ¿Amantes? ¿Tiene sentido que mantengamos esta relación así, suspendida en el tiempo y en el espacio, esperando que nada del resto de nuestras vidas le afecte?

Resoplé y me revolví el pelo. En el fondo, yo sabía que él también tenía un poco de razón.

—No sabía que íbamos tan en serio.

—Ni yo que no lo fuéramos —respondió.

—A lo mejor tendríamos que plantearnos cuál es la naturaleza de esto antes de meter a tu hija, ¿no crees?

Nos mantuvimos la mirada, tensos. Cuando Bruno acercó sus dedos al teléfono móvil que había dejado sobre la cómoda, el timbre del exterior de la casa nos sorprendió a los dos.

—Joder… —musitó él.

Y yo no pude más que mascullar un montón de tacos más para mis adentros.

3
El tío que monta los vídeos

Nerea se sentó delante de su ordenador y cruzó las piernas de lado, elegantemente. Abrió su agenda. Oh, horror. Tres bodas a menos de dos meses con cabos sueltos. Tres bodas a menos de seis meses con casi todo por decidir. Dos bodas pidiendo presupuesto.

Mandó un email a su ayudante en pleno ataque de histeria.

Carol,

Muero. Desfallezco. *I need you.* A decir verdad te necesito a ti y una magdalena enorme de chocolate blanco y fresa, pero sin lo último puedo seguir respirando. Sé que me dijiste que igual no pasabas por aquí hoy, pero, por favor, intenta cerrar con los del restaurante ya lo de la música de la boda del 15 del mes que viene. ¡Ah! Y pásame el dosier de la del 22. Ya no me acuerdo si esa es la del vestido de repollo o la de la madre histérica. Nos falta fotógrafo para los presupuestos. Luisín no puede. Tiene cerrados todos los fines de semana de julio.

Sorry, sorry, sorry. Soy una jefa horriblemente pesada y dependiente.

Nerea.

Recibió la contestación antes de poder darle ni un sorbo a su café.

Nerea,

No mueras, que necesito el curro. Y no sufras, estoy de camino. Lo que me cueste llegar y aparcar. Te adelanto: lo de la música va a ser lento y doloroso. Los del restaurante no ceden con lo de su DJ. Dicen que no dejan a nadie ajeno a su subcontrata. Voy a tener que ponerme minifalda o directamente ir desnuda a ver qué tal se me da entonces. Lo de la del 22 lo tengo encima de mi mesa, cógelo. Y pensando en lo del fotógrafo mientras te compro un *muffin* en el Starbucks... ¿Y Jorge? ¿Se lo preguntaste?

Te dejo, no me decido entre una supergalleta o una megamoneda de chocolate.

Carol.

Nerea rebufó. Jorge. Claro que había pensado en Jorge, demasiado. En él y en esas malditas camisas hawaianas que se ponía para ir a la boda de cualquiera, dándole igual que fuera un enlace real. En él y en el vago recuerdo de lo bien que se lo montaba en la cama, apretando los dientes y cogido al cabecero. Nerea frunció el ceño cuando sintió que un montón de mariposas revoloteaban en la parte baja de su vientre.

Cogió el teléfono y marcó.

—Reino de la paz, el orden y las cortinillas de estrella —contestó una voz al otro lado del hilo telefónico.

Nerea puso los ojos en blanco y pensó: «No puedo contigo».

—Jorge, soy Nerea.

—¿Qué Nerea? ¿Nerea la que me ligué en el verano del 98 o Nerea la de las bodas?

—Nerea la que te da trabajo para que tus padres no tengan que llevarte a una clínica para superar tu adicción al porno.

—Ya lo sabía.

—¡No me digas!

—Te iba a llamar esta semana. Tengo casi terminado el vídeo de los del Casino de Madrid.

Nerea se sorprendió.

—Qué rápido. Gracias.

—De nada. Dime, ¿era por eso? ¿Llamabas para ejercer presión sobre mi trabajo creativo?

—No. —Se rio—. Llamaba para preguntarte si tienes libre el segundo y el tercer fin de semana de julio.

—Vaya… Creo que sí. No suelo planear las citas a tan largo plazo.

—¿Citas?

—Claro, las tres ces: cine, cena y cama. Ya deberías saberlo.

Nerea se mordió la lengua.

—Bueno, omitiré lo que me apetece contestarte ahora mismo. Por favor, necesito que hagas unas fotos.

—No te preocupes, me lo anoto.

—Pero anótatelo de verdad —dijo Nerea frunciendo el ceño.

—El precio no es el mismo que por el vídeo.

—Ya lo sé. ¿Mil doscientos por todo?

—¿Mil doscientos por todo? Estás loca. ¿Con cuánto margen te quedas tú? ¿Seiscientos? ¿Ochocientos?

—Mil quinientos y a callar. —No pensaba ceder.

—Tengo que pagar a otro tío para que haga el vídeo si yo tomo las fotos.

—Sé de sobra que le das a alguno de tus amiguetes cien euros y un par de cervezas. Mil quinientos es mi última oferta.

—Siempre apretándome las tuercas. Hecho. —Resopló.

—Bien. Ya te pasas a dejarme las copias cuando puedas.

—Oye, Nerea, ya que estamos…

—¿Dime? Pero rápido, tengo prisa.

—¿Te apetece que hablemos ya de aquello o mejor seguimos haciendo como si nada?

—Me pillas fatal, Jorge, ya hablamos.

—Nerea, yo creo que…

Nerea colgó y saltó de la silla. Se movió por allí como si una culebra le hubiera reptado por la pierna hasta llegar al cuello. Carolina entró con una bolsa de papel del Starbucks y se quedó mirándola.

—Nerea…, creo que voy a meterte un valium en el *muffin*.

—Que sean dos. —Y apartó el teléfono inalámbrico como quien se quita de encima un insecto.

4

Quien quiere a la flor quiere a las hojitas de alrededor, dicen

El timbre volvió a sonar y miré con pánico a Bruno, al que nunca había visto tan serio.

—Han debido de adelantarse —musitó—. Espera aquí arriba. Le diré a Amaia que no es buena idea.

—No, da igual, Bruno. Ya está hecho —contesté muy seria.

Él me devolvió la mirada y sonrió, fingiendo tranquilidad. Sí, fingiéndola. Empezábamos a conocernos.

Cuando Bruno se acercó a la puerta de su casa lo vi más adulto que nunca. En aquel momento me dio la sensación de que nos separaban mucho más de seis años.

—Lo siento… —Me miró con una sonrisa triste y se encogió de hombros.

Me sentí la bruja del cuento.

—Algún día tenía que pasar —respondí al tiempo que me colocaba a su lado.

Escuchamos la verja de entrada cerrarse y Bruno abrió la puerta. Vi acercarse por el camino de piedra a una chica morena, alta y con unos escandalosos ojos verdes, que sonrió al verlo. Detrás de ella andaba a saltitos una niña de unos seis años, morena también, vestida con una sudadera rosa, unos vaqueros y unas zapatillas blancas y rosas. Me sentí ridícula, pequeña, minúscula. Me sentí de la edad de Aitana. Y me acordé de Víctor. Casi entendí que se sintiera agobiado cuando empezamos… Ojalá estuviera allí y me sacara de aquella situación.

No me di cuenta de lo mal que estaba aquel pensamiento. Ni le dediqué un segundo.

Amaia se acercó a Bruno y le dio un beso en la mejilla izquierda mientras posaba su mano suavemente sobre la derecha. Sentí una punzada de celos, porque esa niña, la misma que ahora estaba cogiendo en brazos Bruno, era de los dos. De ellos dos. Era el resultado no de un matrimonio, sino de haberse querido tanto como para tomar la decisión de tener algo de los dos para siempre. Yo no sabía nada de aquello. No podría entender nunca qué sentían.

Amaia se apartó el pelo de la cara y, mirándome con muy poco disimulo de arriba abajo, encajó una sonrisa protocolaria en sus labios.

—Hola, soy Amaia. Tú debes de ser Valeria.

—Sí. Encantada.

Nos dimos dos besos y miré a Aitana, que me contemplaba atentamente desde los brazos de su padre.

—Hola —dije tímidamente.

Y ella se escondió, abrazándose a Bruno, que me sonrió como si le hiciera gracia. Probablemente mi cara de desasosiego era tremendamente cómica, porque hasta su exmujer rio por lo bajini antes de decir:

—Aitana, no seas maleducada y saluda a Valeria.

La niña se arrebujó en los brazos de su padre y él le susurró algo al oído. Después ella me miró y sonrió fugazmente.

—Es guapa —la escuché susurrarle a su padre.

—¿Sí? Pues además es supersimpática. ¿Tienes hambre? —Bruno miró a Amaia y preguntó—: ¿Ha desayunado bien?

—¿Bien? Ha dado guerra como siempre. Un vaso de leche y una galleta a regañadientes.

—Oh, pues eso no puede ser —le dijo a su hija—. ¿Un zumo y un bocadillo?

Pasamos a la cocina. Amaia se sentó en una silla mientras Bruno se movía por allí diligentemente y la niña lo seguía, vigilándome con el rabillo del ojo.

—¿Quieres que vaya preparando una cafetera, Bruno? —le dije.

—Gracias, cielo, pero ya está. Creo que está a punto de subir el café.

—Amaia, ¿cómo lo tomas? —pregunté solícita.

—Bruno ya lo sabe —contestó secamente.

Miré a Bruno de reojo y él, girándose, comentó:

—Yo sí, pero ella no.

—Con leche desnatada caliente y sacarina.

«Pero tú no te levantes de la silla, no vaya a ser que haya hecho ventosa y te la lleves detrás», pensé. Calenté en el microondas una taza con leche desnatada y cuando el café subió, lo añadí y le pasé la taza humeante junto con la cajita dispensadora de sacarina.

—Gracias. Veo que te mueves por aquí con soltura… ¿Lleváis mucho tiempo?

Bruno le hizo una seña a Aitana para que se sentara y le sirvió un vaso de zumo de naranja natural y un platito con un poco de pan y queso. Después se sentó a mi lado, me pasó el brazo por encima del hombro y sacó el paquete de tabaco del bolsillo de su vaquero.

—No fumes. Está comiendo —susurró Amaia en tono beligerante.

—Está en la otra punta de la mesa y he abierto una ventana —contestó él.

—Ya se nota. Tu vicio nos va a matar a todas de frío.

Bruno puso los ojos en blanco y se encendió el cigarrillo de pie, junto a la ventana.

—No me habéis dicho… ¿Lleváis mucho tiempo?

—Pues… más o menos un año. —Miré a Bruno, que me sonrió.

—Poco más de un año. Cenamos juntos por primera vez el veintisiete de diciembre —dijo él.

Amaia apuró su taza de café.

—Bruno me ha dicho que eres escritora.

Miré de reojo a la niña, que malcomía su bocadillo.

—Sí. Al final parece que es cierto eso de que Dios nos cría y nosotros nos juntamos.

—Sí. Eso parece. A lo mejor la única manera de soportar a un escritor es siendo uno.

Miré otra vez de reojo a Bruno, que se rio sardónicamente. Y a pesar de la tensión que me estaba obligando a vivir y de que en lugar de un fin de semana de fornicio me esperaba uno de canguro, me lo habría comido entero. Mi hombre. Tan alto, tan masculino, tan moreno. Tenía las mejillas rasposas, con esa barba de tres días que creaba sombras en su cara. A pesar de que seguía estando delgado, la ropa le sentaba tan bien… Con aquel jersey de lana y los vaqueros desgastados estaba para comérselo, de verdad.

—Disculpa, ¿a qué te dedicas tú? —pregunté obligándome a despegar los ojos de Bruno y mirando a Amaia.

—Soy administrativa —dijo secamente—. Es mucho menos creativo, dónde va a parar… Aitana, hija…

Bruno apagó el cigarrillo, se terminó su café de un trago y fue a sentarse junto a su hija.

—Haz el favor, Aitana. Cómetelo, no juegues con él.

—Bueno, yo me voy —dijo su exmujer—. Espero que se os dé bien el fin de semana.

—Como siempre —contestó él en un tono claramente pasivo-agresivo.

—Adiós, mi vida. Te veo el lunes a la salida del cole —dijo antes de darle un beso en la sien a la niña, que masticaba trabajosamente sin dejar de mirarme.

Bruno y yo nos sentamos a bebernos otro café (mi cuarto café del día, para ser sincera) mientras Aitana se esforzaba por terminar de comerse el bocadillo. La niña, aparentemente menos tímida, nos miraba a los dos cuando hablábamos entre nosotros, como estudiando cuál podía ser el vínculo que me ligaba a su padre.

—Aitana, hija, vas a terminar a la hora de comer —la regañó Bruno, levantando las cejas.

—No. Termino pero ya —dijo la enana de pronto con desparpajo.

—Así me gusta.

Después me miró y, tras meterse un trozo de pan en la boca, preguntó:

—¿Sois novios?

—Con la boca llena no se habla —dijo escuetamente Bruno, acomodándose en la silla.

Aitana tragó con muchas prisas y repitió la pregunta con un tono más agudo:

—¿Sois novios?

—Sí —dijo Bruno—. ¿Te acuerdas de que te hablé de ella?

—Sí. Pero me dijiste que era una amiga. ¿No te acuerdas? —contestó al tiempo que cogía un trozo de queso de entre el pan y se lo metía en la boca.

—Ya, ya me acuerdo. Pero bueno, es otra forma de decirlo. —Bruno me miró, midiendo mis reacciones.

—Yo tengo amigos en el cole, pero no son mis novios.

—Y que no me entere yo. —Se rio Bruno.

—Pues algún día lo tendré, ¿sabes? —dijo como retándolo.

Él no le contestó y la niña siguió masticando.

—Entonces, sois novios —sentenció.

—Sí —respondí yo con voz suave.

—Eres guapa —me dijo—. Me gusta tu pelo. Es largo. Mamá no me deja llevarlo tan largo porque dice que lo meto en la sopa. ¿Tú lo metes en la sopa?

—No, pero porque me hago una coleta antes.

—Claro —dijo como si fuese lo más lógico del mundo—. ¿Y…? ¿Ahora eres como mi mamá cuando esté aquí o algo?

Miré con pánico a Bruno, que tomó las riendas de la situación.

—No, mamá es mamá, aunque si Valeria te pide algo, la tienes que ayudar y portarte bien.

—Ah. —Cogió el vaso de zumo que en sus manos parecía enorme y le dio un trago—. Y… ¿dónde va a dormir, papá? En mi habitación hay dos camas, ¿sabes? —dijo dirigiéndose muy seria hacia mí, informándome—. Una sale de debajo de la otra. ¿Va a dormir ahí?

—No, Aitana. Valeria y papá duermen juntos.

La niña levantó un momento los ojos hasta nosotros y después controló su sorpresa, asintiendo. Carraspeó, acomodándose en la silla y preguntó:

—Entonces ¿vosotros hacéis el amor?

—Ay, Dios… —se me escapó.

Miré a Bruno que, conteniendo una sonrisa, asintió.

—Sí —contestó con rotundidad, como dejando poco espacio para que fuera motivo de debate.

—Ajá —dijo la niña—. Claro. Dormís juntos.

Contuve una carcajada y Bruno también.

—Y oye, papá…, ya me lo han explicado en el cole y eso, pero… entonces, cuando tengáis nenes, ¿serán mis hermanos o como ella no es mi mamá… serán primos?

—Ay, Dios. —Al que se le escapó ahora fue a Bruno.

Me levanté y fui a la nevera a por agua para que no me viera reírme. No podía aguantarme más y no quería que le diera la sensación de que me burlaba de ella. Escuché a Bruno carraspear, claramente tratando de no reírse.

—Y… ¿por qué íbamos a tener nenos, Aitana?

—Pues porque hacéis el amor y es de ahí de donde vienen los bebés, papá.

—Ah, claro. Pues… me parece que no te lo explicaron todo en el cole, cielo.

—Ah, ¿no?

—No.

—¿Qué me queda por saber? —dijo muy gallita.

—Si yo te contara… —susurré.

Bruno estalló en carcajadas y después, tras pedirle perdón a su hija, volvió a ponerse serio.

—Pues a ver, el caso es que cuando dos personas hacen el amor… pueden hacerlo de manera que no se tengan bebés, ¿sabes?

—Entonces… ¿para qué lo hacen?

—Eso que te lo explique mejor Valeria —dijo mientras sacaba el paquete de tabaco del bolsillo de su vaquero.

—De eso nada. Que te lo explique tu padre, que es mayor y sabe más cosas —repuse yo, quitándome el muerto de encima.

Aitana se quedó mirando a Bruno, esperando una explicación, y él, riéndose, se encogió de hombros y dijo con naturalidad:

—Pues lo hacen porque les gusta, Aitana.

—Ah…, pero… ¿no vais a tener nenos entonces?

—Por ahora no.

¿Por ahora no? Oh, vaya, de repente tenía mis gónadas de corbata.

—Y ¿cómo se hace para no tenerlos? —insistió la niña.

Me tapé la boca para no reírme y Bruno resopló, revolviéndose el pelo.

—Ella… —Puso morritos—. Ella se toma unas pastillitas o yo… ¿De verdad quieres saberlo?

—Claro —contestó la niña al tiempo que volvía a pellizcar trocitos de queso de los restos de su bocadillo.

—Pues, bueno, o ella se toma unas pastillas o yo… —Puso los ojos en blanco y sentenció al final—: Ella toma unas pastillas.

—¿Vais a casaros?

—No —dijo Bruno rápidamente.

Me eché a reír, pero de puros nervios. Aquello era un examen. Un examen sorpresa para el que no había ido precisamente preparada.

—Vale. Sois novios, dormís juntos, hacéis el amor pero no tendréis bebés y no vais a casaros.

—Exacto. —Y suspiró más relajado.

—Pero… si tuvierais nenes, ¿serían mis hermanos o mis primos?

5

Cambio de vida

Lola se había tomado muy en serio eso de año nuevo, vida nueva. Había decidido que era una soberana tontería seguir en un trabajo que no le gustaba con un supervisor (su ex, para más señas) que le gustaba menos aún, así que, de un día para otro, nos anunció que cambiaba de trabajo.

—Estoy harta de ver la cara de almorrana de Sergio.

Bueno, cara de almorrana no era una definición demasiado fidedigna del chaval. Él seguía siendo guapo a morir, pero a Lola ya no le interesaba. Quedaba fuera de su escáner.

El caso es que aquel cambio no era un cambio cualquiera, porque para Lola los éxitos profesionales eran solo eso: cosas que le pasaban en esa vida paralela, sosa y gris, con la que ganaba dinero. No tenían la misma categoría que sus conquistas sexuales en el *ranking* de importancia.

La cuestión es que a finales de diciembre, antes de las vacaciones de Navidad, se presentó en el despacho de su jefe supremo diciendo que había encontrado otro trabajo mejor remunerado y con un horario más flexible, por lo que causaría una baja en la empresa en breve. Lola puede ser una escapista laboral, pero la verdad es que es la mejor en lo suyo. No conozco a muchas personas que hablen perfectamente alemán, francés, italiano, inglés, español y chapurreen chino, la verdad. Su jefe tampoco debía de conocer a nadie, porque prácticamente al momento le ofreció un nuevo puesto como supervisora del *copy* de todas las traducciones internacionales de la publicidad para el resto de los países donde su empresa operaba.

A efectos prácticos, y aunque Lola ha intentado explicármelo al menos una docena de veces, aún no sé muy bien qué supuso para ella ese cambio tan rimbombante. Sé que su tarea consistía en coordinar el lanzamiento internacional de los productos de su editorial para que toda la publicidad comunicara exactamente lo mismo. Lola dice que la elección de una palabra frente a otra de su mismo significado puede resultar fatal para la campaña, pero yo creo que lo dice para darse importancia.

El hecho es que allí estaba ella, trasladándose cinco plantas por encima de la de Sergio, lo que ya le daba bastante placer carnal, a una mesa amplia, junto a una ventana, en un *pool* de supervisores. Y, además, con libertad para gestionar su horario laboral y la posibilidad de trabajar desde casa de darse el caso. Menudas resacas más buenas iba a pasar en la cama Lola, sobre todo ahora que su chico estaba en edad de botellón.

Una vez instaladas todas sus cosas (sus lápices y bolis, sus carpetas, su ordenador portátil, su teléfono, su calendario de mesa de los bomberos de Madrid, su marco con fotos (una de sus padres y su hermano y otra nuestra), le preguntó a uno de sus nuevos compañeros dónde estaba el despacho del jefe. Le habían dicho que debía pasar por allí para presentarse.

Por lo que había oído, Enrique Jara, el jefe, era ofensivamente joven para su puesto. Eso quería decir que o bien era un lameculos de primera y/o hijo de alguien con la suficiente maña para calzarlo allí o que era brutalmente bueno. Y, no sabía por qué, sospechaba que o estaba bueno a morir o era un adefesio de primera. Como en aquella planta no había demasiadas mujeres, y con las que había no tenía suficiente confianza, no había podido preguntar si era una cosa o la otra en los dos supuestos anteriores.

Llamó con los nudillos a la puerta de madera clara y después se alisó el pichi ceñidito para que no hiciera arrugas. Escuchó un «adelante» y entró con una sonrisa educada en sus labios, por supuesto pintados de rojo. La recibió un hombre que estaba sentado en una silla de oficina de cuero, agachado y con la cabeza por debajo de la mesa, murmurando maldiciones.

—Buenos días, señor Jara, soy…

Entonces el señor Jara encontró lo que parecía estar buscando y se incorporó. Lola se olvidó de quién narices era y qué hacía allí, en el despacho de madera noble de aquel pedazo de jamelgo, que parecía recién sacado de sus sueños más húmedos. Y mira que los sueños húmedos de Lola deben de ser perversos…

Tenía los ojos azules, el pelo castaño claro y los labios gruesos y masculinos. ¿Qué era, el nuevo Superman? El traje le sentaba lo suficientemente bien como para poder imaginar que sin él también estaría fabuloso.

—Buenos días. —Le sonrió él, tirante, levantándose.

Y, además, muy alto, como le gustaban a Lola.

Caminó decidida hasta allí y le dio la mano con un apretón firme. Los ojos de él cambiaron, conforme iba recorriéndola, de la mirada de cordialidad fría a un interés bastante ardiente.

—Soy el señor Jara, sí, pero ¿y usted?

—Soy la señorita —y recalcó que era señorita y no señora— Castaño. Pero puede llamarme Lola.

—Entonces usted puede llamarme Enrique.

Agitaron las manos agarradas unos segundos más de lo necesario y al fin él, soltándola, le ofreció asiento.

—¿Qué la trae por aquí?

Y Lola se imaginó que aquel era el comienzo de uno de esos diálogos absurdos de las películas porno que terminan con sexo oral sobre la mesa. Eso estaría bien. Pero sonrió y contestó con formalidad:

—Me acabo de incorporar al departamento y he venido para presentarme. Seré la encargada de coordinar toda la publicidad internacional y…

—Ah, sí —asintió él interrumpiéndola—. Tiene usted unas magníficas referencias.

Y los ojos de él se fueron a las magníficas referencias que tenía Lola un poco más abajo de su cuello. Exactamente dos referencias redondas, turgentes y de copa C.

—Muchas gracias. Su fama también lo precede, señor Jara. —Le dio un toque condescendiente a la respuesta para crear un efecto sensual.

Enrique levantó la vista hasta sus ojos y sonrió de una manera pérfida que por poco no quemó las bragas de Lola.

—Puedes tutearme, Lola —le dijo con un tono de voz como el caramelo caliente.

—Será un placer tener muchas más ocasiones para hacerlo, Enrique.

Se levantó, le tendió la mano y con una de las sonrisas *made in* Lola, casi provocación sexual, se despidió.

—Lola —la llamó él cuando estaba a punto de abrir la puerta del despacho.

—¿Sí?

—Los jueves solemos salir a tomar una copa después del trabajo. Me encantaría que nos acompañaras.

—Claro. Contad conmigo.

Contoneándose, superemocionada, llegó de nuevo a su mesa. Rebuscó en su bolso en busca del móvil. Quería contárnoslo con todo lujo de detalles, al menos todos los que cupieran en un mensaje, pero al localizarlo se encontró con algo que la devolvió a la realidad.

«¡Buena suerte en tu primer día como supervisora sexi! Te espero en casa esta noche y lo celebramos. ¡He comprado vino del que no va en brik! Te quiero. Rai».

No, Lola…, ya no eres esa Lola…

6

Jugar a mamás y a papás

Después de que Aitana me enseñara su habitación y me presentara uno a uno a todos sus muñecos, con nombres y apellidos, jugamos a las cocinitas. Luego se le antojó una partida de parchís y más tarde que saltáramos a la comba a la vez dentro de su habitación. Como se me daba fatal, le caí bien y se tronchó de risa.

Después de comer no se echó la siesta. No, qué va. Me pidió que le leyese un par de cuentos, pero poniendo voces. Cuando se cansó encontró mi bolso y, tras pedirme permiso antes, eso sí, lo vació entero y estudió una por una todas las cosas que tenía, metiéndolas en el bolso después ordenadas, incluidas mis píldoras. Al terminar cogió la revista *Elle* de ese mes y me pidió que le leyera algo. Le leí un artículo sobre cómo conseguir una piel limpia y protegida del frío que pareció gustarle, porque después me preguntó si ella necesitaba ponerse sérum. Ahí flaqueé. Me dieron ganas de comérmela, a ver si de paso se quedaba quieta de una vez. Pero no. Porque luego jugamos con los gatos. Gatos por no decir toros, porque encima de esas dos bestias pardas se podría cabalgar monte arriba.

Y… diréis: ¿dónde estaba su padre? Su padre no se separó de nosotras ni un segundo, comprobando mi poca maña y los enormes esfuerzos que hacía para que ella no se aburriera.

A las ocho y media se comió su cena, no sin pelear un poco, y a las nueve en punto estaba metida en la cama. Bruno fue el encargado de las rutinas nocturnas, como mirar debajo de la cama por si había monstruos, abrir el armario por si había elfos y contarle un cuento de cosecha propia para que si luego tenía sueños malos pudiera acordarse de la historia. Mientras tanto, yo preparaba en la cocina la cena para nosotros, agotada e impaciente por estar un rato a solas con él. No estaba contenta, pero me avergonzaba admitirlo porque me sentía egoísta. Así que estaba concentrada en evitar que se me notara.

Cuando Bruno bajó las escaleras lo hizo sonriendo. Entró en la cocina, cerró la puerta y se sentó a mi lado a la mesa, frente a su plato.

—Qué bueno. Gracias —dijo refiriéndose a la cena.

—¿Se ha dormido?

—Está en ello. Dice que tengo buen gusto. Que le caes bien, pero que alguien debería enseñarte a saltar a la comba.

—Vaya. —Sonreí.

—Sí, vaya. Estás agotada, ¿no?

—Bueno, es que los críos se mueven mucho y yo no estoy habituada.

—No se te da mal —dijo cogiendo los cubiertos—. Siento mucho haberte puesto en esta situación si no es lo que querías. Pensé que te haría ilusión saber que…

—No te preocupes. Pero no vuelvas a hacerlo, por favor.

Bruno asintió y se puso a cenar. Yo suspiré pesadamente.

—Me muero por meterme en la cama.

—¿Para dormir? —dijo sin mirarme.

—O lo que tengas en mente… —contesté, haciéndole un guiño.

Eran las once y media de la noche cuando nos metimos debajo de las sábanas y lo hicimos con una intención muy clara. Me reconfortaba pensar que en mi visita no todo iba a ser una fiesta infantil.

Empezamos con unos besos inocentes en el cuello, con él detrás de mí. Me giré para besarle en los labios y… cuando quise darme cuenta estaba sobre su regazo, buscando el roce, moviendo mi cadera y con el camisón a la altura de la cintura. Hacía casi un mes que no teníamos un momento para nosotros…, nosotros dos desnudos, para más datos.

Nos quitamos la ropa de cama en menos de lo que canta un gallo y en susurros me hizo un par de peticiones subidas de tono. Bruno acomodó la cabeza sobre la almohada y yo hice un rápido recorrido descendente con mi lengua por su estómago. Su mano derecha agarró mi cabeza con firmeza cuando me dediqué al sexo oral. Gimió lo más comedidamente que pudo, diciéndome que lo hacía muy bien, pero, claro, no con esas palabras. Es Bruno. No sabe decir las cosas con esas palabras.

—Joder, no pares… —añadió después.

Me esmeré con placer en aquella caricia mientras él se mordía cada vez con más fuerza el labio inferior, animándome de vez en cuando a que lo hiciera más deprisa. Me metí su erección entera en la boca y después la saqué despacio, recreándome en lamer la punta.

—Más… —pidió.

—Te correrás y yo me quedaré sin fiesta —dije siguiendo el movimiento con la mano.

—¿Quieres fiesta, eh?

Bruno se incorporó y me tumbó en la cama. Me bajó las braguitas y, cogiendo mi pierna derecha en alto, me acarició con su pene.

—¿Quieres que te folle? —susurró en mi oído.

—Sí —le pedí.

Sentí cómo me embestía con fiereza. Me quedé sin aire y me revolví bajo su cuerpo.

—Estás tan húmeda que me resbalo en ti. —Y aquello, a juzgar por su tono, le encantaba.

—Ponte un condón, Bruno… —susurré.

—Tomas la píldora… —contestó jadeante.

—Por favor, ponte un condón.

Bruno se incorporó, abrió el cajón y cogió de mal humor un preservativo, que se colocó diligentemente.

—¿Ya estás tranquila?

—¿Por qué te enfadas? —ronroneé atrayéndolo hacia mí con las piernas.

No contestó. Me dio la vuelta en la cama, poniéndome bocabajo; coló su mano bajo mi estómago y me incorporó, quedándome con las palmas de las manos y las rodillas apoyadas en la cama. Se colocó detrás y me penetró otra vez. Me mordí el labio y después, como no quería gemir y que la niña nos escuchara y se traumatizara, mordí la almohada.

—¿Ahora qué? —susurró.

—Más —susurré también.

—¿Más?

Aceleró el movimiento durante un segundo y el golpeteo entre nuestra piel resonó con demasiada fuerza. De pronto paró en seco.

—¿Qué pasa? —dije.

Dicen que en el mismo momento en el que tu hijo da la primera bocanada y respira, tú te conviertes en padre y, por ciencia infusa, eres capaz de hacer todas esas cosas que un padre es capaz de hacer, como escuchar ultrasonidos…

Y en ese momento, mientras él contenía la respiración para asegurarse y yo me mantenía también callada, sin entender nada, se escuchó de pronto mucho más claro un:

—¡¡¡¡Papá!!!!

A Bruno la erección le bajó casi automáticamente, claro. Se arrancó el condón de un tirón, se puso los pantalones del pijama y salió al pasillo, donde encendió la luz.

—¡¡¡Papá!!! —se volvió a escuchar.

—¿Qué pasa, Aitana? —susurró al entrar en la habitación.

Me puse el camisón y la ropa interior y salí al pasillo descalza. Me asomé cuanto pude, asegurándome de que Aitana no pudiera verme, y vi a Bruno inclinarse en su camita y sentarse en el suelo, junto a ella.

—Las doce, cariño. Son las doce —le contestó a una pregunta que no pude oír.

—Me desperté y… —Cogió aire, sollozando—. No sabía si estaba en casa de mamá o si…, y no encontraba la luz y… —Se sorbió los mocos.

—No pasa nada. Es normal. ¿Sabes cuando papá se va de viaje y duerme en hoteles? También me pasa.

—Mentira. —Sollozó.

—No es mentira. Y ahora respira y tranquilízate. —El tono se volvió más firme.

—¿Puedo dormir contigo?

—No. Ya eres mayor.

—¡Papi! —se quejó entre lloros.

Vi a Bruno sentarse en el borde de la cama y cogerla en brazos. Después, dando friegas en su espalda, suaves, fue tranquilizándola, mientras la acunaba.

—Quédate hasta que me duerma. Por favor, papi.

—Vale —dijo Bruno, perdido ahora en la carita de su hija, que se recostó, acomodándose en sus brazos, y cerró los ojos.

Con una sensación extraña en la boca del estómago volví a la habitación y me metí en la cama.

Eran las cinco de la mañana cuando Bruno volvió al dormitorio. Me incorporé en la cama, despeinada y adormilada, y miré confusa el despertador de su mesita de noche.

—Me quedé dormido en su habitación, maldita sea —se quejó, llevándose una mano a la espalda—. Y esa cama es de puto juguete. Es jodidamente minúscula.

—Vale. Venga, ven.

Se tumbó a mi lado en la cama, pero mirando hacia la librería en lugar de a mí. Debía de estar más dormido que despierto. Le masajeé la espalda en la zona de los riñones y gimoteó.

—Puta cama.

—Vaaale —dije muy suavemente para apaciguar su mal humor.

Seguí masajeando y lo escuché casi ronronear de placer. De pronto, los «ronroneos» mutaron hasta convertirse en ronquiditos y Bruno terminó boca arriba, con la boca un poco abierta, profundamente dormido.

Yo me quedé despierta un rato más.

¿Qué estaría haciendo Víctor en aquel momento?

7

¿Querer?

Me desperté sola en la cama. Una luz gris llenaba la habitación, como humo. Palpé a mi lado, pero las sábanas ya estaban frías. Bruno debía de llevar ya un buen rato despierto. Y todavía no eran las nueve.

Iba a salir de la habitación con camisón, pero lo pensé mejor y me puse unos pantalones vaqueros, unas bailarinas y un jersey de lana de Bruno. En un principio pensé en ir a buscarlo a la cocina, pero el sonido de las teclas de su ordenador, arriba en la buhardilla, me dio la pista de dónde sería más fructuosa mi búsqueda.

Lo encontré con las gafas puestas y tan entregado a lo que estaba escribiendo que ni siquiera me vio ni me oyó entrar.

—Cielo… —susurré.

—Oh —contestó.

—¿Qué haces?

—Un segundo —dijo.

Siguió tecleando con rapidez y pasados al menos dos minutos, levantó la mirada hacia mí y se quitó las gafas.

—¿Se ha despertado ya? —me preguntó.

—No.

—Pues debe de estar al caer.

—¿Llevas muchas horas levantado?

—Desde las siete. Tuve un sueño raro. Me desperté, me puse a darle vueltas y… —Señaló el ordenador—. Llevo siete páginas que creo que después de una revisión serán buenas.

—Me alegro. ¿Quieres café?

—No. Ya me tomé dos tazas seguidas. Pero… ¿puedo pedirte un favor?

—Claro. —Anduve hasta él y me senté en sus rodillas.

—Quiero aprovechar el tirón… ¿Podrías entretener a Aitana mientras tanto?

Lo miré como si me hubiera pedido que me la comiera.

—¡No me jodas, Bruno!

—Serán solo un par de horas. Como mucho hasta antes de comer. Jugad fuera, no sé, al escondite.

—Está lloviendo —dije de mala gana.

—Por favor, Valeria, no te lo pediría si no pensase que es… bueno. —Volvió a señalar la pantalla—. Ya sabes cómo son estas cosas. Cuando se van…, se van. No lo haría si no fuera así. Adoro a Aitana y todo el tiempo que estoy con ella, pero…

—Vale, vale.

A ver, cielo, no dudo que lo que estás escribiendo sea bueno, pero… ¿no será que quieres que estrechemos lazos sin que estés tú delante? Eso es chantaje emocional.

Cuando bajé dispuesta a darme una buena ducha, me encontré a la enana en la escalera, mirándome y en pijama.

—Hola. —Sonreí—. Buenos días.

—Buenos días —contestó—. ¿Y papá?

—Está trabajando arriba. Va a estar ocupado un rato. Mira tú qué bien, nos deja que tengamos una mañana de chicas.
—Y ni siquiera me creí yo misma.

—¿Mañana de chicas?

—Claro. Para que hagamos lo que más nos apetezca.

—¿Sí? —Levantó las cejitas, emocionada.

—Sí, ¿qué te apetece?

—Desayunar chocolate con galletas y después hacer bizcochos.

Hacer bizcochos, qué bien. Todo el mundo sabe lo bien que se me da a mí la cocina. La noche anterior yo había sido la encargada de hacer la cena y lo único que supe cocinar fue una tortilla de queso de lonchas. Por el amor de Dios...

Pero sonreí, claro.

—Espera un segundito, ¿vale?

—Vale. Haré mi cama.

Subí corriendo arriba y Bruno me miró a través de sus gafas.

—¿Qué pasa?

—Se ha despertado. Quiere desayunar chocolate y galletas y después hacer bizcochos.

—Vale, pero dile que solo hoy. Está todo en la alacena, en la cocina. Y no dejes que se coma la masa del bizcocho cruda. Después le duele la barriga y se pone a vomitar como en *El exorcista*. En aspersor.

Sí, todo mejoraba por momentos.

Cuando me asomé a su habitación la camita ya estaba hecha (con sus más y sus menos) y ella se estaba atando los cordones de sus zapatillas.

—Pijama y zapatillas, ¿eh? —le dije.

—Sí. Así puedo correr y no me caigo.

—Yo también tengo que hacer la cama.

—Te acompaño. ¿Puedo?

—Claro.

Entré corriendo en la habitación para comprobar si el preservativo de la noche anterior seguía en la mesita de noche, pero Bruno debía de haber tirado ya los rastros del coitus interruptus.

Aitana se quedó mirando mi camisón, que estaba sobre la colcha, y después lo cogió.

—¿Es tuyo?

—Sí. —Claro, no iba a ser de su padre.

—Es bonito —dijo poniéndoselo por encima.

A mí apenas me tapaba las vergüenzas y a ella le venía casi hasta los tobillos.

—¿Te gusta?

—Sí. Nunca había visto ninguno igual. ¿No pasas frío?

Negué con la cabeza y me callé que el objetivo de tan poca ropa era que otro te hiciera entrar en calor. Ya lo averiguaría ella con el tiempo. Me lo tendió y le sonreí.

Lo doblé, lo metí en el cajón de la mesita de noche e hice la cama. Ella quiso ayudar y tensó las sábanas desde el otro lado. La verdad es que era muy mona y educada. ¿Podría hacerme con ella?

Las dos desayunamos chocolate (del instantáneo, gracias a Dios) y galletas y después nos dispusimos a hacer un bizcocho, pero a Aitana se le ocurrió que sería más divertido hacer magdalenas. Así que busqué los moldes por todas partes hasta que los localicé al fondo de la alacena. Encontramos harina, levadura, huevos, leche y mantequilla a la primera, pero las pepitas de chocolate se nos resistían. Y eso que ella juraba y perjuraba que su papá las había comprado hacía poco especialmente para hacer magdalenas con ella y que tenían que estar en alguna parte. Hicimos un concurso: la que las encontrara antes podría comerse unos cuantos trocitos de chocolate. Fue ella, cómo no, la que las encontró en la nevera. Después le di su premio, pero tuvo a bien compartirlo conmigo.

Y entonces fue como si en la cocina hubiera explotado una bomba de protones. A decir verdad, fue como si algo hubiera explotado dentro de la harina, porque de pronto todo estaba manchado de blanco. Había utensilios, boles y demás por todas partes y eso que, según me han dicho, lo de hacer magdalenas es un trabajo que implica unos quince míseros minutos y cuya dificultad es nula. Bien. A nosotras nos llevó hasta las once y media.

Cuando estuvieron hechas obligué a Aitana a que me ayudara a limpiar todo aquel desaguisado, aunque antes tuve que convencerla de que así se enfriarían un poco y podríamos subirle una a su padre. Luego me di cuenta de que la niña era más minuciosa que yo con eso de la limpieza. Qué vergüenza. Bueno, al menos había aprendido a hacer magdalenas. Qué útil es tener Internet en el móvil para esos casos. Google, receta magdalenas con pepitas de chocolate, buscar. Pero para ella yo seguiría siendo muy sabia.

Aitana subió orgullosa con una magdalena como tributo a su padre y yo subí con otro café, esta vez descafeinado, para él y para mí. Él nos recibió con todos los honores, se comió la magdalena y, aunque al parecer se encontró un trozo de cáscara de huevo dentro, nos dijo que estaban exquisitas y que si no las escondíamos se las comería todas. Después cogió la taza de café, me dio un beso en la frente y me dijo que acabaría en unas horas. Unas horas. Buen día para que te visiten las musas, querido.

Mantener ocupada, y sobre todo entretenida, a una niña de seis años es muy difícil. Al menos es una labor exigente. Así que cuando, después de comer, Bruno me pidió que estuviera con ella mientras él dejaba solucionados unos flecos, se me cayó el alma a los pies. Empezaba a estar segura de que, como él decía, la inspiración le había llegado de repente, caída del cielo, como el maná, pero también le había venido estupendamente examinar mi capacidad de adaptación a su hija. No me quedaban ideas y hasta ella se había aburrido ya de jugar al escondite, a la gallinita ciega, al pilla pilla... Así que hice lo único que se me ocurrió.

A las cinco de la tarde Bruno bajó llamándonos y diciendo que se le había ocurrido que podíamos ver una película y comer palomitas. Nos encontró a las dos en su dormitorio, con el contenido de mi bolsa de aseo totalmente desperdigado sobre la colcha y a Aitana más pintada que una puerta, con pintalabios rojo incluido. Por poco no se meó de la risa cuando se dio cuenta de que nos habíamos entretenido pintándonos la una a la otra y que yo parecía el payaso de Micolor.

—¡Mira, papá! ¿A que está guapa?

Y la mirada de aprobación de Bruno por haberme dejado hacer semejante aberración fue suficiente premio para mí. Y por primera vez… había algo tierno en el ambiente. ¿Era amor?

Por la noche caí rendida. Mi cuello apenas tocó la almohada y ya estaba dormida. Profundamente dormida. Ni siquiera noté cómo Bruno se metía entre las sábanas a mi lado. Solo sé que soñé que Aitana me había pintado con las pinturas equivocadas que al final habían resultado ser rotuladores indelebles y ya no me podía quitar ese maquillaje ni frotando.

Me desperté en mitad de la noche, creí en un primer momento que porque sí. Estaba muy oscuro. Solo entraba por la ventana el resplandor blanquecino de la luz del patio trasero y no se oía más que el sonido de la lluvia al repicar sobre las hojas y el tejadillo de la casa. Me revolví hacia el otro lado de la cama buscando a Bruno y me di cuenta de que estaba acostado de lado, despierto y mirándome.

—¿Qué hora es? —susurré.

No contestó. Solo me besó en los labios, suave pero contundente, y se tumbó sobre mí. Respondí al beso quizá con menos premura que de costumbre, lo que dio a la situación un cariz más… calmado. Abrí las piernas, dejándole hueco entre ellas, y nos abrazamos mientras nos besábamos. Bruno se sostuvo con los dos brazos sobre mí y, mirándome a los ojos, susurró:

—Te quiero, lo sabes, ¿verdad?

No supe qué contestar. El corazón, el estómago y un montón más de vísceras se me agolparon en la garganta. Cerré los ojos, dejándome llevar por sus caricias por debajo de mi camisón, y con la cabeza aún embotada pensé que podría quererlo. Condicional. Podría.

Cogí su cara entre mis manos y lo besé otra vez, dejándolas resbalar después por su espalda, que acaricié cuando se recostó sobre mí.

Nos desnudamos despacio y cuando lo recibí dentro mi cuerpo ni siquiera estaba tan excitado como de costumbre. Por primera vez no se trataba de una cuestión sexual. No era el instinto lo que nos estaba empujando al sexo. Por primera vez no. Bruno fue cuidadoso, extrañamente cuidadoso, preocupado por mí, por besar mis párpados, mis mejillas, mi cuello, mi barbilla, mientras el vaivén de sus penetraciones lo hacía subir y bajar sobre mi cuerpo.

Ni una frase subida de tono, ni una blasfemia. Nada. Ni una palabra. Solo unos jadeos secos en su garganta, con la boca cerrada y a veces hasta con los ojos cerrados, aspirando mi olor, apretándome contra él, como si pudiera en un momento dado meterme dentro de su cuerpo, devorarme, hacerme parte de él y ya nunca más tuviéramos que despedirnos en el aeropuerto.

Cuando Bruno adivinó que se corría se contuvo, esperando ver todas aquellas pistas que mi cuerpo dejaba en el camino cuando estaba a punto de deshacerme en un orgasmo. Sentí que toda la atención estaba puesta en mí, pero, aunque estaba pareciéndome placentero, no iba a correrme. Al menos no en aquel momento. Podía decirle que esperara; entonces Bruno bajaría, me besaría por todas partes y terminaría con la lengua hundida entre mis piernas, para acabar penetrándome cuando yo estuviera a punto. Pero todo me pareció muy cuesta arriba. Entreabrí los labios, apreté las yemas de los dedos en su espalda y lo abracé con las piernas. Gemí y lo busqué con la cadera hasta que él se tensó y un gruñido bajo salió de su garganta.

Mi primer orgasmo fingido.

Hasta me dio pena despedirme de Aitana el lunes por la mañana. Habíamos terminado haciendo buenas migas. Como prueba de ello me había hecho una pulsera con unos hilos de colores que yo acepté, claro, con el juramento de que no me la quitaría hasta que se rompiera ella solita. Y a pesar de que le había cogido cariño, no podía evitar desear no volver a tener que verme en esa situación jamás. Aquello iba en serio. Y en serio con Bruno era en serio de verdad. No tenía nada que ver con Víctor. Víctor no podía comprometerse con nada que no fuera él mismo, ¿no? Víctor no iba a poder darme estabilidad jamás, ¿verdad?

¿Veis? Era mucho mejor para todos seguir con la rutina sexual que me unía a Bruno y esperar un poco para desarrollar lazos afectivos complejos.

A partir de ese momento, además, para terminar de complicarlo todo, Bruno no dejó de tratar de aclarar cómo íbamos a asentar aquella relación con todos aquellos kilómetros de distancia entre su casa y la mía. Él no se movería de allí, porque tenía una hija a la que no perdería de vista por nada del mundo, y sabía que yo jamás lo dejaría todo por irme detrás de un hombre, por muy en serio que fuera lo nuestro.

El domingo por la noche, después de cenar un par de copas de vino y poco más, nos tumbamos sobre la alfombra del salón con el fuego encendido en la chimenea. Aquello nos traía gratos recuerdos a los dos. Y después de rememorar nuestro primer polvo con otro multipostural con final apoteósico lleno de palabras malsonantes, blasfemias y expresiones que harían enrojecer a guionistas de la industria pornográfica mundial, nos quedamos absortos, mirando el fuego.

—Tienes una constelación de lunares en la espalda —me dijo, recorriendo la distancia entre unos lunares y otros con la yema del dedo. Me reí—. ¿Qué? —preguntó.

—No sabes las veces que me has dicho esa misma frase.

—Me giré hacia él y después dejé que se apoyara sobre mi vientre.

—Es que nunca recuerdo si te lo he llegado a decir o solo lo he pensado.

—No pasa nada.

—No tengo poca memoria. Es solo que tengo memoria selectiva.

—¿Y cómo es eso?

—Mi cerebro hace limpieza continuamente. Al final me quedo solo con los momentos que importan, pero los recuerdo con mucho más detalle que vosotros, los que no olvidáis nada. —Se rio.

—¿Y cuáles son esos momentos que importan, si puede saberse?

—Recuerdo perfectamente la noche que Amaia y yo concebimos a Aitana.

—Vaya —dije entre dientes.

—Yo no quería tener niños, ¿sabes?

—¿Por qué?

—Lo nuestro empezaba a dar señales de que algo no andaba bien y en esa situación yo quería... esperar. Pero ella no.

—¿Y cómo se pudo quedar embarazada si tú no querías tener niños aún?

—He ahí la cuestión. Dejó de tomar la píldora a escondidas. El principio del fin. Aitana es lo mejor que me ha pasado, pero no soporto que me mientan. No puedo soportarlo y jamás se lo perdonaré.

Tragué con dificultad. Yo también le había mentido una vez. Con Víctor. Y le había mentido en la cama. Y mentía con verdades a medias continuamente.

—¿Qué más recuerdas? —pregunté. Quería cambiar de tema.

—El día que te conocí llevabas un pantalón vaquero, unos zapatos negros de tacón altísimo, una camiseta de Los Ramones y una americana negra. Los labios pintados de un color... entre rojo y naranja. Jugosos. Me hizo gracia tu nariz y esa forma de contonearte al andar, como si en realidad no quisieras hacerlo. Víctor llegó tarde a tu conferencia y tú casi te quedaste en blanco cuando lo viste entre la gente. Aquella misma noche soñé contigo. Contigo empapada en sangre, follándome como si no hubiera mañana. Mezclé lo mucho que me habías gustado y el punto en el que había dejado mi novela. Y gracias a ti escribí sesenta páginas casi del tirón durante los días siguientes.

—Así que soy tu musa, ¿eh?

—Sí. Y con eso tuve para fantasear durante semanas. Una paja detrás de otra.

—Bruno, por Dios… —me quejé.

—Sabía que terminarías sin ni siquiera plantearte qué haces con un tipo tan feo como yo.

—Eres tonto, pero no feo.

—La primera noche que follamos quise que durara horas y horas. Casi no podía creérmelo. Estuve a punto de correrme como doscientas veces. Solo de acordarme se me vuelve a poner dura.

—Solo tú puedes decir algo bonito utilizando las palabras follar, correrme y la expresión «ponerse dura».

—¿Sabes? Creo que siempre supe que…, que eras la mujer de mi vida. Creo que siempre tuve claro que me harías besar el suelo que pisas; por eso te dije que eres una de esas mujeres nacidas para ver a los hombres postrarse a sus pies. Porque en el fondo siempre supe que me harías tragar con lo que te diera la gana. —Me incorporé y me quedé mirándolo—. ¿Qué? —preguntó él, sosteniéndome la mirada.

—¿Soy la mujer de tu vida?

—Creo que podré quererte hasta que me muera —dijo sin un ápice de sonrisa—. Y no porque yo lo haya elegido. Uno nunca quiere enamorarse así.

—¿Por qué?

—Porque no te hace dueño de ti mismo. —Sonrió—. Pero sin dramas. No te emociones.

—Eres imbécil. —Sonreí.

—Soy imbécil y estoy enamorado. La conjunción perfecta. Solo queda plantearnos… ¿cómo lo haremos, Valeria?

¿Que cómo íbamos a hacerlo? No tenía la más remota idea, pero si de algo estaba segura era de que iba a buscar la forma de que fuera posible porque quería con todas mis fuerzas que esa relación saliera bien. Esa relación podía salvarme.

8
Genio y figura

Nerea apartó un esquema de distribución de mesas y unas listas de invitados totalmente señalados y dejó caer la cabeza sobre la mesa. Miró el reloj. Las ocho y media. Llevaba doce horas allí dentro. Había comido en aquella misma mesa. A pesar de estar cansada podría seguir trabajando un par de horas más. Era lo bueno de aquel trabajo: le encantaba.

Suspiró. Le apetecía tomarse una copa en el bar de la esquina. Podía parecer deprimente el hecho de hacerlo sola, pero era mejor que tomársela en casa. Al menos estaría rodeada de gente y no se sentiría una alcohólica sirviéndose un vaso de vodka de la botella escondida en la cisterna del váter.

Recogió los papeles con todos aquellos pósit de colores pegados y lo colocó todo ordenadamente en el archivador con el nombre de los novios. Cerró el cajón con llave y se dedicó a meter las cosas en su bolso. Unos nudillos golpearon suavemente la puerta trasera, por donde salía todas las noches y por donde entraba todas las mañanas antes de las nueve. Fue hacia allí colocándose la chaqueta, vestida con unos vaqueros rectos y una blusa azul entallada.

—¿Sí?

—Nerea, soy Jorge.

Puso los ojos en blanco. Joder… Abrió.

—¿No sabes venir a horas normales?

—Me acabo de levantar.

Ciertamente tenía pinta de acabar de salir de la cama en aquel mismo momento. Llevaba una camiseta de la Rana Gustavo de manga corta sobre una negra de manga larga, con un pantalón vaquero negro tan caído que probablemente por detrás se le verían totalmente los calzoncillos. La chaqueta era mejor ni mirarla. Sin embargo, siempre tenía esa apariencia tan refrescante, como acabado de salir de la ducha, como recién llegado de la playa…

Se apartó el pelo del flequillo de la cara y sonrió.

—Deja de mirarme así. Pareces mi madre.

—Dime, ¿qué quieres?

—¿De qué relicario has sacado ese collar, Nerea? —Se rio.

Nerea se tocó por inercia el collar de perlas que casi ni se quitaba para dormir. Le encantaba. Se lo había regalado su abuela y eran perlas buenas… Ella misma se encargaba de decirlo cada vez que Lola la increpaba por llevarlo a todas partes.

—Te traigo las cuatro copias del DVD que me pediste.

—Oh, gracias. Dame.

—¿No me vas a dejar pasar? —le contestó Jorge mientras sacaba los DVD de su bolsa de mano.

—¿No ves que me voy?

—¿Te llevo?

—No, iba a…, bueno…, he quedado —dijo digna.

—¿Sí?

—Sí.

—¿Con quién?

—No es de tu incumbencia.

—¿Dónde?

—En el bar de la esquina —dijo cometiendo el error de dar demasiada información.

—Nerea —se apoyó en el marco de la puerta—, no has quedado con nadie.

Ella apretó el morrito y después negó con la cabeza.

—Soy pésima mintiendo. Voy a tener que hacer algo con esto. —No pudo resistir la tentación de sonreír.

—¿Te apetece una cerveza?

—Una copa de vino.

—Pues un vino.

Los dos compartieron una sonrisa y salieron en buena armonía hacia el bar.

Nerea se pidió un vino blanco y cerró los ojitos al tragar el primer sorbo.

—Eres alcohólica, ¿lo sabes? —dijo Jorge.

Ella lo miró de reojo.

—Bebo una copa de vino una o dos veces por semana. No creo que suponga un problema.

—Le das al litro —bromeó él agarrando su jarra de cerveza.

—A saber a qué le das tú.

Él torció la boca y se acomodó apoyado en la barra.

—Dime, ¿saldrás huyendo si te saco el tema?

Ella se mordió el labio.

—Probablemente.

—¿Jamás podré preguntarte por qué?

—El porqué es evidente. —Se acercó a él, como si quisiera que nadie la escuchara—. Estaba borracha. Muy borracha. Y la culpa, además, fue tuya.

—¿Qué problema hay? —Jorge se acercó más a ella.

—Aléjate. Que te deje invitarme a una copa de vino no implica que tenga que tenerte tan cerca.

—¿Encima tengo que pagar yo? Eres una estirada. —Pero al decirlo dibujó una sonrisa espléndida.

—Sí, lo soy. Déjame en paz.

—Seguro que tu ex era un pijo de esos que llevan pañuelo en el cuello y pasean por casa con una bata de terciopelo rojo —la provocó.

—Mi ex era un tío guapo y con éxito. No hay color. —Lo miró de arriba abajo.

—Entonces ¿por qué lo dejaste?

—¡Yo a ti no tengo que darte explicaciones!

—Nerea… —Se apoyó en la barra, levantando las cejas, mirándola tan seguro de sí mismo…

—¿Qué?

—Te mueres de ganas. ¿Pago y nos vamos?

—Ni lo sueñes.

—Oh, llegas tarde, soñarlo lo he soñado ya mucho. Ya sabes, mojé mis sábanas blancas, como dice la canción… —tarareó.

—Eres un cerdo.

Se miraron en silencio unos segundos. Los dos sonrieron.

—Te gusto —sentenció Jorge.

—¡No! —exclamó ella.

—Te encanto.

—¡Ja!

—¿Te avergüenzas de haberte acostado conmigo? ¿Es eso? ¿Es que soy demasiado poco para ti, alteza?

—Estaba borracha.

—Pues participaste como una chica sobria. Dos veces —puntualizó.

—Bah, olvídame.

—Disfrutaste y mucho.

Nerea sacó del bolsillo de su vaquero un billete de diez euros y lo dejó sobre la barra.

—A esta invito yo. No quiero deberte ni una copa de vino.

Se volvió con un golpe de melena y se marchó contoneándose, luchando consigo misma para no girarse y comprobar si él la miraba. No pudo controlarse y, antes de perder de vista la ventana del local, echó un vistazo para ver a Jorge sonriendo mientras apuraba su cerveza. No, no la miraba. Dio una patadita en el suelo y siguió caminando hacia su coche.

9
Hacerse mayor

El jueves Carmen se despertó con un molesto dolor intermitente en la zona lumbar, lo que solemos denominar dolor de riñones. Borja se fue a trabajar a las ocho de la mañana y ella se quedó sentada en la cocina notando cómo, poco a poco, una especie de rampas le azotaban la parte baja del vientre. Vale, estaba de parto, estaba claro.

Pasó de la ilusión al pánico unas doscientas veces hasta que decidió que era mejor callarse por el momento, hasta que los síntomas avanzaran un poco más. No quería ir al hospital y pasarse en dilatación día y medio, como su cuñada. Fue a su habitación, revisó que en la maleta que tenía preparada lo llevaba todo y después la dejó junto a la puerta respirando hondo. No. No estaba preparada.

A las cuatro de la tarde los dolores empezaron a ser más y más fuertes hasta que una contracción la dobló en dos. Cogió el teléfono y llamó a Borja.

—Dime, cariño —contestó Borja con el sonido inconfundible de las teclas del ordenador de fondo.

—Borja, estoy de parto.

—¿Ya? —dijo, exaltado de pronto.

—Sí.

—¿Han empezado ahora los dolores?

—No. Los tengo desde esta mañana. Creo que ya está muy avanzado.

Borja ni le contestó. Colgó el teléfono, se puso en pie y, mientras cogía la chaqueta, les dijo a sus compañeros:

—Me voy. Tengo que ser padre.

Unos aplausos lo acompañaron hasta la salida, donde se encontró con Dani, su jefe y exnovio de Nerea.

—¿Adónde vas tan deprisa?

—A por Carmen. Parece que Gonzalo está empujando para salir.

—¡Enhorabuena! —dijo palmeándole la espalda—. Anda que no habéis corrido vosotros ni nada. Ale, ale.

Borja bajó a la calle y se encendió un cigarrillo. Le dio dos caladas y lo tiró a la vez que se subía en el primer taxi libre que vio.

Cuando llegaron al hospital, a las cinco menos cuarto, Carmen ya había dilatado solita la friolera de siete centímetros. Ella, que es muy apañada, llevaba hecho de casa la mayor parte del trabajo. La metieron en la sala de dilatación y antes de que pudiera acostarse, rompió aguas.

El parto fue natural y limpio, muy corto. A las seis y media Carmen ya estaba dando los empujones finales, cogida de la mano de Borja, que estaba callado, mirándola resoplar, sudorosa y roja. Gonzalo tomó su primera bocanada de aire a las seis y treinta y dos minutos, estallando en un llanto histérico. Cuando lo dejaron algo más limpio sobre el pecho de Carmen ella se quedó mirándolo, sorprendida, anonadada. Gonzalo ya no lloraba. Solo abría y cerraba los deditos de sus minúsculas manos, mirando con esos ojos ciegos de los bebés. Borja se mordió el labio inferior, emocionado, y Carmen no pudo más que susurrar:

—Hola, cariño…, soy mamá.

De pronto, daba igual que tuviera miedo y que hasta pensase que habían cometido una locura teniendo un hijo tan pronto.

Daba igual que no estuviera preparada porque, de repente, era madre.

Después de que Borja me llamara para decirme que ya eran padres, lo primero que hice fue marcar el número de Bruno, que me sorprendió al anunciarme que vendría esa misma semana. En un primer momento de ingenuidad pensé que venía solamente porque para mí era importante que ambos conociéramos al primer bebé de la pandilla. Pero en realidad, como más tarde me aclaró él, tenía que acudir a una reunión. Lo habían llamado porque parecía que la idea de hacer de su primera novela una serie de televisión había mutado hasta convertirse en el proyecto de una película. Y por fin llegaba a buen puerto. Además, querían que supervisara las labores de guion.

—Es genial. Enhorabuena —le dije muy emocionada por él.

—Gracias, preciosa.

—Me encantaría que pudieras venir conmigo a conocer a Gonzalo.

—Bueno, cielo, es tu amiga Carmen. En realidad no pasa nada porque vayas sola.

Me quedé mirando al infinito sin comprender por qué siempre tenía que dar contestaciones tan pragmáticas. Carraspeé y le expliqué lo que había querido decir:

—En realidad pensaba que me haría ilusión que me acompañaras. Y me haría ilusión verte sostener un bebé.

—Se me da bien, claro. —Se rio—. Ya tengo experiencia.

Y en lugar de pensar en lo que él me estaba contando sobre ser padre, me acordé de Víctor sosteniendo en brazos a mi sobrina Mar cuando era muy pequeñita. La había agarrado con intuición y suavidad y colocado sobre su brazo, sujetando su pequeña cabeza firmemente. Y después me miró y le dijo a mi hermana: «Es preciosa»...

¿Y si nosotros hubiéramos decidido seguir? ¿Habríamos tenido hijos?

Sé que terminé algo abruptamente la conversación con Bruno, pero no supe hacerlo de otra manera. Solo le dije que tenía que hablar con las chicas para ir a ver a Carmen y que tendríamos que comprar algo antes.

Marqué el teléfono apresurada y llamé a Lola, que me recibió como siempre:

—¿¡¡Ya ha parido!!? —Ni hola, ni nada.

—¡Sí! —contesté emocionada—. ¿Vamos mañana a verla?

—¡Claro! Saldré antes del trabajo. ¿Es un orco o ha salido mono?

—Seguro que es monísimo. ¿Vamos a comprarle algo? Paso por tu curro y te recojo.

Lola miró a su alrededor con los ojos bien abiertos, esperando encontrar una excusa suficientemente convincente.

—No puedo, Valeria —me dijo muy decidida por fin—. Cosas del nuevo curro. Llama a Nerea. Pero mañana salgo antes y vamos a verla al hospital.

—¡Vale!

—¡Oye! —exclamó malévolamente—. No compréis ñoñeces, que os conozco. Compradle algo a ella. Algo bonito que le haga olvidar momentáneamente que le ha salido una cabeza humana del chichi.

Dios… Hay cosas que no cambian nunca.

Cuando colgamos Lola fue al baño a retocarse y después volvió a su mesa a fingir que trabajaba a destajo. En unos minutos su jefe, el portentoso Enrique Jara, se asomó para preguntarle si estaba lista.

Bajó con todos en el ascensor, presentándose, siendo supersimpática y con pinta de supersupervisora con superpoderes laborales. Tardó poco en darse cuenta de que era la única persona de su categoría en el grupo. Todos los demás tenían cargos de mayor responsabilidad. Se sintió tremendamente bien por ser aceptada en aquella pandilla.

Caminaron un poco hasta llegar a una coctelería. Lola agradeció que el paseo fuera corto porque se había puesto los Christian Louboutin que le regalamos por su cumpleaños y no estaba acostumbrada a largas caminatas subida a quince centímetros de tacón. Pero… ¿y lo sexis que quedaban sus piernas allí arriba?

Pidió una copa de vino mientras los demás iban directamente a los combinados. Pero ella necesitaba tener la cabeza despejada para no olvidar que tenía novio, que enrollarse con Enrique Jara no era buena idea y engañar a Rai pasaba por destrozar su pobre, tierno y joven corazoncito de artista bohemio mal vestido.

Mientras pensaba en esas cosas sintió una mirada punzante sobre ella. Evidentemente eran los ojos azules y despiadados de Enrique, que se la comían. Y no pudo evitar corresponderle con una sonrisa coqueta.

Se enteró de muchas cosas allí. Le vino bien laboralmente. *Networking*, le llaman. Conoció a gente que podría hacerle la vida más fácil, se echó unas risas, las mujeres admiraron su estilo y algunos hombres le tiraron los tejos. Casi se vio obligada a decir que tenía pareja, pero en el último momento decidió que a nadie le interesaba su vida privada…, y mucho menos a Enrique, con el que no le apetecía dejar de coquetear aún.

Después de la tercera copa de vino hizo un elegante mutis por el foro. Dejó un billete sobre la mesa y, disculpándose, dijo que se iba a casa. Además, los pies no le respondían. Necesitaba meterse en un taxi y desaparecer donde la mirada de su nuevo jefe no pudiera desabrocharle los botones de la blusa.

Caminó hacia la avenida principal con paso decidido, olvidando el dolor de pies, y cuando estaba a punto de dar el alto a un taxi con la luz verde, una voz, grave y vibrante, la llamó a sus espaldas. Cerró los ojos.

—Joder, Lolita…, ¿por qué narices serás tan irresistible? —se dijo a sí misma en voz baja. Se giró y sonrió—. ¡Señor Jara!

—dijo exagerando el tono cortés—. ¿Qué hace usted por aquí? Creía que estaría vaciando botellas de ginebra de importación.

Él sonrió de lado, casi sin mover ni un músculo.

—¿Quieres que te acerque a casa?

—¿Tienes el coche por aquí?

—A una manzana.

¿Era capaz de andar una manzana? ¿Debía andarla?

—Verás, voy a serte completamente sincera... —Pero esa sinceridad no pasaba por confesar que tenía un jovencísimo novio en casa esperándola para que lo ayudara a repasar para sus exámenes parciales—. Estos zapatos me están matando. Necesito llegar a casa ya si no quiero que esta historia acabe en amputación.

—¿Y si voy a por mi coche y tú me esperas fumándote un cigarrillo? Antes de que se consuma del todo estaré aquí. —La sonrisa se le agrandó—. Me encantaría hablar contigo sobre tu primera semana en el departamento.

«Estimados dioses: ¿por qué a mí, Lola, con el historial que tengo? ¿Por qué tratáis de probarme sabiendo, como sabéis, que soy de voluntad débil?».

Pero no. ¡No, Lola, no! Cogió aire y negó suavemente, a la vez que alargaba la mano, haciendo una seña a alguno de los taxis que pasaban.

—No, Enrique, pero muchas gracias. Tú tendrás cosas mejores que hacer y a mí me esperan en casa.

—Llámame Quique.

—Buenas noches, Quique. —Le guiñó un ojo sin poder evitarlo.

Dio media vuelta y entró en el taxi, donde se quitó los zapatos mientras lanzaba un alarido.

—Señor taxista, no sabe usted lo complicado que es ser una mujer moderna hoy en día. Constantemente quieren mutilarle a una los pies y pasársela por la piedra.

Y después recitó la dirección de su casa y se relajó.

10

La ternura

Lola y yo quedamos en mi casa a la hora de comer. Nerea vendría a tomar café y después nos iríamos al hospital a ver a Carmen y a su niño. Cuando entró, calzando bailarinas, me quedé mirándola extrañada. No era algo que soliera hacer a menudo y menos cuando venía del trabajo. Ella siguió mi mirada hasta sus pies y después lanzó una especie de carcajada.

—Ayer casi me convierto en *geisha* por culpa de los Christian Louboutin. Dolor hasta en el alma. Cuando me los quité, en vez de pies tenía pimientos morrones.

—¿Te los pusiste para ir a trabajar?

Vaciló.

—Es que… —Se toqueteó el pelo, que le había vuelto a crecer, y confesó—. Tengo un jefe guapo no, lo siguiente. Creo que todos los calendarios de bomberos del mundo están hechos con su cuerpo. Podría morir aplastada entre sus abdominales.

—¿Se los has visto? —Fruncí el ceño, sorprendida.

—¡No! ¡¡Pero me los he imaginado mucho!!

Me eché a reír.

—Será porque Rai tiene un cuerpecito poco agradecido, ¿no?

Lola lo pensó. Madre. Tenía una mente muy enferma. Con lo bueno que estaba Rai…

—No, no, vamos a ver, que mi niño es la cosa más bonita del mundo —aclaró—. Pero es que este hombre…, este hombre es sucio como lo que más. Es más sucio que…, que…, que… un *bukake*. Y tiene que tenerla del tamaño de un bisonte.

—O de dos. —Me reí mientras sacaba del horno la pizza congelada.

—Joder, Valeria, tus dotes culinarias terminarán seduciéndome.

Le enseñé el dedo corazón y le pedí que nos pusiera una copa a las dos.

—¿Qué comprasteis ayer? —me preguntó mientras servía el vino.

—Al final tuve que ir sola. Nerea tenía mil cosas, para variar. Le compré algo útil. Llamé a Borja y le pregunté qué no tenían y me dio un par de pistas. Le hemos comprado una sillita para el coche. Pesa mucho, así que tenemos que ir a recogerla entre las tres después de comer. Y vale como si estuviera chapada en oro. Avisada quedas.

—¿Una sillita para el coche? ¿Qué no entendiste de «algo bonito para Carmen»?

—Lola, acaban de tener un bebé. Todo son gastos.

—¡Por eso! ¡Acaba de sacar un ser humano por el chichi! ¡Habrá que darle un capricho, ¿no?! —Hizo una pausa y sonrió—. Menos mal que yo le he comprado un camisón precioso.

Las dos sonreímos y empezamos a comer.

—Oye, Lola… —dije cabizbaja—. Tú… ¿alguna vez has tenido que fingir…?

—¿Un orgasmo? —me interrumpió—. No. Claro que no. Soy implacable. Si no haces que me corra, a la puta calle. La vida ya es suficientemente jodida como para que encima te dejen sin postre. —Esta Lola…—. ¿Tú sí? —preguntó picoteando de la ensalada que había preparado.

—Con Adrián nunca fingí si no llegaba. Más que nada porque si no me corría era más porque él terminaba en tiempo récord. Habría sido ridículo que lo fingiera.

—¿Pero? —lo dijo entornando, suspicaz, los ojos.

—El otro día… con Víctor…

—¡¡¡¡¡Con Víctor!!!!!! —gritó—. ¿¿¿¿¿Qué?????

—¡No! ¡No, no, joder! ¡Con Bruno! ¡Quería decir con Bruno! Ha sido…, ha sido un despiste tonto.

Lola se echó a reír a carcajadas. Maldito subconsciente. No, con Víctor claro que no había fingido nunca. Con Víctor a nadie le hacía falta fingir.

—Quería decir con Bruno.

—Ay, por Dios, qué risa. —Se descojonó en mi cara—. Con Víctor, dice. Lo tenéis completamente superado los dos, ¿eh? Mira, mira, mira cómo me lo creo.

Obvié todo aquel festival del humor y seguí hablando.

—Me dijo «te quiero». Bruno me dijo que me quería y después me lo hizo con amor. Y yo… no me corrí.

—Porque tú no le quieres —contestó con la boca llena de pizza.

Arqueé las cejas.

—¿Cómo?

—Que tú follarás de vicio con Bruno, pero si te lo hace en plan moñas, como si te tocara el dedo del pie. Con él es sexo. No es nada más.

—¿Desde cuándo Lola habla de algo más en el sexo?

—Desde que lo tengo.

Aquella respuesta me noqueó y parpadeé.

—¿Qué tal te sentó lo de la hija? —preguntó después de tragar lo que estaba masticando.

—Mal —admití—. Me sentí obligada a meterme en la boca del lobo. La niña es un encanto, pero no tenía ganas de convertir esto en…

—En una relación.

—Es una relación —aclaré.

—Bueno, es un sucedáneo de relación.

—Lola…, yo podría pasar la vida con él. ¿Sabes? —Quise ser tajante porque lo creía a pies juntillas y necesitaba que ella supiera que no mentía.

—Ya lo sé —contestó acercándose la copa y dando un sorbo—. Y sé que podrías ser feliz con él. Bruno es un buen tío y solo hay que ver cómo te mira para saber que para él es de verdad. Pero… ¿quieres que sea sincera?

—Claro.

—Serías feliz. Incluso puede que te animaras a tener una de esas relaciones serias de la hostia. Y hasta a ser madre. Él te haría sentir segura y te reconfortaría. Pero… eso para ti es media vida.

—¿Por qué? Yo quiero ser madre algún día. Y quiero sentirme cómoda, segura y…

—Sería media vida porque Bruno no es ÉL.

Me quedé mirándola.

—Estás muy equivocada, Lola —sentencié—. Alguien del que no me fío no puede hacerme feliz. Ni una pizca. Víctor es buenísimo en la cama. Para de contar.

Lola me miró con el ceño fruncido y después negó.

—Víctor es lo más grande. Lo más grande.

Hubo un silencio tenso. Es normal que ella quisiera convencerme de que aquella era realmente la opción correcta, pero yo estaba segura de que no lo era. Y no iba a vender lo que estaba sintiendo con Bruno por andar como *geisha* por arrozal detrás de Víctor. Simple y llanamente creía que, a pesar de la atracción, no estábamos hechos el uno para el otro.

Miré el reloj.

—Nerea debe de estar al caer —le dije a Lola—. Igual a ella se le ocurre cómo solucionar lo de la recogida de la sillita de bebé.

—Espera…

Alcanzó su bolso, rebuscó dentro y sacó el teléfono móvil. Buscó un contacto y marcó. Después esperó, masticando, hasta que le contestaron.

—Hola, fiera. Necesito que me hagas un favor enorme. Tengo que recoger una chufa enorme de bebé en… ¿Dónde? —me preguntó a mí.

—En El Corte Inglés de Nuevos Ministerios.

—En El Corte Inglés de Nuevos Ministerios. —Hizo una pausa mientras escuchaba y me preguntaba qué hora era—. ¿Las cuatro? Bien. ¿Pasas a las cuatro y media? Podrías acompañarnos también.

Hizo otra pausa y se metió casi una porción entera de pizza en la boca. No sé cómo no se ahogó.

—Fale —farfulló, masticando—. Llama y bajamos. ¡Ah! En casa de Val. —Otra pausa para reírse a carcajadas. Temí morir sepultada por algún trozo de pizza sin masticar—. Adiós.

Solucionado.

—Lola…, nunca vayas a comer pizza con ese jefe tuyo… —dije horrorizada.

—Come rápido. Víctor pasa a recogernos en media hora.

¿Había dicho Víctor?

Valiente hija de la gran puta.

Cuando bajamos, Nerea, Lola y yo encontramos a Víctor apoyado en su coche, mirando hacia otro lado. Lola le silbó y él se volvió hacia ella, recibiéndola en sus brazos cuando se le tiró encima. A Nerea le dio dos besos educados y cuando me tocó el turno a mí, me dio uno en la cara. Un beso de los de Víctor, con ese toqueteo tan sutil incluido mientras con la yema del dedo pulgar me acariciaba la otra mejilla.

Aparcamos en un vado en la calle Orense y Nerea y yo quisimos bajar a por la sillita mientras Lola y él se quedaban charlando en el coche, pero Víctor llamó la atención sobre la evidencia.

—Bien, ¿cuál de las dos ha hecho pesas últimamente?

—Val…, ¿no la has pagado tú? Tendréis que ir vosotros dos —apuntó Lola.

Rebufé. Lola parecía una niña que intenta que sus padres vuelvan a salir juntos después de un divorcio.

Víctor y yo corrimos todo lo que pudimos y, una vez cargados con la silla, volvimos al coche. Con las prisas y el coche mal aparcado, casi no tuvimos tiempo de hablar de nada que no fuera la típica cortesía del momento. Ese «Bueno…, ¿qué tal?».

Él dejó el bulto en el maletero y después se sentó en el asiento del conductor, junto a mí. Arrancó el coche, salió pitando y yo, a su lado, le recordé que se pusiera el cinturón.

—Gracias, nena —contestó dándome una palmadita en el muslo.

Y sus dedos apretaron ligeramente mi carne, produciendo un calor inhumano un poco más arriba.

«Es solo sexo. Es solo sexo», me dije.

Tardamos un poco en aparcar, a pesar de que el hospital estaba en las afueras. Agradecí que no hubiera demasiado tráfico en esa dirección y que Víctor estuviera conduciendo al límite de la velocidad, porque Lola llevaba todo el viaje cantando a voz en grito cada canción que sonaba en la radio. Y cuando la apagamos, decidió seguir haciéndolo.

En la habitación 317 estaba Carmen con su bebé.

Nada más poner un pie dentro, lo primero que hicimos fue echarnos a reír al ver a Borja sosteniendo un espejo a la altura de la cara de Carmen mientras ella terminaba de ponerse rímel y su madre le peinaba una coleta y le ponía agua de lavanda por toda la cabeza, para repeinársela. Después las risas se apagaron y nos echamos a llorar como tres tontas cuando el padre de Carmen dejó al pequeñísimo Gonzalo en los brazos de su mamá para ser presentado en sociedad, con su body azul bebé, sus manoplitas y su gorrito. Hasta Lola lloró, aunque siga negándolo con su típico: «Me había entrado rímel en el ojo».

Víctor entró muy discreto, dejó la silla de bebé en un rincón le dio un abrazo afectuoso a Borja y un beso a Carmen.

—Muchas gracias por las flores y la cesta, Víctor —esuché decir a Carmen—. Es preciosa. Las dos cosas lo son.

—No hay de qué. Y enhorabuena otra vez.

Miré a Lola alucinada y esta se encogió de hombros. Víctor se había preocupado de felicitar a Carmen y a Borja por su cuenta sin que ninguna lo supiera. Bruno no me había dado ni recuerdos para ellos cuando hablamos por teléfono. Y tampoco es que debiera. No tenía relación con ellos.

—Bueno, Lola, me voy. ¿Os recojo a alguna hora? —dijo Víctor.

—Si vienes en una hora a recogernos hasta te la como —le soltó ella con su habitual desvergüenza.

Los padres de Carmen salieron de la habitación tratando de que su risa pasara desapercibida.

—No te vayas, hombre —le pidió Borja a Víctor—. Quédate un rato.

—Es precioso —le dijo este a Carmen, mirando a su bebé.

—¿Quieres cogerlo?

—Después de ellas. Mira qué carita ponen…

Y aunque hablaba en plural, solo me miraba a mí.

Todas tuvimos oportunidad de coger a Gonzalo en brazos un ratito. Incluso Lola, que decía que le dan asquito los bebés que aún no sujetan la cabeza. Quiso que le hiciéramos una foto en la que pareciera que lo amamantaba. Víctor y Borja, sentados en el sillón de la habitación, se reían con sordina, por no darle muchas alas.

Cuando ya nos dolían los brazos de sujetarlo y hacerle arrumacos, le tocó el turno a Víctor, que no necesitó que nadie le explicara cómo había que cogerlo.

—¡Mira qué gracia tiene mi niño para coger larvas humanas! —Se rio Lola.

—Si vuelves a llamarlo larva, aparto las sábanas y te obligo a mirar por donde ha salido —gruñó Carmen.

—Ay, por Dios… —Borja se tapó la cara.

—Oye, Víctor…, y tú, con tanta maña…, ¿no será que tienes una llamada de la selva y quieres llenar el mundo con tu progenie? —dijo Lola antes de acercarse a Gonzalo para hacerle un arrumaco.

—¿Yo? —Negó con una sonrisa—. Para eso lo primero es encontrar a una mujer dispuesta y me parece a mí que está difícil.

Víctor levantó la mirada hasta mí, que estaba al otro lado de la cama de Carmen, y se humedeció los labios. Nerea interrumpió la tensión hablando nerviosamente, como en una vomitona verbal:

—Sí, seguro que es superdifícil encontrar a alguien que quiera ser madre contigo. ¿Quién querría acostarse con Víctor? No puedo imaginar por qué una mujer iba a encontrarte atractivo…

Tras unos segundos para reponernos de la sorpresa de escuchar a Nerea en esa tesitura, todas estallamos en carcajadas y ella se puso roja.

—Mira, creo que tienes una voluntaria —le dijo Borja a Víctor dándole un suave codazo.

—No quería decir que… —empezó a decir ella.

—¿Escucháis eso? ¡Alguien aplaude sin las manos! —contestó Lola.

—¡Cállate! —lloriqueó Nerea.

—No te preocupes. Ya las conozco bien. No las tomo en serio —dijo Víctor, tratando de tranquilizarla.

—Cuidadín, Víctor, no vaya a ser que te marches a casa con unas bragas en el bolsillo —susurró Carmen con la boquita pequeña.

—¡Carmen! —se quejó Nerea.

Nos fuimos una hora después, cuando una enfermera entró para llevarle una bandeja con la cena a Carmen, que nos suplicó que le subiéramos un bocadillo de tortilla de patata. No sé qué les pasa a todas las parturientas que conozco, que todas me hacen una petición similar.

Víctor dejó primero a Nerea, que casi ni se despidió de lo avergonzada que estaba por haber hecho un comentario como el de una mujer dispuesta a acostarse con él. Después nosotras bromeamos sobre el tema, hasta que Lola saltó preguntándole a Víctor si quería hijos.

—Claro que quiero hijos. Me encantan los niños.

—Y te saldrán muy guapos —dijo ella mirando por la ventanilla—. Si lo dejo con Rai y me da por querer procrear, me pido tu semen. Pero te lo sacas antes. Ya no me imagino con tu rabo dentro.

Miré de soslayo a Víctor, que puso los ojos en blanco.

—¿Cuántos quieres tener? —le pregunté.

—Tres. —Sonrió—. ¿Y tú?

—Siempre quise al menos dos. Pero a estas alturas no sé si tengo el gen de madre.

—Claro que lo tienes —apuntó con ternura—. Como yo. Lo tenemos escondido, pero lo tenemos. ¿O no serías capaz de dejarlo todo por alguien a quien quieras?

Nos mantuvimos la mirada durante un momento de tensión. Vi a Lola reírse en silencio en el asiento de atrás.

—Sí —sentencié—. Yo sí sería capaz.

Y remarqué la primera persona del singular.

Cuando llegamos a mi casa Lola aún seguía en su coche, emperrada en que fuéramos los tres a tomar una copa. Pero yo no tenía ganas. Prefería darme una ducha, ponerme un pijama antimorbo y escribir. Ella insistió mucho. Él no lo hizo. Solamente bajó frente a mi portal para despedirse mientras Lola, dentro del coche, cantaba una canción terrible.

—Muchas gracias por todo. Lola no debió pedírtelo. —Me reí—. Párale los pies o pronto te encontrarás con cofia limpiándole la casa.

—Deberías haberme llamado tú —respondió con franqueza mientras subíamos a mi casa—. Te lo dije, Val, espero que puedas pedirme este tipo de cosas sin problemas. Si no… ¿qué sentido tiene?

No supe a qué se refería, pero preferí no averiguarlo.

—Venga, dame un beso.

Me acerqué, esperando el típico beso de Víctor. Beso en la mejilla, caricia en el pelo, en el cuello y en la parte baja de la espalda, mientras la otra mano agarraba la cintura o la cara. Pero él se inclinó sobre mí y me besó en la frente.

—Lo dije de verdad —musitó en un susurro para que Lola no pudiera escucharnos.

—¿El qué?

—Que te necesito.

No dijimos nada más. Levanté la mirada hacia la suya pero mis ojos chocaron con sus labios a medio camino. Tan cerca de mí. Las palmas de mis manos se abrieron sobre su pecho y mis dedos se agarraron a su camisa.

—¿Me necesitas tú? —mendigó en un murmullo.

—Yo no puedo necesitarte.

Sin nada más que añadir, di media vuelta y me fui a casa. Una vez allí actué como si no hubiera pasado nada: me puse el pijama y llamé a Bruno.

Lo que estaba haciendo Víctor conmigo no era justo y yo tenía que esforzarme por lograr que no me afectara. Al menos eso era lo que pensaba entonces.

Bruno me contó que había pasado toda la mañana escribiendo y que acababa de llegar de la radio donde colaboraba. Después hablamos de mi visita al hospital y de lo bonito que era el bebé de Carmen, y yo me olvidé de comentarle que Víctor había estado por allí.

—Bruno —le dije de pronto, casi interrumpiéndome a mí misma—. Tú… ¿quieres más hijos?

—¿Cómo? —Las palabras fueron acompañadas por una risa.

—Me refiero a…, no ahora, claro, pero… ¿tú quieres tener más hijos el día de mañana?

—Claro que sí. Es una experiencia preciosa. Me encantaría vivirla otra vez, pero con alguien con quien funcione. Y me gustaría darle hermanos a Aitana. Sé que Amaia no va a tener más hijos, pero yo quiero que mi hija sepa lo que es tener hermanos.

Sonreí. Tenía ese tipo de voz que te reconforta. Y si Bruno quería tener más hijos, yo también podría vivir algo tan tierno con él.

—¿Y tú? ¿Quieres ser mamá? ¿Es que ver a Carmen con su hijo te ha despertado el instinto?

Me eché a reír.

—Aún no. Pero algún día… supongo que sí querré.

—Pues me encantará estar allí para hacerlo contigo.

Después tuvimos sexo telefónico, sucio, soez y brutal, tras el que me dormí sin acordarme de por qué puñetas había subido yo a casa con mal cuerpo.

11

Bebés

Un berrido sacó a Carmen de su sueño profundo con la velocidad de un rayo. Se incorporó en su cama y se levantó de un
salto para inclinarse sobre la cuna donde Gonzalo lloraba, rojo
y enseñando sus encías desnudas. Hacía casi dos semanas que
habían vuelto del hospital siendo tres.

—¿Qué pasa? —le susurró cogiendo a su hijo en brazos—. Quieres que te hagamos casito, ¿eh, gatito? Eres muy
malo.

Pensó que si Lola la oyera se mearía de la risa allí mismo.
Pero no podía evitar ser así de ñoña. Aquel saco de cacas, llori-
queos y babitas le había robado hasta la personalidad.

Miró a Borja, que dormía bocabajo, con la cabeza ladeada
hacia ella y la boca abierta. Se sentó sobre la cama suavemente
para no despertarlo, pero un ruidito en su respiración le avisó
de que no lo había conseguido.

—¿Qué pasa? —dijo con la voz pastosa, somnoliento.

—Una de dos.

—Caca o teta —contestó Borja.

Borja se sentó en la cama junto a ella, frotándose los ojos,
y le pidió con una sonrisa somnolienta que se lo pasara. Lo cogió en brazos y Carmen extendió el cambiador sobre las sábanas revueltas. Borja le abrió el pijamita por abajo y después el

pañal, que evidentemente estaba sucio. Carmen no podía dejar de sorprenderse de la habilidad que tenía Borja para cambiarle el pañal al niño. Era alucinante, como si la naturaleza le hubiera dado aquel superpoder en el mismo momento en el que Gonzalo respiró.

El niño se llevó el pulgar diminuto a la boca y se lo chupó intensamente mientras Carmen se subía la parte de arriba del pijama y se desabrochaba la copa del sujetador.

—Anda, dámelo. Va a acabar conmigo. —Se rio con resignación.

Gonzalo se enganchó sin pensárselo dos veces y comenzó a succionar con avidez. Borja le acarició un piececito y sonrió.

—¿Qué día es hoy? —preguntó Carmen en un susurro.

—Sábado.

—Eso me parecía. ¿Te acuerdas de cuando salíamos los sábados?

—Y tanto. —Se rio—. Me parece que hace siglos de eso.

—Y a mí.

—¿Cuánto hace que nos conocemos? —susurró él mientras la ayudaba a recostarse un poco con Gonzalo agarrado con ganas al pecho.

—Cinco años y un par de meses. Pero tranquilo, no te armaré un escándalo porque a mí también me da igual lo de recordar las fechas. —Sonrió.

—A mí no me da igual. Es solo que... cuando tienes uno de estos todo parece cambiar. Hasta el tiempo. Me parece que hace el doble de aquello.

—Imagínate que alguien se acerca a nosotros ese día y nos dice: vosotros dos vais a tener un hijo seis meses después de casaros.

—Habría dicho: ¿dónde tengo que firmar?

Ella se volvió para mirarlo y lo encontró con los ojos fijos en su hijo.

—¿Me quieres? —le preguntó.

—No —negó con la cabeza—. Te adoro.

Borja se acercó y se besaron. En ese momento, Gonzalo rompió el instante de romanticismo tirándose un pedo que hizo vibrar hasta la cama.

—Sí, no hay duda. Es tu hijo —dijo Borja muerto de la risa.

Lola se despertó con un ruido. Bueno, ruido es un eufemismo. Más bien se despertó con un cataclismo en su salón. No tuvo ninguna duda de qué era lo que estaba pasando.

Salió abrochándose el cinturón del kimono que Carmen le había traído de Japón para encontrarse a Rai muerto de risa, solo, cogido a un perchero.

—¿Qué haces? —dijo Lola con un tono de voz monocorde.

—Holaaaa —dijo él—. Hostias, he entrado, así a oscuras, y me lo he encontrado y… ¡pensaba que era un ladrón! ¡Le he dado un puñetazo! ¡Y es el perchero!

Lola puso los ojos en blanco.

—¿Qué hora es?

—Pronto —dijo él muy seguro—. He venido pronto para dormir contigo.

Ella echó un vistazo al reloj que tenía en el salón. Las cinco y veinte. Pronto. Claro.

—Oye, Rai, que si te vas de fiesta no hace falta que vengas a dormir aquí.

—¡Es que quiero! —dijo él muy ofendido.

—No hables tan alto. Es tarde.

—Es pronto.

La cogió de la cintura y fue a besarla.

—Dios, Rai, aparta, hueles a…, hueles a taberna de pueblo. ¿Qué narices has bebido?

—¡Yo qué sé! ¡Un montón de cosas!

—Ay, Dios…

—¡No te enfades! ¡Mira cómo vengo!

Lola se dio cuenta de que se estaba señalando la entrepierna, donde una erección de sobresaliente se marcaba en su pantalón vaquero.

Ella levantó una ceja. Bueno…, quizá si no la besaba con ese horrible aliento etílico. No… Habría que solucionar antes lo del aliento.

—Lávate los dientes. Te espero desnuda en la cama —sentenció ella.

Rai volvió a los pocos minutos. Abrió las piernas de Lola y se concentró en hacerle un cunnilingus a lo bestia que por poco no la hizo perder el conocimiento. Y es que debía de ser la especialidad de Rai, por lo que Lola nos contaba. Lo había aleccionado muy bien, al parecer.

Le cogió la cabeza jugueteando con su pelo y gimió, arqueando la espalda, encantada de la vida. Gimió ella, gimió él. Lola arqueó una ceja. Gimió, él también. Una cosa es que te guste hacerlo y otra es que encuentres placer en ello, ¿no?

El siguiente gemido de Rai lo aclaró todo, porque en realidad no era un gemido. Era más bien un quejidito. De pronto se puso tieso y se fue al cuarto de baño, donde empezó a vomitar como si no hubiera mañana.

Lola resopló y se tapó la cabeza con la almohada. Estaba claro…: quien con niños se acuesta, potado se levanta.

12

La mojigata del nuevo siglo

Jorge miraba a Nerea. Ella lo notaba a pesar de no levantar la vista de sus cosas. Carolina y él hablaban de una fiesta a la que iban a ir. Sí, eran amigos. Si no hubiera sido por la insistencia de Carolina, Nerea no habría contratado a un chico como él para cubrir ciertos eventos, a pesar de que el resultado de su trabajo en la fiesta de cumpleaños de Lola había sido muy bueno. Era guapo, eso tenía que admitirlo, pero esas pintas que llevaba… Lo imaginó con un pantalón chino y un polo negro y sonrió para sí.

Miró a través de su pelo, como quien no quiere la cosa, y él le sonrió. «¡Mierda!», pensó. Pero él siguió con la charla como si nada. Nerea recogió una carpeta y se puso en pie.

—Carol, me voy. Tengo una migraña horrible. ¿Puedes cerrar tú?

—¿Llamo a alguien para cancelar la cita?

—No, no, hoy no esperamos a nadie.

—Ok.

Jorge y ella se miraron.

—Me voy a casa. Directa. —Al decir esto se aseguró de que Jorge se daba por aludido.

—No te preocupes, yo me encargo —contestó de nuevo Carolina.

—Pon la alarma.

Pasó rozándolo.

Jorge no esperó a entrar. En el mismo recibidor la apretó entre su cuerpo y la pared, sobándole los pechos por encima de la blusa.

—Espera, espera…, vamos a la cama —dijo ella.

—¿Por qué? —la provocó él.

—Porque estas cosas… —Gimió al sentir la mano de él entre sus piernas, por debajo de la falda—. Estas cosas se hacen en la cama.

—¿Nunca lo has hecho fuera del dormitorio, Nerea?

—No —contestó ella extrañada por la pregunta.

Él se separó de ella y la miró con incredulidad.

—¿Qué? ¿Siempre follas en una cama?

—Yo no follo, eso lo primero.

—Pues conmigo ¿qué haces? ¿Calceta?

—No me líes.

—Hoy no estás borracha. No tendrás excusa. —Le lamió el cuello.

—Vamos a la cama, por Dios, Jorge.

Jorge metió la mano entre sus piernas otra vez y tiró de su ropa interior hacia abajo hasta quitarle las braguitas. Sacó la cartera, cogió un preservativo y se bajó la bragueta. Nerea, por supuesto, por muy caliente que estuviera en aquel momento, giró la cara, contrariada por aquel gesto de falta de pudor. No tardó en sentir la embestida de Jorge empotrándola más contra la mesita del recibidor. Gimió y notó cómo los dedos de él la cogían de la barbilla, para que lo mirara.

—Mírame —dijo entre jadeos y empujones.

—No.

—Mírame y dime cuánto te gusto.

Nerea le miró a los ojos, pero sin decir nada, solo gimiendo.

Jorge salió del baño con una sonrisa descarada. Nerea estaba sentada en el sillón mirándolo algo sonrojada.

—¿Qué pasa?

—Nada —contestó ella.

—Me voy.

—Bien.

—¿Quieres que me quede?

—No. —Negó con la cabeza.

—¿Seguro?

—Sí.

Jorge se encogió de hombros y cogió su bolsa de mano y la chaqueta.

—Jorge.

—Dime.

—Espero que comprendas que yo no soy de esta clase de chicas y que esto se termina aquí.

—¿De qué clase de chicas hablas? —Se apoyó en una pared, despreocupado, revolviendo su pelo castaño oscuro.

—De esas que se acuestan con alguien a la ligera.

—Entonces ahora tendremos que casarnos, ¿no?

—Eres imbécil —dijo ella con resquemor.

—Nerea, Nerea…, ¿de qué máquina del tiempo habrás salido tú?

Y así, sin más, se marchó riéndose y moviendo la cabeza.

13
Cerca

Bruno compró unos billetes para venir a verme, pero tuvo que cancelarlos en el último momento porque le habían pedido que participara en un especial sobre ciencia ficción en la radio en la que colaboraba. Me fastidió sobremanera, pero cuando se ofreció a cambiar el vuelo para que yo fuera la que pudiera viajar allí, lo que me disgustó fue sentir una claustrofobia terrible. ¿Por qué me sentía acorralada? ¿Eran los resquicios de la sensación de haber sido obligada a tomar la decisión de conocer a su hija? No podía evitar echarme una reprimenda a mí misma, echándome en cara que ahora que tenía con Bruno esa relación que siempre había buscado me empeñaba en ponerle peros sacados de la manga. Con Víctor jamás me sentí cómoda del todo. Bueno, cómoda sí. Lo que nunca pude sentir cuando estaba con él era seguridad. Y cuando terminaba dándome cuenta de que estaba comparando mi relación de más de un año con Bruno con la historia de unos meses con Víctor me enfadaba mucho más.

Pero es que Víctor siempre estaba por allí, vagando hasta en el aire.

Una tarde, el sonido del teléfono me encontró sentada frente a mi ordenador con una taza de café. Estaba fumándome un cigarrillo de liar mientras terminaba mi artículo de aquel mes para la revista y un escalofrío me recorrió la espalda cuando sospeché de quién podía ser aquella llamada. No, no soy bruja ni tengo premoniciones pero… hay personas que siguen unas rutinas muy concretas. Él siempre llamaba a aquella hora.

Carraspeé y después contesté:

—¿Sí?

—Hola. —Efectivamente era Víctor.

—¿Qué tal? —pregunté un poco seria.

—Bien, ¿y tú? ¿Qué haces?

—Estoy terminando el artículo para la revista.

—Léemelo.

—¡No! —Me reí. No podía mantener la guardia alta durante demasiado tiempo con él.

—Oye, ¿tienes algo que hacer esta tarde?

—No. —Negué con la cabeza—. Terminar y enviar esto, supongo.

—¿Te llevará mucho tiempo?

—¿Por?

—Podría pasar a por ti después del trabajo. Nos tomamos una copa de vino y escuchamos algo de jazz. ¿Te apetece? —Miré el reloj—. En plan amigos —puntualizó.

—Ya sé que es en plan amigos.

—¿Entonces?

Me mordí el labio inferior. ¿Debía? Claro que no. Pero…

—Venga, vale.

—Paso a por ti en una hora.

Una hora después salí a la calle y miré alrededor. Localicé su coche en la esquina y caminé hacia allí sin poder evitar la tentación de mirarme en el escaparate de la papelería que había junto a la frutería. Me había puesto una camisa vaquera por dentro de unos pantalones vaqueros pitillo negros, unas bailarinas de *animal print* a juego con el cinturón y una bufanda negra.

Me había recogido el pelo en una cola de caballo e iba abrigada con un chaquetón negro de cuello chimenea. Quería ir sencilla y que no creyera que me arreglaba para él. Pero a la vez... Quería que el estómago le diera un vuelco cuando me viera, tal y como me pasaba a mí con él.

Me toqué nerviosamente los pendientes de perla cuando, al acercarme al coche, me di cuenta de la manera en la que Víctor me miraba. Otra mujer habría sonreído con seguridad, pero ese gesto, como si en un momento dado pudiera devorarme con solo pestañear, me gustaba tanto que me daba miedo. No quería que Víctor me convenciera absolutamente de nada y sabía que era capaz de hacerlo.

Me senté en el asiento del copiloto y le sonreí.

—¡Qué frío hace! ¿Qué tal?

—No tan bien como tú —dijo mientras ponía en marcha el coche, sin ni siquiera dedicarme una mirada más.

Víctor tenía pinta de venir de alguna reunión informal de trabajo. Llevaba vaqueros, una camisa azul clara de tejido basto con un jersey de cuello de pico color azul marino y una corbata fina con rayas oblicuas grises y azul marino. Estaba muy guapo.

—¿Vienes del trabajo? —le pregunté.

—Algo así. Vengo de echar un vistazo a un local del centro. Tengo que presupuestarles unas reformas. Iba a ir en traje, pero mi padre me dijo que eran modernos...

—Así estás muy bien.

—¿Sí? —Desvió los ojos de la calzada un momento hacia mí—. Nunca sé si esto de la moda se me da bien. Al menos en mi opinión.

—Se te da tremendamente bien.

—Lo mismo digo.

Los dos sonreímos y yo alargué la mano y subí el volumen de la radio. Me encantaba la canción que estaba sonando, pero me abstuve de cantar a lo Lola.

Ni me di cuenta de qué camino llevábamos hasta que Víctor accionó el mando para abrir la puerta del garaje. Me quedé mirándolo sorprendida, pero él se comportó como si aquello fuera lo pactado. Bajó las tres plantas con el coche y lo aparcó en su plaza, la número veinte, con esos movimientos en el volante que me ponían tan irreflexivamente caliente. Se desabrochó el cinturón y se volvió a mirarme, como siempre que hacíamos ese recorrido. Me acordé, claro, del tiempo que estuvimos saliendo juntos.

—¿Qué? —dijo con la mano preparada para abrir la puerta.

—¿Tu casa?

—Claro. Jazz y vino.

—Creía que era jazz y vino en un sitio público.

—¿Qué diferencia hay? —Levantó las cejas mientras dibujaba una sonrisa de lo más sensual.

—¡Es tu casa!

—¿No le parecerá bien a tu novio?

—Pues no creo —contesté como si fuera una evidencia.

—Oh, vaya. Sí que te ha cambiado ese chico.

—No me ha cambiado en absoluto —me quejé.

—Cuando estabas casada no tenías problemas en escuchar música y beber vino en mi casa. —Arqueó las cejas. Empezaba a parecer molesto.

—Cuando estaba casada nos desnudábamos y nos frotábamos sobre tu cama. Igual es que entonces hacíamos las cosas un poco mal…

—No voy a desnudarte ni a frotarme contra ti sobre la cama, el sofá ni el suelo. ¿Qué problema hay en beberse una copa de vino en casa de un amigo?

No quería ponerme a discutir con él, así que salí del coche, cogí el bolso y me encaminé sola al ascensor mientras sentía la mirada de Víctor clavada en la nuca. De verdad, este chico tenía algunas maneras de mirar que hasta arañaban.

Me dejé caer en el sofá y no pude evitar pensar en cuántas chicas habrían hecho lo mismo bastante más ligeritas de ropa que yo desde que rompimos. Me sorprendí a mí misma apretando los dientes.

Víctor fue a la cocina y sacó dos copas.

—¿Te importa que me cambie? —dijo casi sin mirarme.

—Mientras no lo hagas aquí delante. —Me reí.

—Ve eligiendo el disco si quieres.

Me levanté y me planté delante de la estantería de los CD; ni siquiera me di cuenta de que elegía el disco que siempre escuchábamos juntos; no fue una cuestión de melancolía ni una provocación, lo juro.

Víctor volvió al poco vestido con unos vaqueros de color claro, muy desgastados, que le quedaban…, joder, cómo le quedaban. Para más inri debía de estar poniéndose la camiseta en el pasillo, de manera que cuando lo vi entrar en la cocina de nuevo estaba aún bajándosela por la espalda. Demasiada piel. Demasiada piel de Víctor, en casa de Víctor, en el salón de Víctor, que olía a Víctor, de pie delante del sofá de Víctor, sobre la alfombra de Víctor…

Salió de la cocina con una botella de vino descorchada y se me quedó mirando.

—¿Qué pasa? —dijo con otra sonrisa.

No contesté. ¿Qué pasaba? Pues que Víctor, con aquellos malditos pantalones vaqueros y aquella odiosamente perfecta camiseta gris de manga larga arremangada, estaba para comérselo, porque además, en el proceso de quitarse la ropa que llevaba, se había despeinado. Y pocas cosas había más jodidamente seductoras que él despeinado. Recordé a Víctor levantándose por las mañanas…

Me volví al sofá y me dejé caer sobre los cojines mullidos y él hizo lo mismo, pero en la butaca que había enfrente.

—Nunca te sientas en ese sillón.

—Iba a sentarme a tu lado —dijo mientras servía—. Pero pensé que a lo mejor creías que estaba acosándote o que era el primer paso en mi plan para violarte en la ducha.

—Bien. —Me acomodé ignorando su contestación—. ¿Qué te cuentas?

—Poca cosa.

—Qué divertida va a ser esta velada. —Sonreí.

Víctor se carcajeó:

—Yo sé un par de cosas que la harían infinitamente más divertida, pero claro...

—Cállate —me quejé, tirándole un cojín.

—Prueba el vino. Me lo trajo mi padre de Italia.

Le di un sorbo y asentí.

—Muy dulce.

Sonrió de lado.

—Entonces he elegido bien con quién descorcharlo.

Arqueé las cejas.

—Dime que no acabas de usar esa frase tan manida para impresionarme.

—Ya sé que si tengo que impresionarte voy a necesitar hazañas sobrehumanas. Por más que me empeñé, creo que nunca lo conseguí. —Puse los ojos en blanco—. Dime, ¿de qué va lo tuyo con Bruno? —lo preguntó con la mirada perdida en el vino que llenaba su copa.

—¿Cómo que de qué va?

—Sí, si va en serio, si es un rollo de cama o si...

Lancé una carcajada.

—¿Somos ese tipo de amigos? —pregunté sorprendida.

—No lo sé. Creo que aún estamos definiendo qué tipo de amigos somos.

Moví el vino dentro de la copa, haciendo que manchara las paredes de cristal y luego volviera al fondo.

—Bruno es genial. Te caería bien.

—No lo creo. —Soltó aire en una suerte de risa irónica—. Me pregunto… ¿en qué es diferente a lo que tú y yo…?

—No se parece en nada, Víctor. —Quería zanjar el asunto en ese punto.

Pero él siguió.

—En algo se parecerá…

—Bruno y tú sois machos humanos. Y… creo que ya está.

—Eres realmente irritante —dijo echándose a reír—. Venga, dime de qué va…

—No sé qué quieres saber realmente.

—¿Estás enamorada?

Le sostuve la mirada. Me *cagüen* mi idea de tomarme una copa de vino con él.

—Si nuestras quedadas van a ser siempre así, dejaré de cogerte el teléfono muy pronto…

—Es una pregunta como cualquier otra. Me preocupo por ti y por cómo te van las cosas.

Suspiré sonoramente.

—Sí —dije tajantemente—. Sí, estoy enamorada. ¿Y tú?

—Sí. Yo también —añadió sin apartar la mirada.

Resoplé. No iba a poder soportar mucho más en ese tipo de ambiente.

—Aclárame una cosa. ¿Estoy tomándome un vino con mi ex o con un amigo? Porque lo primero no me apetece en absoluto.

—Con un amigo que es tu ex. Oye, ¿me puedo sentar a tu lado?

Señaló con la cabeza el espacio vacío junto a mí y solo aquel gesto me puso nerviosa.

—Ahí te veo muy bien. Estás cómodo, ¿no? —contesté sonriendo—. Mejor tenerte lejos.

—¿De qué tienes miedo? ¿Te gusto un poquito demasiado como para contenerte mucho tiempo si estoy cerca? —Sonrió también.

—Y cuéntame: ¿qué tal tú? ¿Tienes chica? ¿Te ves con alguien? ¿Retomaste tu chorbi agenda? Porque si estás enamorado…

—No me has contestado. ¿Quien calla otorga?

—No. Simplemente no creo que merezca la pena gastar saliva para decirte que sabes lo que hay.

—¿Qué es lo que hay?

—Ya no me tienta la idea de acostarme contigo, Víctor.

—¿Es lo único que ofrezco? ¿«Una polla medianamente aceptable»? —dijo, repitiendo una de las frases con las que lo castigué la noche del cumpleaños de Lola, hacía casi un año.

Levantó las cejas.

—Creí que íbamos a pasar página sobre todo lo que sucedió aquella noche.

—En ello estoy.

Sonrió otra vez, pero tirante.

—Espero que sepas que no pienso de verdad nada de lo que dije.

—Algunas cosas sí las piensas.

Lanzó una carcajada muy sexi y yo lo acompañé con una risa contenida.

—Sí, ¿eh? —Me reí—. Resumiendo, ¿tienes chica?

—No. —Negó con la cabeza—. No tengo chica.

—¿Y estás enamorado?

Asintió.

—Como un imbécil. Pero eso tú ya lo sabes —confirmó.

Gracias a Dios, por aquel entonces no creía una palabra de lo que él me dijera sobre sus sentimientos. Aunque quisiera escondérmelo incluso a mí misma, estaba muy resentida, no con él, sino con los dos. Así que no creía nada que tuviera a Víctor y a mí juntos en el enunciado. De modo que me bebí el contenido de mi copa de un trago y le dije que el vino era espectacular.

—Deberías haber guardado esta botella para tratar de seducir a alguna mujer. —Él se rio entre dientes, mirando hacia otro sitio—. ¿Qué? —le dije.

—Deja de provocarme o terminaremos mal.

—Suena a amenaza. Define mal.

—Mal. —Cogió la botella y llenó de nuevo mi copa—. Que me castigues porque fui un completo inútil gestionando lo que tuvimos lo entiendo. Ahí la culpa es mía. Sin embargo… supongo que eso de volver una y otra vez a la misma cuestión que, aunque no hablemos, está suficientemente clara, es una provocación. Y al final, lo sabes, no soy de los que pueden morderse la lengua eternamente.

—Di lo que tengas que decir. Estamos entre amigos, ¿no? —Me acomodé poniendo los pies sobre su rodilla izquierda.

—Después de lo que ha habido entre tú y yo debemos ser amigos de la hostia si estamos aquí bebiendo una copa de vino. Porque, que yo recuerde, la cosa fue más bien intensa. En todos los sentidos, además.

—¿Sí? —dije—. Pues fuiste tú quien me llamó para quedar, así que…

—Debo de ser masoquista entonces. Si me preguntas qué es terminar mal cuando hablamos de ti y de mí, hay varias opciones. Una es que terminemos diciendo cosas que realmente no sentimos solo porque estamos resentidos, como en el cumpleaños de Lola. Tú porque yo fui imbécil y yo porque me sustituiste apenas unos días después de romper. Días. Fuerte, ¿eh? —Hizo una pausa, con los ojos puestos en el vino, que movía nerviosamente dentro de su copa—. Otra opción es que decidamos que, por mucha página que pasemos, siempre habrá ahí un rescoldo que no es superable y, por tanto, no estamos preparados para seguir viéndonos. Esa opción no me gusta, ¿sabes? Porque por más que creas que soy una persona monstruosa y como un niño, te echo de menos cada día y cada hora que paso sin verte. Y la tercera posibilidad que se me ocurre es que sigamos discutiendo así como lo hacemos, de esta manera velada tan educada, y al final nos calentemos tanto que terminemos follando encima de esa alfombra donde, por otra parte, ya lo hemos hecho más de una vez. Y creo recordar que nos gustaba. Mucho. —Abrí la boca para contestar, pero continuó—: En eso tenemos experiencia. En lo de follar estando enfadados. Nos insultaremos. Nos diremos cosas horribles y después nos arrancaremos la ropa. Tus bragas terminarán hechas jirones y mientras te follo con rabia, tú me clavarás las uñas en la espalda hasta dejarme la marca. Yo suplicaré que no te vayas, tú sollozarás que soy el único al que dejas correrse dentro de ti, y cuando te marches yo terminaré a puñetazos con las paredes. —Y después de decirlo vació el contenido de su copa garganta abajo.

—¿¡Por qué estás tan enfadado!? —pregunté indignada, bajando los pies al suelo.

—¡¡Porque lo intento!! ¡Pongo todo mi empeño, joder! —gritó—. ¡Y parece que tú buscas que no nos queden ganas de seguir viéndonos!

No contesté. Agaché la mirada y contemplé mis zapatos moteados. Después suspiré, dejé la copa sobre la mesa baja que quedaba a mi derecha y me levanté.

—Mejor me voy.

Víctor me cogió de la muñeca, suavemente, acariciándome la mano.

—Perdona… —Cerró los ojos—. Perdóname. No te vayas, por favor. No quiero discutir contigo. Ya hemos discutido demasiado.

—No sé por qué lo hacemos. Esto es complicar las cosas. Las parejas rompen, ya está. No tenemos por qué seguir hurgando ahí, esperando encontrar algo. ¡No hay nada! Fueron unos pocos meses. Ya está. Dejémoslo estar.

—No.

Víctor se levantó y me atrajo con suavidad hacia su cuerpo hasta apoyarme, como una muñeca inerte, sobre su pecho. Después me abrazó. Me abrazó con fuerza. Nunca me había abrazado así. Ni él ni nadie. Y era un abrazo que me decía muchas cosas que yo no creía de él.

Al principio me dejé abrazar, violenta, pero poco a poco los olores, aquel salón, los recuerdos, la música... Todo me llevó a un punto de encuentro con esa parte de mí que, efectivamente, no había pasado página. Esa Valeria que estaba molesta, enfadada, y que se sentía abandonada, ridiculizada y débil, pero que doblaría las rodillas por él otra vez.

Terminé por agarrarlo y apretarlo contra mí con la misma intensidad con la que él lo estaba haciendo. Hundí la nariz en la tela de su ropa y respiré su olor..., esa mezcla de perfume, suavizante y él mismo. Recordé la ilusión de los primeros meses; recordé a ese Víctor que luchaba consigo mismo pero me regalaba los besos más sinceros que nunca nadie me daría. Lo eché tanto de menos aun teniéndolo entre mis brazos... que me sentí frágil.

Pero aquel abrazo solo tuvo sentido durante unos segundos. Si se alargaba terminaríamos por tener que darnos más explicaciones, y eso no sería ni cómodo ni lo que yo quería.

Apoyé las palmas de las manos sobre su pecho y me separé. Víctor se resistió unas milésimas antes de dejarme ir. Cuando lo hizo, sus dedos juguetearon con un mechón de mi pelo. Después me besó en la sien.

—Me voy —susurré.

—Bien —contestó.

Cogí mi chaquetón y mi bolso lentamente, como si la gravedad hubiera variado, o como si me moviera debajo del mar. Los brazos me pesaban, los ojos me ardían y quería salir de allí.

Fui hacia la puerta. Él no me siguió. Solo se quedó allí apoyado, mirándome marchar. Cuando iba a cerrar la puerta, Víctor añadió:

—Me contentaré con lo que me des.

—No te puedo dar nada —respondí.

Después, solo el silencio que reinaba en el rellano.

14

Lolita a prueba

El jefe de Lola llevaba todo el día paseándose por la oficina con un traje de tres piezas que le quedaba como si se lo hubieran cosido encima. A Lola le daban ganas de lamerlo de arriba abajo y hacerle otro de saliva. Pero se centró en sus labores, en sus emails, en sus llamadas, en sus dosieres, en sus reuniones y en su «comprarse ropa interior de Victoria's Secret por Internet». A la hora de la comida consideró que necesitaba darse un respiro y un premio y se apuntó, junto con unos cuantos compañeros más, a ir a comer a un restaurante italiano. Se había prometido que no más «ingratos» de carbono esa semana, pero se lo merecía.

Cuando estaba a punto de entrar en el ascensor se dio cuenta de que había olvidado su blíster de pastillas. Había decidido empezar a tomarse la píldora y darle una sorpresa a Rai; decirle que aquello era, para ella, un regalo, porque no lo había hecho con nadie antes. Así que volvió sobre sus pasos y les pidió a sus compañeros que fueran hacia el restaurante y ella les alcanzaría.

Estaba revolviendo en el cajón en busca de las pastillas cuando su jefe, Quique para los amigos, se asomó.

—¿Lola? —Ella levantó la mirada asustada y al ver que era él se asustó más aún—. Te hacía comiendo con todos en La Tagliatella.

—Sí, es que olvidé una cosa y tuve que venir a por ella. Me pillas a punto de salir a buscarlos.

Él dio unos pasos hacia ella y, tras preguntarle si le «permitía», cogió lo que Lola llevaba en la mano y le echó una ojeada.

—La píldora.

Lola (¡¡Lola!!) se puso roja como un tomate y asintió.

—Sí. Era importante volver a por ella.

—Claro —le dijo él—. Oye…, estaba pensando comer algo rápido en el bar de abajo. ¿Por qué no me acompañas?

—He quedado con ellos —se disculpó.

—Pero lo entenderán si les dices que te invité a comer para hablar de la campaña de…

—Quique —lo interrumpió con brío, recuperando la actitud «Lola»—, si les digo eso pasaré a ser la nueva chupaculos oficial. Todos me odiarán y dirán que asciendo a golpe de mamada. Y te diré algo sobre Lola: si dicen algo de mí prefiero que sea algo cierto que yo misma he dado alas para creer. —Tras decirlo se dio cuenta de que igual sonaba un poco a insinuación subida de tono, así que siguió hablando—. Y paso de estas cosas. No quiero problemas en el trabajo.

La cara de su jefe pasó de la estupefacción a la admiración en segundos.

—Me gustan las mujeres capaces de llamar a las cosas por su nombre, Lola.

—Me alegro.

Recuperó sus pastillas, las metió en el bolso y caminó hacia los ascensores, dándole la espalda.

—Lola… —dijo él, llamando su atención.

—Dime. —Se apoyó en unos archivadores para hablar.

—¿Estás a punto de ponerme una denuncia por acoso?

Ella lanzó una carcajada entre sus labios sexis, pintados de rojo.

—Yo no pongo denuncias por acoso. O me acuesto contigo o te doy una paliza a la salida.

—¿Te puedo invitar a una copa sin que te pongas violenta?

—¿Qué te habré dado para que estés tan deseoso? —Arqueó una ceja, bromeando.

—No es lo que me has dado, cielo…, es lo que imagino que me podrías dar.

—Ojalá tuviera una grabadora. Iba a pasármelo pipa mandándole la grabación al director de Recursos Humanos.

—Amenazas, ¿eh? —Sonrió él—. ¿Y por qué me da la sensación de que te gusta tenerme detrás?

—Pues no tengo ni idea… —Se encogió de hombros—. Supongo que porque soy de ese tipo de mujeres a las que les gusta que alguien se percate de que se les marca la ropa interior en la falda.

Dio media vuelta y fue hacia el pasillo vacío otra vez, pero Quique la siguió, la adelantó y le cerró el paso.

—De eso ya me di cuenta el primer día.

—¿Observador entonces?

—Mira, Lola. Podemos seguir coqueteando así o hablar claro, y creo que a los dos nos gusta más la segunda opción, así que te lo diré sin rodeos. —Tiró de ella y la acercó—. Somos iguales. No esperamos nada de nadie que no seamos nosotros mismos.

—Me estás tocando… —Sonrió Lola con placer al notar cómo la tela del pantalón de él se tensaba en la parte delantera.

—Quedemos una noche, follemos y ya está. Una vez lo hagamos, creo que podremos trabajar más tranquilos.

Lola se apoyó en su pecho y, acariciándole los botones de la camisa, le dijo en un susurro:

—Mejor sigue pajeándote en tu despacho pensando en bajarme las bragas.

—Entonces tú también tendrás que seguir pensando en mi enorme polla dentro de ti cuando folles con el tío con el que sales.

—Cuando me lo hago con él estoy tan llena que no me cabe ni siquiera pensar. Ahora, si me disculpa, señor Jara.

—Adiós, señorita Castaño.

Y por el camino Lola se echó una reprimenda. Había creado dos monstruos.

15

Bruno se muda

Cuando Bruno recibió el sí definitivo al proyecto de la película sobre su libro me llamó para informarme de todo lo que aquello supondría. Tendría que supervisar las labores de guion, de manera que debía venir a Madrid durante los meses que durase la preproducción. Evidentemente, cuando me dijo que le ayudara a encontrar un apartotel para poder instalarse durante ese tiempo, le ofrecí mi casa.

—¿Tu casa? —contestó, algo incómodo—. Valeria…, es que es muy pequeña.

—Adrián y yo vivíamos aquí y no pasó nada.

—Pasó que os divorciasteis.

—Pero no fue por el piso. —Me reí—. Para dos personas está muy bien. Es perfecto.

—¿Y cuando los dos tengamos que escribir? Porque, que yo sepa, solo tienes una mesita escritorio y es minúscula.

Miré la mesita, apoyada bajo una de las dos únicas ventanas del piso. Sí, era pequeña. Solo me cabía el portátil, el ratón con mi almohadilla en forma de zapato negro con suela roja, el cenicero y una taza de café.

—Está la de la salita.

—La salita es el espacio que hay justo detrás de la silla del escritorio, ¿verdad?

—Sí —dije escueta y fría. No me gustaba que nadie se metiera con mi piso.

—Esa mesita redonda, enana y bajita.

—Yo escribiré en esa. No me puedo creer que estés dando tantos problemas. Yo voy continuamente a tu casa y no digo ni mu —me quejé.

—La mía es como cinco veces la tuya.

—¿Y qué? —dije empezando a molestarme—. ¿Es que cuando voy estamos en habitaciones diferentes? ¿Te cansarás de verme la cara todos los días? ¿Es eso?

—Me estás poniendo podre —refunfuñó—. Vale. Visto lo visto, si me voy a otro sitio te va a sentar como si te metiese un ajo por el culo, así que… el lunes estaré allí.

—Aquí te esperaré para darte la bienvenida y hacerte un tour de bienvenida por las instalaciones —bromeé.

—Seré el chico de la maleta. ¿Quieres que me ponga un clavel en la solapa?

—Ya te diré yo dónde te puedes poner el clavel —le contesté.

Bruno entró en mi casa con una maleta mediana. Yo para dos meses habría movilizado a una empresa de mudanzas, pero, bueno, él es así. Conciso y pragmático. En la solapa de su chaqueta llevaba un clavel rojo, que se quitó al entrar. Y después me aclaró dónde pensaba ponérmelo a mí.

Primero le di su copia de las llaves. Después me quité las braguitas, las metí en el bolsillo de su americana y me tumbé en la cama. Bruno ni siquiera se desvistió. Se quedó mirándome unos segundos, paseando su mano derecha por el inicio de su erección, y después se quitó el pantalón y se me echó encima.

Me penetró una, dos, tres veces, hasta que volví a pedirle por favor que se pusiera un preservativo. Me había vuelto muy reacia a acostarme con alguien sin usarlo, no sé bien si por la mala experiencia de que mi exmarido me pegara la clamidia o por poder seguir recordando que Víctor fue el último que se corrió dentro de mí.

Cuando se lo hubo puesto dejé que me embistiera con fiereza sobre la cama. No fue romántico, ni suave, ni amoroso, con lo que yo quedé contenta. ¿Qué narices me estaba pasando?

Cuando los dos nos hubimos desfogado, recuperé mi ropa interior y Bruno vació la maleta embutiendo todas sus cosas en un cajón que había conseguido dejarle disponible en la cómoda, en la mesita de noche y en el rincón que había rascado del armario. Y vaciarle el cajón de la mesita de noche me costó más de lo esperado, que conste. Aún recordaba cuando estuvo ocupado por un libro de Nabokov.

Cuando terminó, y mientras buscábamos un hueco donde dejar la maleta, Bruno volvió a bajarme la ropa interior y, esta vez a cuatro patas sobre el suelo del dormitorio, lo hicimos gruñendo, blasfemando y diciendo palabras malsonantes y frases dignas de películas porno.

Bruno se había instalado.

Cuando cenamos, traté de que se sintiera cómodo con la idea de estar allí durante una temporada larga. No creo que ninguno de los dos viera aquello como la antesala de un «ir a vivir juntos». Solo era una medida eventual, mientras durara su trabajo en Madrid. ¿No? Así que le pedí que entrara y saliera cuando quisiera, con total libertad. Él levantó una ceja y, sonriendo de lado, en ese plan macarra que siempre me gustó tanto de él, preguntó:

—¿Era así como hacíais las cosas Adrián y tú?

—Claro —contesté encogiéndome de hombros.

—Pues entiendo que os divorciarais.

Lo miré con el ceño fruncido y me levanté; cogí mi plato vacío y me dispuse a llevarlo a la cocina.

—Te recuerdo que tu matrimonio fue tan bien que ahora estás saliendo conmigo, no sé si captas la ironía.

—No te pongas así. Es solo que…, venga, escúchame. —Me cogió de un brazo y me acercó a él—. Si hubiera querido que fuese así me habría ido a un hotel. Prefiero que juguemos a que esto es verdad, ¿no? A ver cómo sale.

—No entiendo qué quieres decir.

—Bueno, iremos entendiéndolo.

A decir verdad, lo entendí muy bien. Lo que esperaba Bruno era algo que me resultaba soberanamente difícil dar. No puede darse algo que pertenece a otra persona.

16
Princesa sin trono

Lola miró su agenda roja y, aunque quería alcanzarla y hojearla, cogió el paquete de tabaco y se encendió un cigarrillo.

Después de un rato tiró de ella y la dejó sobre su regazo. Empezó mirando las primeras hojas, donde algunos garabatos recordaban vagamente a su antigua agenda, a su antiguo ritmo de vida. Hacía tiempo que había perdido la sensación de vivir en un constante viaje. Hacía mucho tiempo que se preguntaba qué narices había cambiado.

¿Qué había sido de la Lola que soñaba con viajar continuamente y no sentar cabeza hasta que sus piernas estuvieran demasiado cansadas como para seguir por ahí al trote?

Rai estaba estudiando en la mesa del comedor. Ella prefería que se fuese a su casa a hacerlo, pero él decía que allí se concentraba mejor. Al fin y al cabo, era su novio. Era normal. ¿Novio? ¿Normal?

Lola descolgó el teléfono y pensó en llamarnos a alguna de nosotras, pero...

Carmen era madre. Madre de verdad. No es que hubiera adoptado un cachorrito del que tenía que responsabilizarse y bajarlo a la calle tres veces al día. No. No era un gatito al que regañar si se hacía pis en la alfombra. Era un bebé. Era un bebé que ella había llevado dentro de su tripa durante cuarenta semanas, que había nacido de ella y al que amamantaba y cuidaría hasta morir. Carmen era la misma persona pero ya no tenía la misma vida. Y Lola en aquel momento no necesitaba molestarla en busca de unas respuestas que quizá ya sabía. Carmen ahora estaba a otras cosas.

Nerea. Nerea la templada aún era muy fría para ella. Lola por aquellos días no estaba al tanto de la tórrida historia y las pulsiones sexuales contra las que tenía que luchar cada vez que veía a Jorge, aunque, de todas maneras, en aquel momento Lola no necesitaba hablar con nadie como ella. Nerea le diría que diseñase un plan pormenorizado de todas aquellas cosas que quisiera conseguir y que sopesara aquellas que funcionaban como un lastre. Listas de pros y contras. *Plannings*. No era aquello lo que esperaba encontrar ahora.

Pensó en mí. Incluso empezó a marcar mi número, pero colgó. No. Tampoco me necesitaba a mí... Ella necesitaba a Víctor, que la comprendería.

Suspiró y marcó su teléfono. Respondió a los cinco tonos con esa voz masculina, grave y sensual contra la que ella ya estaba inmunizada.

—¿Qué pasa, Lola? ¿Qué pulga tienes que confesar?

—Cómo me conoces... —Se rio—. Iba a llamar a Val, pero ella es demasiado sensata en estas cosas.

—No tan sensata. Es mi ex.

—No es sensata ¿por haberlo dejado contigo o por haber estado contigo? —preguntó Lola.

Víctor se echó a reír.

—Creo que por lo segundo. Mi sensatez fue la que desapareció del todo cuando la dejé.

Lola se calló e hizo un mohín. No le gustaba escuchar esas cosas.

—Creo que empiezas a tener más en común con ella que conmigo.

—Lo que tengo con ella no son cosas en común, te lo aseguro. Venga. ¿Qué me cuentas? —contestó él evitando el tema.

—Víctor, ¿te acuerdas de cómo era yo antes?

—La última vez que te vi seguías siendo igual que siempre.

—No, escúchame. Sé que puedes entenderme… ¿Te acuerdas de cuando tú y yo follábamos?

Víctor se echó a reír.

—Sí que me acuerdo, pero aclárame una cosa: ¿a qué parte en concreto de eso te refieres?

—A las cosas sobre las que charlábamos cuando fumábamos el cigarrito de la victoria —concretó ella—. ¿Tú te acuerdas de la cantidad ingente de cosas que yo quería hacer?

—Solías decirme que tendría que planificar mis calentones con la suficiente antelación como para llamarte, preguntarte por dónde andabas y comprar los billetes de avión. Y yo te decía que terminaría cascándome pajas en todos los aeropuertos del mundo.

Lola se rio.

—¿Por qué dejamos de follar? Nos lo pasábamos bien, ¿no?

—Dejamos de follar porque empezamos a cogernos cariño pero no estábamos enamorados —comentó él con naturalidad—. Tú te liaste con aquel tipo que conducía un Porsche y yo me lie con Raquel. Lo normal. Dime…, ¿estás melancólica o es que esperas que acuda a tu casa con la chorra fuera?

Los dos compartieron unas carcajadas.

—No me malinterpretes. Ya no tienes nada que ofrecerme, pequeño —susurró ella sensualmente—. Es solo que… —Ella asomó la cabeza hacia el salón, donde Rai estaba estudiando con los auriculares puestos—. Mi jefe está tan bueno que cuando llego a casa las bragas me pesan.

Víctor, en su despacho, se tapó los ojos con una mano y, mordiéndose el labio inferior, trató de no seguir el impulso que lo empujaba a colgarle.

—Eres una cerda de cuidado —contestó.

—Tú ya sabes a lo que me refiero.

—Lo sé, pero trata de no ser tan escatológica ni tan gráfica.

—Ay, Víctor, es que tú no sabes cómo está ese hombre…

—¿Y cuál es el problema?

—El problema es que uno de los ingredientes del café de mi oficina no es el bromuro. Ese es el problema. El otro día me dijo que sería mejor que folláramos de una vez y dejáramos de darle vueltas.

—Eres Lola…, esas cosas suelen pasarte. Sigo sin ver el problema.

—¿Crees que tengo la suficiente fuerza de voluntad para no hacerlo?

Víctor se echó a reír.

—No es fuerza de voluntad lo que te tienes que plantear. Es si…, si quieres lo suficiente a tu pareja como para no estropearlo.

—Sí le quiero, Víctor… —dijo poniéndose seria otra vez, mientras echaba un vistazo de nuevo al salón—. Pero es que me apetece tanto que me pongo a pensar y…

—¿Sabes lo que te pasa, Lolita? Que estás viendo que te haces mayor y que te sigue apeteciendo igual de poco hacer las cosas que todo el mundo espera que hagas con tu edad. A mí también me pasa a veces.

—¿Has pensado que a lo mejor hay personas que no nacemos para hacer lo mismo que los demás?

—Es posible que las haya, pero nosotros no somos así. A mí el cuerpo ya empieza a pedirme que frene. A veces también me apetece asentarme y…

—¿Qué edad tienes? ¿Treinta y dos?

—Treinta y cuatro —le contestó con voz pausada.

—¿Estás enamorado? —le preguntó a bocajarro—. Y no me pidas más explicaciones porque los dos sabemos de qué estamos hablando.

Víctor respiró hondo antes de contestar.

—Sí. Como un auténtico gilipollas. Y no me pidas más explicaciones porque los dos sabemos de qué estamos hablando. ¿Lo estás tú?

Lola se rio entre dientes.

—Sí. Es la única explicación posible. Tiene veinte años, por Dios.

—Pero te hace feliz, ¿qué más da? ¿Qué más dan los veinte años o lo gorda que la tenga tu jefe? Lo que pasa es que estás enamorada de muchas cosas y quien mucho abarca, poco aprieta.

Lola sonrió.

—¿De qué más estoy enamorada según tú?

—Del sexo, del morbo, de ser una mujer que no da explicaciones a nadie... Pero es que, chata, hay que elegir. Llega un momento en la vida en el que es o la polla o tú.

—Yo no tengo polla.

—Ya me entiendes.

—Deberíamos quedar algún día y tomarnos unas copas, como hacíamos antes —dijo ella.

—Pero sin follar después. Ahora que tienes novio, como que...

—¿Cuándo fue eso un impedimento para el gran Víctor?

—Desde que se acostó con tu mejor amiga casada, me temo.

—La Lola de antes te diría que te has vuelto un meacamas, pero la de ahora piensa que para qué lo va a decir si ya lo sabes. Y lo peor es que eres un meacamas porque quieres. Si aprietas ella terminará...

—Lolita, no vayas por ahí.

—Los dos decís lo mismo. Sabes a lo que suena, ¿verdad? Suena a amor.

—Del que duele —insistió Víctor—. Y no nos lo merecemos. —Los dos se callaron unos segundos y al final Víctor rompió el silencio—. ¿Quieres un consejo sobre lo del *fucker* de tu jefe?

—Precisamente te he llamado en busca de uno. Has tardado mucho en ofrecérmelo.

—Deja de tener miedo de eso que quieres. Deja de tenerle miedo a la decisión, porque es como tenerte miedo a ti misma.

—¿¡Quieres decir que tengo que follármelo!? —preguntó ella emocionada porque alguien le diera el visto bueno.

—No. Todo lo contrario. Te digo que no tengas miedo de querer estar solo con una persona. Al final el sexo, Lola, es solo un ratito de placer. Y piénsalo…, ya hemos tenido muchos.

Lola resopló.

—Gracias.

—¿Es lo que estabas buscando?

—Supongo. Pero escúchame…

—¿Qué?

—Aplícate el cuento.

—Lo mío es diferente.

—¿Por qué?

—Porque no depende de una decisión que tenga que tomar yo. Yo lo sé, lo tengo claro. Y ella…, ella también. —Suspiraron—. Adiós, piojo —le dijo él dulcemente.

Y Lola colgó, como siempre. Víctor se quedó mirando el teléfono, meditabundo. Lola pensó que tenía que decirle más a menudo lo mucho que lo quería.

Rai apareció en la puerta de la habitación con una sonrisa y un montón de apuntes bajo el brazo.

—¿Me lo preguntas?

Lola sonrió con bonanza y agarró todos los folios.

—Bien, Raimundo…, esto es un examen oral. Si lo apruebas te la como hasta que te corras.

17

Princesa sin cuento

Nerea se dijo a sí misma que no podía volver a repetirse. Se lo dijo tantas veces que hasta creyó que cumpliría su palabra y dejaría el tema de Jorge atrás de una puñetera vez. De todas maneras, todas las chicas habían tenido en sus vidas una historia como aquella, ¿no? Cualquiera podría sucumbir a esa sensación tan animal como natural, pero… ¿ella?

Se preguntó si con el cambio de trabajo no habría activado también un cambio de vida que afectaba inclusive a cómo se planteaba las nuevas posibles relaciones con el género masculino. Pero… ¿a quién quería engañar? Aquello ni era una relación ni se le parecía en lo más mínimo.

Jorge entraba y salía de su estudio con más asiduidad de la que a ella le gustaría. Verlo entrar con sus andares desgarbados, enseñando parte de la ropa interior sin importarle lo más mínimo llevar la camiseta rota junto a la costura y el pelo sin cortar, no le gustaba nada.

Y allí estaba Nerea, fingiendo que no le importaba lo más mínimo pero muerta de ganas de que él se le acercara y le propusiera otro rato en la cama, retozando suciamente. En el fondo estaba muy avergonzada. Tanto que seguía escondiéndonos que aquellas cosas estuvieran pasando. Nosotras la habríamos ovacionado, pero ella temía que, al compartirlo, aquello se convirtiera en un problema real.

Y mientras tanto Jorge llamaba, enviaba emails y se pasaba a ver a Carolina, su ayudante, dejaba DVD y jugaba con ella como un gato con un ratón al que sabe que terminará comiéndose cuando le entre en gana. Eso era lo que más miedo le daba a Nerea…, no dominar la situación. Y no, no la dominaba.

La situación se habría podido mantener de esa manera. Sostenerse de manera antinatural, jugando al tira y afloja. Sin embargo, era imposible porque a aquellas alturas para Nerea ya era como una droga. De verdad. No podía pensar en otra cosa. Se pasaba el día exaltada y excitada, rememorando esas ocasiones en las que se dejaba llevar. Y es que…, joder, qué manera tenía de llevarla de un sitio a otro. Moviéndola como a una muñeca, terminaba haciendo cosas con ella que Nerea no estaba demasiado acostumbrada a practicar. No es que con Daniel no hubiera echado algún polvo salvaje, pero, claro, sin pasión y con respeto. Con Jorge el respeto le importaba un comino y aunque cuando lo pensaba fríamente se moría de vergüenza, se calentaba como un horno al recordarlo follándosela en el sofá, desde atrás, agarrando su pelo y tirando suavemente de él.

¿Se había convertido ya en alguien como Lola?

Nerea quería morirse cuando esa pregunta cruzaba su cabeza. Pero una adicción es una adicción, y sin poder remediarlo vamos dando pequeños pasitos hacia ella.

Primero dejó de lado la discreción para coquetear con él abiertamente, incluso delante de Carolina. Después le envió un email de trabajo con cientos de frases trampa con doble sentido, no siempre inocentes. Poco a poco se fue dando permiso para ir más allá, hasta que se encontró a ella misma presentándose en su casa un sábado a las tres de la tarde.

Se mordió una uña e inmediatamente le vino una arcada y se acordó del líquido que se había puesto para no seguir con aquella nueva manía estúpida e impulsiva. Se planchó la falda del vestidito con las manos y se miró en el reflejo de la ventana que había en el rellano. Vale, todo correcto; llamó a la puerta.

—Voy. —La voz de Jorge resonó con fuerza en el interior.

Nerea pensó en salir corriendo escaleras abajo. ¿Qué se supone que iba a hacer ahora? Pero Jorge abrió y al verla sonrió.

—Vaya…

—Tengo que hablar contigo —dijo Nerea tras carraspear.

—¿Mal rollo? ¿Me asusto?

—¿Me dejas pasar?

—Claro.

El salón de la casa de Jorge era una especie de cocina *office* en la que se amontonaban desde revistas de fotografía hasta carátulas de DVD vacías. En un rincón reinaba una televisión grande, pero vieja y cubierta de polvo. Se notaba que vivía alquilado y se notaba que no le interesaba en absoluto hacer de aquel su verdadero hogar. Las cortinas que tapaban el minúsculo balcón que daba a la calle estaban amarillentas por el tiempo, al igual que el sofá que, además, soltaba una nube de polvo si te sentabas muy de golpe. Frente a este, una mesita auxiliar del año de la tana y con marcas de haber sido invadida por una horda insuperable de termitas que al final debieron de encontrarla aburrida.

No había ninguna mesa grande, solo una barra americana destartalada, de los años sesenta o setenta, y un taburete con el relleno del cojín a la vista. Todo lo demás era un caos. Había una almohada en el sofá, unas camisetas tiradas sobre la barra, un vaso lleno de agua junto a un plato sucio. Mejor no asomarse al cuarto de baño o la cocina, pensó Nerea.

—¿Nunca habías estado en mi casa? —preguntó él mientras cogía una camiseta y la tiraba a un rincón.

—No.

—Mejor omite tu opinión.

—Si aviso a los de sanidad te desahuciarían y lo más probable es que tu próximo hogar fuera una protectora de animales.

Jorge sonrió.

—No toda la casa está igual.

—Ya, seguro.

—¿Quieres algo? ¿Una birra?

—Eres un cerdo —dijo de pronto Nerea, asqueada, apartando algo que le pareció ropa interior.

—No soy guarro, soy desordenado, pero la casa está limpia.

Nerea constató que a pesar del polvo era verdad. Estaba llena de trastos, pero sin mugre a la vista.

—Necesitas una mujer en tu vida —sentenció poniendo los brazos en jarras.

—¿Es a eso a lo que vienes?

Jorge se apoyó en el sofá, sin abandonar su sonrisa.

—Me refería más bien a una mujer a la que pagues para adecentar esto.

—¿Te ofreces? ¿Es que la empresa no marcha bien?

—Jorge, tenemos que hablar de esto —sentenció.

—¿De mi casa?

—No, de…

—Vale. —Jorge se sentó en el sofá y la sonrisa le desapareció—. Siéntate, Nerea.

—Es que yo…, yo necesito saber cómo tratarte, ¿sabes?

—Nerea, trátame como más cómodo te resulte. A mí me da igual.

—¿Te da igual?

Jorge asintió y Nerea se sintió con la necesidad de volver a tener el poder.

—A mí también me da igual, no te vayas a confundir —dijo.

—Pues no lo parece. Estás tan tiesa que parece que te has tragado una escoba. Y siempre estás igual. Carol me cuenta maravillas de ti y dice que eres divertidísima, pero luego yo te veo y vas así… —Se puso rígido, como imitándola.

—Es que yo soy así.

—Ajá —dijo él—. ¿Adónde quieres ir a parar?

A la cama, pensó Nerea, reprendiéndose al momento.

—Yo creo que debemos dejar esto en una mera relación profesional, Jorge. Basta ya de…

—¿Follar?

Nerea suspiró.

—Sí. De eso.

—A mí me parece que tú también disfrutas, ¿no? —dijo él ladeando la cara.

—Supongo.

—Pues ya está.

—No. No está.

—¿Por qué no puedes pensar en relajarte un poco y pasar un buen rato cuando estemos juntos? —Jorge se encogió de hombros.

—Jorge, tú y yo no tenemos nada que ver.

—Anda que no.

—Ponme un ejemplo —dijo ella muy digna.

—Los dos somos humanos.

—Ay, por Dios. —Puso los ojos en blanco.

—Como *La Dama y el Vagabundo*, nena.

—No.

Nerea cogió el bolso sintiéndose ridícula por haber sucumbido a la tentación y haber ido a su casa con aquella estúpida excusa. Pero cuando ya salía por el pasillo Jorge la alcanzó y, cogiéndola suavemente del codo, la giró hacia él con una sonrisa.

—Nerea…

—Que no, que se acabó y…

—Nerea, siempre ha habido princesas preciosas y ranas que follan muy bien. Déjate de historias. Los cuentos no existen. Esto es lo que hay. Y esto es lo que tenemos.

No lo pensó. Cogió a Jorge de la camiseta y lo acercó a su boca. Jorge no preguntó, la apretó contra su pecho y le devolvió el beso con pasión.

Cinco minutos más tarde los dos estaban totalmente desnudos sobre el suelo del pasillo. Él, con las palmas de las manos apoyadas en el gres, gemía y empujaba entre sus piernas mientras Nerea perdía la razón sin importarle nada. Absolutamente nada más que ese orgasmo que las embestidas de Jorge iban a regalarle.

18
Oda y lo que ahora escribes

Una tarde, después de volver de ver a mi hermana (con el aviso previo correspondiente a Bruno), lo encontré sentado con un ejemplar de *Oda* entre sus manos. Estaba sentado en el sillón, ya sabéis, el único de la casa. En la mesita de enfrente había una taza de café con pinta de llevar allí muchas horas y un cenicero con una colilla cuyo rastro de ceniza demostraba que habían dejado que se consumiese. Tenía el ceño fruncido y no despegó los ojos del libro a pesar de que, evidentemente, me había escuchado entrar. Vi que le quedaban unas pocas páginas, así que dejé el bolso sobre la cómoda y fui a la cocina, donde encendí la cafetera Nespresso. Después me apoyé en el banco y me mordí las uñas, comiéndome parte del esmalte rojo.

Al ratito Bruno se asomó muy serio a la cocina, con el libro en la mano.

—Hola —le saludé esperando que no dijese nada de *Oda*—. ¿Qué tal?

—Lo encontré en una estantería y decidí leer un par de páginas mientras me tomaba el café —contestó enseñándomelo.

—Ah, qué bien.

—Eran las once de la mañana. No he podido parar de leer desde entonces.

—¿No has comido?

—No. —Negó con la cabeza—. Es brutal.

—Gracias. Querrás cenar algo, ¿no? Mi hermana me sacó unas galletitas saladas y…

—No, no lo entiendes, Valeria. Es brutal —volvió a decir.

—Ya te he oído. —Mi tono se volvió un poco más tenso mientras me afanaba en mantenerme ocupada y no mirarlo.

—Este libro merece una consideración aparte de lo que habitualmente escribes, Valeria.

—¿Cómo?

—Esto… es otro género.

—Lo sé.

—Esto es un drama muy bien construido.

Me giré dándole la espalda y me puse a sacar un plato y un vaso.

—Voy a hacerte un sándwich. —Y, de paso, a ver si con la boca llena te callas un poquito, pensé.

—Cielo, escúchame.

—Preferiría no hablar de esto.

—Pero ¿por qué? ¡Es buenísima! Es…, es una obra buenísima, Valeria. De las que se te agarran a las tripas.

—Ya, bueno, me alegro, pero es agua pasada. Ya está. Hablar de ella no traerá resultados y a mí nunca me gustó la adulación.

—¡No es adulación! ¡Es que es…, es literatura de verdad! ¿Cómo no le dieron más cancha a esto? ¿Cómo no…? ¿Eh? No sé, no entiendo.

—Bruno… —Traté de pararlo.

—No, escúchame, lo que quiero decir es que…

—No, Bruno, escúchame tú a mí. No quiero hablar de *Oda*. No quiero escuchar hablar de *Oda*. No quiero hablar sobre el rumbo de mi carrera ni del futuro… —lo dije tan fríamente que creo que me asusté hasta a mí misma.

Bruno levantó las cejas sorprendido y después frunció el ceño.

—¿Por qué te pones así? Solo te estoy diciendo que este libro me ha parecido brillante. Es una obra madura, con unos personajes de una profundidad que deja boquiabierto, con unas reflexiones que…

—Basta, Bruno…

Arqueó la ceja izquierda.

—¿Qué pasa? —insistió.

—No pasa nada, pero no me gusta hablar de esto.

—Hemos hablado mil veces de *En los zapatos de Valeria* y nunca has demostrado que te disguste hacerlo.

—No es el caso de *Oda*. Ya está.

Bruno guardó silencio durante unos segundos y después se acercó con una sonrisa cariñosa.

—Val…, no quiero decir que lo que ahora escribas no sea bueno. Es… simplemente diferente.

—Vale. —Fingí una sonrisa mientras ponía lonchas de queso entre dos rebanadas de pan de molde.

—Y algo diferente a algo bueno también puede ser bueno. Es solo que… no son el mismo género. No se parecen en nada. Ni siquiera parece que lo haya escrito la misma persona.

—Ajá.

—Lo sabes, ¿verdad? Para mí tú ya eras escritora antes de leer esto.

—Lo sé, lo sé.

Otro silencio. Supe que ahí venía la pregunta del millón. Cómo no.

—Y… ¿no has pensado en seguir escribiendo este tipo de…?

—Bueno, ya sabes cómo es esto —le corté—. Un día tienes a la musa de tu parte…, otro no.

Bruno se quedó mirándome con el ceño ligeramente fruncido y acercó a mi cara su mano derecha, acariciando mi mejilla.

—Solo quería darte la enhorabuena por esto, Valeria. Y decirte que… si esta fue tu primera novela…, no imagino lo que podrás alcanzar de aquí a un tiempo.

Le tendí el plato con el sándwich esperando que se callara pronto. Me mordí el labio superior y, muy sorprendida, descubrí que tenía unas tremendas ganas de llorar. Suspiré pensando en decirle que después de esa primera novela había publicado dos más y que una tercera se encontraba a punto de ver la luz. Pero estaba parcialmente de acuerdo con él. No era lo mismo. No. No lo era.

Víctor no pareció sorprendido cuando lo llamé para preguntarle si le apetecía tomar algo, aunque sé que lo estaba. Probablemente esperaba que si volvíamos a vernos después de lo que había «no pasado» en su casa, sería porque él insistiría. No es que yo suplicase, pero ya era suficiente gesto por mi parte hacerle una llamada motu proprio después de todo.

En un principio quedamos para tomar un café, pero, cuando estaba a punto de salir de casa, me llamó para decirme que se encontraba en una reunión con un alto cargo de una cadena hotelera y la cosa se alargaba.

—Es importante. Sabes que no te dejaría tirada si no fuera así. Pero hagamos una cosa. Te llamo cuando termine, paso a recogerte y cenamos. ¿Te parece?

—Llámame cuando termines y lo vemos.

—Le pediré a mi secretaria que reserve mesa por si acaso.

Bruno estaba en ese momento inclinado en la mesa de escritorio, perdido entre un montón de folios manuscritos y un documento de Word. Tenía las gafas puestas y en la mano un lápiz que dejaba entre sus labios cuando tecleaba en el portátil.

—Bruno, ¿te importa que salga a cenar por ahí? —dije cuando colgué.

—Nop —contestó escuetamente.

—¿Te preparo algo antes de irme?

—Nop —repitió.

Y es que cuando Bruno trabajaba era completamente imposible sacarlo de lo que estuviera haciendo a menos que él se esforzara inhumanamente por salir de la burbuja; y no era el caso.

—Cariño, ¿cómo se llaman esas chufas con las que os recogéis las tías el pelo? —preguntó sin mirarme.

—¿Pinza? ¿Diadema? ¿Coletero?

—Eso. Gracias.

A él no pareció importarle con quién salía y yo no me vi en la obligación de decírselo.

Víctor me llevó al Santiago Bernabéu. Me imaginé que había algún restaurante por allí porque no es que sea muy forofa del fútbol. Aparcó por allí cerca su bonito Audi negro y juntos paseamos hasta uno de los laterales del estadio, donde subimos en un ascensor hasta la tercera planta. En la recepción del restaurante esperaba una impecable chica asiática, guapísima, que se comió comedidamente a Víctor con los ojos. Mientras él daba su nombre para la reserva me fijé en que a ambos lados de la recepción había adosadas en la pared unas peceras con luces, que cambiaban de color muy suavemente, llenas de pequeñas medusas.

Nos llevaron hacia uno de los laterales del local y cuando nos sentamos en nuestra mesa Víctor me preguntó si había estado allí alguna vez. Mientras lo decía, colocaba elegantemente la servilleta sobre sus rodillas; eran gestos que le salían solos y que le hacían parecer más inalcanzable todavía. En esas ocasiones, a su lado me sentía como una niña sucia y descalza.

—No lo conocía. Es muy bonito —dije desviando la mirada hacia la decoración.

—Desde aquella parte del restaurante se ve el campo de fútbol, pero en mi opinión afea el ambiente.

Me cogió la carta, la cerró y llamó al camarero. Después pidió por los dos, incluyendo una botella de vino que, a menos que quisiera dejar su coche allí, terminaría bebiéndome prácticamente sola. Y no, no fue una fanfarronada. Creo que quiso demostrarme algo haciéndolo, porque solo pidió mis platos preferidos.

—Víctor… —susurré.

—Dime —contestó él alcanzando su copa.

—¿Has leído *Oda?*

—¿Cómo?

—Mi primera novela…, *Oda…* ¿La leíste?

—Sí, claro —asintió.

—¿Qué te pareció?

Levantó las cejas y respiró hondo.

—¿Sinceramente?

—Claro. Somos amigos, ¿no?

Se rio sensualmente.

—Me dejó confuso.

—¿Confuso?

—Sí. No entendí algunas cosas. Quizá es demasiado para mí.

—¿Qué no entendiste? Y no me digas que soy una pedante. —Sonreí.

—No, pedante no. Te estoy echando un piropo. Eres muy… profunda. Y ¿qué no entendí? El título, por ejemplo. —Me apoyé en el respaldo y él siguió hablando—. Oda, sí, pero ¿oda a qué? Porque no hace referencia a nada de la historia, al menos explícitamente.

—Bueno, quizá explícitamente no. Es un guiño. Un guiño hacia mí. La novela es en realidad una oda personal a lo propenso que es el género humano a la infelicidad por elección propia. Al drama. De ahí el título.

—¿Ves? Quizá demasiado profundo para mí.

—Es solo subjetivo. No todos los títulos de las novelas tienen por qué ser descriptivos.

—Ya, ya. Pero además… es triste, supongo que eres consciente. Me refiero a la historia. Es de las que se agarran a…

—A las tripas, ya. —La misma expresión que había utilizado Bruno.

—¿Era tu intención?

—No quería escribir una historia lacrimógena, si es lo que me preguntas. Solo quería reflexionar sobre esa complejidad que hace que confundamos sentimientos con…, con mitología. Pienso que el noventa por ciento de las cosas que creemos sentir por otra persona forma parte de una mitología aprehendida, ¿sabes?

Víctor frunció un poco el ceño, interesado, y se apoyó la barbilla en el puño.

—Sigue —me pidió.

—Me refiero a que creemos que moriríamos por alguien al que amamos porque la literatura romántica, desde siempre, nos ha hablado del sacrificio por amor como la prueba suprema. Tenemos en la cabeza el concepto romántico del siglo XVIII, aún en vigor. ¿Entiendes?

—Claro —asintió—. Doncellas que necesitan ser salvadas y caballeros torturados.

—Exacto. —Sonreí—. Yo no quise que terminara mal. Yo garabateé a tres personajes y pasé tanto tiempo conociéndolos que al final su propia personalidad fue la que decidió adónde iría la historia. Los situé en un contexto y ellos hicieron el resto. No podía hacer nada por remediar que terminara como lo hizo. Habría sido un postizo. Sería imposible que, si existieran esas tres personas en realidad, terminaran de una manera diferente…, que fueran felices. —Víctor sonrió melancólico, contagiándome—. ¿Qué pasa? —contesté a la sonrisa.

—Me estás recordando a alguien.

—¿A quién?

—A la Valeria a la que me llevé a tomar un café y a pasear hace casi dos años. Entonces hablabas de la relación entre la transacción económica y el concepto de arte y ahora me sorprendes, después de tanto tiempo, hablando de *Oda* sin que sepa qué significa esta conversación. Siempre hay un porqué en las cosas que dices.

—¿Quieres decir que de vez en cuando me pongo pedante? —Sonreí, manoseando la servilleta.

—Ni mucho menos. Te diré que añoré a esa Valeria durante mucho tiempo. Un día me dije a mí mismo que era mejor no buscarla más, y de pronto se sienta frente a mí en un restaurante. ¿Y qué puedo hacer? Sonreír.

Nos quedamos callados, mirándonos, y la sonrisa de Víctor se ensanchó.

—Que te pregunte por esto no significa nada; solo… me paré a pensar en ello y… —empecé a decir.

—Por tu expresión yo diría que te preocupa.

—Un poco.

—¿Te preocupa no volver a hacer nada igual? ¿Te preocupa que los demás pensemos que fue cuestión de suerte y que tu verdadera naturaleza es frívola? —Levanté la mirada hacia él y sonrió abiertamente dejando ver sus dientes blancos—. ¿Sorprendida por que te comprenda?

—¿Para qué mentir? —Pestañeé.

—Que no lográramos que funcionara no significa que no pusiésemos empeño. Si algo hice bien fue intentar conocerte a fondo. Creo que ocurrió lo mismo a la inversa.

Nos miramos durante unos segundos sin decir nada y volví a sentir ganas de llorar. Pero no lo haría.

—¿Puedo decirte algo? —susurró.

—Claro.

—En mi trabajo diseño proyectos que me enamoran, otros que no están mal y algunos que aborrezco, pero ¿sabes? Todos tienen un público y todos son necesarios. Para mí y para ellos. Tú escribes. Tú eliges palabras de entre todas las que hay en el mundo para contar una historia de una manera determinada y al final… es bonito, sí, pero no deja de ser un trabajo. Harás cosas que no terminarán de ser tuyas a pesar de serlo al cien por cien, pero tienes que comer y tienes que expresarlas.

Me apoyé en la mesa y asentí.

—Nunca debí publicar *En los zapatos de Valeria*.

—¿Te arrepientes?

—A ratos sí.

—¿Por qué? —dijo trenzando los dedos de sus manos sobre la mesa.

—No lo sé. Hablar de mí, de las cosas que me pasan…

—¿Crees que la gente te juzga? ¿Que no les pasan cosas parecidas a los demás? No somos tan especiales. —Sonrió—. Mira, Val, yo tengo una teoría —lo dijo con una sonrisa natural y sincera.

—¿Y cuál es?

—No estarás tranquila hasta que no termines con esa historia.

—Es mi vida. ¿Tendré que morirme? —Hice una mueca simpática.

—No es tu vida. Es una parte de tu vida. No empezaste contando: «Hola, soy Valeria, nací un ocho de mayo…». No. Seleccionaste un punto muy determinado de tu vida. Fue un: «Hola, soy Valeria y me siento frustrada». Deja de sentirte frustrada ya. Sé feliz con lo que tienes o… O decide qué es lo que quieres para ser completamente feliz, alarga la mano, cógelo y cierra el ciclo.

Sonreí y, sin saber muy bien por qué, alargué la mano hacia él en la mesa. Él miró hacia donde nuestros dedos se trenzaban y suspiró, mordiéndose el labio inferior.

—Gracias.

—¿Lo necesitabas? —dijo acariciando mi piel con la suya.

—Mucho.

—Pues, ¿ves? Para eso estamos los amigos.

Después apretamos nuestras manos, la una contra la otra, y en una milésima de segundo olvidé que Bruno estaba en casa esperándome. Quise besarlo.

—Bienvenida —susurró.

—Siempre he estado aquí.

Chasqueó la lengua contra el paladar y soltó mis dedos. Después esbozó una pequeña mueca resignada y, suspirando, añadió:

—Cenemos antes de que se nos…, antes de que yo… —Levantó la mirada hacia mí y, tras un silencio suspendido en el aire, concluyó—: Cenemos.

Víctor detuvo el coche frente a mi casa y paró el motor. Se quitó el cinturón de seguridad y se volvió hacia mí, a mirarme, pero no dijo nada.

Sentí una sensación extraña en el pecho, me desabroché el cinturón y me bajé del coche. Él hizo lo mismo y nos encontramos junto a la puerta del copiloto.

—No hace falta que me acompañes al portal. —Palmeé suavemente su pecho cuando se acercó—. Buenas noches, Víctor. Gracias por la cena y por la charla.

—A ti por la compañía.

Echó un vistazo hacia la fachada del edificio y me dijo:

—Te dejaste la luz encendida.

—¿Cómo?

—Digo que te debiste de dejar la luz de la habitación encendida al salir.

Me giré y sonreí.

—No. Es que Bruno está en casa.

Víctor levantó las cejas.

—¿Bruno está en casa? —preguntó.

—Está trabajando en un proyecto en Madrid.

—¿Y vivís juntos?

—Por unos meses sí.

Soltó aire en una exhalación, como si le acabara de dar un puñetazo en el estómago. Después se frotó la cara.

—Víctor... —empecé a decir.

—No, da igual. —Me acarició la barbilla y sonrió sin ganas.

Nos acercamos para despedirnos. Se inclinó hacia mí y besó mi mejilla derecha. Un beso escueto, suave, sensual. Después dejó los labios allí suspendidos, sin erguirse, sin abrazarme, sin hacer nada en particular más que quedarse quieto, con su boca casi a la altura de la mía.

Gimoteé de modo casi inaudible y él giró la cara para encajar un beso en mis labios. Me aparté un poco, con los ojos cerrados.

—No me hagas esto —le pedí.

—No puedo vivir sin ti —susurró despacio.

No puedo vivir sin ti. No puedo vivir sin ti. No puedo vivir sin ti. No puedo vivir sin ti. No puedo...

Quise pedirle que no lo complicáramos más, pero no estaba segura de que me saliera la voz; así que evité su cuerpo y caminé hacia mi portal con paso rápido.

—Valeria... —me llamó.

No me giré. Abrí el portal sin mirar atrás, subí el primer tramo de escaleras y me escondí en un rincón, donde me detuve para ahogar un sollozo.

Entré en casa quince minutos más tarde y me encontré a Bruno delante del ordenador portátil, en la misma postura en la que lo había dejado y un plato con restos de comida junto a él en la mesa.

—¿Cómo va? —le pregunté aún un poco temblorosa.

—Hum…, no sabría decirte.

Me quité los zapatos de tacón, la blusa, la falda y las medias de liga y me acerqué a él con la combinación de encaje, pero sin ninguna intención sensual. Solo necesitaba tocarlo, notar su piel caliente pegada a la mía.

—Bruno…

—Dime. —Desvió a duras penas la mirada hacia mí.

Me senté en sus rodillas y lo abracé.

—Siento haber reaccionado de esa manera con lo de *Oda*.

—No tiene importancia. ¿Quieres hablarlo? —dijo jugueteando con mi pelo.

—No. No hace falta.

—Vale, mi vida. Pues vamos a dormir. Mañana será otro día.

Bajé de sus rodillas y fui hacia la cama. Sí, el día siguiente sería uno totalmente diferente y yo podía superarlo… algún día.

—Oye, a todo esto…, ¿con quién fuiste a cenar? —Bruno se estiró al levantarse de la silla.

—Ah…, pues con Víctor. —Preferí ser sincera y no darle más importancia.

Bruno se quedó mirándome unos segundos eternos y levantó las cejas después.

—Voy a darme una ducha.

19
Eco

—¿Y después no dijo nada? —preguntó Nerea con el ceño fruncido.

—Nada. —Negué con la cabeza—. No le dio más importancia.

—¿No se la dio o crees que no se la dio? —añadió Lola mientras se acercaba la copa de vino a los labios.

—No se la dio. Si Bruno hubiera encontrado algún problema a que saliera a cenar con Víctor lo habría dicho. No es de los que se callan las cosas.

—Pero tú… ¿le diste algún tipo de explicación?

—¿Explicación? Oh, no… *Excusatio non petita accusatio manifesta*, reina.

Las dos me miraron con las cejas levantadas. Sentí la obligación de explicarme.

—Solo digo que Víctor y yo nos vemos poco y cuando nos vemos es solo como amigos. —Mejor callarse lo de «no puedo vivir sin ti»—. Darle más vueltas al asunto e insistir en explicárselo a Bruno sería como decir: oye, aquí hay algo raro. Y… no lo hay. Me fue de mucha ayuda hablar con Víctor. Creo, sinceramente, que podemos ser amigos.

—Sí, ya —dijo Lola tras una risita irónica.

—¿Por qué dices eso? —contesté muy seria.

—¡Venga ya, Valeria! —Se rio—. Pero si él…

—No, Lola… —interrumpió Nerea—. No digas eso; solo servirá para hacerlo todo más difícil. Ella tomó una decisión y esa decisión es Bruno.

Lola hizo el gesto de cerrar una cremallera sobre sus labios.

—Nena… —Le acaricié la mano con una sonrisa, para que no se disgustara por no dejarla hablar.

—Creo que vuelvo a tener más información que el resto —dijo poniendo cara de resignación.

—¿Qué quieres decir con eso? —preguntó Nerea con los ojos entrecerrados.

—Lo que has oído.

Yo me recosté sobre el asiento del sofá de Lola y me encendí un cigarrillo.

—Di lo que tengas que decir. Será interesante escuchar su versión.

—No me entero de nada —musitó Nerea.

—Valeria se calla cosas —afirmó Lola mirándome—. Pero Víctor no.

—Solamente tienes su versión. Lo justo es que pueda darte yo la mía, ¿no? —dije.

—Mi cumpleaños —contestó crípticamente.

—Joder. —Resoplé.

Nerea nos miró a las dos, asustada. A juzgar por su expresión, ella tampoco quería sacar a colación nada de esa noche.

—Eso es injusto, Lola. Los dos habíamos bebido y fue todo tan… —me miré las manos—, tan drama a lo *Falcon Crest*…

—Injusto o no, es la verdad. —Se encogió de hombros—. Y desde esa noche está tocado, Val.

Miré al techo.

—Ojalá…, Lola. Ojalá pudiéramos arreglarlo y volver a empezar. Pero es que no podemos. Lo máximo que podemos darnos es esto.

—¿El qué? ¿Amor?

Nerea abrió los ojos como platos y siguió la conversación como quien ve un partido de tenis.

—No es amor. Es… apego —respondí yo resuelta—. Y él está equivocado.

—Mira, chata, lo único que os separa de ser la pareja más feliz sobre la faz de la tierra es Bruno. Y piénsalo bien. Porque ahora el tema del sexo no te atonta y sabes que Víctor tiene mucho más que darte.

—Madre mía… —susurró Nerea con la boquita pequeña.

Me levanté, dejé mi copa sobre la mesa y recogí mis cosas.

—Val… —suplicó Lola—. No te vayas.

—No, Lola. No puedo…, no puedo escucharte decir esas cosas. Y es muy injusto. Deja de mediar y de poner palabras en su boca. Estoy haciendo esto lo mejor que puedo. Por favor, ayúdame, no me pongas trabas.

Después me fui.

Bruno entró en el piso y vino hacia mí. Me dio un beso, me tendió un par de cartas que debía de haber recogido del buzón y, sonriendo, se fue al baño.

—Vengo meándome desde Tribunal. Saca cuentas.

Esbocé una sonrisa y esperé a verlo salir. Cuando lo hizo me preguntó qué estaba haciendo.

—Nada. Revisando el artículo para la revista.

—Ah —dijo—. Creí que estabas escribiendo algo nuevo.

—¿Algo nuevo? Eh…, no.

—Ajá —dijo quitándose la chaqueta.

—Oye, Bruno, quería hablar contigo de una cosa.

Se dejó caer en el sillón y yo me senté frente a él, en la mesa baja.

—Dime.

—La otra noche, ¿te molestó que saliera a cenar con Víctor?

Levantó las cejas, sorprendido.

—Pues… molestarme no. Me pregunto sobre qué versó la conversación durante la cena, pero creo que no tengo razones para que me moleste, ¿no?

—No, no las tienes. —Sonreí—. Víctor y yo estuvimos hablando sobre *Oda*, sobre mis siguientes novelas y sobre su trabajo. Está diseñando una reforma en una cadena pequeña de hoteles urbanos.

—No necesito que me digas todo esto, lo sabes, ¿verdad? Confío en ti.

—No estoy segura de cómo me sentiría yo si me dijeses que has salido a cenar con Amaia.

—Bueno, tenemos una hija. Es fácil adivinar de qué hablaríamos.

—Ya, lo sé. Y es muy probable que ni siquiera pestañeara, porque sé que lo que tenemos tú y yo… —alargué la mano y cogí la suya— es sincero.

Asintió sonriendo y añadió un «claro». Bruno no es un hombre de grandes hazañas románticas y no se le llena la boca de grandilocuentes palabras de amor. Bruno ha sido siempre un hombre pragmático, y cuando dijo «te quiero» y cada vez que dijo «estoy enamorado» fue porque él creyó que era necesario.

Yo asentí, le besé en la sien y me levanté. Cogí la taza vacía del escritorio y fui hacia la cocina.

—Podríamos salir hoy a cenar —propuse.

—Mejor el sábado, si te parece. Esta noche querría trabajar un poco en un proyecto personal que con esto de la película he dejado un poco aparcado.

—Bueno, pues prepararé algo y lo comemos con una copa de vino.

—Bien. Pero…

—¿Qué? —Me giré en el quicio de la puerta de la cocina y me quedé mirándolo.

—¿No deberías hacer tú lo mismo?

—¿Cómo?

—No, solo digo que… ¿no te está apartando la revista de tus proyectos?

—No —contesté—. Es que ahora mismo no tengo más proyectos que cerrar la saga de *En los zapatos de Valeria* y no me está pasando nada digno de mención.

—Pues quizá eso suponga un problema. ¿No lo has pensado?

—¿Qué supone un problema? ¿Que no me pasen cosas tortuosas?

—No; que ese sea tu único proyecto.

Exigencias por todas partes.

Cerré los ojos.

Oh, Dios, Víctor…

20

Amigos

Víctor me llamó un día para hacerme la proposición más extraña que un hombre me había hecho jamás.

—¿Quieres venir al gimnasio conmigo?

¿Al gimnasio? Pero… ¿es que el mundo se había vuelto definitivamente loco?

Lo primero que se me pasó por la cabeza fue que estaba empezando a criar culo, así que le pedí que me disculpara un momento, solté el teléfono y fui al baño a pesarme. Cuando comprobé que seguía pesando lo mismo, recogí el auricular y le pregunté a qué venía aquello.

—¿Qué has ido a hacer?

—A pesarme. Quería asegurarme de que no estabas llamándome foca.

—Eres tonta del culo. —Se rio—. Es la jornada de puertas abiertas y nos han dicho que podemos llevar a quien queramos. Me pareció que sería divertido.

—Víctor…, ¿recuerdas con quién estás hablando?

—Por eso. En cuanto me lo dijeron te imaginé cayéndote de la cinta de correr y estampándote contra los espejos del fondo de la sala.

—No sé si reírme o planear tu asesinato.

—¿Te animas?

Por supuesto dije que no. Pero Víctor es tremendamente persuasivo. Los siguientes dos días insistió, pero de esa manera casi silenciosa que hace que al final tomes la decisión de ceder sin ni siquiera planteártelo demasiado. Su mirada y esa sonrisa tremendamente manipuladora lo convertían en un arma de destrucción masiva, por no hablar de ese tono de voz…

Por supuesto no quedé con él para ir a correr y sudar. Soy muy consciente de las limitaciones de ser yo misma y no quería sufrir un desmayo delante de un montón de desconocidos (y de Víctor) o morir de una manera trágica, patética y supertelevisiva. Pasaba de salir en las noticias.

Nada, nada. Lolita siempre dice que correr es de cobardes; por una vez seguiría su consejo. Así que quedé con él para recogerlo al salir del gimnasio e ir a tomar algo.

Habíamos quedado a las seis de la tarde pero aparecí media hora después. Había tardado tanto en decidir qué me pondría que llegué tarde. Y tampoco es que me hubiera esmerado demasiado… Llevaba un moño de bailarina despeinado, un jersey desbocado granate y un pantalón vaquero ceñidito con vuelta en el tobillo. En los pies unas bailarinas verde botella y, enrollada alrededor del cuello, una bufanda del mismo color. Cuando llegué, acalorada y a toda prisa, cargaba con el perfecto de cuero y con el bolso en un brazo.

Pero al parecer Víctor también se había tomado su tiempo y tuve que adentrarme en el gimnasio (cueva de los horrores para una persona como yo) a buscarlo.

Al entrar en recepción, una chica preciosa, vestida con un conjunto deportivo negro muy ceñido, se ofreció sonriente a ayudarme.

—He venido a buscar a un amigo.

—¿Cómo se llama? —preguntó solícita.

—Víctor…

—Puedes pasar. Creo que está en la cinta de correr. —Sonrió.

Bien. No le había hecho falta ni el apellido. Qué localizadito lo tenía, ¿eh?

Me asomé a la sala de máquinas y lo encontré corriendo con los auriculares puestos, la mirada fija en el infinito y algunas gotas de sudor recorriéndole las sienes.

Rebobinemos. Víctor, jadeante, sudoroso, con los labios hinchados por el ejercicio.

Mátame, camión.

Respiré hondo, anoté mentalmente buscar en Internet si vendían infusiones de bromuro y, como no me había visto llegar, me acerqué sigilosamente. Traté de despegar la mirada de su trasero, pero no pude. Llevaba un pantalón de deporte negro y una camiseta lisa del mismo color. Me dio rabia pensar que alguien pudiera estar sexi y guapo incluso en esas condiciones.

Me apoyé en la cinta de correr y sonrió cuando me vio asomarme al display de la máquina.

—¿Cuánto llevas?

Se arrancó los auriculares y sin parar de correr a grandes zancadas me los lanzó junto a un iPod minúsculo que apagué.

—No me hagas hablar mientras corro —jadeó.

—¿Llevas cincuenta minutos? Yo corro diez y tiene que venir una UVI móvil a reanimarme.

Siguió riéndose y me preguntó:

—¿Serías capaz de esperar diez minutos? Estoy contigo enseguida.

—Claro. Voy a… levantar unas pesas. —Puse cara de estar habituada a esas cosas.

Víctor se echó a reír y yo me marché hacia la salida, donde lo esperé. Saqué mi móvil y eché una partidita al Tetris. Después me animé y le envié un mensaje a Lola, pidiéndole disculpas por haberme marchado de su casa de aquella manera. Le decía que me apetecía mucho verla y que nos tomáramos unos vinos y la animé a buscarme un hueco en esa apretadísima agenda roja de la que hacía tiempo que no alardeaba.

Vi a Víctor bajar de la cinta, jadeante, y apreté los muslos. Joder. Un parpadeo y ya estaba recordándolo embistiendo entre mis piernas, lanzando un ronco gemido final al correrse. Y la sensación de que se vaciara dentro de mí, humedeciéndome.

Casi ni me di cuenta de que me hacía señas hasta que me llamó con un silbido agudo.

—Voy a darme una ducha rápida y nos vamos. ¿Vale?

—Aquí te espero.

—También puedes acompañarme. Creo que serías muy bienvenida en el vestuario —me dijo.

—Gracias, pero vengo duchada de casa —contesté con una sonrisa provocadora.

—Pero…

—¡Ve ya, hombre! —Me reí.

Y mientras él iba hacia los vestuarios yo fantaseaba como una loca con la idea de ir con él, escondernos de todo el mundo y darnos una ducha juntos y apretados. Desnudos. Con la piel resbalando. Las bocas atadas en un beso y las lenguas haciendo un nudo.

… Virgen santa…

Cuando diez minutos después apareció de vuelta, me dije a mí misma que adorar a alguien por su cuerpo y sus rasgos me convertía en una auténtica superficial. Tenía que recordar que, a pesar de lo mucho que me gustaba físicamente, Víctor no podía quererme como yo necesitaba que lo hiciera. Y no era un supuesto. Ya lo habíamos intentado. Por mucho que él dijera que no podía vivir sin mí.

Víctor, vestido con una camiseta blanca, un cárdigan gris, un vaquero y unas Converse, cargó la mochila del gimnasio a su espalda y sonrió. No sé si yo era realmente una auténtica superficial o es que sus sonrisas podrían hacer encender una noche;

lo que sé es que tuve que volver a apretar los muslos. Muslos locos. Braguitas locas. Todo loco en mi cuerpo. Incluido el desbocado latido que me retumbaba hasta en las sienes.

Cuando estaba a tres pasos de distancia de mí, una chica apareció de la nada y prácticamente le saltó encima. Hasta yo me asusté. No sé cómo no gritó. Y allí estaba ella, todo pelo sedoso, todo ropa de licra, todo vientre plano al aire y sonrisas. Se saludaron como si fueran viejos conocidos.

Mientras charlaban y yo la odiaba en silencio, me fijé en que su lenguaje corporal pedía a gritos una noche de sexo lujurioso y sucio. Después lo miré a él, que, aunque sonreía, no comunicaba nada. Alto, firme, imperturbable, de nadie. Así era Víctor. Podía hacernos flaquear con solo arquear las comisuras de los labios, pero qué difícil era hacer que su piel se erizara...

De pronto se despidieron. Ella lo agarró, él impuso una breve distancia y la besó en la mejilla. Pero en ese beso las manos de Víctor no bailaron acariciando un mechón de pelo de aquella chica ni rozaron su cintura. Solo un beso cortés, tras el que ni siquiera la miró.

Víctor vino hasta mí, me dio un abrazo, me levantó del suelo y me besó sonoramente en el cuello.

—Dios..., hueles como deben oler las cosas que me hacen perder la cabeza —dijo con su cara hundida en el arco de mi cuello.

—Vamos... —Me separé con una sonrisa y le tendí la mano.

Después solo salimos de allí rumbo a su casa. Con las manos cogidas.

Cuando llegamos, Víctor descorchó el vino y lo vertió en el decantador para dejar que respirara. Mientras tanto sacó dos copas y me preguntó si tenía hambre. Le dije que sí y él me hizo un sándwich, que partió en dos triángulos y sirvió en un plato.

Le robé un trozo de queso y, sonriéndome, me pidió que cogiera las copas y lo siguiera.

Fuimos a su dormitorio. Dejó el decantador y el platito en la mesilla de su lado de la cama y me preguntó qué me apetecía escuchar.

—Adele —le dije.

Salió del dormitorio y yo, sin poner en entredicho el sitio que habíamos elegido para tomarnos una copa de vino, me quité las bailarinas y me senté sobre la colcha de plumas de color blanco. Hacía más bien poco que estar en su casa suponía un problema para mí, pero esas cosas eran las que pasaban en el momento en el que cedías un rescoldo a Víctor. Víctima de mí misma, apenas me daba cuenta de que iba regalándole espacio sin parar.

Y allí, tirada sobre su cama, recordé. Tuve incluso la tentación de oler la almohada, pero me contuve. Él volvió con un CD y lo colocó en la cadena de música. Después se quitó las zapatillas y se echó a mi lado en la cama.

—¿Qué tal? ¿Y Bruno? —me preguntó mientras servía el vino y me pasaba una copa y mi bocadillo.

—Pues muy ocupado. Lo veo casi con la misma asiduidad que cuando está en Gijón.

—Bueno, al menos os acostáis todos los días en la misma cama —dijo sin connotaciones aparentes.

—No siempre. Bruno es de los que cuando le viene la inspiración trabaja sin descanso y cuando no, trabaja igual, así que suele acostarse tarde escribiendo. Hay veces que llevamos el ritmo al revés. ¿No quieres un poco? —Le tendí el sándwich y le dio un mordisco.

—Dios os cría y vosotros solos os juntáis —farfulló mientras masticaba.

—¡Qué va! No nos parecemos en nada. Yo soy más de escribir a trompicones. Como en vomitonas.

Me acomodé sobre la colcha y una bofetada de su olor escapó de la funda de la almohada.

—Hummm. ¿Cuándo pusiste estas sábanas? —Me arrullé, abrazando el cojín.

—¿Temes por las condiciones higiénicas de mi casa?

—No. Es porque la almohada huele a ti… Y huele muy bien —aclaré.

—Las puso Estrellita el lunes —dijo sonriendo.

—Supongo que si hubieras pasado el martes retozando con alguien en ellas, esta mañana habrías mandado cambiarlas.

—Probablemente —contestó crípticamente antes de darle otro bocado a mi merienda.

—¿Ya no te traes a niñas entre semana?

Masticó, bebió y después negó con la cabeza.

—Ni entre semana ni en fin de semana. He debido de perder el atractivo. —La provocativa sonrisa que se le dibujó en los labios demostró que sabía que aquello no era cierto.

—¿Qué me dices? —Exageré mi tono de sorpresa.

—Lo que oyes. Estoy mayor.

Puse los ojos en blanco. Era obscenamente evidente que ni estaba mayor ni había perdido el atractivo. Estaba segura de que habría una lista interminable de mujeres dispuestas a desnudarlo, besarlo y llevarlo hasta el orgasmo. Por muchos años que pasaran, eso no cambiaría. Víctor era cada día un poco más guapo.

—Lo digo en serio —insistió.

—Déjame que lo dude. Si no…, ¿y lo de la chiquilla del gimnasio?

—¿Qué chiquilla? —dijo haciéndose el tonto.

—La que te saludó cuando ya nos íbamos y te comía con los ojos.

—Maite. —Miró al techo—. Eh…, esto…

Me eché a reír.

«Valeria…, estos hombres no cambian. Cuando tenga cuarenta, andará con una chica de veinticinco».

—Creo que quiere repetir —le dije sin poder evitar una mueca de desagrado.

—Repetir implica haberlo hecho antes. Y Maite y yo no nos hemos acostado nunca. —Levantó las cejas significativamente.

—¿Estás de ramadán sexual?

—Algo así. —Volvió la cabeza sobre la almohada y me miró.

—¡Ja!

—¿No te lo crees?

—Claro que no. ¿Cuánto llevas sin echar un polvo?

Víctor se mordió los labios por dentro y miró al techo, haciendo cálculos. Después chasqueó la boca.

—La cosa ha estado floja.

—¿Sí? ¿Y eso? —Me senté y le di un sorbo a mi copa.

—Bueno…, le doy más vueltas al tema que antes, supongo.

—Creía que para los hombres el sexo era solo el medio para un fin. Que no lo pensabais.

—Hace tiempo que ya no significa lo mismo. —Víctor acomodó un cojín a su espalda y se sentó, con sus eternas piernas flexionadas—. Salir a beberme unas copas, volver acompañado y después despertar con una desconocida ha dejado de ser emocionante. No me compensa. Me deja… vacío.

—¿Necesitas probar cosas nuevas?

—No exactamente. Solo necesito un poco de tranquilidad para…

—¿Cuánto tiempo llevas así?

—Que yo recuerde, como… cuatro meses. Posiblemente cinco.

Lo miré como si estuviese loco. ¿Víctor en plan señorita victoriana que protege su virginidad?

—¿Llevas de verdad casi medio año sin…?

—Mujer, tanto como medio año no. Pero… Sí. —Se echó a reír, avergonzado, y se revolvió el pelo, dejándolo desordenado.

—¿Y cómo puedes…? —pregunté muy interesada por la respuesta.

Ya estaba imaginando complejas técnicas de relajación, retiros espirituales, lectura de las sagradas escrituras…

—Valeria, cielo… —Me miró con las comisuras de los labios tirantes, perverso—. ¿Cómo crees que me las apaño? Pues con la mano derecha.

Me quedé mirándolo y me eché a reír a carcajadas, sonrojada.

—Ya, ya. No me des más datos.

—No es que me incomode hablar del tema contigo, pero ¿por qué seguimos hablando de mi rutina sexual?

—Porque quiero entenderte. —Me coloqué de lado, mirándolo.

—No hay nada que entender. Es solo que últimamente es un trámite. Hablando claro y mal, el sexo se ha convertido en un impulso que soluciono solo. Y así me va bien. No encuentro papel para una mujer en mi vida ahora mismo, ni siquiera en la cama.

¿Ni siquiera yo?, pensé.

—Suena serio… ¿Desde cuándo estás así?

—Pues… —Víctor miró al techo y jugueteó algo inquieto con los labios entre los dientes. Después suspiró—. ¿Quieres que te sea del todo sincero?

—Claro.

—El hecho es que llevo así desde el cumpleaños de Lola y creo que tú también lo sabes. —Cerré los ojos y me acaricié los labios, violenta—. ¿Qué quieres que te diga, Valeria? No puedo seguir con algo que no me llena, fingiendo que no me has marcado. Ya no tiene sentido. Es todo.

Me giré a mirarlo y cogí aire, volviendo a perder la mirada por todos los objetos de la habitación.

—¿Es culpa mía?

—No es culpa de nadie. —Negó con la cabeza, serio.

—¿Entonces?

—Ya lo sabes, Valeria. Fue…

—Ya. No termines la frase.

Pensé en si no debería ponerme los zapatos, recoger la chaqueta y el bolso y marcharme, pero, como siempre con Víctor, retrasé la huida un poco más de lo necesario.

—Nunca te he preguntado si Bruno lo sabe.

Encogí las piernas, flexionando las rodillas.

—No se lo conté porque en realidad hay poco que decir sobre aquello y tú también lo sabes. No fue…

—Sé lo que fue. Eso es lo peor. —Aunque lo dijo con una sonrisa sonó muy triste.

Nos miramos durante quizá demasiados segundos y yo terminé con el silencio diciendo:

—Aquella noche habíamos bebido mucho. Quisimos arreglar las cosas y…

—Me acuerdo —dijo cortándome—. Quisimos arreglarlo y lo estropeamos más.

—Bueno…, al menos hemos llegado a un entendimiento. Míranos. Hablando civilizadamente de todo esto… —Creí que Víctor lo dejaría correr y que callaríamos, pero al final, después de una respiración muy profunda, él siguió hablando.

—Ya no puedo ser feliz con lo que tenía antes de ti. No quiero seguir insistiendo. Prefiero esperar.

—¿A qué?

—A que se me olvide que contigo siempre fue diferente… porque fue más.

No quise mirarlo. No quise apenas ni moverme. Solo quería que aquello desapareciera de entre nosotros y no tener que acordarme nunca más de la noche del cumpleaños de Lola, ni de Víctor llorando. Ni de las cosas que dijimos. Ni de las cosas que nos juramos.

¿Podíamos ser de verdad amigos Víctor y yo? ¿No sería otra cosa ese algo, ese impulso que me llevaba constantemente a él? Sentía algo parecido a una fuerza gravitacional que me llamaba continuamente a él. No podía resistirme a tenerlo en mi vida. Sonaba bien, ¿no? Víctor y yo siendo amigos. Pero... ¿era simplemente posible?

—Perdona —dijo él levantando la palma de su mano derecha—. Tú solo me preguntaste por Maite y yo saqué todo esto...

Los dos nos sonreímos y él me palmeó la rodilla de manera amistosa.

—Creo que deberíamos pasar página. Invita a esa chica a una copa y después tíratela —dije de pronto con una expresión mucho más amarga de lo que pretendía.

—¿En serio has escuchado una palabra de lo que te he dicho? —Levantó una ceja, con una sonrisa de lo más seductora en sus labios.

—Sí, por eso. Es muy guapa —repliqué—. Algo joven para ti, pero ya tiene edad para saber lo que se hace, supongo. Date un capricho y haz las paces con ese Víctor.

En el tiempo que duró el parpadeo siguiente los imaginé entrando en la habitación, quitándose la ropa y cayendo sobre la cama y... no me gustó. Contuve una mueca de disgusto.

—No sé si ese Víctor aún existe —contestó sacándome de mi imagen mental.

—Es lo mejor que puede pasar. Y cuando te la tires, llámame para contármelo.

—¿Mientras me la tiro? —dijo mirándome de reojo.

El ambiente se distendió.

—Sí, hombre. A ella seguro que le parece buena idea —bromeé.

—Siempre podría llamarte sin que se diera cuenta, dejar el teléfono descolgado y hacer como si nada...

Me quedé mirándolo con otra sonrisa pérfida en los labios y negué vehementemente con la cabeza.

—No entiendo qué interés podría tener yo en escuchar eso.

—Morbo, supongo.

Me terminé la copa y me acosté en la cama de nuevo.

—Yo creo que esa es de las fáciles. Caerá a la primera. Probablemente ni siquiera lleguéis a casa. Puedes tirártela hasta en el gimnasio.

—¿Qué ha sido de la Valeria recatada?

—A lo mejor está con Víctor el seductor.

—Sí, en una realidad paralela en la que lo suyo es posible, ¿no? —Nos miramos e hicimos una mueca. Víctor se contestó a sí mismo—: Aunque ese Víctor es un gilipollas que nunca supo hacer las cosas bien. Me merezco saber que estás con un hombre que te hace feliz y que no soy yo. Me merezco saber que incluso te folla mejor que yo.

Lo miré sorprendida.

—Bruno y yo… Es diferente. Incluso en la cama. Es más… fácil.

—Lola dice que folláis como animales pero que en realidad la relación que tenéis es un espejismo. Que tú quieres quererlo pero no puedes.

—No, no es cierto. —Bajé la mirada a mis manos.

Nota mental: matar a Lola.

—Supongo que nunca lo sabré a ciencia cierta. —Sonrió.

—Llama a la del gimnasio y tíratela.

—Tírate a Bruno y llámame. Si te oigo en la cama con él a lo mejor me animo a seguir haciendo mi vida.

Me quedé mirándolo sorprendida.

—Posiblemente eso te pusiera a tono —contesté con una sonrisa.

—Bueno, parece que nunca lo sabremos.

21

Las primeras tonterías

Cuando llegué al local, Lola ya me esperaba sentada a una mesa junto a la ventana. Llevaba el pelo ondulado y sujeto a un lado con una horquilla con un lacito negro. Aquel peinado le quitaba años y allí sentada, con una blusa negra con cuello Peter Pan rojo, parecía una niña maquillada con el pintalabios rojo de mamá, esperando a su primer novio.

Me acerqué y la besé en la mejilla. Después me senté frente a ella y le sonreí, pero ella hizo un mohín.

—¿Qué bebes? —le pregunté.

—He pedido una copa de vino.

El camarero se acercó con la bebida para Lola y me preguntó qué quería yo. Le pedí lo mismo y me volví hacia ella de nuevo, alargando la mano sobre la mesa y cogiendo la suya.

—El otro día fuiste bastante bruja conmigo —le dije sin más preámbulos.

—Ya lo sé. Soy una perra. Creí que si te hacía pensar…

—No es la manera de hacer pensar a nadie. —Lola no dijo nada y jugueteó con el pie de su copa—. Lolita…, ¿qué pasa?

—Nada.

—¿Es por Rai?

—No. Todo va bien con Rai. De verdad que estoy bien.

—¿Seguro?

—Claro. —Esta vez imitó de manera mucho más eficaz una sonrisa real—. Cuéntame cosas.

—No tengo mucho que contar.

—Estás viviendo con Bruno, algo habrá que contar.

—Bueno, la convivencia es fácil. Bruno es muy organizado y además casi siempre está trabajando, así que… —Lola se quedó mirándome, esperando que siguiera añadiendo algo más—. Cocina muy bien —dije.

—Val… —susurró.

El camarero trajo mi copa de vino y le dimos las gracias antes de verlo desaparecer tras la barra de nuevo.

—Val… —comenzó a decir nuevamente Lola—. ¿No te parece muy frío?

—¿El qué?

—Todo lo que me cuentas de Bruno.

—No. Es que no sé qué contarte. Va muy bien. —Me mordí el labio inferior y pensé qué podría decir para cambiar de tema—. ¿Y tú con Rai? ¿Qué tal le han ido los exámenes?

—Aprobó todas —asintió orgullosa—. Ha sacado dos notables.

—Oh. —Sonreí—. Qué bien. Así podréis veros más. No tendrá tanto que estudiar.

—Sí. La verdad es que pasa más tiempo en mi casa que en la suya. Ya ha dejado caer en más de una ocasión la posibilidad de dejar su piso y de que compartamos los gastos del mío.

—¿Y? —susurré alcanzando la copa.

—No, no. —Se rio—. Tiene veintiún años. Es un puto yogurín y yo casi una cuajada pasada de fecha… Irnos a vivir juntos sería un suicidio.

—Ya lleváis un año, ¿no?

—Sí, creo que sí.

Las dos respiramos hondo y miramos alrededor.

—¿De verdad que no te pasa nada, Lola? —pregunté acercándome a ella sobre la mesa.

Frunció los labios y después se los mordió.

—Mi jefe está buenísimo. Tiene un paquete que le llega a medio muslo. No para de hacerme proposiciones indecentes. ¿Aún me preguntas si no me pasa nada?

Abrí los ojos de par en par.

—¡No me jodas, Lola! ¿Es que no aprendiste nada de la historia con Sergio? ¡Creía que estabas de coña con lo de tu jefe!

Lola hizo una mueca.

—Ay, no lo sé…, Val… Es que… es como si…, como si… el cosmos me estuviera poniendo a prueba. ¿No se ha dado cuenta ya de que cedo a la mínima tentación?

—Lola, haz el favor…, pobre Rai.

—Pobre Rai, pobre Rai… ¡¡Pobre Lola, que se va a quedar sin bragas!! ¡¡Las carbonizo!! Ese hombre me va a hacer correrme con solo mirarme…

Y eso me recordó a Víctor. Víctor en mi casa, el día de la exposición de Adrián, sujetando el nudo de mi bata de raso, paladeando con su voz sensual palabras sobre corrernos con solo mirarnos…

—¿Estás aquí? —me preguntó.

—Sí, estoy aquí. Dime una cosa. ¿Quieres un consejo o una reprimenda que te haga entrar en razón?

—Un mix. Si es necesario me tumbo en tu regazo y dejo que me azotes.

—No, gracias. No va a hacer falta. Déjate de monsergas y de rollos chungos. Céntrate. ¿Quieres a Rai? —Lola asintió—. No diré nada más. Dejaré que llegues tú sola a tu propia conclusión.

Lola se desmoronó sobre la mesa, lloriqueó, lanzó un quejidito y después se bebió el contenido íntegro de su copa.

—Emborracharnos aquí nos va a costar un pico.

—Siempre podemos no emborracharnos —le contesté.

—No contemplamos esa opción. Quiero que bebas y que se te suelte la lengua. Igual así acabas confesándome ese rollo tan raro que os lleváis Víctor y tú.

Me quedé mirando a Lola y sopesé confesarle algo que aún no sabía muy bien si era cierto. ¿Qué iba a decirle? ¿Hay algo de Víctor que no consigo quitarme de encima? ¿Pienso en él todos los días, casi a cada momento? No, yo quería que mi relación con Bruno funcionara. No quería meterme de lleno otra vez en un tira y afloja sentimental de lo más kamikaze con una persona que ya sabía que no era capaz de darme lo que yo necesitaba de ella. Y que no lo era porque no me quería de verdad.

—Víctor y yo estamos tratando de ser amigos en gran parte por ti, por lo que, por favor, deja de tratar de hacer de Celestina, porque se te da de culo.

Lola arqueó muy digna su ceja izquierda y después se giró hacia el camarero y le silbó.

—¡Chato! Trae la botella entera y déjala aquí, entre la *malfollá* y yo.

Gracias a ese cosmos que parecía estar poniendo a prueba a Lola, Rai acudió un par de horas más tarde a la cafetería en la que estábamos. Me vino muy bien que alguien con más paciencia que yo se hiciera cargo de Lola, que terminó con una melopea de impresión. No es que yo no fuera tocadita, pero es que a ella se le fue la mano con esto de llorar las penas de estar haciéndonos adultas. Cuando insistimos en que lo mejor era que se fuera a casa a comer algo con lo que asentar el estómago, Lolita nos salió por peteneras, hablando sobre la opresión del qué dirán y la corrupción política. Y después de un monólogo sobre el asco que le daba la doble moralidad, se fue trastabillando con una silla, arrastrando la chaqueta y tratando de retocarse el pintalabios.

Rai pagó la cuenta íntegra, me dio las gracias por no dejar a Lola sola y se reunió con ella en la calle, donde esta lo abordó metiéndole la lengua en la boca. Rebusqué en mi bolso, queriendo apartar la vista de aquel espectáculo dantesco, y cogí el móvil. Tenía un mensaje.

«He pasado por delante del Thyssen hace un par de horas y me he acordado de ti. Y aquí sigo, sin poder dejar de pensar en esa Valeria; en mi Valeria».

Jodido Víctor. No, por favor.

Llamé a Bruno y, entre mil arrumacos verbales, le pedí que se tomara el resto de la tarde libre por mí y fui tan insistente que él solo dijo que lo esperara en casa.

Llevaba en casa media hora cuando apareció Bruno con una botella de vino en la mano y una mueca perversa en la boca. A pesar de que la cosa pintaba estupendamente bien y de que yo andaba un poco achispada, no podía quitarme de la cabeza a Víctor. Y no Víctor en términos románticos. No. Víctor en absoluto. Víctor en mi vida.

¿Y si mantenía aquella extraña amistad con Víctor porque me gustaba tenerlo ahí? ¿Y si lo que necesitaba era tenerlo cerca con cualquier excusa porque no lo había superado? Pero si uno no supera una ruptura o una relación en su conjunto no es posible que se enamore de otra persona, y yo quería querer a Bruno. No quería que nos convirtiéramos en dos amigos que follan. No. Quería levantarme sabiendo que no tenerlo a mi lado me haría desgraciada.

Últimamente no dejaba de darle vueltas a la idea de que quizá estaba sufriendo un poco de síndrome de Peter Pan, tratando de evitar todas las responsabilidades que harían de mi relación con Bruno una relación adulta y, sobre todo, definitiva. Yo sabía que podía ser el único hombre del resto de mi vida, pero creo que, a la vez, tenía miedo de que lo fuera. No quería tener que convencerme a mí misma, quería tener la certeza.

Y allí estaba él, sirviéndome una copa de vino tras otra, besándome el cuello, diciéndome tonterías al oído y metiéndome mano con las mismas ganas que yo de darle al cuerpo alegría Macarena. Y la cuestión era que... el alcohol me había puesto un poquito demasiado salvaje para lo que yo acostumbraba a ser. Supongo que nos ha pasado a todos en un momento dado. Te bebes unas copas y de repente tienes unas ganas tremendas de hacer cosas prohibidas y de convertirte en esa persona que grita cosas que los vecinos se avergüenzan de escuchar. Esa a la que, en el fondo, le encanta verse reflejada en un espejo.

La última copa de vino me puso oficialmente borracha. Así que... borracha, caliente y con Víctor en la cabeza... Resumen: Valeria hace una tontería.

Cuando Bruno se fue a la cocina a dejar las dos copas y la botella, cogí mi móvil con manos temblorosas y pensé que tampoco pasaba nada si..., por equivocación..., seleccionaba el contacto de Víctor y pulsaba la tecla de llamada.

Aún no sé por qué narices lo hice. No fue por hacerle daño. No fue por morbo. Creo que fue todo mezclado con la idea de que haría falta algo para que los dos siguiéramos con nuestras vidas.

Escuché los pitidos del tono mientras lo dejaba sobre la mesita de noche, de manera que no se viera que la pantalla estaba activada. Aquello podría extrañar a Bruno. Sí. Eso es premeditación y alevosía, lo sé. Cuando Bruno volvía con aquella sonrisita en la cara escuché la voz de Víctor saludarme. Recé por que Bruno no tuviera tan buen oído.

No sé si Víctor se lo olió o si, simplemente, esperó a tener respuesta; pero se calló y Bruno y yo empezamos a besarnos. No reprimí un gemido cuando sus manazas me sobaron de arriba abajo y estrujaron mis pechos. Creo que aquello le dio la pista definitiva a Víctor para saber de qué iba aquella llamada.

Podría haber colgado, pero no lo hizo.

Bruno se quitó la camisa y la camiseta que llevaba debajo mientras yo me desprendía de la ropa a toda prisa sobre la colcha. Las frases sucias en boca de Bruno rebotaron en las paredes y por primera vez, excitada con la idea de que nos escuchaban, contesté. Aquello le puso como una moto, claro; se volvió loco de ganas.

—A pelo... —pidió Bruno con la voz grave—. Déjame follarte a pelo de una puta vez.

—No, Bruno..., no..., a pelo no.

—Joder, tomas la píldora, cojones...

—Ven... —dije con voz mimosa mientras alcanzaba un preservativo.

No tardó en penetrarme con fuerza mientras decía lo mucho que le gustaba sentir mi calidez y mi humedad. Pero como ya he comentado en alguna ocasión, es Bruno y no dice las cosas concretamente así.

—¡Joder, qué mojada estás! Te pongo cachonda, ¿eh?

Me senté sobre él y gemí casi lastimeramente al mecerme sobre su erección. Estábamos haciéndolo con tanta fiereza que casi hasta me dolía. Me movía entre el placer más delirante y un suave dolor que me volvía más loca aún. Le pregunté si le gustaba follarme y Bruno gruñó. Exigí que dijera cosas sucias. Imaginé a Víctor escuchándonos y a punto estuve de correrme en ese momento.

Le pedí que parara, le dije que necesitábamos descansar si queríamos alargarlo y me contestó que no quería alargarlo. A decir verdad, me dijo, con los dientes casi apretados, que quería correrse ya.

—Más fuerte —le dije cuando empezó a penetrarme desde atrás—. No pares.

El golpe entre su cadera y mis nalgas empezó a sonar con fuerza y sentí que no aguantaría mucho más. Pensé en Víctor escuchando. Pensé en Bruno, sudoroso, agarrando con una mano mi cadera y con la otra mi hombro, llevándome hacia él. Pensé en mí, húmeda, ida, borracha, y me corrí, entre bocanadas de aire exageradas y exclamaciones. Cuando, agotada, le pedí que terminara, Bruno se corrió.

Tras el orgasmo se abrazó exhausto a mi espalda y la besó. Sofoqué el impulso de apartarme. Me sentía tan sucia, tan mala persona…

Cuando se marchó al baño cogí a hurtadillas el teléfono, lo coloqué en mi oreja y susurré:

—Ahora podemos seguir con nuestras vidas.

—No —contestó resuelto—. No te engañes, nena. Conmigo siempre fue… más.

Después colgó.

22
La única persona brutalmente sincera que conozco

Evidentemente no soy la única persona que hace tonterías en el mundo. El único problema es que yo no soy precisamente la típica persona que comente tales chaladuras. No estaba acostumbrada. Y al día siguiente, cuando me desperté con una resaca tremenda y el recuerdo de que había llamado a Víctor para que escuchase aquello, no pude evitar una desazón brutal que incluso me hizo buscar una excusa para rehuir a Bruno cuando intentó... seducirme.

Conociéndome, supe enseguida que tenía que hablarlo con alguien para dejar de darle vueltas. Necesitaba una persona sincera, que me quisiera y, sobre todo, a la que no me diera vergüenza confesarle aquello. Así que solamente se me ocurría una.

Carmen me recibió con alegría en su casa. La semana siguiente se reincorporaba con media jornada al trabajo y estaba muy emocionada. Gonzalo estaba para comérselo, rollizo y espabilado. Se reía a carcajadas ya y había aprendido a dar palmas y a girar la manita cuando escuchaba a su madre cantar *Cinco lobitos*. Lo estuvimos entreteniendo mientras charlábamos sobre cosas sin importancia, como los vestidos vaporosos que se llevaban esa temporada o la última de la madre de Borja, que de vez en cuando seguía dando por saco. Al cabo de un rato Gonzalo se durmió en su hamaquita y Carmen lo llevó a la cuna, en su habitación. Cuando volvió me fijé en lo increíblemente estupenda que estaba.

—Oye, ¡estás guapísima! No me había fijado.

—Aún tengo un poco de tripa —dijo palpándose el vientre.

—¡De eso nada! Estás más delgada que antes de quedarte embarazada. ¡Y el pelo te brilla muchísimo!

—Es que ayer me puse una mascarilla —aclaró al tiempo que se sentaba en el sofá—. No sé cuándo encontré tiempo para hacerlo, pero lo hice. Me siento orgullosa. Porque, la verdad, el haber adelgazado no tiene mérito. Es que no tengo tiempo de comer. Tengo a Gonzalo colgado de la teta todo el día y cuando descansa, se caga o llora.

—Pobre. Estarás agotada.

—Jodida pero contenta, qué le vamos a hacer.

—Ahora a pensar en el segundo.

—¿El segundo? ¡Estás loca! —Se rio—. No pienso tener más niños por lo menos en diez años.

—El primero tampoco lo esperabas —dije alcanzando la taza de café.

—Pero entonces no tenía puesto el DIU. —Me guiñó un ojo.

Carmen se recostó divinamente en el sofá y graduó el volumen del *walki* del niño. Después se quedó mirándome con una sonrisa de oreja a oreja y me preguntó si tenía algo que contarle.

—¿Algo como qué?

—No sé. Algo como lo que has venido a contarme, por ejemplo.

—He venido a verte. No seas tan suspicaz.

—Valeria, que nos conocemos. —Me guiñó un ojo.

—Pero…

—Si me has llamado a mí sola es porque no quieres que Nerea te juzgue y Lola se ría, así que escupe.

Arqueé la ceja y me reí.

—A veces se me olvida lo lista que eres, leñe.

—Y los años que hace que nos conocemos. ¿Qué pasa?

—El otro día hice una tontería con… Víctor.

—Define tontería —contestó poniéndose visiblemente tensa.

—¿Te pongo en antecedentes primero o te lo suelto sin darle vueltas?

—Mejor ponme en contexto.

—El otro día fui a recogerlo a la salida del gimnasio y vi a una chica que se lo comía con los ojos.

—Ay, Dios… —Arqueó las cejas.

—Fuimos a su casa, empezamos a hablar y le dije que debería tirársela y llamarme para contármelo. La cosa terminó en que él me dijo que yo debería llamarlo mientras lo hacía con Bruno porque si nos escuchaba podría seguir con su vida…

—Valeria… —Me tapé la cara con un cojín—. ¿Te llamó o…? —Me asomé por encima del almohadón y negué con la cabeza—. Lo llamaste tú —dijo de pronto, dándolo por sentado.

—Había bebido mucho vino. En cantidades ingentes. Me pareció buena idea.

—¿Y te escuchó…?

—Sí. —Carmen esbozó una sonrisa y contuvo una risita—. Ríete si quieres.

—Es que me parece una idea de bombero…

—¿Cuál es tu veredicto? —pregunté.

—Que lo mantengas en secreto. Conociendo a Bruno, si se entera desencadenará un reinado del terror.

—Sí, tiene mal genio —dije mirándome las uñas.

—Y la lengua como un hacha.

—Eso también. ¿No me dices nada más?

—Pues que… —Carmenchu me miró con sus ojitos vivarachos muy abiertos y sonrió— tienes que empezar a controlar el tema de Víctor o se te volverá a ir de las manos.

—No, no, esta vez no.

—Siempre es que no, Val, pero no sé qué tiene ese chico que te nubla la razón. No dudo que sea una bellísima persona y que lo quieras mucho, pero tienes que admitir que esa relación es autodestructiva y os hace daño.

—Lo fue, sí, pero pongámonos en el supuesto de que... pudiera funcionar.

—¿Qué quieres decir?

—A veces creo que me he metido en la cabeza que es imposible por evitarme el esfuerzo de tener que volver a intentarlo.

Carmen frunció el ceño. Después miró al techo y suspiró.

—Dios santo, estás enamorada.

—No, no lo estoy. —Negué con la cabeza.

Me mantuvo la mirada, esperando que confesase, pero me miré los zapatos.

—Valeria, esto no es justo para Bruno. Siento decírtelo así, porque probablemente no es lo que quieres escuchar, pero tienes que aclarar qué papel juega él en todo esto. Y te voy a decir una cosa que ya sabes: por más que nos empeñemos, no podemos querer a alguien si no nos nace. No puedes obligarte a sentir por él algo trascendente, sobre todo si ya lo sientes por otra persona.

Cogí tanto aire como pude y, sujetándome la cabeza, me hice un ovillo. No había que desperdiciar los consejos de la sabia Carmen, pero...

23

Nerea no se muerde las uñas

Nerea suspiró al terminar de leer el email. Sonrió.

—Carol.

—Dime.

—Ven.

—No te oigo. —Carolina apareció con un muestrario en la mano—. ¿Qué? —le dijo con una sonrisa.

—¿Qué es eso que llevas en la mano? —preguntó Nerea pasándose la mano por su melena dorada.

—Papel de pared.

—¿Y eso?

—Voy a cambiar el dormitorio.

—¿Y vas a hacerlo tú sola? —contestó Nerea horrorizada.

—No, no, Jorge se ofreció a ayudarme. Es muy manitas. Pero dime, ¿qué querías?

Nerea se quedó in albis.

—Eh…, sí, sí, mira, lee esto.

Carolina se asomó a su ordenador portátil y, apoyándose en la mesa, empezó a leer a media voz.

Estimada Nerea:

No sé si te acordarás de nosotros. Somos Juan y Sofía y hace dos meses que nos casamos. Tú lo organizaste todo y hasta hoy, aunque llevamos mucho tiempo queriendo hacerlo, no nos animábamos a darte las gracias, porque todo fue perfecto. Lo que nos ha hecho decidirnos ha sido el vídeo. Pensábamos que al tratarse del vídeo de nuestra boda sería un pelín ñoño, ya sabes, y que hasta acabaríamos hartos de verlo y lo esconderíamos en el rincón más oscuro de la casa, pero es increíble, en consonancia con el resto de las cosas que has hecho por nosotros.

Tenemos muchos amigos en edad de casarse. No dudes que serán clientes tuyos.

Juan y Sofía.

—¡Qué bien! —exclamó Carolina palmeándole la espalda suavemente a Nerea.

—Sí, ¿eh? —dijo esta.

—¿El vídeo era de Luisín?

—No, era de Jorge —confirmó Nerea sonriendo como una tonta hacia la pantalla.

—Este Jorge es una máquina. Deberías llamarlo y decírselo. Se va a poner muy contento.

Se quedó mirando a Carolina y por unos segundos sopesó la posibilidad. Era una buena excusa para hablar con él. Y recordemos que ella se había convertido por aquellas fechas en algo así como una yonqui de Jorge. Pero desechó la idea y negó suavemente con la cabeza.

—Mejor díselo tú. Es tu amigo.

—No, no, a mí no me tomará en serio.

—Sí, seguro que lo hará.

Carolina también suspiró y entonces Nerea se dio cuenta de que eran dos mujeres pendientes de un mismo hombre.

De pronto, la asaltó una duda. ¿No estaría Jorge jugando a dos bandas con ellas? ¿No estaría acostándose con las dos? Carolina no era su amiga del alma, pero era su ayudante y la apreciaba. No estaba dispuesta a rebajarse por un hombre que las chuleara, por muy mono que estuviera tumbado en la cama, con el pelo revuelto. Le pudo el impulso de saberlo y empezó a hablar sin apenas pensarlo.

—Carol, ¿puedo hacerte una pregunta personal?

—Claro.

—¿Entre tú y Jorge…?

Ella sonrió y después chasqueó la lengua.

—A ratos. Es como una veleta y depende de por dónde sople el viento. Pero, vamos, me hago la tonta porque él me lo ha dejado claro muchas veces.

—¿Y qué te ha dejado claro?

—Que somos amigos. Solo amigos.

—Pero… ¿os acostáis y eso?

Carolina la miró sorprendida. Nerea no solía preguntar estas cosas. Pero finalmente se acomodó y negó con la cabeza.

—Alguna vez lo hicimos, pero hace mucho tiempo. Es escurridizo, ¿sabes? —Nerea asintió y de pronto tuvo la sensación de ser una fresca—. Llámalo, en serio, le hará ilusión —sentenció Carolina antes de volver a su mesa.

Unas horas después la tienda estaba vacía y Nerea, ante el teléfono, se mordía las uñas. No sabía hacerlo. Nunca lo había hecho. No entendía por qué se ponía nerviosa ahora delante de un teléfono. Lo cogió y marcó sin darse tiempo para arrepentirse.

—¿Sí?

—Hola, Jorge, soy Nerea. —Dudó un momento y se levantó de la mesa—. La de las bodas, no la del verano del 98.

—Hola. —Notó que sonreía.

—¿Te llamo en mal momento?

—No, qué va.

—Bueno, hoy recibimos un email y… parece que los clientes están muy contentos con tu trabajo. —Paseó un poco—. Quería darte las gracias.

—Ah. Qué bien —dijo sin pasión. Nerea se quedó algo cortada y se calló. Jorge reanudó la conversación con un carraspeo—. Siento no ser todo lo agradecido que debería, pero me acabo de despertar y…

—Oh…, lo siento, yo no quería…

—No te preocupes. Es que tengo el horario cambiado, me quedé hasta las doce de la mañana con el vídeo de la del vestido de repollo y…

—Te dije que no tenía prisa.

—Bueno, pero así soy yo. —Se rio.

—Deberías seguir durmiendo para recuperar el ritmo.

—No, hasta mañana no podré dormir de un tirón.

—Tómate algo.

—Hum… —Hizo pastitas con la boca—. Me apetecen tortitas.

Nerea se rio.

—Es hora más bien de una cena.

—¿Es una indirecta?

—Sé que tienes un rollo con Carol, Jorge —soltó ella cerrando los ojos.

—Yo no tengo un rollo con nadie más que contigo.

Nerea puso los ojos en blanco.

—Creo que no debería volver a pasar nada entre nosotros.

—Vale.

—¿Vale? —contestó ella un poco sorprendida.

—Sí.

—Está bien, pues ya te pasas por aquí un día de estos para darme las copias del DVD.

—¿Qué tal ahora? Dame veinte minutos.

Jorge y Nerea empezaban a habituarse a hacerlo deprisa, casi por sorpresa, medio vestidos. Nerea dejó caer del escritorio su

agenda y un par de archivadores mientras, con los ojos entrecerrados, pensaba en que nunca había disfrutado con nadie como
con Jorge. Él la besó en el pelo y la embistió con fiereza haciendo que soltara un gemido poco habitual en ella.

—Sigue —le dijo fuera de sí. —Él se acercó a besarla,
desesperado—. No pares —lo interrumpió ella—. Sigue follándome.

24
Donde las dan las toman

Era un día entre semana. No recuerdo si martes o miércoles, pero uno de los dos. Un día sin más, sin nada reseñable.

Había sonado el despertador a las siete, que era la hora infernal a la que Bruno solía levantarse. Le escuché darse una ducha y después vino a preguntarme si quería una taza de café, supongo que tratando de convencerme para que me levantara. Pero yo estaba sepultada bajo una montaña de almohadas y sábanas y no quise saber nada ni de la luz que entraba por la rendija de la persiana.

Después Bruno se marchó y yo seguí durmiendo... hasta tarde. Cuando me levanté me di una ducha y ya era la hora de comer. Repasé unas cosas en el ordenador, incluido eso que ya llevaba un par de meses escribiendo en el más absoluto silencio y que no quería que nadie leyese. Hice un par de cambios mientras se calentaban las sobras del día anterior en el microondas y después comí.

Volví al ordenador y trabajé en un capítulo en el que llevaba pensando mucho tiempo. Aún no había llegado a aquel punto de la historia, pero sabía que si no lo escribía o, al menos, no lo esbozaba ya, se me terminaría olvidando. Cuando lo tuve, lo volví a esconder dentro de una carpeta con fotos de Adrián que sabía que Bruno no abriría. Lo peor que podría pasarme era que una persona tan crítica como él lo leyese antes de que lo considerara terminado.

Después me arreglé y bajé a comprar un par de cosas. Se me había ocurrido la idea de cocinar algo mínimamente especial para aquella noche, así que miré mi libro de recetas para *dummies;* necesitaba algunos ingredientes.

Y fue entonces, a la vuelta, cuando sonó el teléfono. Había sido un día normal hasta que sonó.

Lo cogí y contesté con mi clásico «¿sí?». Como respuesta escuché algo extraño. Miré el número desde el que llamaban. Era el teléfono móvil de Víctor y al momento lo imaginé.

Al principio tuve la tentación de colgar y olvidarme del asunto, pero identifiqué el sonido como el de un beso muy húmedo. Se escuchaba increíblemente cercano.

—Quítate esto —escuché susurrar a una voz femenina.

El teléfono se apoyó entonces en una superficie dura que me imaginé que era la mesita de noche. Los sonidos se hicieron lejanos y confusos. Quizá ropa cayendo al suelo. Quizá más besos. Quizá sexo oral.

Lo oí gemir y susurrar un «no pares, así; lo haces muy bien» y supe que era más bien lo último. Me acerqué al sillón y me dejé caer en él, sin poder quitarme el auricular de la oreja. Ella le dijo que tomaba la píldora, pero Víctor contestó cortante que los preservativos estaban en el cajón de la mesilla. Ella insistió:

—No te hace falta…

—Yo no lo hago a pelo.

Silencio. Saliva mezclándose. Jadeos. Movimiento sobre la colcha de Víctor. Se colocaron más cerca del teléfono. ¿Ella sobre él? ¿Él sobre ella?

—Oh, joder… —gimió ella—. Vas a matarme.

—Abre las piernas —ordenó él.

Golpeteo. Respiración acelerada. Cerré los ojos y tragué saliva. No me estaba gustando escuchar aquello. ¿Por qué no podía colgar entonces?

Había una parte de mí que me pedía que escuchase muy atenta porque aquello era la prueba fehaciente de que lo que quedaba entre Víctor y yo no era nada. Al menos nada bueno. A una vocecita de mi cabeza se le ocurrió insinuar que posiblemente aquello era resultado de lo que estaba haciendo con él. Yo estaba empujándolo a ello.

—Fóllame —decía ella—. Fuerte.

—¿Así? —contestó él con un punto de chulería en la voz.

—Así, así. No pares. Tírame del pelo.

Pues nada. Por si me quedaba alguna duda sobre la postura, ya sabía que ella estaba a cuatro patas y él empujaba desde atrás.

—Hazme lo que quieras —dijo ella subiendo el tono de voz.

Víctor contestó con un gemido con los dientes apretados, ronco y desesperado, como si estuviera conteniéndose para no correrse ya. Si era cierto que aquella era la primera chica con la que se acostaba desde hacía cinco meses, posiblemente fuera así.

El ritmo paró un momento y de nuevo el golpeteo la hizo gemir. Escuchaba la piel chocando, los grititos histriónicos de ella y saliva. Estaba segura de que era la lengua de Víctor lamiendo sus pechos. Quise morirme.

Todo empezó a ser más rápido, más fuerte, más intenso. El tono subió ostensiblemente y sentí vergüenza. Hablaban, jadeaban…, mil cosas que aunque Bruno y yo a veces también decíamos, me parecieron muy sucias. Quise llorar. ¿Por qué? Todo me dio asco. Todo. Y ellos seguían discutiendo si seguir así o terminar de otra manera.

Él avisó de que se iba. Conmigo no era así. A mí nunca me llamó eso. A mí jamás me habló así ni me preguntó aquello. A mí no me trataba de esa manera. Yo…, yo fui especial. Yo fui… ¿más?

Ella empezó a jadear con fuerza, después a gritar y, cuando se calmó, el golpeteo entre pieles húmedas cesó para dar paso a un sonido indefinido. Víctor lo aclaró todo cuando, después de un gemido ronco y satisfecho, le dijo que se lo tragara.

Esperé al teléfono tal y como había hecho él cuando lo llamé yo. Esperé para ver qué me decía antes de colgar. Pude, de paso, escuchar cómo le decía que, si no le importaba, prefería estar solo. Sin más. Sin tapujos. Un educado «vete de aquí» al que ella ni contestó. Yo me moriría si me lo dijera. Y ella debió de recoger sus cosas en décimas de segundo porque cuando quise darme cuenta, él volvía a tener el teléfono entre sus manos.

Al principio no dijimos nada, aunque escuchábamos perfectamente la respiración del otro. Pensé en darle las buenas tardes y colgar, pero recordé que le tocaba a él hablar entonces.

—Jamás vuelvas a decir que no te quiero. Nunca.

Cerré los ojos.

—Víctor… —supliqué.

—¿De qué me ha valido? Dime…, ¿de qué coño me ha servido? —Hizo una pausa—. No hablemos de esto nunca más, pero piénsalo, Valeria. Piensa de una jodida vez. Al menos que nos sirva de algo.

Colgó el teléfono sin añadir nada y enterramos el tema.

Jamás volvimos a hablar de ello, pero no necesitábamos hacerlo para saber que los dos nos habíamos sentido de la misma manera: como una mierda. Me había llamado para que lo escuchara y supiera cómo se sentía, y ahora me sentía igual que él. ¿Y cómo me sentía?

Confusa. Sucia. Y suya…

Pasé aquella tarde llorando. Cuando Bruno volvió, me inventé una migraña y me acosté.

25
La nueva vida

Gonzalo estaba durmiendo la siesta tan pancho mientras su madre revisaba algunos correos electrónicos. Aunque había estado de baja por maternidad, había pedido a su jefe y a una de sus compañeras que la mantuvieran informada de lo que sucedía por la oficina. Y siempre tenía dos versiones como respuesta de esa petición. Por una parte su jefe, que era un gran hombre, resumía todos los asuntos laborales de interés punto por punto, para que cuando ella volviera no se sintiera perdida. Carmen lo agradecía enormemente. Hacía que se sintiera útil. No es que su labor de madre no lo fuera, pero...

Por otra parte, una de sus compañeras le mandaba la versión desde el *staff*, intercalando en las cuestiones profesionales algún chismorreo suculento que le arrancaba carcajadas silenciosas, no fuera a despertarse Gonzalo o a asustarse y a berrear como respuesta.

Pero ahora era diferente porque en poco tiempo se iba a reincorporar al trabajo. Apenas en unos días. Y volvería a la oficina, aunque fuera durante media jornada. Volvería a hablar con mucha gente al día y no solo con su bebé y con su marido. Y volvería a vestirse de persona y a preocuparse por su aspecto.

O al menos eso esperaba.

Se levantó a echarle un vistazo a Gonzalo, que seguía plácidamente dormido. Le hizo una caricia en la mejilla y vio de reojo la percha con el modelito que había elegido para el primer día de trabajo colgando de la manilla del armario. Un traje con falda lápiz, negro, que, aunque en su momento le había venido muy reventón, ahora le quedaba que ni pintado. Lo combinó con una camiseta en color flúor porque aunque era mamá no era mayor. Seguía teniendo veintinueve años. Se acercaba a la treintena, pero no le asustaba. Era muy consciente de que seguiría siendo joven muchos años.

Borja llegó a casa a las nueve con cara de necesitar darse una ducha e irse a la cama, pero lo primero que hizo fue ir hasta donde estaba Carmen tratando de dormir a Gonzalo y pedirle que le dejara hacerlo a él.

Carmen aprovechó para sacar toallas limpias y colocarlas en el cuarto de baño. En cuanto lo hizo, le apeteció darse una ducha. Se asomó al pasillo, que estaba a oscuras, y escuchó la voz de Borja arrullando a su hijo en tono monocorde. Pensó que antes de que se durmiera le daría tiempo a darse una ducha y empezó a desvestirse.

Se metió bajo el chorro de agua caliente y casi gimió de placer. Ella no se daba cuenta, pero a lo largo de todo el día iba tensando todos los músculos hasta tenerlos agarrotados. Solía notarlo por la noche, cuando se acostaba, porque era el único momento del día en el que dejaba de hacer cinco cosas a la vez para hacer solamente dos: tratar de dormir y tener el oído atento al *walkie talkie* del niño.

Cuando no llevaba más de cinco minutos, la mampara de la ducha se abrió y Borja entró totalmente desnudo.

—¡¿Ya se ha dormido?! —preguntó Carmen con los rizos húmedos pegados a la cabeza.

—Sí —contestó él dándole un repaso visual.

—Bueno, voy a calentar la cena.

—Espera…

Borja la envolvió con sus brazos y la besó. Carmen sonrió.

—Creí que con el gimnasio antes del trabajo tendrías suficiente.

—De ti nunca tengo suficiente.

Enrollaron las lenguas, besándose, y ella enredó sus dedos entre el pelo de su marido, sintiéndose ya excitada.

Borja quería hacerlo en la cama, pero ella prefería en la ducha. Al final, entre el miedo a resbalar y la desgana de dejarlo todo lleno de agua a su paso, terminaron de ducharse, se vistieron, Carmen se secó el pelo y Borja se fue a calentar la cena.

Cuando terminaron de cenar, ni siquiera llegaron a la cama y sobre la mesa de la cocina echaron un polvo salvaje pero silencioso. Carmen le dejó marcadas las uñas en el trasero y él, como siempre, se corrió dentro de ella con un gemido ronco de satisfacción antes de quedarse apoyado sobre su pecho.

Antes de dormir Carmen repasó los botones de una camisa de Borja y, ya que estaba, dobló algo de ropa. A las doce los dos estaban dormidos. Aquella noche ella soñó con que volvía a tener dieciséis años y por la mañana despertó con melancolía.

26

No sé qué es, pero no estoy a gusto

Bruno me volvió a despertar a las ocho de la mañana para preguntarme si quería café. Él ya se había dado una ducha, se había vestido, había bajado a por el periódico y una cajetilla de tabaco y estaba preparando el desayuno.

Como siempre, me hice la remolona y me tapé la cabeza con la colcha, pero no creo que nadie conozca a Bruno por su infinita paciencia. De un tirón me quitó las sábanas de las manos y ya con un tono de voz tirante me pidió que me levantara.

—Venga, levántate —repitió.

—Son las ocho, Bruno.

—Levántate, necesito hablar contigo.

Evidentemente no tenía posibilidad de seguir postergando el tema. Y ya había tenido suerte retrasándolo tanto.

Fui al baño, me lavé la cara con agua fría y los dientes y salí haciéndome una coleta. Bruno me pasó una taza de café y me hizo sentar en el sillón. Subí los pies al asiento y le di un sorbo a la bebida mientras él me miraba.

—Estoy molesto —dijo de pronto—. Y si sigo callándomelo se va a convertir en un problema. —Asentí—. ¿No me vas a preguntar por qué estoy molesto?

—No me hace falta; ya lo sé.

—Entonces ¿por qué narices no haces nada por remediarlo? —Su tono de voz subió ostensiblemente.

—Bruno, yo no puedo trabajar siguiendo tus rutinas porque a ti te venga en gana.

—Eso lo sé de sobra, pero es que no sigues ninguna rutina. Ni la mía ni la tuya ni la de nadie, porque no trabajas. Desde que estoy aquí solo te he visto escribir los artículos para la revista que, por cierto, antes de que te lo digan ellos, empiezan a flojear. —Abrí mucho los ojos, esperando que se disculpara por el comentario, pero no lo hizo. Cambió el peso del cuerpo de un pie al otro—. ¿Prefieres que sean ellos los que un día te llamen y te digan que lo sienten pero que van a tener que rescindir tu contrato? ¿De qué cojones vivirás entonces? ¿Con qué vas a pagar la maldita hipoteca de aquí a que termines de pagar el piso?

—No sé si te has dado cuenta, pero esto es un estudio y lo compré antes de que subieran los precios. La hipoteca es…

—¡Me da igual! ¡¡No trabajas!! ¿Qué haces con tu vida? ¿Crees que esto es sostenible? Pero… vamos a ver, ¿quién narices te crees? ¿J. K. Rowling? ¡Esos libros no van a darte de comer eternamente!

—¡Y menos esos libros, ¿no?! —salté de pronto.

Bruno tranquilizó el tono al momento sin perder un ápice de su tirantez.

—Esa no es mi guerra, Valeria. Esa batalla la tienes contigo misma. No me acuses de haber dicho algo que, además, no diría nunca. Pero ese no es el problema.

—Pues no entiendo qué te ocurre, la verdad.

—El que no entiende qué ocurre soy yo. Cada día que pasa eres menos adulta, responsable y comunicativa. Me escondes algo.

Como buena cobarde me callé y no contesté. ¿Qué iba a decirle? ¿Que yo tampoco sabía qué estaba pasando pero que no, que no estaba a gusto? Ante mi silencio fue él quien terminó con un:

—Sabía que no era una buena idea venir a vivir aquí tan pronto.

Bruno cogió sus cosas de encima de la cómoda y fue a salir de casa, pero no quise dejar las cosas así. Lo más fácil habría sido callarme y esperar que se hubiera tranquilizado cuando volviera. Pero no. No quería hacerlo así.

—Bruno, Bruno… —Me levanté y lo alcancé—. No te vayas, por favor.

Se volvió, se apoyó en la pared y se quedó mirándome.

—¿Es demasiado, Valeria?

—¿A qué te refieres?

—Ya sabes a qué me refiero. A esto. ¿Es demasiado? —Me quedé mirándolo sin contestar y negué con la cabeza—. Te presenté a mi hija. Te he metido en su vida, Valeria. Lo creas o no, eso significa algo.

—Lo creo, Bruno —contesté avergonzada.

—Pues no estás respondiendo como debieras.

—Es que no te das cuenta de que no pedí nada de esto. Exiges, exiges, exiges, pero ¿alguien me ha preguntado a mí qué es lo que quiero?

—¿Qué quieres, Valeria?

—Quiero que funcione, pero tienes que dejar de presionarme —pedí con voz calmada.

—Lo siento, pero necesito el mismo grado de implicación por tu parte.

—Esto ya no tiene nada que ver con mi trabajo, ¿no?

—No. Claro que no. —Metió las manos en los bolsillos.

—A veces me cuesta un poco comportarme como una novia al uso. Eso es todo. —Me hundí al tener que decirlo porque me sentí rematadamente gilipollas.

—¿Es demasiado compromiso para ti, Valeria?

—Deja de preguntarme eso. Ya te dije que no.

—Yo terminaré queriendo más. Nunca te lo he escondido. —Levanté las cejas y bufé pesadamente—. ¿Es Víctor? —preguntó.

—¿Cómo?

—A veces me da por pensar y... —Frunció el ceño.

—No, no. No hagas eso. Cariño. No pasa nada. Tú y yo estamos bien. ¿Vale? Yo..., yo... te quiero mucho. —Cogí su cara y lo miré.

—Eso ya lo sé. Lo que no sé es si a él lo quieres más o menos que a mí.

Carmen tuvo que llamar a su suegra para decirle que tardaría un poco más en ir a recoger a Gonzalo a su casa. Puri no reaccionó mal porque adoraba estar con Gonzalo. Para ella eran unas horas más para disfrutar de su nieto.

Carmen no se sentía especialmente bien al hacer aquello, pero pensaba que trabajar a media jornada no significaba dejar todos los días cosas por terminar. Quería cerrar aquella cuestión cuanto antes y después irse a casa, con su bebé. Este pensamiento la sorprendió, pero se reprendió. Pensó que era normal tener morriña pero se dijo que ahora debía trabajar.

A las cinco recogió sus trastos y se dispuso a irse, pero una compañera llamó su atención.

—¡Eh! ¿Te vas ya?

—Sí. Tengo a Gonzalo con mi suegra y...

—Ah, claro —le contestó ella—. A veces se me olvida que tienes un niño. Entonces vete, corre, debes de llevar por lo menos un par de horas de más aquí dentro.

—Sí, eso creo.

—Iba a preguntarte si te apuntabas a tomar una cerveza a las siete.

—¿Celebráis algo? —preguntó Carmen mientras se retocaba el pelo.

—Pues que hay fútbol, que es primavera, que pronto saldremos a mediodía…, cualquier cosa.

—Ah, ya. Pues nada. Pasadlo bien y tomaos una a mi salud.

—Si te animas y tu chico se queda con el niño, dame un toque.

—Claro.

Carmen se fue andando hasta la parada de autobús. Bueno, creía que iba andando, pero cuando empezó a faltarle el aire se dio cuenta de que iba casi corriendo. Se sentía confusa y mal. No había que ser adivino para saber que se debatía entre la melancolía por lo que tenía antes de nacer Gonzalo y los reproches propios de la maternidad. Trató de convencerse de que lo único que le pasaba era que echaba de menos a su hijo, pero lo cierto era que, además de las ganas de abrazarlo, olerlo, mecerlo y mirarlo, empezaban a sobresalir unas tremendas ganas de seguir siendo la Carmen de siempre.

Nerea se incorporó en la cama para poder ver a Jorge salir del cuarto de baño de su dormitorio. Estaba segura de que no iba a volver a meterse dentro de las sábanas a abrazarla, como ella quería. Al menos seguía siendo una persona cuerda que no esperaba cosas que no podía conseguir. Al menos empezaba a ser sincera consigo misma, confesándose en pensamientos que empezaba a sentir algo por Jorge; y, además, algo que no había sentido nunca.

Él salió en ropa interior, carraspeó y alcanzó los pantalones, que se puso mirando hacia la ventana. Después tiró de las sábanas destapando las piernas de Nerea. Ella se rio, pensando que se lo había pensado mejor y que ahora vendría un juguetón segundo asalto, pero en realidad él estaba buscando el paradero de su camiseta.

—Rubia, ¿y mi ropa?

—¿Y a mí qué me dices? —contestó ella molesta.

—Va, rubia, que tengo un montón de trabajo.

Nerea pensaba preguntarle en un tono muy airado si creía que ella le escondía la ropa para mendigarle tiempo, pero explicación no pedida, ya se sabe, culpa admitida. Así que se giró hacia la ventana, dándole la espalda. Escuchó el sonido de tela sobre el cuerpo de Jorge y dedujo que había encontrado algo que ponerse.

—Joder, ¿dónde está la puta camiseta?

Nerea se volvió y lo encontró abotonándose la camisa de cuadros que llevaba sobre la camiseta.

—Ya me la darás cuando la encuentres. Me tengo que ir.

—Ale, adiós.

Jorge sonrió.

—¿Por qué pones esa carita? —dijo mientras se acercaba a ella en la cama y apoyaba la rodilla sobre el colchón.

—No pongo ninguna carita.

—Creía que ya lo habíamos aclarado, rubia. —Sonrió Jorge con dulzura.

—No sé a qué te refieres —contestó Nerea muy digna, mirándose las puntas del pelo.

—Habla ahora o calla para siempre.

—Bah, vete ya —dijo con desdén.

Jorge se inclinó sobre ella en la cama y le dio un beso en los labios.

—Te llamo esta semana.

—Sí, vale, vale. —Y Nerea se volvió de nuevo hacia la ventana.

Cualquier persona podría pensar que estaba siguiendo una táctica para quedar de chica dura frente a Jorge. Ya se sabe, los hombres son un poco como el perro del hortelano, que ni comen ni dejan comer. Pero no. A Nerea se le notaba demasiado la decepción en el timbre de su voz cada vez que el aparente desdén le llenaba la boca. Y él lo sabía, claro.

Así que, con todo lo que había sido nuestra rubia y fría Nerea, ahora era una chica colgada de un hombre que, en su humilde opinión, ni siquiera valía la pena. Y en lo único que podía pensar era en cuándo la llamaría de nuevo...

Lola tuvo un sueño. No sabía decir si era una pesadilla o un sueño sin más, pero con un ritmo vertiginoso. Ella tenía que encontrar la ropa interior sexi con la que quería sorprender a Rai, que estaba escondida en alguna parte. Había quedado con él y llegaba tarde, además de llevar un vestido sin sujetador ni braguitas. Buscaba por toda la oficina, incluso por debajo de la moqueta, cuando se le ocurrió que lo más fácil era que su ropa interior sexi estuviera en el cajón del despacho de su jefe. Aquello le pareció muy coherente y normal. Así son los sueños. Así que cogió una llave maestra que alguien le había regalado por el amigo invisible y abrió el despacho. Allí estaba Quique, con la ropa interior de Lola extendida sobre la mesa.

Y en el sueño ella se resistía, sabía que no quería, a pesar de querer, pero daba igual. Terminaba retozando sobre la moqueta con Quique, que se empotraba entre sus piernas, fuerte y contundentemente, y la llevaba de viaje hacia un orgasmo demoledor.

Cuando se despertó, las piernas aún sufrían las sacudidas posteriores al placer y ella se retorcía. Miró a su lado en la cama, donde Rai la observaba sorprendido.

—¿Qué ha sido eso? —dijo él levantando las cejas.

—Eh..., ¿qué?

—Estaba bien el sueñecito, ¿eh?

—Esto... —contestó ella aún embotada—. Es que...

«Piensa, rápido, Lola, piensa».

—Te lo hago bien hasta en sueños, ¿verdad, cariño? —le dijo él con una sonrisa.

—¡Sí! —exclamó ella—. Es que… eres un machote… ¡Salvada!

—Pues nada… —Rai se levantó de la cama cuando ella se le acercaba con la intención de enroscársele—. Me alegro. —Ella lo vio frotarse la cara y atisbó una expresión ceñuda en él. Cuando iba a preguntarle si le pasaba algo, Rai añadió—: Dile a ese tal Quique la próxima vez que sueñes con él que si te toca le saco los ojos. Voy por agua.

27

Arreglando las cosas...
o al menos intentándolo

Me encogí de hombros, miré a Carmen y resoplé.

—Y ya está. No dijo nada más.

—¿Solo te dice que no sabe si lo quieres más a él o a Víctor y ya está?

—Sí. Se fue. Cogió sus cosas y se pasó el día trabajando fuera —aclaré.

—Y cuando ¿volvió qué pasó?

—Pues… me avergüenza confesar que estuve tentada a hacerme la dormida, aunque al final me quise hacer la valiente y afrontar el problema. Pero él me dijo que lo dejáramos estar. Me pidió perdón por presionarme y…

—¿Y?

—Nos acostamos.

—¿En plan reconciliación? —preguntó Carmen con una sonrisilla.

—Eso creo. Con Bruno nunca se sabe.

—¿A qué te refieres?

—A que siempre tiene ganas. A veces me pregunto si realmente significa algo para él o solo es la mera satisfacción de una demanda física…, ¿sabes?

—Empiezas a ser retorcida —dijo con una sonrisa.

—Ya lo sé. Pero es que Bruno es tan…

—¿Tan qué?

—Tan pragmático, Carmen. Es pragmático para todo.

—¿Qué tiene eso de malo, cielo?

—Pues que hay cosas a las que no se les puede aplicar un pensamiento lógico.

Carmen se acomodó en el sofá, vigilando de reojo el *walkie talkie* que la conectaba con el sonido de la habitación del niño, y me preguntó casi susurrando si podía darme su opinión más sincera.

—A eso vengo, cariño. —Sonreí avergonzada.

—El caso es que… ya sabes que me cuesta darle la razón a Lola en la mayoría de las cosas, pero… ¿no crees que ahí hay algo más de lo que quieres admitir? Ya te lo he dicho en más de una ocasión, Valeria: uno no puede elegir a quién quiere.

—¿A qué te refieres? —pregunté mientras dejaba mi taza de café sobre la mesa.

—A que te agarras con uñas y dientes a la relación que mantienes con Bruno a pesar de que no estás enamorada.

—¿Crees que no estoy enamorada?

—No es que lo crea. Lo sé. Al menos no lo estás de Bruno. —La miré con angustia y ella siguió hablando—: De ahí que huyas de cualquier compromiso con él, de ahí que no te quites a Víctor de la cabeza. De ahí que… él siga siendo tan importante. Siempre está ahí. No te engañes, cariño.

—¿De verdad?

—Creo que ni siquiera te das cuenta. —Se encogió de hombros—. Y no es que piense que Víctor es el hombre ideal… También tienes que acordarte de lo otro.

—¿Qué otro?

—De que dejaste a Víctor por algo.

—No lo dejé yo. Me dejó él.

—¿Cambia eso realmente las cosas?

—No lo sé.

—No digo que sea mal chico o que tenga malas intenciones, pero es una relación peligrosa. Creo simplemente que nunca ha sabido muy bien lo que quiere y te ha arrastrado con él. Y tienes que ser consciente de que entre los dos hay un algo que vosotros ahora llamáis ser amigos pero que va mucho más allá. Y Bruno no es ciego. Ni tonto. Si te conoce un poco, y sé que lo hace, lo sabrá, probablemente mejor aún que tú.

—Carmen… —susurré mientras me frotaba la cara—. Me acosté con Víctor la noche del cumpleaños de Lola, después de la fiesta…

—Ya lo sé. —Sonrió.

—¿Te lo contó Lola?

—No. Bueno, a decir verdad, no lo sabía, pero me lo imaginaba.

—¿Y?

Carmen puso los ojos en blanco y se rascó la frente.

—¿Qué quieres que te diga? Creo que la razón no fue sexo.

Carmen se quedó esperando mi reacción. Pero solo asentí. Después me levanté, cogí mi taza vacía y la llevé a la cocina, donde la fregué y la dejé secar. Ella me siguió hasta allí y me cogió de la muñeca, tratando de llamar mi atención.

—No quiero meterme donde nadie me llama, Val, pero es que te quiero y… no quiero ni que vuelvan a hacerte daño ni que acabes haciéndoselo tú a otra persona. No te estoy juzgando, es que hasta tú lo sabes…

—Ya, ya… No te preocupes. —Sonreí triste.

—¿Sabes? En el fondo te envidio —dijo acariciándome el pelo.

—¿Envidiarme? —Arqueé las cejas y lancé una sincera carcajada—. No sabes lo que dices.

—Claro que lo sé. Mírate. Tienes todas las opciones delante de ti y...

Me apoyé en el banco de la cocina y levanté la ceja izquierda.

—Pero tú..., tú eres feliz.

—Sí. Claro que lo soy. Pero...

—¿Pero? ¿Cabe aquí un pero?

—Es inevitable pensar que... la vida sigue ahí fuera mientras yo estoy aquí, meciendo a mi bebé, esperando a mi marido... Ya no tengo planes para mí. Me he olvidado de mí misma. —Abrió mucho los ojos expresivamente sin mirar nada en concreto—. Solo es... él. Y me siento culpable pero... me apetece... divertirme.

Me acerqué, le di un beso en la mejilla y le acaricié los rizos.

—Carmenchu, puedes divertirte. No serás una mala madre por hacerlo. Las cosas simplemente han cambiado. Pero eres joven y..., ¿por qué no vamos a poder salir las cuatro juntas por ahí cuando nos apetezca? Tienes un marido estupendo que seguro que no tiene ningún reparo en quedarse con el bebé.

—No podría hacer eso.

—¿Por qué? No es nada malo. No estás abandonando a tu bebé. Gonzalo estará bien. Es su padre.

—Pero... ¿y si no añoro un día de chicas? ¿Y si lo que añoro es mi vida anterior? Mi independencia, mi libertad, todas esas puertas aún por abrir o cerrar... ¿Y si un día salgo por ahí y me doy cuenta de que sigo queriendo más y más?

—Me juego la mano derecha a que eso no va a pasar. Y te lo demostraré. Anímate. Háblalo con Borja y, simplemente, pon fecha. Saldremos las cuatro, como antes. Nos tomaremos unas copas e incluso iremos a bailar. Ya verás como a las dos de la mañana nos dices que te vas a casa porque te aburres.

Carmen sonrió de lado y me dio un beso en la mejilla.

—Gracias.

—Gracias a ti, sabia Carmenchu.

Las dos nos reímos y Carmen movió la nariz.

—Oye, Val, ¿has cambiado de perfume?

—Pues… no.

Me olí la blusa y me quedé pensando. Al fin caí en la cuenta.

—Ah, no, es que la última vez que estuve en casa de mi hermana me puse del suyo y llevaba esta ropa. —Me quedé mirándola—. Pero menudo olfato el tuyo. Yo ni siquiera lo había notado.

Y Carmen se quedó especialmente pensativa después de aquello.

Cuando llegué a casa encontré a Bruno en la cocina, preparando café. Llevaba un jersey gris viejo y unos vaqueros, y probablemente no se afeitaba desde hacía un par de semanas. Y aun con ese aspecto un poco desaliñado tenía ese encanto de escritor torturado por las ideas que le añadía atractivo... Sonreí para mí al sentir algo burbujeando en mi estómago.

—Hola, cielo —dijo al verme. Nos dimos un beso—. ¿Quieres uno? —Señaló con un gesto la cafetera.

—No, gracias. Acabo de tomarme uno en casa de Carmen.

—¿Tienes tabaco? No me apetece bajar al estanco.

Abrí el bolso y le pasé mi cajetilla de cigarrillos, de la que cogió uno y lo encendió. Una calada llenó la pequeña cocina de humo.

—¿Pasa algo? —preguntó mientras se servía una taza de café.

Suspiré.

—Supongo que tenemos que hablar.

Él le dio un largo trago a su café y, dejándolo a un lado después, dio otra calada al cigarrillo y cruzó los brazos sobre el pecho.

—Quiero ser sincera contigo en la medida de lo posible. Y creo que es hora de ponerle nombre a eso que no está funcionando bien aquí. —Respiré hondo.

—Valeria… —Sonrió—. No hace falta.

—Sí, sí que hace falta. Me hace falta a mí.

Bruno alargó una mano y me cogió de la muñeca, tirando de mí. Me apretó contra su pecho y me besó en la frente; después en el cuello, inclinándose.

—Déjalo, Val… Solo… intentémoslo.

—Pero… ¿y si nunca termina de cuajar?

—Nunca he sido de esas personas que abandonan por un «¿y si…?». —Nos besamos—. Solo tienes que convencerte de que quieres intentarlo de verdad, cariño. No te asustes por las implicaciones. Lo haremos funcionar.

El resto del cigarrillo que Bruno había encendido se consumió solo en el cenicero mientras Bruno y yo… lo intentábamos.

Casualidades de la vida, Nerea y Lola se encontraron en la planta de cosmética de El Corte Inglés. Las dos iban cargadas con un par de bolsas y las dos sabían lo que significaba aquello: terapia consumista.

Nerea, que se había tomado el resto de la tarde libre, le propuso a Lola ir a merendar a una cafetería muy cuca que quedaba cerca de allí, y Lola, que ya había salido de trabajar, no encontró motivo para decir que no.

Se sentaron a una mesita al fondo y pidieron un par de batidos *light*. Después se quedaron mirándose la una a la otra, esperando que alguien empezara la conversación. No era que no se consideraran lo suficientemente amigas como para irse solas a tomar algo. La cuestión era que hacía mucho tiempo que no quedaban a solas. Empezaron hablando del tiempo, de la alergia, de las hermanas de Nerea, del trabajo de Lola… Y cuando llevaban más de veinte minutos así, Nerea arqueó una ceja y preguntó sin venir a cuento:

—¿Se puede saber qué te pasa?

—¿Cómo? —inquirió Lola sin entender.

—Llevamos media hora aquí y no has dicho aún ningún taco, no te has reído de mí ni has tratado de pellizcarme los pezones. Tampoco le has dicho ninguna barbaridad al camarero y hasta yo veo que está bueno. ¿Qué pasa? ¿Estás tomando Prozac?

—¡No! —contestó Lola. Echó una ojeada al chico que les había servido las consumiciones y se dio cuenta de que, ciertamente, algo debía de estar pasándole—. Igual debería empezar a medicarme.

Y lo dijo sin despegar la mirada de la barra.

—Para, que tienes novio —la reprendió Nerea al comprobar que empezaba un jueguecito de ojitos y caiditas de pestañas con el camarero.

—Ah, sí, mi novio... —dijo Lola volviendo la mirada a la mesa.

—¿Qué pasa con Rai? ¿Es por él?

Lola suspiró y apoyó la barbilla en su mano derecha.

—No. O sí. No lo sé.

—Algo pasa, Lola, y tú no eres de esas chicas que no saben qué es lo que les pasa. Esto me recuerda a Sergio.

Y, ciertamente, recordaba aquella autodestructiva relación que Lola había mantenido con su coordinador, un tipo muy guapo y muy todo que estuvo a punto de volverla loca compaginando sus maratones en la cama con su perfecta vida con su perfecta novia.

—Gracias a Dios, no tiene nada que ver con él.

—¿Entonces?

Lola se quedó pensativa. Nerea era, de sus tres amigas, la última persona que ella habría elegido para su confesión. No quería sus sermones victorianos, no quería sus normas del *Manual de la chica de veintimuchos* o los consejos que siempre le dio su madre. Pero al pensar en ello se dio cuenta de que todas aquellas cosas eran típicas de Nerea la fría, no de Nerea la que dejaba su trabajo para montar un negocio propio, la que empezaba a vestir a la moda y la que se había abstenido de todo tipo de ceremoniales y protocolos para preguntarle qué era lo que estaba pasándole. E incluso… ¿había dicho la palabra «pezones» sin pedir perdón o ponerse la mano en la boca después? Pues así era la vida. Un empedrado de días cargado de ese tipo de sorpresas.

Lola sonrió porque no quería hacer un drama y, finalmente, ante la atenta mirada de Nerea, que sorbía su batido, se animó a hablar.

—Mi jefe…, mi nuevo jefe… está tan bueno que a veces creo que está hecho de puto sirope de chocolate. Y no es solo eso, es que me… Intenta ligar conmigo. Bueno, ligar conmigo por decir algo. Lo que realmente quiere es rellenarme como un pavo asado, con su polla, claro, no de verdura… El caso es que, bueno, yo coqueteo, pero estoy siendo buena. Todo lo buena que puede ser Lola. Pero lo tengo clavado en el puto subconsciente. Si ese me folla me la mete hasta la garganta. Y… sueño con él. Y parece ser que… digo su nombre en sueños. No sueños en plural, a decir verdad. Sueño en singular. Pero a Rai…, ya imaginarás, le sentó como si lo hubiera sodomizado con una berenjena. Ahora está en plan hombre herido en su orgullo y no sé muy bien qué hacer, porque, para ser sincera conmigo misma, mi jefe me pone perrísima, y Rai es un chiquillo de reacciones desmedidas con las que no sé lidiar. No tengo referencias. Todos los tipos con los que he estado han recibido un boleto de ida sin retorno al país de los «jamás volveré a follarte» cuando se han puesto raritos.

Nerea terminó su batido y apartó la copa. Asintió y, cuando Lola esperaba que dijera algo para tranquilizarla, abrió su boquita y se rio. ¡Se rio!

—Oye, tú, cerda, no se te ocurra reírte de mí —saltó Lola, molesta por su carcajada.

—Ay, Lolita…, es que parece otra de tus truculentas historias de sexo descontrolado, pero no lo es. —Negó con la cabeza y esbozó una sonrisa preciosa que iluminó sus ojos verdes—. Solo es que estás enamorada de Rai y te asusta pensar que es el definitivo.

—Yo nunca pienso en esas cosas. No digas tonterías.

—No seas cerrada —le pidió con el ceño fruncido—. Quizá no lo piensas, pero lo sientes. Y te agobia pensar que la Lola que acudía a cada cena con una historia diferente de morbo y depravación haya desaparecido.

—Tú no has visto a mi jefe.

—Que sí, que probablemente esté muy bueno y esas cosas, pero ese no es el problema. Mira las cosas con perspectiva.

—Es que…

—Es que lo que quieres no es zumbarte a tu jefe, es volver a tu vida de ligues absurdos que se van después de follar. —Lola abrió los ojos de par en par cuando la escuchó decir esa palabra—. Y un día lo verás claro y te dirás: con lo guapo, inocente, bueno y caliente que es mi novio…, ¿por qué quiero andar como puta por rastrojo por un cualquiera?

Lola se quedó sin palabras. Y dejar a Lola sin palabras es difícil, que conste. Pero hacía muchos años que conocía a Nerea y jamás la imaginó hablando tan claro. Al principio pensó que debían de haberle echado algo en el batido, e incluso se inclinó en la mesa para evaluar el estado de sus pupilas, pero cuando comprobó que todo parecía normal se dio cuenta de una cosa: el tiempo pasa y no suele ser en balde. Todas cambiamos. Nerea estaba dando el paso final para convertirse en la interesantísima Nerea la templada.

—¿Sabes, Ne? Tu nombre empieza a resonar fuerte en la lista de tías a las que me follaría.

Nerea la miró con desdén y la tomó por loca.

—No hagas el tonto. Agarra a ese chiquillo y hazlo el hombre que puede ser con ayuda de una mujer como tú.

—Eso suena sumamente interesante.

Entonces Lola alcanzó a ver una bolsita de La Perla que sobresalía de una de Dior y le preguntó qué se había comprado.

—Ah, nada. Una fruslería. La base iluminadora de Dior y unas sombritas de ojos.

—No sabía yo que en La Perla vendieran maquillaje... —Y al decirlo elevó malignamente su impoluta ceja izquierda—. ¿Me dejas verlo?

—Eh... —Se avergonzó Nerea—. Sí, pero no lo saques de la bolsa, por favor.

Puso la bolsita sobre la mesa y Lola se asomó, metió la mano, lo extendió cuanto pudo sin sacarlo y después, mirando de nuevo a Nerea con los ojos muy abiertos, carraspeó.

—Pues menuda fruslería..., y no es precisamente barata.

—Fondo de armario. O mejor dicho, fondo de cajón. —Se rio Nerea, queriendo desviar pronto el tema—. Échale un vistazo a las sombras de primavera de Dior de edición limitada. Son monísimas...

—Espera, espera... —Sonrió Lola—. Nerea..., te voy a preguntar algo y espero que seas sincera. Porque, ya sabes, somos amigas, mentir a una amiga está fatal y además... nosotras... somos muy amigas.

—Claro. Yo te quiero —dijo sonriente Nerea.

—Vale, pues como me quieres..., ¿te estás viendo con alguien, Ne?

—¿Eh? ¿Qué quieres decir?

—Sabes de sobra lo que quiero decir. ¿Follas con alguien? ¿Te la meten? ¿Chupas nardo antes de dormir?

—¡Ay, por Dios, Lola! No. —Negó con la cabeza y miró a Lola. Siguió negando, pero su voz dejó de ser tan rotunda—. ¿No?

—¿No? ¿O sí?

—No. —Y puso carita de perro abandonado.

—¿Me lo cuentas?

Nerea se apoyó en la mesa y lloriqueó, esperando que Lola la dejase en paz, pero, evidentemente, eso no iba a ocurrir.

—¿Te has echado novio, Nereíta? —bromeó Lola.

—No. Ojalá. O no. No lo sé. Es que…

—¿Qué?

—Me gusta un chico.

—¿Quién es?

—Déjame primero que te lo explique… —Se incorporó y cruzó las manos—. No es mi tipo. No me gusta su manera de ser. Me pone muy nerviosa y el sesenta por ciento de las veces que abre la boca lo estrangularía. Pero…

—Pero te pone perraca, ¿no? —preguntó Lola, y le dio un sorbo a su batido.

—No es eso. Bueno, sí, además. Es que… no dejo de pensar en él. No…, no puedo decirle que no, y cuando me doy cuenta…, cuando me doy cuenta… —se acercó a Lola por encima de la mesa y susurró— estamos ahí, dándole. ¡Y no solo en la cama! Le da igual. En la mesa de mi escritorio, en el pasillo de mi casa, en su estudio, en el baño de un bar…

—Entonces… ¿quieres dejar de hacer esas cosas? ¿Es lo que me estás diciendo?

—¡Oh, no! Lo que quiero es que sea mi novio —dijo con ingenuidad.

—¿Quién es?

—Es… Jorge, el de las fotos de tu cumple.

Lola abrió los ojos mucho mientras sorbía de su pajita y después de tragar lanzó una expresión de sorpresa.

—Pero ¡Nerea! ¡Tienes un gusto exquisito!

—Se tira eructos en la cama. Se rasca el culo cuando se levanta. Y mejor no sigo porque come con las manos, se chupa los dedos sonoramente después, me toca las tetas en público y además…, además no quiere nada serio.

—Bueno, tiene pinta de ser de esos, la verdad.

—¿Y qué puedo hacer? —preguntó Nerea esperanzada.

—Pues... se me ocurren un par de cosas.

Dio una palmada al aire y después se frotó las manos. ¡Cómo le gustaban esas tardes de chicas!

28
La vida dentro de casa de Valeria

La única habitación en la que estaba organizada la casa olía a café de arriba abajo. Era tan pequeña que dos tazas eran capaces de perfumarla durante buena parte del día.

Bruno estaba sentado en el sillón, leyendo la prensa con una taza en la mano. Sobre la pequeña mesita, frente a él, había otra humeante taza y un cuenco con fruta. Me acerqué, cogí la taza y le di un sorbo. Bruno levantó la vista y me echó una miradita que me hizo subir un cosquilleo por el estómago. Ese cosquilleo fue bajando poco a poco hacia zonas menos honrosas. Bruno sonrió. Creo que era completamente consciente del efecto que producía en mí. Siempre deseé tener ese mismo poder sobre él sin llegar a darme cuenta de que si en su día me dibujó en una de sus novelas como una diosa guerrera empapada en sangre fue por algo.

Me arrodillé y me senté sobre mis pies mientras me cepillaba el pelo despacio. Bruno carraspeó y me preguntó qué planes tenía para aquel día.

—Voy a escribir un rato. Tengo un par de ideas para el artículo de la revista.

—¿Sobre qué vas a hablar?

—Sobre el síndrome de Diógenes emocional.

—Explícate. —Aquella frase era muy suya.

—Ya sabes, recuerdos agridulces o dolientes, imágenes mentales que nos avergüenzan, aspiraciones abandonadas, relaciones fallidas…, todas esas cosas que acumulamos a nuestras espaldas y que por algún extraño motivo nos negamos a tirar y hasta sacamos de vez en cuando por simple masoquismo.

—Muy interesante, sí señor.

—¿Crees que estará a la altura?

—Sí. —Asintió enérgicamente con un solo movimiento.

—¿Y tú? ¿Qué vas a hacer?

—Pues me voy a acercar al servicio técnico a dejar mi portátil. Ha empezado a hacer cosas raras, así que…

—¿Has hecho copia de seguridad?

—Afortunadamente sí. ¿Me dejas el tuyo un momento para mandar unos correos electrónicos?

Me quedé mirándolo, como si en realidad escondiera en mi ordenador fotos de una aventura o algo por el estilo. Pero la verdad es que lo que me aterraba era la idea de que pudiera encontrarse con mi proyecto y, tras echarle una ojeada, viniera a darme su «constructiva» opinión. Adoraba a Bruno, pero el tacto no está entre sus muchas virtudes.

Así que asentí, tranquilizándome a mí misma, diciéndome que no habría peligro siempre y cuando yo pudiera vigilar por encima de su hombro.

—¿Qué pasa? —dijo Bruno extrañado—. ¿Qué tienes ahí que no quieres que vea?

Tragué saliva. Qué rápido era, leñe.

—Pues mira, te voy a ser sincera, cielo. Tengo un montón de cosas de… Ya sabes, de cuando estaba casada con Adrián. Fotos suyas, de los viajes que hicimos, de la boda… Y no sé si te sentirías muy cómodo encontrándotelas.

Bruno levantó las cejas. Vaya, vaya, qué buena mentirosa me había vuelto.

—No te preocupes. —Sonrió—. Yo también he estado casado. Tengo una niña, ¿te acuerdas? Es la imagen viviente de que me acostaba con otra. No creo que vaya a encontrar nada más explícito. —Me reí y le señalé el ordenador—. Dame la clave, cielo. Está bloqueado —dijo levantándose.

Me eché a reír, sonrojada.

—¿Me dejas que la escriba yo?

—¿Por?

Suspiré.

—La clave es Bruno1012.

Él sonrió de lado.

—Mi nombre y el día que nos conocimos. Qué bonito. —Dibujó una sonrisita de lo más elocuente.

—Pensé que no reconocerías la cifra.

—Tengo memoria selectiva, ¿recuerdas?

Bruno se sentó en mi escritorio, dejó la taza sobre la mesa, desbloqueó el ordenador, abrió su cuenta de correo y se puso a redactar un email con dedos ágiles. Me senté en el brazo del sillón, a su espalda, y le acaricié la nuca.

—¿Ya terminasteis con el guion? —susurré.

—Están dándole el último vistazo.

Los dos sabíamos que en cuanto terminara el trabajo volvería a su casa. Era lógico, y hasta me había preparado mentalmente para hacerme a la idea. Tenía una hija de seis años a muchos kilómetros. Lo más normal era que quisiera eliminar aquella distancia en el momento en que pudiera. Pero... ¿y lo nuestro? ¿Cuál sería el siguiente paso?

—Aún me quedaré cosa de un mes —dijo, sacándome de mis reflexiones—. Hay cosas que arreglar y además aprovecharé para verme con los de la editorial a ver qué tal la nueva novela.

—Qué bien. —Sonreí sin dejar de acariciar su espeso pelo negro entre mis dedos.

—Pero volaré a Gijón la semana que viene. Te lo dije, ¿verdad?

—Sí. —Me acerqué y le besé el cuello—. El cumpleaños de Aitana.

—Exacto. El cumpleaños de Aitana.

29

Mi cumpleaños

Nunca he sido una de esas personas que dan excesiva importancia al día de su cumpleaños. Cuando era pequeña sí, claro. Pero creo que cuando vi veinticinco velas juntas sobre un bizcocho dejó de hacerme tanta gracia. No es que no me guste cumplir años. Cumplirlos es muy buena señal y toco madera para cumplir muchos, hasta hacerme vieja, muy vieja. Quiero una larga vida, ya puestos a elegir.

¿Que adónde quiero llegar? A mi cumpleaños de aquel año.

Bruno no tuvo que avisarme de que aquel año tampoco lo pasaría conmigo porque bien sabía yo que su hija cumplía el día anterior a mí. Sabía que, en una balanza, el cumpleaños de tu novia y el de tu progenie no tienen parangón, de modo que no sería tampoco yo la que pusiera la situación en la categoría de drama. Nada de o ella o yo. No, por Dios. Nunca me han ido las guerras perdidas de antemano. A excepción de lo mío con Víctor, que era kamikaze…, ¿verdad?

La cuestión es que el resto del universo pareció darle más importancia que yo al evento. Cumplía treinta. Treinta añazos. La treintena. ¿Que no iba a hacer nada especial? Todo el mundo me decía que debía de estar o loca o deprimida, pero la verdad es que no estaba ni una cosa ni otra.

Decidí llamar a Lola para pedirle por favor que no montase ningún follón por su cuenta. Me prometió que no lo haría y, tras conseguir que lo dijera de verdad, me preguntó enfurruñada si al menos cenaría con ellas para celebrarlo.

—Creo que podremos arrancarle a Carmen la lapa del pezón y sacarla de paseo —dijo con desgana.

Era evidente que algo no andaba bien en el reino de la orgía y el desenfreno, pero no sería yo la que insistiera otra vez sobre el tema de su jefe. Suponía que su relación de pareja con Rai le estaba dando quebraderos de cabeza, pero egoístamente pensé que hacerse mayor implicaba aquellas cosas y que quizá el problema radicaba en que empezaba a vivir esas experiencias un pelín demasiado tarde. No me preocupé por preguntarme si yo estaba aceptando bien eso de hacerme mayor.

Así que quedamos en que cenaríamos para celebrar mi treintena en el restaurante de siempre y que, si nos apetecía, saldríamos a tomar una copa después.

Y dos días antes de mi cumpleaños Víctor me llamó y me preguntó si había planeado algo especial.

—Saldré a cenar con las chicas y nos tomaremos unas copas. Pero nada especial. Creo que no está el horno para bollos —dije sentándome a los pies de la cama.

—¿Y eso?

—Pues… no podemos obviar que Carmen ha sido mamá y, claro…, eso cambia muchas cosas. Y nos guste o no… nos estamos haciendo mayores.

Víctor se rio y lo imaginé reclinándose en la silla de su despacho.

—¿Y Bruno?

—Se va a pasar el fin de semana con su hija, que los cumple el día anterior.

—Claro. Entonces… ¿no vas a hacer nada especial? Son tus treinta.

—Dejad de decir eso. ¿Es que todo el mundo tira la casa por la ventana cuando cumple treinta?

—Claro.

—¿Qué hiciste tú?

—Me fui con mis amigos a Croacia, me agarré un pedo histórico y me tiré a dos rubias de catálogo Pirelli.

—¿Y qué tiene eso de especial? Tú siempre estás tirándote a rubias de catálogo —refunfuñé.

—A la vez —contestó crípticamente.

Cerré la boca porque me vi reflejada en el espejo de la cómoda y mi expresión me pareció sobradamente imbécil.

—Debes de estar de coña. —Moví la cabeza, sonriendo avergonzada al imaginármelo.

—No, pero no te preocupes. No hace falta que te tires a dos rubias. Eso sí, si lo haces, grábalo. Sería un magnífico regalo de Navidad para mí.

—Eres gilipollas. —Me reí—. Y algún día vas a tener que contarme eso con más detalle.

—Sí, ya, claro. Oye, ¿te parece que cenemos mañana y lo celebramos?

—No quiero fiestas, aviso.

—Nada. No te preocupes. Algo sencillo. Solo tú y yo.

Y «solo tú y yo» sonó tremendamente tentador.

Víctor no me dijo nada de adónde iríamos. Delante del armario abierto lo maldije entre dientes un par de veces. ¿Qué se ponía una para cenar la víspera de su cumpleaños con el hombre más guapo y elegante del mundo? ¿Dónde cenaríamos? Lo imaginé, siempre con la prenda perfecta para la ocasión. Pantalones vaqueros, trajes, camisetas de algodón, jerséis de cuello de pico sobre perfectas camisas de cuellos almidonados, suéteres suaves, de los que animan a tocar... Incluso dentro de la cama llevaba siempre la prenda adecuada. Unos bóxers pegaditos, provocadoramente sencillos, que cuando dormía se ceñían a su trasero de una manera tan tentadora…

Alargué la mano y cogí el teléfono. No quería seguir pensando en la ropa interior de Víctor. Ni en lo que había debajo de ella. Cuando me cansé de escuchar tonos de llamada sin respuesta, colgué y alcancé el móvil. Lola lo cogió al tercer timbrazo.

—¿Qué pasa, perra? —dijo con soltura.

—Te he llamado a casa. Estás de picos pardos, ¿eh?

—No sé yo si se pueden llamar picos pardos…

—Necesito que me eches una mano. Estoy sentada en la cama en ropa interior desde hace al menos media hora y aún no sé qué ponerme. ¿No te diría Víctor por casualidad adónde me lleva o qué se va a poner él?

Escuché sus sonoras carcajadas con resignación.

—Víctor, Valeria no sabe qué ponerse.

—¡¡Oh, mierda, estás con él!!

—Sí, mierda, estoy con él. Ahora mismo se está metiendo una camisa vaquera por dentro de unos pantalones marrón caca caídos de cintura. Está muy guapo. ¿Te vas a poner ese jersey? ¡¡Huy!! ¡Qué mono!

Me tapé los ojos.

—¿Puedes recomendarme, por favor, algo que ponerme?

—Dile que en veinte minutos estoy en su casa —escuché decir a Víctor.

—¡¡Joder!! —me quejé amargamente.

—Escúchame… —susurró Lola muy bajito—. Más vale que te prepares. Lo de hoy me haría mantequilla fundida hasta a mí, que no tengo sentimientos.

—No jodas la marrana —dije antes de colgar.

Tiré el móvil encima de la cama y saqué del armario unos vaqueros rectos, una camiseta blanca muy fina y una chaqueta de entretiempo, tipo chubasquero, de color verde militar. Me lo fui poniendo todo mientras correteaba por la habitación, terminando de arreglarme el pelo y retocando el maquillaje.

Cuando salí del portal lo encontré apoyado en su coche, mirándome con una sonrisa espléndida. Tuve que echar mano de mucho autocontrol para no dejarme caer de rodillas y pedirle explicaciones a Dios. Allí, con unos pantalones de color marrón, el cuello de una camisa vaquera asomando por el cuello chimenea de su jersey grueso de color arena y unas Ray-Ban clásicas, Víctor estaba para comérselo.

Se incorporó, me besó en la mejilla, me dijo lo guapa que estaba y se empeñó en acompañarme a mi lado del coche, para abrirme la puerta. Antes de cerrar no me pasó inadvertida la miradita que echó a mis zapatos negros de tacón con tachuelas. Creo que le gustaban…

Víctor se sentó en el asiento del conductor y me sonrió. Después humedeció sus labios y me preguntó si estaba preparada.

Le eché un vistazo. Es posible que no me hallara preparada para que él estuviera tan guapo. Su jersey se acoplaba a su cuerpo, pegándose a su estómago plano; casi me arrancó un suspiro.

—¿Preparada? —insistió.

—Sí. O no. No lo sé. Contigo nunca se sabe.

—Eso es bueno. —Esbozó una mueca en sus labios de bizcocho y me guiñó un ojo.

—¿Adónde vamos? Aún es pronto para cenar.

No contestó. Solo rio sordamente, encantado de ser capaz de mantenerme en vilo.

Cuarenta y cinco minutos más tarde aparcábamos junto a una casita con parcela a las afueras de la ciudad. Me quedé esperando una explicación, pero él solo me animó a seguirlo y sacó unas llaves de su bolsillo. Abrió la puerta de metal y tras ella apareció un jardincito de cuento, salpicado de piedras planas y brillantes entre un césped verde intenso, espeso, que cubría el suelo hasta llegar al escalón de acceso al porche delantero de la casa.

No resultaba muy grande. Era como un pareado con parcela independiente. El edificio era de ladrillo rojizo y las paredes exteriores estaban parcialmente cubiertas por hiedras trepadoras y otras plantas que enmarcaban las ventanas de madera.

La puerta, también de madera, se abrió pesadamente después de que Víctor diera varias vueltas a la llave. Él pasó delante de mí y, tras un chasquido, las luces del jardín se encendieron dándole a la escena una apariencia onírica. En los troncos de los árboles había pequeñas luces, como las de los árboles de Navidad, pero todas blancas, que parecían ser parte de ellos, como si se tratase de una nueva especie, mitad árbol, mitad luz.

Víctor se asomó y, dándome la mano, me invitó a entrar. Quería preguntarle de quién era aquella casa y qué hacíamos allí, pero el olor a lavanda de su interior me entretuvo y me dejé llevar por unas escaleras, hacia arriba, pasando tres rellanos de largo. Me dejé llevar por el tacto de su mano entrelazando sus dedos con los míos. El último tramo de escalera daba a una puerta cerrada tras la que apareció una buhardilla de techos altos. A la izquierda había una pared llena de armarios y una puerta que tras asomarme descubrí que daba a un baño clásico blanco y decorado con discretos detalles florales, con una bañera con patas.

En la estancia principal había un sofá amplio y frente a él una mesa baja sobre una alfombra color vino, tupida y espesa. Delante del sofá, en la pared contraria, una televisión grande en un mueble de madera rústica repleto de discos compactos. Habría música como para pasar años sin repetir un solo disco.

La ya tenue luz que entraba por una ventana a la derecha iluminaba una cama grande cubierta por una esponjosa colcha blanca separada del resto de la estancia por una pared de ladrillo inacabada. El cabecero, las mesitas y un armario eran de madera, como el marco de la ventana. Sobre la cama colgaba una lámpara pequeña y antigua que recordaba a aquellas películas de época en las que las lámparas aún funcionaban con aceite.

Me giré a mirar a Víctor, que había vaciado sus bolsillos sobre la mesa baja, desprendiéndose de la cartera, el móvil y la BlackBerry. Me devolvió la mirada, curioso, tratando de medir mi expresión.

—¿Qué es esto? —pregunté sin poder evitar una sonrisa.

—Es solo una cena, como te dije. Pero una cena especial.

—Pero…

—Poco a poco.

Me quedé sentada en el sofá mientras escuchaba a Víctor bajar la escalera de nuevo. Aquella estancia era tan acogedora que me sentí en mi propia casa. Era como la casa que todos hemos soñado tener alguna vez; creo que era aquello lo que la convertía en algo tan familiar.

En las paredes había unas fotografías preciosas en blanco y negro que me recordaron vagamente a Adrián, pero tardé tanto en darle forma a aquel recuerdo que cuando lo hice ya no me trajo melancolía a la cabeza. Sobre el mueble en el que se encontraba la televisión había también unas cuantas pinturas sencillas, con colores cálidos. Una de ellas solo representaba las piernas de una mujer enfundadas en unos vaqueros y sus pies, engalanados con unos zapatos de tacón rojos.

Víctor apareció de nuevo cargando una cesta enorme de pícnic y sonrió. Se sentó en el suelo, frente a mí, y empezó a sacar el contenido y a organizarlo sobre la mesa. Una botella de vino y dos copas. Adiviné en el interior otra botella. Unos platos preciosos, blancos con un filamento dorado en el borde, clásicos, como la casa. Cubiertos para dos y dos servilletas de hilo elegantemente enrolladas en un servilletero a conjunto con la vajilla. Después, ante mi atenta mirada, sacó un *tupper* y al borde de la risa lo abrió y me enseñó el contenido. Me reí con una carcajada infantil. Una sencilla tortilla de patatas. Sacó otro más y repitió la operación, enseñándome el contenido: unos sándwiches preparados cortados en triángulos y algunas tartaletas saladas. Por último, un *tupper* lleno de uvas y fresas.

—Nada complicado. —Sonrió, mirándome.

—Sí, como dijiste.

—Nada de fiestas. Solo tú y yo.

Únicamente pude obligarme a mí misma a tragar saliva y seguir sonriendo.

Nos sentamos sobre la alfombra a cenar cuando empezó a caer la noche. Comenzamos sirviéndonos una copa de vino. Era tinto pero dulzón. Había algo en él que me recordaba el sabor de las uvas pasas. Después comimos algún sándwich y disfrutamos la tortilla casera, que estaba como a mí me gusta, templada.

—¿Vas a darme ya alguna explicación? —le dije acomodándome sobre un cojín—. ¿Quién te ha ayudado con todo esto?

—¿Por qué crees que me han ayudado? He podido hacerlo solo.

—Venga…, ¡confiesa!

—Me ayudó mi madre.

Los dos estallamos en carcajadas y él se levantó de un salto para buscar un CD. Eso me dio la pista de que conocía la casa. Encendió el equipo de música y colocó un disco compacto. Unos segundos después sonaba *These Arms of Mine*, cantada por la aterciopelada voz de Otis Redding. No, por favor, *soul* no, que me enamoro.

—Te gusta el *soul*, ¿verdad? —preguntó.

—Me encanta.

—Este disco es genial. Tiene un poco de todo —dijo mirando la carátula y dejándola después sobre el mueble.

—¿Es tu casa secreta? ¿Vienes aquí los días lluviosos a leer en un sillón con orejas frente a la ventana?

—No. —Se rio—. Es de un amigo mío. Yo le diseñé la reforma. Ahora está de viaje con toda su familia y me la prestó.

—Es preciosa pero... ¿qué tiene de especial? Me refiero a... ¿por qué aquí hoy?

—Bueno. Es bonita, sí, pero siempre hay un porqué, supongo.

—¿Y cuál es?

—No tengas prisa.

Su sonrisa dio la conversación por zanjada. Víctor encendió unas velas y apagó todas las luces excepto una lámpara en un rincón. La Valeria que se resistía se cogió con las uñas al sofá, por no derretirse.

Después de cenar tomamos la fruta con las manos, nos tumbamos y hablamos sobre cosas, sin ton ni son. Sonaron James Brown, Fontella Bass, Aretha Franklin, Marvin Gaye... Hablamos de papel pintado, de la forma de algunas nubes y el nombre que reciben; hablamos de un viaje en avión cruzando el Atlántico bajo una tormenta y sobre un fin de semana en la campiña inglesa, en el que no dejó de llover. Le conté algunas cosas que no tenían sentido en aquel momento. Le hablé de una muñeca que tenía de pequeña, de trapo, que había sido de mi madre. Le hablé de una colcha que intenté coser junto con mi hermana y del primer chico que me besó.

Él me habló de la primera chica a la que quiso y recordó el color rojizo de su pelo entre sus dedos, mientras le acariciaba la cara. Susurró que añoraba esos tiempos en los que un hombre podía pedir a una mujer que bailara con él una balada pasada de moda. Y cuando nos quisimos dar cuenta era noche cerrada.

Garnet Mimms & The Enchanters cantaban *For Your Precious Love* cuando Víctor me preguntó si estaría fuera de lugar que me pidiera un baile.

—Supongo que no. —Sonreí encantada.

Se levantó, tiró de mí para ponerme en pie y me rodeó la cintura con su brazo izquierdo. La mano derecha se abrió sobre mi espalda, encima de la fina tela de la camiseta. Mi mano izquierda acarició su brazo y la derecha su torneado hombro. Me apoyé en su pecho y… bailamos. Bailamos en un abrazo inocente, como si fuéramos dos novios adolescentes, tímidos, que se aprietan cuanto pueden en la oscuridad de un portal.

Sentí su corazón bombear bajo la tela de su camisa y me dejé llevar por su ritmo y el de la canción. Víctor tarareó la letra muy bajo.

Imaginé que aquella era nuestra primera cita, que no teníamos un pasado que nos impidiera atrevernos. Imaginé que Víctor no estaba inundado de una poderosa sexualidad que lo invadía todo. Yo no había estado casada. Él no había sido mi amante. Nunca nos habíamos hecho daño. Sería una relación sana, tierna y para siempre.

Víctor me estrechó un poco más y seguimos bailando. No sé cuánto tiempo estuvimos así, no sé cuántas canciones más sonaron, pero de pronto me di cuenta de que atesoraría aquel recuerdo con más celo que el de cada una de las ocasiones que habíamos compartido cama. Porque a veces Víctor no era más que un sentimiento enorme que me llenaba el pecho. Y no era un chico guapo; no era un cuerpo de pecado, no era el ritmo que imponía en la cama. Solo era… un chico. Y deseé que fuera un chico enamorado y que lo nuestro pudiera ser…

Víctor se separó a regañadientes de mí y miró su reloj de pulsera. Levanté la mirada hacia su cara, desilusionada, creyendo que se nos hacía tarde y que ya tendríamos que volver a la ciudad. Me entristecí porque no quería volver a mi casa, al menos aún no. En aquel momento me parecería pequeña, fría y muy vacía. Quise disimular y sonreí.

—Se nos hace tarde —le dije.

—No. Qué va. Ahora empieza de verdad la sorpresa. Al menos dijeron que sería sobre esta hora.

Víctor fue hacia la pared, hasta un pequeño monitor en el que yo no había reparado. Era como los mandos de domótica que se instalan ahora en las casas modernas. Apretó un botón y un sonido mecánico me hizo mirar hacia el techo. Tampoco me había dado cuenta de que el techo estaba cubierto por una lona del mismo color que las paredes, que ahora se estaba retirando, dejando a la vista un techo de cristal impecable. Sobre ella nos veíamos reflejados con la luz vacilante de las velas, pero Víctor las apagó una por una, sumiéndonos en una oscuridad que no me inquietó. Después se acercó a mí; estábamos inmersos en la negrura y me pidió que me tumbara sobre mi espalda, mirando al techo. El cielo se veía oscuro y salpicado de luces. Sentí a Víctor acostarse a mi lado y esperamos callados. Yo sin saber qué esperaba.

De pronto una estrella fugaz cruzó el cielo y de mi garganta salió una expresión de sorpresa. Cuando iba a preguntarle si la había visto, otra apareció de nuevo. Cogí aire suavemente, entre los labios entreabiertos. Me giré hacia Víctor, que me miraba.

—¿No lo sabías? —me preguntó.

—No.

—Lluvia de estrellas.

Volví la mirada hacia el techo y sonreí. Una luz plateada nos iluminaba ahora que los ojos se habían acostumbrado a la oscuridad. Víctor acercó su mano a la mía y la cogí, trenzando sus dedos con los míos.

—Gracias —dije.

—Yo no he hecho nada. Solo es…, piénsalo…, basura espacial.

—Es… perfecto.

Sonaba *I'ven Been Loving You Too Long*, de Otis Redding. No imaginaba qué podía hacer de aquella noche algo más perfecto… hasta que Víctor me rodeó con un brazo y dejó que me acurrucara al abrigo de su cuerpo, que emanaba un calor delicioso.

—Ojalá no acabara nunca —dije.

—Ojalá no amanezca —me respondió.

Pasamos callados cerca de dos horas, hasta que las luces de las estrellas fugaces dejaron de cruzar el pedazo de cielo que podíamos ver. Después nos giramos sobre la alfombra y nos miramos sin decir nada. El estómago se me llenó de un miedo irracional terrible y tuve que controlarme para que la respiración no me saliera a trompicones y no me empezara a temblar. La mano de Víctor fue hacia mi mejilla y me acarició la cara, como a aquella chica de la que se enamoró una vez, hacía tantos años. Después me dijo en un susurro:

—Feliz cumpleaños.

Me incorporé y Víctor hizo lo mismo, sin poder evitar la expresión de sorpresa cuando me senté a horcajadas sobre él y lo abracé. Aun así me devolvió el gesto con fuerza tras unos segundos.

Cerré los ojos, porque no quería que ningún estímulo me devolviera a la realidad en la que aquello era perverso y maligno. No quise sentir más que su respiración pegada a mi garganta, sus labios sobre la piel de mi cuello y sus manos acariciando mi largo pelo. No quise oler nada que no fuera la mezcla entre su perfume y su piel. No quise tocar más que su pelo, su cuello y su espalda.

Me separé despacio de él y sonreí, sonrojada.

—Gracias, Víctor. Ha sido una de las noches más especiales de mi vida.

—No podemos irnos aún. —Sonrió tímidamente también—. Traje…

Nos miramos, con nuestros cuerpos tan juntos, en una postura tan comprometida… Sería imposible convencer a alguien que nos viera de que no había pasado nada. Y no había pasado. Aún…

Me dejé caer a su lado, incómoda, y acaricié la alfombra mullida con los dedos. Víctor alcanzó la cesta y sacó otra botella del mismo vino.

—Tenemos que brindar —dijo.

—Sí. Por mi treintena.

—Sí..., por tus treinta años. Y no podremos irnos hasta que la terminemos.

La voz de Víctor me pareció extrañamente trémula entonces y me quedé mirándolo, esperando que dijera algo más o esperando a lo mejor encontrar una pista de por qué de repente su voz, normalmente sensual y grave, temblaba ligeramente. Imaginé que se inclinaba sobre mí y me besaba. Yo tendría que rechazarlo entonces..., pero no sabía si podría hacerlo. Quise que no lo hiciera. Pero Víctor solo abrió la botella y sirvió nuestras copas.

—Vamos —dijo ofreciéndome una—. Un discurso, cumpleañera.

—No..., haz tú los honores.

Víctor sonrió y, levantando la copa, susurró:

—Por que esta botella de vino no se termine, por que nunca se haga de día y por que no te olvides de esto jamás. —Bebimos—. Toma. —Víctor sacó un pequeño paquete de su bolsillo—. Algo me dice que te gustará.

Rasgué el papel de regalo con dedos trémulos y abrí una pequeña cajita antigua de terciopelo negro. Sonreí. Era un camafeo antiguo que me había gustado del anticuario que quedaba cerca de su casa. Ni siquiera recordaba habérselo comentado. Era caro, pero no era el dinero que había gastado lo que me emocionaba; era que supiera que aquel sería el regalo perfecto.

—Es precioso.

Al acariciar la piedra verdosa, rocé la tapa de la cajita y cayó un pequeño papel. Lo miré de reojo y él apartó la mirada. Lo dejé en mi regazo y desplegué la nota.

«Ojalá pudiera cambiar todo lo que hice. Ojalá un día olvides que nunca seré suficiente para ti. Ojalá en el futuro pueda hacerte feliz».

Nos miramos. Suspiramos. Dentro de mi bolso, mi móvil sonó rompiendo el momento. Sabía que sería Bruno.

—Te llaman —dijo.

—Sí, pero esta noche no estoy para nadie.

Dejé la caja y la nota sobre la mesa baja y me sentí muy cansada. ¿Qué podía hacer llegados a aquel momento? Solo dejarme arrullar un poco más por aquellas sensaciones…

Fui hacia donde sabía que estaba el dormitorio y me volví para mirarlo. Víctor se estaba levantando.

Nos encontramos a los pies de la cama, donde Víctor me abrazó con desespero y se inclinó hacia mí; pero yo tuve que alejarme de sus labios. No podíamos besarnos.

—No… —le supliqué.

—Pero lo necesito —imploró apoyando su frente en la mía—. Como respirar.

Levanté la cara hacia él, como las heroínas de las películas antiguas, arqueadas esperando el beso del Bogart de turno. Y Víctor no se hizo de rogar.

Entreabrí los labios para recibir los suyos y así se quedaron, porque fue un beso precioso, que no aspiró a ser nada más. No necesitábamos un beso apasionado entonces. Solo uno de amor.

Tras minutos de abrazos y caricias inocentes, mis manos desabrocharon los botones de su camisa, despacio, uno a uno. Después la deslicé por sus hombros hasta que él la dejó caer. No era lujuria lo que me empujaba a ello. Era la pura necesidad de sentir su piel debajo de mis dedos. Me hundí en su cuerpo y olí su perfume, sobre el vello de su pecho. Acaricié sus pectorales y dejé que mis manos bajaran hasta su cinturón. Víctor respiraba abruptamente.

Sus dedos subieron hábilmente mi camiseta y la dejamos caer también. Me agarró por la cintura y me levantó para que lo rodeara con mis piernas.

Qué suspiro sonó entonces en la habitación.

Me echó hacia atrás y me dejó caer sobre la cama. Sus manos acariciaron la piel de mis pechos por encima de la copa del sujetador; después subieron hasta mis hombros, mi cuello, mi pelo y mi cara.

Nos quitamos los pantalones y nos tumbamos en ropa interior. Su nariz entonces viajó hacia abajo, trazando un camino por mi escote. Me besó suavemente entre los pechos y siguió besándome el estómago. Cuando llegó a las braguitas, besó mi monte de Venus y un poco más abajo, provocándome un gemido.

Con un suspiro subió de nuevo hasta mí y se acomodó encima. Entrelazamos las piernas y Víctor volvió a inclinarse hacia mi boca.

—No puede pasar nada —dije apartándome suavemente.

—Ya lo sé. —Y su dedo índice me hizo cosquillas en la frente, tras apartarme un mechón de pelo—. Pero yo no necesito más. Solo a ti.

Y no. No necesitamos más.

Un rato después me dormí con la piel de su pecho bajo mi mejilla y nuestras manos trenzadas en su abdomen.

Y así fue como empecé otra década equivocándome de nuevo.

30
Mi cumpleaños. Parte II

Me desperté con una claridad de un amarillo vivo entrando a través de la ventana. Me removí incómoda por la cantidad de luz. Me froté los ojos recordando demasiado tarde que no me había desmaquillado.

Víctor estaba tumbado a mi lado, mirándome. Descubrí su mano en mi cadera y me retiré avergonzada. El calor del tacto desapareció. Cuando lo hice me di cuenta de que lo único que llevaba puesto eran las braguitas.

—Buenos días —dije.

—Feliz cumpleaños —contestó dulcemente.

—Gracias. ¿Qué hora es?

—Las diez.

—¿No tienes que trabajar?

—Es sábado. —Sonrió.

—Sí, es verdad.

Nos quedamos callados, mirándonos hasta que sentí que no podía soportar mucha más presión y, disculpándome, salí de la cama, recogí mi ropa del suelo y me escaqueé hasta el cuarto de baño, donde me lavé la cara con agua fría y me adecenté el pelo. Salí en busca de mi bolso y encontré a Víctor con los pantalones y la camisa puestos, recogiéndolo todo.

—Espera, te ayudaré.

—No te preocupes.

Aunque me acerqué con la intención de hacerlo, él negó con la cabeza y siguió de espaldas a mí.

Saqué mi móvil y vi la friolera de seis mensajes de texto. Fui consultándolos uno a uno. Nerea, a las doce en punto. Carmen, a las doce y tres minutos. Mis padres, breves, como siempre, a las doce y cinco. Ya los imaginaba discutiendo entre ellos para averiguar cómo se mandaba el mensaje. Después Lola:

Feliz cumpleaños. Eres la persona más importante de mi vida. Si me fueran las chirlas, estaría tan enamorada de ti que bizquearía al mirarte. Pero me gustan los nabos, cosas de la vida. Después de esta declaración de amor lésbica, te deseo lo mejor. Deseo que encuentres ese amor del que tanto hablabas en el instituto; que te enamores de alguien que te ciegue y que no te deje mirar nada más. De alguien que pida prestada una casa en mitad de la nada solo para que puedas ver las estrellas y escuchar tu música preferida. Oh…, espera…, hay deseos que pueden hacerse realidad, ¿no?

Me senté en el sofá, ahogando un suspiro, y seguí leyendo los mensajes. Había otro de mi hermana que me hizo sonreír; firmaba por ella, su marido, mi sobrina y su gato.

Y por último… Bruno.

No sé qué decirte. Felices treinta, eso ya lo sé. Pero es que no sé cómo decirte lo mucho que me gustaría poder partirme en dos y que una parte de mí estuviera allí contigo. Si puedo pedir un deseo de las velas que soples esta noche, será no tener que elegir nunca más. Eres mi diosa. Te quiero.

Miré después a Víctor, que recogía las sábanas de la cama y las metía en una bolsa. Debí de decirlo todo sin decir nada porque él no tardó en contestar:

—No ha pasado nada.

—Pero prefiero no decírselo —susurré.

—Está bien. Lo entiendo.

—No es que considere que… —empecé a decir.

—Valeria. —Sonrió muy quedamente—. Lo entiendo, de verdad. Estás con él. Es algo que tengo asumido.

A las nueve y cuarto de la noche aparecí en la puerta del local donde había quedado para cenar con mis amigas. Todas me esperaban ya allí, haciendo tiempo mientras Lola se fumaba un cigarrillo. Me disculpé por el retraso.

—Me llamaron a casa para felicitarme en el último momento.

Pero no era verdad. Me había quedado sentada a los pies de la cama, escuchando en mi ordenador a Otis Redding y tocando el camafeo, sumida en reflexiones que ni siquiera lo eran, y el tiempo se me fue volando.

—Estás guapísima —dijo Carmen visiblemente contenta de vernos.

—Tú sí que estás guapa. Hay que ver qué figurín se te ha quedado.

Se miró a sí misma y sonrió, dando las gracias. Estaba subida a unos sublimes zapatos de tacón negros y llevaba un pantalón vaquero recto, una camiseta de tirantes holgada blanca y una americana negra abierta. Me recordó a mi elección de la noche anterior.

Nerea me recibió con un abrazo entusiasmado. Se había puesto una falda larga con colores pastel y una camiseta blanca con un amplio escote, de manga corta. Las muñecas las llevaba adornadas por un porrón de pulseras rígidas de colores y dorado viejo que la hacían parecer una niña bien en el movimiento hippy. Estaba preciosa y se lo dije. Ella me volvió a besar para agradecérmelo y me giré hacia Lola.

Lola sonrió y me abrazó dándome, con una sonora palmada en el trasero, la bienvenida a la treintena. Lola llevaba unas sandalias de tacón de color naranja flúor, una minifalda vaquera blanca, una camiseta de seda desbocada del mismo color que las sandalias y una chaqueta del estilo Chanel de tweed en blanco y negro larguita que le daba un toque muy glamuroso al look.

Cuando nos sentamos a la mesa habitual, todas me miraron esperando a que dijera algo.

—¿Qué? —les pregunté al tiempo que me recogía el pelo detrás de las orejas.

—¿Qué tal tu treinta cumpleaños? —preguntó Nerea—. ¿Te mandó flores Bruno?

—No. Qué va. No es muy de flores. Pero me envió un mensaje anoche. Superbonito, la verdad. —Sonreí.

Carmen y Nerea se interesaron por saber qué ponía y Lola se quedó callada, mirándome. Levanté la vista y le devolví la mirada hasta que carraspeó.

—Toma. Esto es de parte de las tres —dijo Nerea acercándome un paquete—. Algo me dice que te va a gustar.

¿No había dicho lo mismo Víctor antes de darme su regalo? Dios. Estaba en todas partes. Sonreí y desgarré el bonito papel de regalo, blanco y dorado, fingiendo que no me ponía nerviosa notar que Lola quería que hablara sobre la noche anterior. Dentro del paquete encontré una caja con una cámara de fotos Polaroid. Salté sentada en la silla, aplaudí y la probé enseguida, haciéndoles fotos a las tres.

Después pedimos la cena y una botella de vino.

Tras un rato, después de que Carmen nos enseñara las últimas fotos de Gonzalo y nos contara un par de anécdotas, la insistente mirada de Lola sobre mí volvió a hacerme sentir muy tensa. Estuvo así durante todo el rato que duró la perorata de Nerea sobre lo agobiante de aquellas fechas para su negocio. No pude concentrarme en nada de lo que se dijo hasta que Lola se animó por fin a hablar.

—Oye, Val, ¿y qué más nos cuentas tú? —Su tono era tan provocador que las demás se giraron muy interesadas hacia mí.

—¿Yo? Pues no mucho, la verdad. Mi madre me ha regalado aquel esmalte de Chanel que os comenté, el que deja el pintaúñas como mate. Mirad. —Les tendí las manos y Carmen y Nerea evaluaron sorprendidas el resultado.

—Uhhh… —dijo Carmen—. Me gusta. Oíd, chicas, ¿saldremos esta noche? Mi marido se ha quedado con el crío de canguro.

—¿Y no tienes nada más que contar? —la interrumpió Lola con la mirada aún clavada en mí.

—Pues… poca cosa. Tenía muchas ganas de veros hoy. Si queréis podemos salir por ahí. —Sonreí.

—Bueno, ayer ya saliste, ¿no?

Nerea y Carmen se miraron entre ellas.

—¿Y eso? —dijo Nerea.

—Lola, si quieres decir algo deja de darle vueltas y dilo —contesté directamente hacia ella.

—Por lo visto anoche ya lo celebraste con Víctor, ¿no? —Dibujó una sonrisa de oreja a oreja.

—Valeria, por Dios… —musitó Carmen tapándose la cara.

Cogí aire, suspiré y le di un trago a mi copa de vino. Después miré a Lola y, apoyándome en la mesa, le dije:

—No me acosté con él, si es lo que buscas que confiese. Y te diré que estas cosas suele contarlas una misma si quiere.

—Pero… —tuvo tiempo de añadir Nerea.

—¡¡Valeria, por Dios!! ¿¿En serio no nos vas a contar nada de anoche??

—No sé por qué preguntas. ¡Él ya debe de haberte ilustrado con su versión! ¿No?

Negó enérgicamente con la cabeza.

—No, cielo, él solo me dice que eres la mujer de su vida y se lamenta de no poder hacer nada por convencerte de que ahora es diferente.

—Lola…, no me lo pongas más difícil.

—¡No te lo estoy poniendo difícil! —dijo abriendo mucho los ojos—. Es fácil, Valeria, lo que quieres decir es que te lo estoy poniendo demasiado difícil. Acepta lo que hay y tírate a la piscina. Bruno es un buen tío, pero no le quieres.

Tragué saliva con dificultad. Era verdad. Lo más jodido era que tenía razón. Yo no quería a Bruno y no sabía si alguna vez podría quererlo más de lo que quería a Víctor. Apoyé la frente en la mesa y me sentí tan débil…

—¿Por qué no nos lo cuentas? Podemos darte nuestra opinión, cielo —intervino Carmen, que, yo ya lo sabía de sobra, estaba de acuerdo con Lola.

—Es que…

—¿Qué pasó anoche? —preguntó Nerea.

—Víctor me invitó a cenar para celebrar mi cumpleaños. Fuimos a la casa que un amigo suyo tiene a las afueras. Cenamos como si estuviéramos de pícnic, nos bebimos una botella de vino, escuchamos música *soul*, bailamos y después vimos la lluvia de estrellas tumbados en la alfombra de la buhardilla, que tiene el techo de cristal. Luego bebimos más vino, me regaló este camafeo —dije señalando su regalo, que llevaba prendido en la blusa— con una nota preciosa en la que se lamentaba de que las cosas hubieran ocurrido entre nosotros como lo hicieron. Después… nos…, nos abrazamos, nos desnudamos y, en ropa interior, dormimos abrazados.

—Si me dices que sonó la canción de *Ghost*, ya me desmayo —soltó Carmen.

—Sonó la canción de *Ghost*. —Sonreí avergonzada y se me escapó una risa y un resoplido.

—Joder, nena…, qué romántico —susurró Nerea mirando hacia otra parte, con sus cejitas rubias arqueadas.

—Víctor acaba de hacernos unas desgraciadas a todas. —Se rio Carmen—. No creo que ningún hombre supere eso jamás.

—Víctor puede superarse a sí mismo —señaló Lola.

Las miré a todas.

—¿Qué vas a hacer? —preguntó Nerea.

—No voy a volver con Víctor. —Negué con la cabeza—. Es…, estoy…

—Estás enamorada de él —dijo Carmen por mí.

—Sí —confesé—. Pero no me fío de él. Lo único que puedo hacer es… seguir con mi vida. —Las tres me miraron sorprendidas—. Bruno es lo que necesito. Con Víctor todo es una tragedia griega. Voy a pasar página.

Lola se mordió los labios pintados de coral y después sentenció la cuestión diciendo:

—Estás más ciega que Serafín Zubiri, chata.

31

A mis pies, sapo

Carolina no había ido aquel día a trabajar porque tenía dos prácticas de conducir seguidas aquella tarde. Pronto se presentaría al examen y no estaba lo que se dice... preparada. Nerea la dejaba organizarse el horario ella misma, siempre y cuando Carolina supiera demostrarle que era lo suficientemente responsable como para llevarlo todo a su modo.

Así que Nerea estaba sola cuando Jorge entró en el bajo. Lo maldijo mentalmente al comprobar que el muy mamón parecía esforzarse cada día por ir más cochambroso. Los agujeros de sus camisetas superpuestas se veían desde donde ella estaba sentada, y él aún estaba cruzando el umbral de la puerta.

—¿Qué quieres? —preguntó ella de manera algo distraída.

—Qué bienvenida más fría —contestó él con una sonrisa.

Nerea se quitó las gafas, apartó un poco el presupuesto que estaba haciendo y miró el reloj.

—¿No deberías haber cerrado ya? —le preguntó Jorge.

—Pues sí, pero no me he dado cuenta. Estaba trabajando. De todas maneras, si son horas de que hayamos cerrado, ¿para qué vienes? ¿O pasabas por aquí?

—Pasaba por aquí. Llevaba las copias del vídeo de la boda y el montaje de las fotos y pensé que si no estabais os lo colaba por el buzón.

—Muy profesional. ¿De qué boda hablamos?

—La de El Escorial.

—Muy bien. Ya les echaré un vistazo. Gracias.

Los dos se quedaron mirándose y Jorge, con sonrisita socarrona, se acercó a Nerea. Cuando ella vio sus evidentes intenciones pensó en Lola y en todos sus consejos. Dedicó un momento a pensar que si Lola hubiese seguido sus propios consejos habría encontrado un novio formal mucho antes.

—¿Qué te pasa? —dijo con frialdad y en un tono mucho más grave del habitual—. ¿Te pica y te pasas por aquí?

Jorge arqueó las cejas.

—¿Cómo dices, princesa?

—Digo que si te crees que esto es un club de carretera al que acudir cuando estés falto de amor.

—Ay, Nereíta…

—Pero es que… —Nerea soltó una risita algo forzada, como la de alguien al que no le hace ninguna gracia lo que está oyendo.

—¿Qué te pasa?

—Pues que tengo cosas que hacer, Jorge, y aunque tuviese la noche libre, la verdad es que no me apetece nada ponerme a…

—¿A qué? —la retó él, que empezaba a conocer el victorianismo de Nerea.

—A follar contigo.

—¿Por qué? ¿Estás en esos días?

Nerea levantó pulcramente su perfecta ceja izquierda y negó con la cabeza.

—No, querido, lo que pasa es que no me apetece. —Miró su reloj de pulsera.

—¿Te aburro? ¿Es eso?

—No, Jorge, cielo. Es que he quedado. —Sonrió—. Y no quisiera llegar tarde.

—¿Noche de chicas?

Nerea lo dejó todo ordenado sobre su escritorio y cogió las llaves del local. Fingió estar escondiendo una sonrisa tonta.

—Sí…, noche de chicas. —Volvió a reírse—. Algo así.

—¿Y no te quieres venir a casa del tío Jorge? Nos lo pasamos bien, ¿no? —Se metió las manos en los bolsillos de los vaqueros.

—No, no quiero irme a casa del tío Jorge.

—¿Por qué? —volvió a insistir.

—Ya te lo he dicho. He quedado.

—¿Has quedado de verdad o intentas darme celos?

Nerea levantó la cabeza, sorprendida de que Jorge entrara al trapo tan pronto.

—He quedado, pero, de todas maneras, ¿con qué absurda intención iba yo a intentar darte celos?

—Porque te quieres comer mi carne morena —dijo a la vez que ponía morritos.

Ella puso cara de horror, pero no tuvo que fingirla. Este Jorge era la versión masculina exacta de cierta amiga suya…

—Mira, Jorge —empezó a hablar con voz suave y melosa—, que estás muy bien, que eres bonito de ver, que funcionas muy bien como cámara y fotógrafo, pero no tengo interés en seguir perdiendo el tiempo contigo. Espero que lo entiendas. No ha estado mal, que conste. Ha sido una aventura interesante, pero… ya tengo un vibrador en casa.

—Pero… —Jorge trató de rebatirla.

—Gracias por las fotos y los vídeos —dijo alzando los CD—. Si esperas un segundo te firmo un cheque y ya lo tienes pagado.

Abrió su cajonera con llave, sacó una chequera y cumplimentó todos los apartados. Después lo rasgó y se lo tendió.

—Qué americano —dijo él visiblemente molesto.

—Así es más rápido y no tienes que volver otro día. Mándame la factura por email y andando. —Nerea fue hacia la puerta, apagó todas las luces, dejando a Jorge a oscuras, y después sentenció la cuestión con un—: Jorge, cielo. Lo digo en serio. No quiero llegar tarde.

Él salió, visiblemente apesadumbrado. Nerea conectó la alarma, cerró con llave, bajó la persiana metálica y, cuando esta tocó el suelo, dio media vuelta para marcharse.

—Nerea... —dijo Jorge.

—Dime.

—Pásalo bien con tu consolador.

—Sí, ya...

Nerea se echó a reír y, moviendo su melena, se marchó calle arriba.

Éxito rotundo. Jorge se quedó plantado en la acera, viéndola irse.

32
Oh, oh…

Carmen no puede decir que no se lo imaginase. Le rondaba por la cabeza desde hacía un par de semanas pero no hacía más que decirse a sí misma que no podía ser. Al principio con el autoconvencimiento valía, hasta que se dio cuenta de que, si realmente era cierto, tenía que hacer algo.

Cuando vomitó por segunda vez en el trabajo lo tuvo bastante claro. Pero no podía ser…, estaban tomando precauciones. Tenía que cerciorarse de que era posible antes de armar un escándalo.

Lo primero que hizo, aprovechando que Gonzalo dormía plácidamente la siesta después de que ella le quitase el pañal con más caca de la historia de los pañales, fue sentarse a hacer memoria. Cogió su iPhone y abrió el calendario mientras trataba de recordar al menos las cuatro últimas veces que Borja y ella lo habían hecho. Localizó fácilmente un par de cosas que le dieron la pista. El primer día de oficina. Borja se puso tontorrón al verla poniéndose las medias de liga. Unos días antes también, después de cenar, en el sofá; se acordaba porque aquel día le tenía que haber venido la regla. Y remontándose un poco más, aquella tarde que volvía del pediatra…

Contó… y la piel se le puso de gallina.

—No puede ser —se dijo.

Se echó encima una chaqueta de punto, se puso las zapatillas de deporte y bajó a toda prisa a la farmacia que hacía esquina, frente a su casa. La cara casi se le cayó de vergüenza al pedir una prueba de embarazo.

—¿Y el nene? —le preguntó la farmacéutica mientras le tendía la bolsita con el test—. ¿Sigue con moquitos?

—No, ya no —contestó Carmen sonrojada—. Le fue muy bien aquello que me diste.

—Suerte —le dijo al despedirse.

Carmen pasó los cinco peores minutos de su vida sentada en el borde de la bañera de su casa, sola, sobre todo porque se le había olvidado completamente que había dejado solo a Gonzalo cuando bajó a la calle. Vale, el niño estaba durmiendo y no habían sido más de cinco minutos, pero una madre no se olvidaba de esas cosas. Al menos fue lo que ella pensó. ¿Cómo iba a tener otro si ni siquiera podía hacer las cosas bien con uno?

No le hacía falta ver el resultado, porque sabía que era verdad; pero necesitaba…, pues eso, verlo. Tener la certeza para poder contar con motivos sólidos sobre los que montar el drama que estaba a punto de montar. De eso estaba segura. Iba a llorar como si no hubiera mañana.

Se levantó, miró el resultado y se volvió a sentar, esta vez sobre la taza del váter. Sintió que le faltaba la fuerza, que las piernas no la aguantaban, que no podía ni siquiera llorar. Tiró el cacharrito al cubo de la basura del baño y escuchó a Gonzalo estallar en llantos.

Lo que le faltaba.

¿Era mala madre? ¿Era mala persona por desear no haberse quedado embarazada otra vez? Porque… ¿qué iba a ser de su vida? No de su vida dentro de aquella familia que había creado, sino de su vida como mujer. Su trabajo, sus logros profesionales, sus viajes, sus aspiraciones, su tiempo, su relación con Borja. Todo se diluía en la maternidad y ella…, ella no se encontraba.

Si le había resultado duro con un bebé, no quería hacerse a la idea de cómo sería con dos. Se sintió a morir.

Borja llegó pronto aquel día. Se encontró a Carmen echada en la cama con Gonzalo tumbado a su lado. Estaba jugueteando con él y el niño movía piernas y bracitos con ánimo, lanzando grititos de alegría, pero había algo en la cara de Carmen que decía que no todo iba bien.

Él se quitó la americana y la dejó sobre la cómoda; luego se pasó los dedos por debajo de la nariz nerviosamente y se acercó a ella en la cama. Le dio un beso a su mujer y otro a su hijo y se quedó mirándola.

—¿Qué pasa, cariño? —susurró.

—Estoy embarazada —soltó sin más—. Estoy embarazada otra vez.

Borja se sentó en el borde de la cama y resopló, cogiéndose el puente de la nariz entre los dedos.

—Pero… ¿cómo? —le preguntó.

—No lo sé. Tengo que ir al médico.

—Pero si llevas el DIU.

—Me he hecho la prueba.

—¿No será un falso positivo?

—No, Borja, estoy preñada —contestó de mala gana—. Los olores, la angustia, los vómitos…

Él volvió a coger aire y tras un silencio se tumbó al lado de Carmen.

—Bueno, no lo teníamos programado pero… no pasa nada.

—Es una mierda, Borja. No finjas que te alegras.

Borja levantó las cejas y después cogió a Gonzalo en brazos, hasta dejarlo tumbado sobre su pecho; el niño, encantado de la vida, se rio palmeando al aire.

—¿Realmente te parece una mierda? ¡Vamos, Carmen! Son las hormonas.

—¿Las hormonas son las que pagarán los pañales?

—Que yo sepa no tenemos problemas de dinero. Los dos tenemos un buen sueldo.

—El dinero no lo es todo. El dinero no compra tiempo, y de eso ya no tenemos.

—Bueno, pues pido yo también reducción de jornada.

—¿Y con qué sueldo vivimos? Con el setenta por ciento del tuyo y del mío la cosa no marcha, Borja.

Él se levantó con el niño en brazos y lo dejó en la cunita, encendiendo de inmediato el tiovivo de peluche musical que colgaba sobre el bebé, antes de que se escucharan sus gritos de protesta. Después se tumbó de nuevo al lado de su mujer y esbozó una pequeña sonrisa.

—Carmen, yo te entiendo, ¿sabes? Pero a Gonzalo tampoco lo esperábamos. Y mira. Es el mejor regalo del mundo. ¿O no?

—Sí, pero… yo no soy yo —dijo Carmen empapada ya en lágrimas—. Yo me he convertido en otra persona y no estoy segura de que eso me guste.

—Pero, cielo…, es que somos padres. Lo que pasa es que nadie de nuestro entorno está en la misma situación y…

—No, Borja…, esto es una mierda.

Borja le secó las lágrimas con el dedo pulgar y después la besó.

—No digas tonterías. ¿No querías más niños?

—No aún. Lo sabes.

—Podremos con esto, cariño.

—Es que te echo de menos. —Sollozó.

—Y yo a ti, pero Gonzalo se está haciendo ya mayor y dará menos trabajo.

—Cuando empiece a andar me lo cuentas —se quejó.

—Bueno, pues nos tendremos que organizar un poco mejor.

—¿Y mi trabajo?

—Está a la orden del día. Además, no pueden despedirte porque te quedes embarazada, ¿recuerdas? Aún tenemos meses para planearlo todo bien. Podremos, Carmen, te lo prometo. —Carmen lo miró y él sonrió—. Te quiero —le susurró.

Y ella, aunque sentía mucha pena, aunque se sentía muy desgraciada, se contagió de aquella sonrisa. Ese era el poder que tenía Borja. Con él cualquier cosa sería más fácil.

Se besaron y él colocó las manos sobre su vientre.

—Dame tiempo para hacerme a la idea —le pidió ella.

—¿De cuánto crees que estás?

—Pues apenas de un mes.

Borja cerró un ojo, en una mueca, mientras hacía memoria.

—Ah. Ya —dijo al fin, volviendo a sonreír vagamente—. Ya me acuerdo. ¿El del día de… la ducha?

—El del día de la ducha, me temo.

—También tuvimos miedo con Gonzalo y es lo mejor que nos ha pasado. Lo has dicho muchas veces…

—Pero es que… ya no me acuerdo de todas esas cosas que quería hacer. Ahora primero soy mamá, esposa y trabajadora. Después, soy mujer.

—Sabes que nunca te he tratado de esa manera —dijo Borja con la mano aún sobre su vientre—. Para mí, lo primero, eres el amor de mi vida.

—No tienes por qué decirme esas cosas ahora, Borja.

—Es que nunca te las digo —repuso levantando las cejas—. Y no me sirven de nada si no las digo.

Borja la arrulló junto a él y se abrazaron en la cama. Desde la cuna Gonzalo lanzaba ruiditos, pequeños gorjeos y grititos y Carmen no pudo evitar sonreír otra vez, a pesar de que sentía que un peso enorme la oprimía.

—Piénsalo, cielo.

—¿Con la cabeza o con el corazón?

—Con los dos. Es una putada, Carmen. —Se rio—. Pero ¿qué le vamos a hacer? Estas cosas vienen así.

Ella se levantó de la cama y se asomó a la cuna, donde Gonzalo palmeó, se llevó las manitas a la boca después y se rio, dando paladitas de felicidad. Carmen le dedicó una caricia y sintió que Borja la abrazaba desde atrás. Era firme, era cálido y la envolvía, como si pudiera protegerla de todas las cosas que pudieran hacerles daño. Borja era la mejor decisión que había tomado en su vida, de eso estaba segura. Gonzalo había venido porque ninguno de los dos se preocupó realmente de que no lo hiciera, pero ahora que sabía todo lo que implicaba de verdad ser madre...

—He dejado a Gonzalo solo cuando he bajado a la farmacia. Ni siquiera me acordé de él. Soy una madre horrible.

Notó a su espalda una vibración que le dio la pista de que Borja se estaba riendo.

—No seas tonta. Cuando está dormido a mí también se me olvida que está. ¿Cuánto fueron? ¿Dos minutos? Estabas nerviosa.

—Fueron al menos cinco.

—Llamaré a la policía para que manden a los servicios sociales.

—Eres imbécil —dijo ella.

Borja la apretó más contra él y la besó en la sien, sonriendo.

—Pide hora en el médico. Tendrán que quitarte el DIU lo más pronto posible. Es peligroso.

Cómo cambian las cosas... Hacía unos minutos maldecía el momento en el que se había quedado embarazada otra vez y ahora, al escuchar que podría ser peligroso, su mano derecha había viajado hasta su vientre sin apenas darse cuenta. Y se preocupó.

Y es que, le gustase o no, Carmen era madre.

33

Empiezan los problemas

Bruno estaba tumbado sobre su espalda mirando al techo y yo, apoyada sobre su pecho, sentía el viaje de sus dedos arriba y abajo de mi costado, llegando a mi cadera. Acabábamos de acostarnos y me sentía extraña. En el aire, junto con ese olor característico de una cama revuelta después del sexo, se respiraba algo más. Y lo que se respiraba eran cosas por decir y personas de las que hablar.

—Val…, creo que tenemos que hablar —dijo con un tono de voz conciliador.

—Ya. —Sonreí.

Desde que había vuelto de Asturias, y a medida que se acercaba la fecha en la que terminaría su colaboración en Madrid en el proyecto de su película, cada vez era más evidente que tendríamos que tomar una decisión sobre cómo llevar nuestra relación en el futuro.

—¿Sabes de qué quiero hablar? —me preguntó.

—Me lo imagino. Hace tiempo que estoy esperando que saques el tema —murmuré.

—¿Y por qué no lo has hecho tú?

—Porque la decisión es fundamentalmente tuya.

Bruno se incorporó en la cama quedándose sentado y yo hice lo mismo. Tenía el ceño ligeramente fruncido y me perdí por un momento en esas facciones tan tremendamente masculinas.

—No estoy de acuerdo —susurró devolviéndome de Babia.

—A ver, habla —dije mientras alcanzaba mi camisón y lo deslizaba por encima de mi cabeza.

—La decisión es de los dos.

—Sí, ya, bueno…

Y mi respuesta le hizo fruncir el ceño un poco más.

—Sabes que quiero volver. Yo no vivo aquí…, no estoy a gusto. Y no es por ti, ya lo sabes. Si no fuera por ti me habría vuelto mucho antes. Esto ha sido una prueba también para nosotros. Pero… allí puedo verla todas las semanas. Aitana no entiende por qué estoy aquí y aunque sabe que es por trabajo me da miedo que acabe culpando a lo nuestro, ¿entiendes?

—Siempre he sabido que volverías, Bruno. Me habría parecido extraño lo contrario. —Sonreí—. Sé que ella es lo primero. ¿Ves? No hay problema.

Negó con la cabeza.

—El problema no es ese. Sé que sabías que me iría. El problema es qué haremos de aquí en adelante. ¿Seguiremos viéndonos una vez al mes? Porque eso no es una relación, Valeria. Al menos no es una relación como la que aspiro a tener contigo.

—¿Qué otra cosa podemos hacer?

—Pues puedes venir conmigo, por ejemplo.

Levanté las cejas, sorprendida. ¿Bruno… estaba ofreciéndome la posibilidad de vivir juntos?

—¿Qué quieres decir?

—Que creo que para que esto funcione la solución es que vengas a vivir a Gijón. Que vengas a vivir conmigo.

¿Gijón? Yo… ¿Yo dejándolo todo por un hombre?

Oh, oh… No sonaba bien.

Estaba tan concentrada en la pantalla de mi ordenador portátil que no oí a Bruno meter las llaves en la cerradura. Cuando quise darme cuenta, lo tenía detrás. En una reacción infantil muy poco inteligente di un salto en la silla y minimicé nerviosa todas las pantallas. Después me giré hacia él, tratando de parecer normal. Bruno levantó la ceja izquierda y dejó su móvil, sus llaves y la cartera sobre la mesita de la salita de estar.

—¿Qué haces? —preguntó.

—Nada, aquí estaba.

—¿Escribiendo?

—Sí.

—¿Un email, una carta, un artículo, una novela? —dijo con una voz tirante.

—Pues… en realidad estaba revisando un artículo. Una tontada —dije mientras me pasaba los dedos por el pelo.

—¿Y por qué lo escondes?

—¿Yo?

—Sí, tú.

—No lo escondo. —Negué con la cabeza.

—Sí lo escondes. A decir verdad, incluso has cambiado la contraseña del ordenador desde que me la dijiste.

—¿Y tú para qué has intentado entrar en mi ordenador? —contesté a la defensiva.

—Para mandar un correo electrónico. ¿Qué temes que encuentre? —y al preguntarlo inclinó suspicaz la cabeza.

—No escondo nada.

—Mientes fatal.

—No escondo nada —repetí.

—Si me vuelves a mentir mirándome a la cara me largo. Pero me largo de verdad. —Metió las manos en los bolsillos del vaquero—. Me estás empezando a tocar los cojones.

—¿Yo te estoy tocando los cojones? —Me señalé con el dedo índice apoyado en mitad del pecho—. No soy yo quien está haciendo de Sherlock Holmes, persiguiendo fantasmas. Me parece que tienes un problema de celos.

—Perfecto.

Bruno dio media vuelta y, tras unos pasos tranquilos, sacó de debajo de la cama su maleta y abrió el armario.

—¿Qué haces?

—Me largo. Tómale el pelo a tu puta madre —lo dijo de un tirón, casi sin respirar.

—Pero… ¿qué coño te pasa?

Me levanté y fui hacia él, arrebatándole la ropa que estaba metiendo en su maleta y devolviéndola al armario.

—Esta tampoco es manera de solucionar las cosas —le dije.

Bruno me cogió del brazo firmemente y me preguntó otra vez:

—¿Qué me escondes, Valeria? Y ya vale…

—¿Me estás amenazando? ¿Qué es lo siguiente? ¿Una bofetada? —le dije chula. Él me soltó el brazo y siguió metiendo ropa en la maleta—. Me dijiste que no te gustaban los dramas, Bruno.

—Los dramas los montas tú. Lo que no quiero es seguir haciendo el gilipollas.

—¿No crees que a lo mejor tengo una buena razón para no contarte ciertas cosas?

—No —contestó mirándome—. Porque ya me he imaginado de todo. ¿Sabes? Me he imaginado de todo y siempre con el mismo tipo de por medio. Y nadie me conoce por mis celos patológicos, Valeria. Me considero una persona bastante sensata.

—¿Qué quieres decir?

—Quiero decir que el problema sois vosotros dos. El problema es que me estés utilizando para tratar de olvidar algo que no tienes superado. ¡Eso quiero decir!

—¡Te lo dije! ¡Siempre te he dicho que no estoy preparada para lo que me pides! ¿Te he mentido?

—Todo esto no me interesa. No me interesa en absoluto —respondió hablándose más a él mismo que a mí.

—¿Te largas? ¿Me quieres decir que te vas?

—¿Qué coño hago aquí si no? Estoy a quinientos kilómetros de mi hija tratando de construir algo con alguien que está aún jugando a las barbies. ¡Venga ya! ¿Qué son? Cartitas de amor, fotos de los dos follando, me da igual. El caso es que por ahí no paso. Ya está bien.

Tiré violentamente del brazo de Bruno y lo llevé hacia el ordenador, maximizando la página de texto en la que estaba trabajando.

—¡¡Échale un vistazo!! ¡¡Échale un vistazo y dime si no eres un verdadero gilipollas!!

Bruno hizo ademán de marcharse de nuevo hacia la maleta, pero lo vi leer de reojo lo que había en la página. Se paró, me miró y, mordiéndose el labio de abajo, se revolvió el pelo.

—El problema es tuyo, Bruno, no mío.

—¿Y por qué ibas a esconderme un proyecto? —preguntó.

—Porque me presionas y porque si al final no sale o no te gusta me dirás algo como «esto es una puta mierda», porque no te das cuenta de que de tu boca salen verdaderas lindezas.

Bruno respiró hondo y volvió hacia su maleta para vaciar su contenido y devolverlo al armario.

—Bruno… —dije.

—No. Déjalo estar. Voy a darme una ducha.

No dejé que Bruno leyera ni una palabra de mi manuscrito. A decir verdad, dejamos de hablar del tema. Bueno, para ser completamente sincera diré que no se habló mucho aquella noche en mi casa. Ni se besó ni se hizo el amor. Ni se folló, hablando en plata. Yo esperé en la cama a que, al salir de la ducha, más calmado, me pidiera perdón, pero lo que hizo fue sentarse en el sillón con la lámpara de pie como única luz y leer.

Al día siguiente no es que me pidiera disculpas, pero al menos me dio una explicación. Una explicación que he de confesar que no me satisfizo mucho. Por no decir nada.

—El problema es que yo jamás me pongo así, Valeria. El problema es que jamás he sido celoso. Y ahora me paso el día pensando mal de cada cosa que no termina de sonarme coherente entre las cosas que me cuentas. He llegado a pensar que te ves con él a mis espaldas. Que me escondes algo, de verdad. Y no puedo vivir con esa sensación. Yo nunca he sido así. Esto eres tú. Me desequilibras y a veces no sé cómo gestionarte, porque has tomado el control de esto y me parece que andas conduciendo al borde del coma etílico. No sé si bajarme del coche ahora que estoy a tiempo o amorrarme a la botella de whisky yo también.

Cuando le recriminé estar hablando desde un nivel de hartura injustificable y recién salido de la nada, me acusó con tranquilidad de estar mirando hacia otra parte.

—Si no miras no ves, Valeria. Pero se nos acumulan los problemas. Y uno de ellos tiene nombre y apellidos.

—La culpa no es de Víctor, por Dios —le dije.

—No. En eso tienes razón. Es tuya.

Lo que le pasaba, además, era que no solo me había negado a contestar a su proposición de ir a vivir con él, sino que cuando había vuelto a sacar el tema lo había tomado por loco.

El ambiente se puso un poco tenso en casa, claro. Y la cosa no se relajó hasta que un día Bruno decidió bajarse los pantalones y tratar de que lo habláramos con una copa de vino. Hablar no hablamos mucho, pero nos bebimos una botella de vino entera y terminamos hechos un amasijo de carne, desnudos y sudorosos, en el suelo. Una vez nos sobrevino el orgasmo y los dos nos corrimos, creo que decidimos que ya estaba arreglado y no hacía falta volver a hablar del tema, al menos hasta que tuviera que marcharse. Creo que los dos decidimos no hacer de ese último tiempo juntos una discusión continua por algo que podría arreglarse más adelante.

Con los ánimos ya calmados (el sexo obra milagros en dos personas tensas), Bruno me preguntó si le dejaría leer mi proyecto y yo, con muy buenos modales, eso sí, me cerré en banda. Le dije que no me sentía aún segura, que no me gustaba que nadie leyera nada que no estaba terminado pero que sería el primero en leerlo. La lengua me quemaba al decir esas cosas y, sinceramente, me sentí una verdadera perra porque, por enésima vez, le mentía. Y digo enésima porque callar ciertas cosas también es mentir. No sé cómo lo hacía, pero a pesar de que quería hacer las cosas bien y de que todas las noches me acostaba pensando en cómo podríamos arreglarlo para que lo nuestro fuera de verdad, por la mañana se me olvidaba y empezaba a hacer tonterías, una detrás de otra.

¿Y por qué era mentira todo aquel discurso sobre que no me gustaba dar a leer cosas inacabadas? Pues porque unos días después de la primera pelea con Bruno por el tema del dichoso manuscrito, me vi con Víctor en su casa y, tumbados en la cama mientras sonaba Ella Fitzgerald, le leí veinte páginas del tirón, con la voz susurrante.

Y no, no había pasado nada. No nos habíamos besado. No nos habíamos acariciado, ni frotado como solíamos hacer, calientes como adolescentes, cuando estaba casada con Adrián. Pero me sentía incluso peor que entonces. Quizá porque sabía que ahora no era el sexo lo que importaba.

Pero aunque me sentía sucia y mala, no transigí y Bruno se quedó sin leer el manuscrito.

—Serás el primero en leerlo —le dije.

Pero…, Valeria…, ¿qué haces?

Y cuanto más me equivocaba, más difícil se me hacía encauzar la situación.

34
Lo bien que estamos

Bruno subió el periódico y unos bollos calientes y volvió a meterse en la cama, a mi lado, con las manos perdidas por debajo de mi camisón. Me reí a carcajadas y me revolví, pidiéndole que parara, que me hacía cosquillas.

Era domingo.

Hice café, llevé dos tazas a la cama y, mientras él leía el periódico, me concentré en la revista del dominical. Nos comimos los bollitos, nos bebimos el café y después comentamos algunas de las cosas que habíamos leído. Decidimos ir a una cafetería del centro, La Mojigata, a tomar uno de sus famosos desayunos tardíos, que eran más bien comidas.

Bruno puso música y me desvestí para ir a la ducha mientras él hacía la cama. Pero me cazó en el recorrido hacia el cuarto de baño y me echó sobre la colcha para besarme como un loco. Después de besarnos con bastante dedicación durante quince minutos, me deshice del pantalón de pijama de Bruno y de su ropa interior y él hizo lo mismo con lo poco que me quedaba a mí encima.

La primera embestida fue dura, como siempre; casi seca y furibunda. Después, en el balanceo de su cuerpo entre mis piernas, los movimientos fueron más calmados. Bruno habló mucho, pero no maldijo ni temí que nos excomulgaran, como de costumbre. Habló sobre los dos, habló sobre cómo sería olvidarse de todo y tener un hijo conmigo. Empezar de nuevo. Después dijo que me quería. Y yo…, yo no me corrí.

Nos duchamos juntos. Mi bañera no era muy grande, pero nos las apañábamos turnándonos debajo del chorro de agua templada, enjabonándonos y lavándonos el pelo uno a otro.

Nos vestimos. Yo me puse unos vaqueros verdes pitillo, un jersey azul marino con rayas finas blancas y una americana azul marino también, pero me volví loca para poder encontrar las bailarinas a juego.

Bruno se puso unos vaqueros claros, una camiseta blanca y un jersey gris de lana fina con el cuello chimenea.

Salimos a la calle y, aunque era un buen trecho, fuimos caminando hasta Antón Martín y cruzamos la calle Atocha bajando por la calle León. Cuando era más joven, le iba contando a Bruno, no me gustaba el barrio de las Letras porque pensaba que era una tapadera hippy para gente con dinero. Después esa sensación se me había ido diluyendo en lo mucho que me gustaban esas letras doradas en el suelo, recordando versos y a autores que ya llevaban mucho tiempo muertos.

Nos sentamos a una mesita para dos junto a la puerta en el pequeño salón de La Mojigata Café y su amable camarera argentina nos recomendó el especial del día: pan casero con tomate y jamón. Pedimos además otro café y un zumo de naranja natural. Era ya la una y media, así que cuando terminamos de comérnoslo, pedimos de postre un pedazo de tarta de zanahoria para compartir. Con mis pies sobre su regazo leímos otra vez el email de la editorial en el que daban su opinión sobre su nuevo libro. Nos encantaba aquella frase: «Volverá a ser un éxito». Y la leímos tanto como pudimos.

A las cuatro consideramos que era buena hora para tomar un *gin tonic* con fresas y mientras yo iba al baño él aprovechó para llamar a Aitana y preguntarle que qué tal.

Al volver, como si no pudiéramos evitarlo, hablamos de la posibilidad de que un día decidiera marcharme con él. Pero lo hicimos civilizadamente, bebiendo a sorbitos cortos nuestras bebidas. Le dije que no me veía preparada para dejarlo todo y él me contestó que no tenía mucha más solución. La tenía, en realidad. Comentamos que quizá lo justo sería pasar medio mes en Madrid y el otro medio en Gijón. La buena relación que mantenía con su exmujer le facilitaría el poder tener a Aitana con nosotros la mitad del mes que estuviéramos allí. Sería una custodia compartida, ¿no? Y si la cosa iba de verdad en serio, debía empezar a implicarme en su vida.

Él seguiría colaborando con las revistas como articulista y, tal y como había hecho los meses que había pasado en Madrid, colaboraría en la radio en una conexión telefónica cuando no estuviera en Gijón. A mí tampoco me ataba nada más que enviar el artículo y seguir escribiendo, con lo que podía moverme con total libertad. Pero tal y como le dije, hacía falta lo más duro: el primer paso. Y no dejaba de ser mi responsabilidad. Adiós a la familia, a las rutinas, a mis amigas… Además, sabía que nadie se esperaría de mí que me marchara detrás de un hombre.

—No es marcharte detrás de mí, Valeria. Es hacer tu vida. No es que sea un cerdo egoísta, es que tengo una hija y no hay otra solución.

En el fondo lo entendía, pero todo aquello tenía unas implicaciones emocionales a las que en ese momento no sabía darles nombre. Ahora sí, claro. Pasados los años ya puedo llamarlas por su nombre y apellido.

Paseamos de vuelta a casa, parando en un estanco para comprar tabaco. Nos dio el punto tonto y prometimos que dejaríamos de fumar cuando se acabase aquel paquete. Lo juramos y nos besamos para sellar la promesa. Después compartimos un cigarrillo, sentados en un parque, cerca de mi casa.

Cuando volvimos a mi apartamento ya refrescaba un poco demasiado. Bruno se empeñó en leerme, mientras cocinaba algo de cena (o al menos fingía hacerlo quitando envoltorios y metiendo cosas en el horno), la parte de su novela en la que yo era protagonista. Y entre risas y otras cosas, terminamos corriéndonos en la cocina, apoyados en una pared, mientras el horno pitaba avisándonos de que debíamos sacar lo que hubiera dentro.

Por la noche vimos un documental sobre la construcción de las grandes pirámides y cuando estaba a punto de quedarme dormida, Bruno preguntó a media voz:

—¿Por qué no siempre puede ser así?

35
¿Qué nos falta?

Víctor no había visto *Match Point*, de Woody Allen, así que una tarde que Bruno salió a hacer cosas aproveché para presentarme en su casa con la película en la mano. Me recibió con una sonrisa y con un «me encanta» y en menos de lo que canta un gallo el salón estaba a oscuras, la película puesta y nosotros compartíamos unas cervezas recostados en la alfombra, con el sofá como respaldo.

En lo que duró la película me tumbé bocabajo apoyada en mis codos, me volví a sentar a lo indio, me recosté en el sofá y terminé apoyándome en él, primero en su hombro y más tarde en su pecho. Víctor, con el ceño ligeramente fruncido, muy concentrado en la película, comenzó acariciando distraídamente un mechón de mi pelo que caía sobre su abdomen para terminar dejando su mano internarse en mi melena.

No me dormí, pero me quedé en un estado de duermevela en el que todo empezó a desdibujarse alrededor. Las sensaciones comenzaron a hacerse un poco lejanas, como si la capa exterior de mi piel, mis oídos y mis ojos estuvieran cubiertos de corcho. Sentía el vaivén de los dedos de Víctor revolviendo mi pelo, su respiración bajo mi cabeza y el sonido amortiguado de sus latidos, pero nada más.

Después de un rato largo me di cuenta de que ya no llegaba el sonido de diálogos ni bandas sonoras desde la televisión y levanté la vista para mirar a Víctor, que seguía concentrado en los trazos de sus dedos dibujando aire entre mi pelo.

—Ya ha terminado.

—Hace rato —susurró.

—¿Te ha gustado?

—Mucho.

Por un momento me sentí inquieta, a pesar de la tranquilidad del ambiente. ¿Y por qué? Pues porque parecía irremediablemente que faltaba algo y yo no sabía muy bien qué era. Me asusté porque ignoraba si tenía que decir algo o irme o quedarme o…

Entonces Víctor se removió y se levantó de la alfombra. Se llevó una mano a los riñones con una mueca de fastidio y los dos estallamos en carcajadas.

—Estás mayor. —Me reí, removiéndome tumbada en la alfombra.

—Y que lo digas. Si me paso en el gimnasio un día, el resto de la semana se convierte en un infierno.

—Ya querrían muchos de veinte tener tu forma física —le dije en un exagerado tono de adulación jocosa.

—¿Te ríes de mí? —Se puso en cuclillas a mi lado.

—Un poquito solo.

—Pues ¿sabes qué?

—¿Qué?

—Que eres preciosa.

Lancé una risita y seguí moviéndome en la alfombra. Víctor se puso en pie y fue a la cocina, desde donde me preguntó si quería otra cerveza.

—No, gracias, tengo que irme.

—¿Ya? —Se asomó.

—Sí. Bruno no tardará.

—¿Tienes miedo de que te pregunte dónde has estado? —dijo acercándose con paso lento.

—No. —Negué—. Porque aquí no hay nada perverso que debamos esconder. —Víctor dibujó una sonrisa—. ¿Por qué sonríes de esa manera? —le dije contagiándome.

—Val, si no tenemos que esconderlo, ¿por qué lo hacemos?

—No nos escondemos.

Se mordió los labios y volvió hacia la cocina. Me puse en pie y lo seguí.

—¿Piensas que nos escondemos? —le pregunté.

—Sí —dijo con seguridad.

—¿De qué?

—No lo sé. Pero escondemos cosas constantemente.

—No sé si escondemos o no, pero no deberíamos hacerlo.

—A veces me siento…, me siento como si fuera tu amante. Tu amante pero sin sexo.

—¿Es eso lo que estás pidiendo? —Me reí.

—No. Claro que no.

Me acerqué con la intención de despedirme, cogí la cartera de mano de encima de la barra y me encaramé a él en un abrazo.

—Me voy. Dame un beso.

Víctor me apretó un poco sobre su pecho y me besó en la mejilla escuetamente.

Miré a mi alrededor y me palpé los bolsillos, donde seguían las llaves de casa y unas cuantas monedas sueltas.

—Lo llevo todo, ¿verdad?

—Creo que sí.

—Me da la sensación de que me dejo algo.

—A mí también.

Víctor me sonrió y nos mantuvimos la mirada, dándole significado a esa frase que parecía tan casual. Respiré hondo, agarré el bolso y fui hacia la puerta.

—Adiós —susurré.

—Valeria… —me llamó cuando ya estaba en el descansillo, a punto de bajar las escaleras.

—Dime…

—Solo te pido una cosa: piensa por qué te vas con esa sensación, por qué me quedo yo con esa sensación.

—No te entiendo.

—Solo piensa… ¿Qué nos falta?

Un beso. Nos faltaba un beso.

36
La decisión

Bruno era un hombre divertido. Lo es. No hay más que escuchar sus intervenciones en la radio en la que colabora. Los oyentes lo adoran.

Bruno era un hombre tierno. Solo había que verlo con su hija. Y también era responsable. Y atractivo. Era ardiente, leal, inteligente, brillante, buen cocinero, un escritor de ciencia ficción prolífico y de calidad que empezaba a vender libros como churros. Era carismático, elegante, ocurrente.

Bruno era muchas cosas buenas, sin duda, pero no era paciente..., y la verdad es que yo no merecía que lo fuese conmigo.

Las escasas discusiones que había tenido con Adrián habían sido breves, virulentas y explosivas; al final los dos siempre llorábamos. Unas veces nos arrepentíamos de lo dicho; otras no. Y cuando terminamos con nuestro matrimonio, una vez que se enfriaron los ánimos incluso acabamos a buenas.

Las discusiones con Víctor, lamentablemente más frecuentes, solían ser crueles. Víctor llevaba una coraza muy gruesa que se activaba automáticamente cuando una situación le parecía hostil. Y era capaz de decir cosas que dolían y que..., además, solían ser verdad. Las palabras que Víctor dejaba caer con pasmosa y sádica frialdad solían ser verdades como puños que él guardaba como munición. Y disparaba a matar. Incluso cuando perdía los nervios y esa frialdad se resquebrajaba para terminar estallando en gritos, Víctor no solía mentir. Además, tenía algo bueno: siempre era consecuente, adulto y proclive al diálogo, con lo que esas cosas que dolían solían quedar solucionadas. La lástima fue que no supiéramos hacer lo mismo con lo nuestro en un término o en el otro.

Cuando yo discutía, no importa con quién, siempre me ponía enferma. Físicamente. Sentía escalofríos, sudaba, se me enrojecía la piel y me dolía la cabeza. Solía tratar de controlar el volumen de mi voz sin poder evitar levantarlo cuando perdía los nervios, que era muy a menudo. Y solía fingir que era más fuerte de lo que era. Mecanismo de defensa, supongo. Mecanismo de defensa que solía hacerme muy flaco favor porque me hacía parecer egoísta e infantil.

Y así fue…

Por más que quisiéramos retrasar el asunto no había marcha atrás. Era lo que era. Bruno era padre, tenía una responsabilidad. Y yo ya me estaba hartando de ser una cobarde. Así que una noche, cuando volví de la biblioteca de investigar un par de temas para mi proyecto, me encontré con que Bruno había tomado la iniciativa de preparar un ambiente propicio para que pudiéramos hablar… y solucionar por fin el asunto.

Después de bebernos una copa de vino y de picar un poco de parmesano, y mientras esperábamos que acabara de gratinarse la *parmigiana*, Bruno sonrió bonachonamente y, por si alguna vez no había sido lo suficientemente claro, decidió ir directamente al grano.

—Valeria, cariño, ya no puedo más. Tienes que darme una respuesta.

—¿Qué tipo de respuesta?

Los dos sonreímos. Sabíamos lo que venía a continuación. Y como ya he dicho, yo estaba cansada de ser cobarde y de suspenderme así, sobre la tela de una araña, esperando que mi peso determinara el rumbo de las circunstancias.

Bruno se acercó, me apartó el pelo del cuello y besó el valle que se formaba al unirse con mis hombros.

—Mi vida, vámonos. Sabes que es lo mejor… —no contesté, cerré los ojos—. Val…, aquí hay cosas que no nos dejan avanzar. Sé que tú quieres que esto funcione. Vamos a darnos una oportunidad. —Me giré hacia él y le pedí que me contara cuál era su plan—. Vayámonos de aquí. Nos instalaremos en mi casa. Vaciaré el dormitorio de abajo y te haremos un estudio para que puedas escribir. Siempre dices que te encantaría vivir allí. —Fruncí el ceño y me miré las manos. Él siguió hablando—: Lo que te propongo es una familia, Valeria… Empezamos a estar en un punto complicado del camino y no quiero marcharme sin ti.

Jugueteé con mi copa de vino e imaginé que lo que me estaba ofreciendo se hacía realidad. Yo sabía ya por aquel entonces que la única manera de olvidar a Víctor era apartándome de él. Era consciente de que, incluso de aquel modo, no tenía ninguna garantía de que fuera a funcionar. ¿Qué era lo que quería? ¿Seguir persiguiendo fantasmas de una relación que jamás había demostrado ser capaz de hacernos felices o permitir que los dos empezáramos de nuevo y nos diéramos la oportunidad de hacernos un último favor?

Mi madre siempre dice que hechos son amores y no buenas razones. Si Víctor y yo seguíamos sintiendo el uno por el otro algo de amor, debíamos demostrárnoslo haciendo algo por nosotros mismos.

Alejarme era un paso. Él volvería a enamorarse. Estaba segura de que él creía sentir amor por mí pero lo que realmente lo empujaba hacia mí se parecía más a una pataleta del tipo «mi ex no ha tardado ni un mes en conocer a otra persona».

Y Bruno… me conocía, quería invertir todo lo que fuera necesario en su vida para hacerme feliz. Era firme, era apasionado, me hacía sentir como una niña… y lo único que pedía a cambio de todo lo que estaba dispuesto a dar era que nos marcháramos a Asturias. Acercarnos a su hija y alejarnos de Víctor. ¿No prefería esa vida tranquila, estable y cálida a la voluptuosidad de los vaivenes de lo que había tenido con Víctor?

No lo sabía. Al menos no lo sabía en ese preciso instante. Pero había que dar una respuesta.

—Bien —dije por fin—. Iré preparándolo todo. Dame… ¿un mes?

37
Prueba de fuego

Lola encontró revuelo en la cafetería de su planta cuando fue a por un café. Se acercó a sus compañeros, emocionada por saber qué tipo de plan maléfico se estaría gestando. Cuando le hicieron sitio se dio cuenta de que era Quique quien estaba copando todas las atenciones, mostrando un folleto.

—¡Hombre, Lolita! Ya iba a mandar a alguien a llamarte —dijo él cuando vio asomar sus labios rojos.

—¿Qué pasa? ¿Reunión?

—Quique estaba proponiendo un fin de semana de equipo.

Lola gritó horrorizada para sus adentros, notando cómo se le desfiguraba la cara como en *El grito* de Munch.

—¿Cuándo?

—El fin de semana que viene.

—Oh… —Fingió estar muy apenada—. Le prometí a mi chico pasar el fin de semana que viene juntos.

—¡Yo voy a ir con mi chico! —dijo una de sus compañeras.

—Claro, Lola —contestó sádicamente Quique—. Trae a tu chico.

—¿Tú traerás a tu chica o a tu chico? —preguntó ella con aire inocente.

— Sí. Le diré a mi novia que venga.

Lola alucinó. Sinceramente, se quedó como atontada. ¿Que el muy cabrón tenía novia también? Pero… ¿qué estaba haciendo? ¿Otro maldito Sergio? Más guapo, más chulo, más cabrón aún y mucho más puto.

—¿Qué me dices, Lola? —le preguntó otro compañero.

—No, no creo que pueda. Ya tenemos planes.

Fingió una sonrisa y se fue sin su café, pero solo se dio cuenta al llegar a su mesa.

Poco después, cuando ya todos habían vuelto a sus sitios, una de las chicas con las que mejor se llevaba del grupo le mandó un correo electrónico tratando de convencerla. Le decía que lo pasarían bien y que no era la primera vez que se organizaba una de esas escapadas.

Van muy bien para el equipo. Volvemos con muchos proyectos, porque se habla mucho de trabajo. Piensa que quizá te beneficie aquí y te ayude. Además, solo hay que pagar el transporte y un poco para un fondo de comida y bebida. La casa la pone Quique y es alucinante. Un chalé supermoderno en la sierra, con siete habitaciones dobles, dos salones diferentes, una piscina de impresión y… una vinoteca…, mejor de la vinoteca ni te hablo. Es casi como ir al Caribe con un todo incluido.

Lola suspiró. Por un lado sabía que probablemente aquello le fuera a beneficiar en el trabajo, pero no quería verse en la situación de tener que lidiar con ciertas cosas. Además, seguía indignada consigo misma, pensando que Quique le gustaba porque era rico, guapo y un animal sexual…, como Sergio. Era ella sola la que se empujaba a sí misma hacia la catástrofe. Su relación con casi un adolescente no era muy cuerda. Seguía teniéndolo irascible por el tema de lo que se le escapaba en sueños. Tenía un orgullo muy sensible, ese niño.

Cuando ya estaba recogiendo, Quique la llamó a su despacho. Se sintió sumamente fatigada. ¿Sería toda su vida un eterno día de la Marmota en el que repetiría sin cesar sus propios errores?

Entró en el despacho y él, que estaba escribiendo unas anotaciones en su cuaderno, le pidió que cerrara la puerta.

—Tú dirás, Quique.

—¿Tienes prisa? —preguntó un poco tirante, más como jefe que como «tío morboso que quiere empotrarte contra un armario».

—No si es que me necesitáis —respondió Lola, que es muy ágil mentalmente.

—Ven, siéntate. Quiero que me expliques por qué no quieres venir a pasar el fin de semana con tu equipo.

—No es que no quiera.

—¿De qué tienes miedo? —Esbozó una sonrisa confiada que devolvió a Lola al tiempo en el que sufría por Sergio.

Y se enrabietó tanto que no pudo reprimir su respuesta:

—De no poder mantener la boca cerrada y terminar diciéndole a tu novia que eres un cabrón asqueroso, de los que mete la chorra en cualquier agujero húmedo y caliente que se encuentra de camino a casa.

A Quique eso le hizo reír. Reír a carcajadas. Dios. Lola se asustó. Pero ¿estaba loca? Sería verdad, pero era su jefe.

—Lola, relájate, cariño. No tengo novia. Solo lo dije para hacerte rabiar y ya veo que ha surtido efecto.

—A mí me da igual…

—Sí, claro. Eres el perro del hortelano, chata. Ni me comes ni quieres que me coman otras.

—Bah… —Lola suspiró con desdén mientras se levantaba.

—Si quieres un consejo, como jefe te diré que deberías venir y estrechar lazos con otras áreas. Cuanto más multidisciplinar seas, mejor.

—Gracias, Quique. Lo consultaré en casa.

—Pídele permiso a tu padre y no te olvides de traerme la autorización firmada.

Lola no pudo evitar reírse. Después se fue a casa.

Rai la esperaba sentado en el sofá, viendo la tele.

—Hola, nena. —Se levantó y fue a darle un beso, que Lola recibió de buen grado—. Iba a preparar la cena, pero no tienes prácticamente nada en la nevera.

—Oh…, es verdad. Debí pasar por el supermercado —contestó con una mueca—. ¿Y si salimos a cenar fuera? Así te comento un asunto del curro con calma, a ver si te convenzo.

Y Lola se frotó las sienes, esperando que Rai le dijera que no podían ir al chalé de Quique porque le había preparado una megasorpresa superromántica que poder poner de excusa. En realidad el romanticismo le daba igual pero quería: 1. No ir a aquel fin de semana aberrante con sus compañeros de trabajo y su jefe cachondo. 2. Entregarse al fornicio como un animal. 3. Salir de la rutina que empezaba a hacer de ella una persona gris.

—Oye, Lola…, ¿por qué no nos pasamos por el Burger y pillamos unas hamburguesas?

—¿Y eso? ¿Tiene antojo mi niño? —le preguntó haciéndole una carantoña poco propia en ella.

—No, cariño…, es que voy fatal de pasta este mes.

—¿Y eso?

—He tenido que comprar mucho material para los trabajos finales del curso y estoy…, estoy pelado.

—Déjame pagar a mí y solucionado.

—No. —Negó con la cabeza—. Ya está bien de ser un mantenido. Parezco tu puto.

—Oye, que si quieres puedo pasarte una paguita al mes por tus trabajos… Lo único es que exigiré un mínimo. —Sonrió ella.

—No sabes lo frustrante que es esto. —Mientras lo decía, a pesar de estar sonriendo, Rai parecía realmente agobiado.

A Lola le dio penita. Se acordaba de esa edad en la que no tienes nunca un céntimo en el bolsillo y en la que cualquier gasto supone una hecatombe.

—¿Sabes? Deberías hacer una exposición y vender tus cuadros.

Rai la miró de soslayo.

—Deja de burlarte de mí. Venga, vamos a por unas hamburguesas. Tengo hambre. Y si no como, no funciono.

—No, no, espera.

Lola se apoyó en el marco de la puerta, bloqueando la salida con gracia.

—Lo digo en serio —le aclaró—. Tus cuadros son una pasada. Sobre todo los guarros. A la gente le gusta financiar a jóvenes y guapos artistas. ¿Qué te parece algo como: «Rai Martínez presenta: La mirada erótica. La vida según el sexo»?

—Lola, por favor —pero lo dijo dibujando una sonrisa.

—Piénsalo. Me has dicho un millón de veces que no sabes dónde meter el tríptico, el de Nerea…

—No es Nerea. —Rai sonrió descaradamente, tratando de colarle una mentira a Lola.

—Somos Nerea y yo entregadas a la ingesta de marisco, chato, pero ya te he dicho mil veces que no pasa nada.

—¿Y tus desnudos?

—Y casi todos mis desnudos —puntualizó Lola.

—¿Dónde?

—Eres artista, por Dios. Tienes que conocer a alguien que tenga una galería en Malasaña. —Rai se apoyó en la pared y pensó—. Si te compran todos los cuadros, este verano podemos irnos de vacaciones. —Pensó que aquello sí que le apetecía de verdad, y no sufrir viendo cómo le quedaba a su jefe el bañador.

—Hum…, déjame pensarlo.

Lola aplaudió y cogió el bolso que había dejado en el perchero.

—Oye…, ¿qué era eso de tu trabajo que me querías co-
mentar?

—Nada. Una tontería.

38
Ponernos al día

Lola llegó superemocionada al restaurante, pero eso no es novedad. Lola siempre está sonriendo. Lo sorprendente es que llegara puntual. Allí estábamos Nerea y yo dándonos besitos a modo de saludo cuando apareció ella casi trotando.

Nos dio un montón de besos, nos tocó los pechos a las dos (que terminamos protegiéndonos entre nosotras a carcajadas) y alabó nuestra ropa.

—¡Nerea! ¡Qué guapa estás! ¡Me encanta este modelito boho! —dijo tocando la tela de su vestido largo y estampado—. ¡Valeria! ¡Estás monísima con este vestidito! ¡Pareces buena niña y todo!

Ella estaba increíble con jeans negros tobilleros, una camiseta desbocada también negra y a los pies unas bailarinas de leopardo.

—¿Qué te pasa que vienes tan contenta? —le pregunté mientras saludaba con la mano a Carmen, que aparecía por la esquina.

—Ahora os lo cuento.

—Yo también tengo una cosa que contaros —dije haciendo una pequeña mueca.

—¿Qué pasa? —preguntó Carmen al llegar—. Bueno, me lo contáis dentro. He dejado a Gonzalo con su padre y tenían pinta de tramar algo malo… Démonos prisa.

Sentadas alrededor de unas caipiriñas, charlamos sobre cosas sin importancia, como mi nuevo proyecto, la boda de una chica famosa que estaba organizando Nerea o una campaña en la agencia en la que trabajaba Carmen. Pero algo había allí... Carmen movía con nerviosismo la pierna, toqueteaba la pajita de su bebida (un San Francisco sin alcohol, muy retro todo) y se acomodaba constantemente la camiseta. Lola, mientras tanto, se tocaba nerviosamente el pelo y Nerea se mordisqueaba las uñas, echando vistazos rápidos hacia la pantalla de su iPhone. Estaba claro. Todas teníamos algo que contar..., algo sobre lo que teníamos que ponernos al día.

—Vale —dije cortando a Carmen, que hablaba del horroroso corte de pelo de una actriz de moda—. Creo que todas necesitamos confesar algo, así que vamos a dejarnos de rodeos... Que empiece la mayor.

Lola levantó la mano emocionada y empezó a hablar:

—Quién me iba a decir que me alegraría alguna vez de ser la mayor del grupo. ¡Rai va a exponer sus cuadros más perversos en una galería pequeñita de Malasaña!

—¡¡Qué bien!! —dijimos las tres a coro.

—Aunque me inquieta un poco eso de «sus cuadros más perversos»... —confesó Nerea.

—Son pinturas un poco guarras. Pero nada digno de mención —mintió Lola—. Tenéis que venir todas. Quiero asegurarme de que el local no se queda vacío el día de la inauguración.

—La inauguración de una exposición, ¿eh? Cuidado con Valeria —canturreó Carmen.

Les enseñé el dedo corazón a las tres mientras ellas se reían.

—¿Qué día será?

—Dentro de un mes. El 15 de junio.

Cogí mi teléfono móvil y guardé la cita en mi calendario. Tendría que mudarme después de la exposición; seguro que

Bruno lo entendía. Sería una buena despedida. Estaría con mis niñas y... Levanté la mirada al notar el silencio en la mesa. Las chicas estaban concentradas en mí, esperando que empezara a hablar.

—Ah, vaya. Se me olvidaba que soy la segunda más vieja de la mesa.

—Vieja no. Madurita como un higuito en agosto —apuntó Lola.

—El caso es que mi noticia es agridulce. Tenéis que ser buenas conmigo. —Las miré y sonreí, pensando en lo mucho que echaría de menos aquellas cenas—. Bruno y yo hemos decidido dar un paso e irnos a vivir juntos a Asturias.

Lola dejó la copa encima de la mesa y me miró. Sentí sus ojos clavados en mí casi con violencia y me avergoncé.

—¡¡Es increíble las cosas que eres capaz de hacer por no dar tu brazo a torcer!! ¡No cuesta tanto admitir que estás enamorada de Víctor! —dijo levantando la voz.

—Lola... —Cambié el tono de voz para hacerlo mucho más frío—. Si quieres entenderme, entiéndeme. Si vas a juzgarme, cosa que me sorprende viniendo de mi mejor amiga desde hace quince años, ahórrame las charlitas morales. Me voy porque no me creo a Víctor, porque lo nuestro no es sano y porque soy incapaz de hacer mi vida si me ronda alrededor. ¡Y quiero dejar atrás ya esta época horrorosa en la que no tengo control sobre nada! Deberías apoyarme, no ponerme trabas. —Las tres se quedaron calladas—. Me voy a ir a Asturias y seré feliz. De paso Víctor también podrá serlo —concluí.

—Lo dudo —murmuró Lola de mal humor.

—Joder... —contesté con la misma actitud.

Fui a levantarme de la mesa, pero Lola cernió los dedos alrededor de mi muñeca y de un tirón me obligó a sentarme. Nos miramos frente a frente. No relajó la presión de su mano ni cuando empezó a hablar.

—Estás enfadada y te comprendo. Yo también lo estaría. Víctor a veces parece imbécil, pero no lo es. Lo tiene claro: eres la mujer de su vida. Y tú no es que no te lo creas, es que no quieres creértelo porque estás muy cabreada, y lo estás porque cuando esperabas que él respondiera no lo hizo. Pero hay personas que estamos destinadas a someternos a ciertas circunstancias y tú estás hecha a la medida de Víctor. Acéptalo.

—No. No lo acepto. No me da la gana. Yo no he nacido para una cosa o para otra. Yo decido lo que hago con mi vida y decido estar con Bruno. Escribiré mi libro, retomaré mi carrera y seré madre. Y todo lo haré con él, no con Víctor —rebufé.

—Pues te vas a equivocar.

—¿¡Y quién eres tú para decirme eso!? —contesté bastante nerviosa.

—¡Tu puta mejor amiga, que respeta tus decisiones, pero que no se va a callar si ve que vas a meter la pata!

Carmen carraspeó y las dos la miramos.

—Chicas… —susurró—. ¿Puedo?

Yo asentí con la cabeza y Lola me soltó para agarrar su copa. Carmen se aclaró la voz y empezó a hablar muy pausadamente.

—Lola, hazte cargo de lo difícil que habrá sido para Valeria tomar la decisión de dejarlo todo para irse. Va a empezar de cero y tenemos que apoyarla, aunque tengas razón en que está enfadada. Lo está y mucho. Todas lo estaríamos en su situación. Pero esto tiene que terminar ya. No tenemos quince años y entiendo que esté cansada de dar tumbos con lo de Víctor. Hace dos años que se conocen. Creo que él ha tenido tiempo de sobra para demostrar las cosas y… no siempre ha sabido o ha querido hacerlo. Me consta que Valeria es consciente de que no se puede querer a alguien por imposición, así que habrá hecho las cosas a conciencia.

Me quedé mirándolas a todas. Estaban serias. Nerea incluso triste. Yo también lo estaba de pronto. Lola suspiró profundamente y asintió.

Durante un minuto no se escuchó nada más que el trajín del local. Copas chocando en otras mesas, cubiertos apoyándose en la loza de la vajilla y la charla animada de varios grupos de amigas. De la cocina salía un sonido de cacharros y el runrún monótono de un lavaplatos. Nunca habíamos pasado tanto tiempo calladas allí.

—¿Lo quieres? —preguntó Nerea rompiendo el silencio.

—Sí —dije muy segura—. Pero estoy demasiado cerca de Víctor como para olvidarme de que a él también, y que esto no tiene sentido. Víctor podría convencerme un día y yo cedería, pero sé cuál sería el resultado. Que dentro de unos meses volveríamos a romper y yo habría perdido a Bruno.

Lola hizo un gesto con la mano, dando el tema por zanjado, y se mordió fuertemente el labio inferior.

—Está decidido. No hay más. Te echaremos mucho de menos —dijo al fin.

—Y yo a vosotras. —Bajé la mirada hasta mi regazo, donde me toqueteaba los dedos sin parar.

—Nunca creí que tú te fueras —dijo Nerea—. Siempre creí que sería Lola la que retomaría su vida de mochilera y acabaría mandándonos postales desde países cuyo nombre no supiéramos ni escribir.

Todas sonreímos con melancolía.

—Estoy embarazada —soltó de pronto Carmen, en un murmullo.

Las tres levantamos la mirada hacia ella, perplejas.

—¿Qué dices? —le pregunté ladeando la cabeza.

—Que me he quedado embarazada otra vez. —Se encogió de hombros—. Y no me deis mucho la enhorabuena porque no estoy muy contenta que digamos.

—Pero…

—Insisto. Me pondré a llorar. —Suspiró.

Pobre Carmen. La conocíamos y sabíamos de sobra cuál era el problema que suponía aquello. Así que decidí romper el hielo aun a riesgo de provocarle un berrinche.

—Carmen. —Alargué el brazo por encima de la mesa y le cogí la mano—. Tu vida no se ha frenado. Solo has abierto nuevas puertas. Eres y serás una buena madre.

—Pero es tan pronto… —Apretó los ojos tratando de no llorar—. Me da la sensación de que llevo años ocupándome solamente de esta parte de mi vida.

—No es cierto.

—Ya…, ¿y qué ha sido de mis objetivos, de las cosas que quería hacer? Ya lo sabemos; no podré hacer grandes cosas en mi trabajo si tengo que criar a dos hijos que se llevan un mísero año entre ellos.

—Carmenchu… —murmuró Nerea—, creo que no te has parado a pensar bien en esto. Siempre has querido una familia y la tienes. Eres la única mujer que conozco capaz de hacer malabares y conseguir éxito laboral, tener una relación mágica, educar a unos niños preciosos y tener vida social.

—Ya veremos —confesó tras suspirar.

—¿De cuánto estás?

—De dos meses y medio. Me quedé con el DIU puesto, manda cojones.

—¡Este Borja es un fiera! —Se rio Lola dando una palmada al aire—. ¡No hay nada que lo pare!

Las tres nos reímos.

—Oye…, ¿y tú qué pulga tienes que confesar? —le preguntó Carmen a Nerea.

—Me estoy follando a Jorge, el de las fotos. No es que sea noticiable, pero quería compartir esta información.

Después se encogió de hombros, cogió su copa y le dio un trago. Las demás no pudimos más que aplaudir.

39

Aprovechando el tiempo que nos queda

Después de aquella cena, Lola y yo quedamos una tarde en mi casa, aprovechando que Bruno estaría fuera, para limar las asperezas que habían surgido con el tema de mi mudanza. Lo arreglamos, claro. Hacía demasiados años que éramos amigas como para dejarlo todo allí por un lío de pantalones que ni siquiera nos implicaba emocionalmente a las dos. Quiero decir que no nos habíamos peleado por un mismo tío. Cada una de nosotras defendía su opinión, pero quizá nos sobró vehemencia en el proceso.

Así que con las aguas otra vez en su cauce y su apoyo (más o menos), decidimos que teníamos que aprovechar al máximo el tiempo que me quedaba allí. Desempolvamos todos aquellos planes de los que llevábamos años hablando y que nunca nos habíamos puesto de acuerdo en hacer y nos los planteamos seriamente. Algunos no eran viables; ya no teníamos edad de ponernos pedo en un local, hacernos un tatuaje, coger el primer avión que pudiéramos pagar independientemente del destino y pasar un fin de semana loco. O a lo mejor sí que teníamos edad, pero no ganas.

El caso es que programamos un montón de salidas: manipedis en grupo con cócteles de por medio, visitas al Reina Sofía, pícnics en El Retiro y comidas, meriendas y cenas en todos esos locales que nos quedaban por visitar.

—Volveré de vez en cuando —le dije a Lola por teléfono cuando me llamó para que fuéramos aquella misma tarde a tomar un café tocado al Café de la Luz—. No tenemos por qué hacerlo todo en un mes. Guarda algún plan para más adelante.

Pero ella se empecinó en que aquella tarde era la perfecta. Yo había quedado con mis padres para darles la noticia, pero como tampoco era una cita a la que me apeteciera mucho asistir, la aplacé por ir con las chicas a uno de esos locales de Madrid que siempre me han parecido mágicos. Además… Lola insistió mucho.

Yo no sabía que ella tenía su propio plan.

Cuando llegamos, nos sentamos a una de las mesitas del fondo del local. Bueno, yo ni siquiera llegué a sentarme, porque venía haciéndome pis casi desde la esquina de mi casa. A la jodida Lola le salió redonda la cosa…

—Chicas, pedidme uno de esos con leche condensada y Baileys —dije mientras me dirigía a las escaleras que llevaban hasta los cuartos de baño.

Lola miró alrededor, después el reloj y con un gesto me dijo «OK».

Los escalones del Café de la Luz siempre me han dado un poco de miedo. Son irregulares y estrechos, por lo que los bajo a velocidad de tortuga y concentrada en cada paso que doy. Por eso, cuando llegué abajo del todo, me choqué con un torso sin haberme percatado de que su propietario estaba allí. Olía de un modo tan familiar y delicioso que mis manos se agarraron con familiaridad a su ropa. Llevaba un teléfono móvil en una mano, pero la otra me cogió de la cadera.

Subí la mirada hacia su cara y allí estaban esos dos ojos verdes, brillantes y profundos, enmarcados por unas pestañas espesas y masculinas. El mentón estaba cubierto por una barba corta de tres o cuatro días y sus labios mullidos se habían vestido con una sonrisa.

Dios…, ¿por qué?, me pregunté. Y esa pregunta englobaba muchas más. ¿Por qué era tan guapo? ¿Por qué me lo tenía que encontrar allí? ¿Por qué entonces, que había decidido no volver a verlo? Yo quería hacerlo fácil. Presentarme en su casa por sorpresa el día antes de irme, darle un beso y decirle adiós de verdad.

De pronto volví a sentir que se abría paso dentro de mí esa rabia a la que las chicas habían hecho referencia cuando les dije que me marchaba. Siempre me pasaba, aunque quisiera engañarme. Estaba enfadada con él porque me había abandonado siempre cuando había querido. Sí, yo también me marché una vez, pero como pensaba que nunca había significado lo suficiente para él no lo tenía realmente en cuenta. Y él, ese hombre al que ahora estaba agarrada a los pies de una escalera, me había descubierto un sinfín de cosas que no sabía. Algunas buenas y algunas malas. Las buenas me habían hecho feliz, pero las malas relucían mucho en aquel momento…; quería castigarlo por ello. Quería usarlo, hacer que se sintiera como él había hecho sentirse a muchas mujeres. Sabía que nunca fue así conmigo en sentido estricto, pero en aquel momento daba igual. Me iba a ir… ¿sin mi venganza? Yo también quería resarcirme. O, quizá, aquella fue la excusa que me di.

Sin pensarlo mucho y sin mediar ni una palabra, empujé su pecho hasta que Víctor apoyó la espalda contra la pared. Su cara era un poema. Creo que entendía mucho menos aún que yo y eso que en mi estado de enajenación no tenía las cosas demasiado claras.

Aun así me encaramé a él y lo besé. Lo besé. Así, sin ton ni son. Y aquel beso… ¡Dios! Aquel beso me revivió.

Víctor reaccionó enseguida abriendo la boca y mi paladar se llenó de su sabor. Gemí de alivio. Llevaba muchos días queriendo hacerlo. Nuestras lenguas se enrollaron y le acaricié la cara, apretándolo más aún contra mí. Nos abrazamos y lo sentí jadear. Sus pantalones se tensaron en la parte delantera, llenándose con una erección.

Víctor me levantó a peso y me cargó sobre él. Yo enrollé las piernas a su cintura y me dejé meter dentro del baño de señoritas, donde me presionó contra la pared. Pensé en pedirle que me quitara las bragas, pensé en suplicarle que me follara allí mismo, pero en un rayo fugaz recuperé la cordura.

—Para, para… —le pedí mientras regaba mi cuello de besos.

—No puedo vivir sin ti, nena.

—Esto no significa nada —le aclaré. Me dejó en el suelo y me miró confuso—. Me he equivocado. No he debido hacerlo… Yo…

—No te has equivocado —dijo.

Se inclinó hacia mí otra vez y, aunque lo intenté, no pude apartarme. Nos besamos. Empezamos presionando nuestros labios contra los del otro para después ir subiendo en intensidad.

Ni siquiera lo pensé. Dejé la mente en blanco mientras su boca me devoraba por entero y necesité oler su piel, lamerlo, sentirle palpitando dentro de mí y notar cómo se corría pronunciando mi nombre. El deseo caprichoso se convirtió muy pronto en una pulsión animal que no podía ignorar. Lo necesitaba. Lo necesitaba como respirar.

Me separé un poco de él, me senté sobre la taza del váter y le sobé sobre el pantalón. Víctor no pudo disimular su gesto de sorpresa cuando le desabroché la bragueta y saqué su erección, pesada, dura y suave.

—Nena… —gimió.

La metí dentro de la boca y succioné con fuerza. La voz de Víctor se rompió en un gruñido de placer.

—Nena, vas muy deprisa…

Después se resistió, se resistió durante unos segundos…, pero finalmente apoyó las dos manos en mi cabeza y empujó con su cadera hasta el fondo de mi garganta.

Me concentré tanto en aquello que terminó doliéndome hasta la boca. Tenía la mandíbula tensa. Entre mis labios húmedos se deslizaba su erección, acariciando con la punta mi lengua y colándose lo más profundamente que podía. Añadí mi mano derecha para acariciarlo mientras succionaba y saboreaba la punta. Estaba húmedo y sentía ese sabor salado del sexo.

Levanté la mirada y lo encontré con los ojos fijos en mí y una expresión torturada. Me acarició la frente, me apartó el pelo y susurró:

—Te quiero tanto…

Lo sentí endurecerse más y palpitar. Se mordió el labio inferior con fuerza y tembló contenido.

—Para…, para… —pidió.

Pero seguí empleándome a fondo con la succión y él gruñó. Las puntas de sus dedos se crisparon enredadas entre mi pelo y Víctor empezó a correrse abundantemente en mi boca. Tragué y por la comisura de mis labios se escaparon unas gotas hacia mi barbilla, que limpié con el dorso de mi mano cuando él la sacó.

Sin darme apenas tiempo de reaccionar y sin abrocharse el pantalón, Víctor me levantó y, estrechándome entre sus brazos, me besó, olvidando que hacía un segundo me había llenado la boca de su semen.

Todo nos sabía, ahora a los dos, a sexo.

Me giró de modo que yo le diera la espalda y apoyé la frente sobre la puerta cuando metió la mano derecha por dentro de mis pantalones vaqueros. Desabrochó los botones con la otra mano y empezó a frotarme el clítoris de manera encendida y continua. Me revolví, gemí y temblé sintiendo cómo sus dedos resbalaban entre mis labios vaginales totalmente empapados.

Al final me corrí dejando mi cuerpo a merced de los espasmos y apoyándome en su pecho. No creo que las piernas me sostuvieran entonces. Confié en que él aguantaría mi peso.

—Nena… —me susurró al oído.

Por un momento solo hubo silencio. Ni siquiera podía pensar. Solo sentía…, y sentía muchas cosas. Sentía la madera fresca bajo mi frente, un hormigueo en las piernas, el corazón latiéndome en el pecho desesperado y necesidad. Necesidad de Víctor.

Cuando pude pensar, esa necesidad se convirtió en el centro de mis preocupaciones porque era algo que no me podía permitir. Si me dejaba llevar por eso nunca daría sentido a la decisión de marcharme de allí. Fue por eso por lo que rompí el silencio.

—Esto no puede repetirse. —Lo dije como un gemido.

—Pero…

—No podemos.

Víctor me besó el pelo y se separó para abrocharse el pantalón. Después, apenas sin mirarme, me dijo que me esperaría en su casa.

—No voy a ir.

—Claro que lo harás.

Y no sé qué expresión le inundaba la cara cuando lo dijo, porque estaba de espaldas, saliendo del baño.

Cerré la puerta, hice pis, me lavé las manos y me enjuagué la boca con agua. Después subí las escaleras, confiando en que todo aquel episodio de enajenación mental transitoria hubiera pasado desapercibido.

La amable camarera estaba acabando de servir los cafés que habíamos pedido y las tres hablaban con Víctor, que sonreía a Gonzalo, sentadito en las rodillas de su madre mientras babeaba una galleta.

—¡Hola! —me dijo.

—Hola, ¿qué tal? —contesté con desgana.

—Bien, aquí estamos.

—¿Te sientas con nosotras, Víctor? —le preguntó Nerea antes de endulzar su café, siempre tan educada.

—No, qué va. Me voy a casa. He quedado.

Y al decirlo me miró de soslayo.

No sé si las chicas sospecharon de todo aquello, pero sé que no les pasó desapercibido mi nerviosismo. Y no me relajé al verlo desaparecer por la puerta. Seguí ansiosa, viendo cómo las manillas de todos los relojes avanzaban.

Nerea fue la primera en marcharse. Apenas estuvo una hora. Tenía muchas cosas que hacer. Estábamos en pleno mes de mayo y le sobrevenían unos meses complicados, llenos de trabajo. Una hora después de que la rubia se marchara, Gonzalo empezó a dar señales de necesitar teta, siesta o cambio de pañal y Carmen tuvo que marcharse. Creí que Lola y yo pediríamos una copa y dejaríamos que nos dieran las tantas, pero al tiempo que sacaba la cartera con una sonrisa de oreja a oreja, Lolita me dijo que ella también se tenía que marchar.

—Escucha…, ¿le dijiste tú a Víctor que estaríamos aquí?

—¿Yo? —preguntó fingiendo estar sorprendida—. ¿A qué santo?

—No lo sé, explícamelo tú.

—No te montes películas. Me voy. Prometí a Rai ayudarle con la exposición.

Mentira. Quería dejarme sola.

Salí del Café de la Luz dispuesta a irme a casa. Después pensé que lo mejor sería pasarme por Gran Vía e ir de compras. Al llegar allí, lo que hice fue coger un taxi…

Víctor me abrió la puerta sin sonrisa, pero visiblemente satisfecho de tenerme allí. Quise explicarme, pero no me dio tiempo. Nos besamos desesperadamente contra la puerta cerrada y después nos dirigimos hacia el dormitorio.

Me habría gustado explicarme antes de terminar en la cama. Quería decirle que aquello era solo sexo y que no lo repetiríamos, pero en el momento en el que Víctor se hundió dentro de mí con una penetración violenta, supe que decir aquello sería mentir de la manera más lamentable posible.

Víctor y yo no follamos aquella tarde. A pesar de la violencia con la que empezamos, frenó e hicimos el amor como solo él sabe hacerlo. Nos acomodamos conmigo encima y, bailando sobre él, haciendo que entrara y saliera de mí con suavidad, le mantuve la mirada.

—Mi vida empieza y termina en ti —dijo con la voz tomada.

Quizá fuera lo más bonito que nunca nadie me había dicho. Temí llorar y supongo que dibujé un puchero porque Víctor se giró en la cama, se tumbó sobre mí y susurró:

—No es triste, mi vida. Es lo mejor que me ha pasado.

Nos besamos mucho. Muchísimo. Como si nos hubiéramos vuelto locos. Y nos corrimos, claro. Nos corrimos en un abrazo apretado, entre besos que aspiraban los gemidos mientras me llenaba de él. Vaya…, con él sí me corría al hacer el amor. No me hacía falta que fuera sexo salvaje para sentirme ir.

Pensé en huir, pero cuando se tumbó a mi lado no pude hacerlo. Por el contrario, me hice hueco bajo su brazo y me apoyé en su pecho.

—Te quiero… —susurró mientras me acariciaba la espalda, arriba y abajo.

—Tendrás que dejar de hacerlo —le contesté—. Voy a mudarme a Asturias con Bruno.

Me apretó contra él.

—Lo sé. Lola me lo contó.

—Esto es solo sexo —mentí—. Sexo melancólico.

—Bien. Lo asumo.

—Cuando me marche ninguno de los dos intentará contactar con el otro. —Aunque esa idea me rondaba la mente hacía tiempo, lo decidí en el mismo momento en el que lo dije.

—Si te vas, no iré a buscarte.

Lo sabía. Si me iba, Víctor ya no existiría.

Esta vez fui yo quien tomó la iniciativa para ir a la ducha. Quería ocultar los rastros del sexo y que Bruno no sospechara. No dije mucho. Me levanté desnuda y me metí en el cuarto de baño; entré en la ducha y abrí el grifo. Pensé en lo que acababa de hacer. Tenía un compromiso con Bruno. Una relación. Y acababa de acostarme con Víctor otra vez. Bruno odiaba las mentiras y me abandonaría si llegaba a enterarse.

A pesar de todo… no me arrepentía.

Víctor entró en la ducha desnudo y reguló la temperatura del agua, poniéndola un poco más fría. Me ayudó a enjabonarme, entreteniéndose en mi sexo con dedos hábiles y dejándome a puntito de caramelo. Me dibujó una sonrisa espléndida; siempre podía, incluso en una situación como aquella. Cuando repartió el jabón por su cuerpo, abandonándome, me giré hacia él con una queja entre los labios.

—¿Qué pasa? —Sonrió.

—¿Por qué paras?

—Ya estás limpia.

—Pues yo me siento muy sucia. —Sonreí también.

—¿Cómo de sucia? —jugueteó Víctor a la vez que se quitaba la espuma.

—Termina lo que has empezado —exigí.

—Me gustaría más que lo terminaras tú.

—¿Crees que no lo haré? —Me reí.

Mi mano recorrió mi vientre en dirección descendente y se metió entre mis piernas. Moví el dedo corazón en círculos alrededor de mi clítoris y me estremecí. Víctor se quedó pasmado mirando cómo me tocaba. Eso me excitó, así que, con el pelo húmedo pegado a la cabeza, empecé a jadear sin vergüenza ninguna, viendo cuánto le gustaba.

Víctor no se hizo de rogar. Su mano dibujó el mismo camino que la mía en su propio cuerpo, agarró su inicio de erección y empezó a acariciarse en un movimiento repetitivo y suave, arriba y abajo, haciendo que se pusiera otra vez dura.

Me gustó. Alargué la mano izquierda y la dejé resbalar sobre su pecho, gimiendo. Él me imitó, apretando mi pecho derecho entre sus dedos.

Vi cerca el orgasmo y aceleré la caricia. Él hizo lo mismo, siendo más brusco. Cerré los ojos y me abandoné a las primeras sensaciones, a las previas, pero Víctor se quejó.

—No, no quiero. Quiero que te corras con mi polla dentro.

Me cogió en brazos, me levantó a pulso y me penetró. Entonces sí follamos. Follamos como dos animales, fuertemente, casi salvajemente. Era ese tipo de sexo con el que Víctor me enseñó muchas cosas de mí misma que tenía retenidas. Era brutal y desmedido.

Cuando clavó sus dedos en mis muslos y se corrió, yo ya me había corrido dos veces, pero aún no estaba satisfecha. Él sí. Al menos lo parecía.

Nos secamos en silencio y le pedí un secador. Intenté dejar el pelo tal y como lo llevaba antes de acostarme con él y me vestí.

Me acompañó a la puerta y me besó. Cuando ya me iba, llamó de nuevo mi atención y, sin ningún sentimiento aparente en la voz, dijo:

—Si vas a acostarte con él esta noche ten en cuenta que me he corrido dentro de ti. Dos veces. Igual se sorprende al notarte tan húmeda cuando empieces a vaciarte.

Lo que vino después no fue un portazo, pero tampoco una despedida amable.

Bien. Pues ahí estábamos.

40

Tomar decisiones que dibujan un camino

Bruno apareció un día cargado de cajas plegadas. Me contó que se las habían guardado los de la papelería de debajo de casa, la que estaba junto a la frutería regentada por paquistaníes.

—Así podremos empezar con la mudanza e ir mandando cajas.

Me pareció una muy buena idea. Cuantas más cosas mandara a Asturias, menos tentación tendría de anclarme a lo que quedara en mi casa.

Así, empezamos. Primero la ropa de invierno, que no iba a necesitar en mucho tiempo. Después libros, películas, ropa de cama, toallas y algunos trastos más. En total, solo con estas cosas, llenamos diez cajas enormes.

—Mejor no te pregunto si quieres que nos llevemos algún mueble. —Y después de esto se partió de risa.

Yo también me reí, sobre todo porque sí que quería trasladar, al menos, mi cómoda y mi espejo antiguos.

Las cajas se mandaron a Asturias la semana siguiente y dos días después Bruno se marchó también para ir dejándolo todo a punto, incluida la tarea de hablar con su exmujer e informarle sobre las nuevas circunstancias. El tema de la niña merecía hacerse con mimo y con cuidado.

Supongo que quien me lea pensará: «Muy bien, eso está muy bien, pero… ¿y lo que había pasado con Víctor?». Pues lo que había pasado con Víctor estaba sepultado bajo un montón de ropa por lavar y planchar, en el cesto de la ropa sucia.

Preferí no pensar en ello. Me convencí a mí misma de que no iba a repetirlo y, por lo tanto, no merecía darle ni media vuelta a la cabeza. La teoría estaba bien pero la realidad…, bueno, la realidad es que mientras me planteaba cómo acometer el proceso de terminar mi mudanza, iba encontrándome con pequeñas bombas emocionales. Un libro que Víctor leyó, sentado en el sofá de mi casa; un camisón que él me regaló; el café que a él le gustaba tomar por las mañanas…

Una tarde (que conseguí convencer a Lola de que tenía demasiadas cosas que hacer en casa como para salir con ella de copas por Tribunal) me aposté en mi cama, con el ordenador portátil, a ver una película. Tenía algunas guardadas en el disco duro, así que busqué algo que me apeteciera ver y, no sé por qué…, elegí *Infiel*.

Los primeros veinte minutos de película fueron bien. Después… empezó la acción. Primero pensé que había sido una pésima idea y que aún estaba a tiempo de poner, no sé, *El rey león* o algo así. Luego se me pasó por la cabeza cerrar la pantalla del portátil y meterme debajo de la cama. Unos minutos después, sin poder despegar los ojos del ordenador, sopesé la posibilidad de darme una ducha fría, cerrar la casa con llave y obligarme a no salir en días, por no meter la pata.

Finalmente… metí la pata.

Creo que nunca se me ha hecho más largo un trayecto en taxi. Me parecía que iba en dirección opuesta, que me iba alejando en lugar de acercarme. Cuando el coche paró, le tiré un billete al pobre conductor y bajé corriendo. Jadeaba. No podía aguantar más.

Abrió la puerta sin disimular su gesto de sorpresa. No le dejé ni siquiera saludar. Empecé con mi perorata.

—Creo que aún dudas de que me vaya. Sé que lo dudas. No me crees capaz. Crees que me quedaré, con el rabo entre las piernas, mendigando.

Víctor apoyó el antebrazo en el marco de la puerta y descargó en él su peso en una pose tan sexi que por poco grité. Miró hacia el techo con desdén y después me dejó entrar.

—Te enfadaste, Víctor —dije cerrando a mi espalda—. Casi me diste un portazo en la cara. Y creo que no tienes razones para tratarme así.

—No, cielo. Tú tienes la razón. Siempre la tienes —contestó con desgana.

—¡¡No me trates así!! —grité—. ¡¡Ni siquiera sé si sigues follando con otras por ahí como haces conmigo!!

—Pero ¿¡¡qué quieres de mí!!? —gritó también.

Tenía varias opciones:

Gritarle que me dejara en paz, aunque eso resultaría absurdo después de haber sido yo la que había ido a su casa sin previo aviso.

Ponerme a llorar histéricamente y romper cosas, como si me hubieran poseído.

Confesarle que lo quería a él y deseaba una vida tranquila, sin esos sobresaltos a los que me tenía acostumbrada, pero que sabía que era imposible tener las dos cosas juntas.

Pedirle que me follara de una vez y ahorrarme así tediosas discusiones que no nos llevarían a ningún sitio y llantinas vergonzosas.

¿Cuál fue la elegida? ¿Lo adivináis? Pues la más fácil. La cuarta, claro.

Y puestos en ese caso, él tenía varias posibilidades:

Pedirme que saliera de su casa de una puta vez y que no volviera jamás.

Exigirme explicaciones sobre el trato que estaba recibiendo. Algo así como un: «¿Quién te has creído que soy? ¿Tu puto?».

Susurrar dolido que aquello acabaría matándonos pero terminar aceptando y haciéndome el amor suavemente.

Desnudarme sin mediar palabra y follarme a lo bruto contra cualquier superficie.

¿Y qué opción creéis que eligió él? La más fácil. Un combinado de las cuatro.

Así que, retomando el punto en el que habíamos dejado nuestro diálogo, la cosa siguió tal que así:

—¡¡No me trates así!! ¡¡Ni siquiera sé si sigues follando con otras por ahí como haces conmigo!!

—Pero ¿¡¡qué quieres de mí!!? —gritó también.

Me revolví el pelo, nerviosa.

—Oh, joder, Víctor, fóllame —lo dije casi con pesar.

—¿Pero…? —Abrió los ojos como dos platos—. ¿Crees que soy tu chico de compañía? ¿Tu jodido puto, dispuesto siempre a rellenarte? ¡Vete de aquí, joder! ¿Crees que puedes venir aquí a pedirme que te folle cuando se te antoje? ¡¡Te vas a vivir con otro tío a la otra punta del país!! ¡No soy una polla con piernas, Valeria!

Como era algo que nunca creí que diría, no tenía preparada una respuesta tipo «plan b» que me hiciera recuperar algo de dignidad antes de irme. Cogí aire, dispuesta a controlar el puchero, y di un paso hacia atrás, hacia la puerta. Víctor bufó, se acercó a mí, me retuvo y susurró:

—¿Por qué me haces esto?

—Tengo…, quiero… despedirme.

—¿Así?

—Sí —asentí.

Por un momento pensé que Víctor me arrastraría del pelo hasta la habitación y me montaría cual hombre de las cavernas. Iba muy en la línea de lo que le estaba pidiendo en realidad. Era como si no me funcionara la razón.

Pero no lo hizo. Tiró de mi brazo, me pegó a él y después me llevó contra la pared del recibidor. Nos besamos con desesperación. Era como si saber que lo que estábamos haciendo estaba mal lo hiciera más placentero.

—¿Qué estamos haciendo, Valeria? —me preguntó, con su frente pegada a la mía.

—No lo sé.

—¿Y si nos lo inventamos? —dijo de pronto. Me separé para mirarle a los ojos, interrogante, y él sonrió—. Inventémonos una historia en la que seamos los buenos.

—¿Podríamos serlo en alguna situación?

—Hace un par de siglos, quizá. —Se rio—. Tus padres te habrían obligado a casarte con alguien al que no quieres y que no te quiere. Tú y yo… sí nos querríamos de verdad.

—Suena fabuloso —dije antes de volver a besarlo.

Caminamos hacia su habitación entre besos, casi a tientas, y nos dejamos caer en la cama. Se acomodó entre mis piernas, vestido, y siguió devorándome la boca. Su lengua entraba con fuerza en mi boca, acariciaba la mía, lamía el interior de mis labios y lo invadía todo de su sabor, mezclado con el de un café que debía de haber dejado a medias sobre la encimera de la cocina.

Después de quince eternos minutos besándonos, tocándonos y frotándonos, Víctor y yo decidimos quitarnos algo de ropa. Mis vaqueros terminaron con los suyos, hechos un gurruño junto al armario. Víctor bajó hasta que su boca estuvo a la altura de mis braguitas y lamió sobre la tela hasta que la noté caliente y húmeda. Me revolví, desesperada. Yo no quería sexo. Yo no quería placer. Si hubiera ido buscando aquello, probablemente ni siquiera habría salido de casa. Me habría quedado sobre la colcha de mi cama, tocándome pensando en él y en sus fantásticas hazañas eróticas.

Lo que quería era olerlo, saborearlo, sentirlo cerca y compartir con él otra vez esa extraña sensación de intimidad que me invadía cuando lo sentía correrse dentro de mí. Era como…, no sé explicarlo muy bien. Era como tenerlo por un momento. Y no importaba que me sintiera vulnerable, porque era... él.

Pero antes de que pudiera decirle que no era ese tipo de sexo el que iba buscando, Víctor se apartó. Nos miramos significativamente mientras se quitaba toda la ropa que le quedaba y me bajaba las braguitas. Tuve que desviar los ojos hacia otra parte y arranqué de su boca una sonrisa tierna.

—Nunca te lo he dicho... —susurró acostándose sobre mí—, pero me vuelve loco hacer que te ruborices con solo bajarte la ropa interior.

Abrí las piernas, lo busqué levantando la cadera y Víctor se hundió dentro de mí, resbalando hasta mi interior. Un gemido se escapó de su garganta.

—Nena... —murmuró.

Me arqueé nuevamente y arrugó las sábanas dentro de sus puños. Ejercí presión hacia un costado hasta que giramos y me coloqué sobre su cuerpo. Me aparté el pelo, me moví sacándolo y metiéndolo dentro de mí y después me acerqué a besarlo.

Víctor hundió la punta de sus dedos en la carne de mis nalgas, agarrándome con fuerza y ayudando a marcar el ritmo de las penetraciones. Empezamos suavemente, pero conforme el placer iba intensificándose aceleramos la fricción y el ritmo.

Sus manos iban de mis pechos a mis brazos, de allí a mi cintura, a mi cadera, a mis nalgas. Me recorría entera como si no pudiera dejar un rincón sin acariciar, dibujándome un mapa sobre la piel. Las mías se apoyaron sobre su pecho, notando el cosquilleo de su vello bajo la yema de mis dedos y la dureza del músculo en la palma.

Le escuché susurrar algo, pero no pude concentrarme en las palabras. Lo único que logré captar fue el tono en el que balbuceaba. Tierno, extasiado, agotado..., desesperado.

Supongo que me avisó de que estaba cerca de acabar, pero tampoco lo escuché. Si lo supe fue porque lo sentí palpitar en mi interior, endureciéndose más. Me llevé la mano a la entrepierna y me acaricié, acelerando el orgasmo. Yo me corrí primero. Él, segundos después.

No me dejé caer a su lado en la cama. Lo hice sobre su pecho, apoyando la frente en el arco de su cuello. Víctor jadeaba por el esfuerzo y sudaba. Todos los poros de su piel emanaban un olor delicioso, mezcla de su aroma natural, su perfume y el sexo. Aspiré ese olor y quise llorar al pensar que tenía que olvidar todo aquello para ser feliz.

La mano derecha de Víctor se abrió sobre mi espalda mientras la izquierda me acariciaba el pelo. Aquel abrazo fue un momento dulce, vulnerable y... muy nuestro.

—¿Por qué no hicimos estas cosas cuando estábamos juntos? —dije con un hilo de voz.

—A veces necesitamos tiempo de más para darnos cuenta de lo que queremos.

Víctor buscó mi boca y nos besamos. En el movimiento salió de mí, humedeciéndome los muslos. Me tumbé a su lado y me apoyé en su pecho.

Estuvimos largo rato sin hablar. Solo sumidos en lo que pensábamos y en las caricias repetitivas de su mano en mi espalda y la mía sobre su estómago.

—¿Te das cuenta de que esto es más complicado que volver a estar juntos? —me dijo.

—Puede que nos lo parezca, pero en realidad es infinitamente más fácil.

—¿Qué somos entonces? ¿Amantes?

—Supongo... —Suspiré.

—¿Hasta que te vayas?

—Supongo —repetí.

41
Tentaciones

Lola se quedó mirando al vacío durante unos segundos. Necesitaba asimilar que tenía una reunión estratégica de ultimísima hora con su maldito jefe (el portento físico, el supermán de los jefes) en su despacho. Solos.

Tenía muy claro que si aquella situación se hubiera dado un año atrás, Lola habría salido del despacho con las braguitas en el bolsillo y Quique se habría quedado sentado en su sillón durante horas para poder recuperarse. Pero ya no era esa Lola. ¿Verdad?

Por una parte no podía evitar echarla de menos. Cuando fue de ese modo, la torturaba pensar que el amor siempre le parecería extraño y ajeno. Ahora que estaba enamorada, la asustaba que fuera ella misma la que pasara de largo en su propia vida. ¿Y si no estaba hecha para sentir amor? ¿Y si no estaba preparada para una relación monógama? Rai tenía veinte años. Eso también era un dato a tener en cuenta.

Finalmente pestañeó, colgó el teléfono que mantenía en su mano derecha y se levantó. Los veinte pasos que la separaban del despacho de su jefe se le hicieron cortísimos. Habría preferido que el camino fuera algo así como un triatlón, para tardar horas y llegar demasiado agotada como para imaginárselo con los pantalones por los tobillos.

Llamó a la puerta educadamente y abrió. Al hacerlo se encontró con Quique concentrado en unos papeles. Ofrecía una imagen soberbia. Era uno de esos chicos que emanaban poder. Y allí, con el pelo castaño revuelto, la corbata mal puesta y la camisa arremangada, parecía el fruto prohibido. Era como una de esas latas de refresco de los anuncios, llenas de gotitas apetecibles de agua. Y Lola se sentía sedienta.

—Pasa y siéntate, por favor —le pidió él sin mirarla.

Ella se sentó frente a él, con la mesa entre los dos, y sacó la documentación que le había pedido. Se la tendió y esperó su reacción, pero… nada fuera de lo común.

Quique se acomodó en su silla, cogió los papeles y se puso a revisarlos mientras se metía nerviosamente la mano derecha entre sus mechones de pelo.

—¿Has traído los datos de…? —Dejó en el aire el final de la frase y asintió para sí mismo.

Mientras tanto, Lola sentía que las bragas le hervían y se maldijo a sí misma. ¿No podía ser una de esas treintañeras cuya libido feneció tras la universidad? Respiró hondo y se convenció de que Rai era mucho más apetecible, sexi y atractivo. La única diferencia era que con él podía y con Quique no… ¿Y si podía? No quería. Remarcó la negación. NO quiero, se dijo.

Quique levantó la mirada hacia ella y sonrió.

—Genial. Estarás contenta. Las cifras son muy buenas. —Lola asintió—. Ven, siéntate aquí, por favor. Quiero enseñarte el nuevo plan de marketing. A ver si entre los dos encontramos sinergias interesantes con tu área.

Lola empujó la silla hasta su lado y se dejó caer en ella, frustrada por el olor delicioso que desprendían su cuello y su ropa. Mientras se acomodaba, sus rodillas chocaron y Lola se apartó, quizá en un gesto demasiado exagerado.

—Tranquila…, no me como a nadie.

El tono oscuro y grave en que lo dijo acabó de excitar a Lola, que fue levantando la mirada. Pasó primero los ojos por los muslos fuertes que se intuían debajo del traje. Después el bulto de su bragueta (¡¡Dios!! ¡¡Hasta podía adivinar que cargaba hacia la izquierda!!). El vientre plano bajo la ropa. Los brazos marcados en la tela de la camisa blanca impoluta.

De la garganta de Lola se escapó un ronroneo. Quique contestó con un sonido similar y se acercó un poco más.

—No te acerques… —le pidió Lola.

—¿Por qué?

—Porque… no.

La mano de Quique se posó sobre la rodilla derecha de Lola y fue subiendo, con una calma pasmosa, por el interior de su muslo. A la vez, se inclinó hacia ella hasta que los labios tocaron su oreja y dijo:

—Esta es una reunión de trabajo, señorita Castaño. Relájese. Después, si quiere, puedo cerrar con llave la puerta. Estoy seguro de que le quema una parte del cuerpo en concreto.

La mano de Quique llegó hasta el vértice de sus piernas y cubrió su sexo por encima de las braguitas. A Lola se le escapó un gemido suave.

—¿Aguantarás una hora? Después te quitaré las braguitas y te follaré inclinada en mi escritorio, ¿vale?

Lola no podía ni respirar. Bajó la mirada hacia el pantalón de él y una erección de película X se marcó bajo la tela. Tragó saliva con dificultad. Quería apartarle la mano de golpe y denunciarlo por acoso. Quería quitarse las bragas y abrir un poco más las piernas.

Los dedos de Quique serpentearon sobre el encaje de sus braguitas y llevó la mano de ella hasta el bulto de su entrepierna.

Lola decidió que a veces la tentación… es demasiado fuerte.

Pensaba en si debía empezar en mamada o en paja cuando la puerta se abrió y la secretaria de Quique, una eficiente señorita con alma de escritora erótica, se quedó mirándolos.

—Disculpe, señor Jara. Necesito que me firme unos documentos. Hola, señorita Castaño. Dejé sobre su mesa el *reporting* semanal para que le eche un vistazo.

—Muchas gracias, María —dijo Lola levantándose—. Es justo lo que necesitaba ahora.

Ante la atenta mirada de Quique, Lola se levantó, recogió sus papeles y se dirigió hacia la puerta. Cuando la cerraba se le antojó que María, la voluptuosa secretaria, tenía hasta alas. Alas blancas y una corona de luz sobre su cabeza.

Aleluya.

Carmen no estaba lo que se dice de humor. No. En absoluto. Odiaba muchas cosas de la situación en la que se encontraba. La consulta del médico de cabecera. Estar embarazada. No haber podido terminar lo que tenía entre manos en el trabajo. Haber declinado la invitación para celebrar con unas copas el cumpleaños de un compañero. La actitud de Borja.

Borja estaba serio y tirante. A decir verdad, lo que estaba Borja era molesto. Molesto por la manera en la que Carmen estaba encajando el embarazo. Estaba irascible, enfadada y dispuesta a hacer un drama de todo porque... ¡estaba otra vez embarazada! Por supuesto, Borja tampoco lo había planeado así, pero allí estaban. Opinaba que había que resignarse, esperar que todo fuera bien y alegrarse.

Gonzalo se puso a lloriquear metido en el cochecito y los dos lo miraron. Estaban tratando de no ceder ante ese tipo de pataletas. Intentaban evitar que el niño cogiera confianza y carrerilla y terminara siendo un malcriado de impresión.

Gonzalo se revolvió y se arqueó y lanzó un gritito. Borja se acercó al cochecito y le susurró que tenía que portarse bien y estarse quieto. Carmen puso los ojos en blanco. Era un bebé, no entendía esas explicaciones. Un berrido le dio la razón.

—No lo cojas —dijo Borja.

—Está llorando.

—No lo cojas —repitió firme él.

Ella resopló y miró al techo. Gonzalo volvió a berrear y Borja le dio un mordedor que servía como sonajero, pero el niño no quiso ni mirarlo y siguió pataleando y haciendo pucheros.

—Estamos montando un numerito —dijo ella, acercando el cochecito y moviéndolo para calmarlo.

—El numerito lo vamos a montar como cojas al crío en brazos —respondió él.

—Pero ¿¡qué cojones te pasa!? —y al decirlo Carmen alzó un poco la voz.

Borja se levantó, empujó el cochecito y se llevó al niño a pasear, con lo que Gonzalo se calmó casi al momento. Ella se quedó allí mirándolo, resentida. Él no era el que tenía que parar toda su vida para tener un hijo. Treinta años y dos hijos.

Cuando Borja volvió a su lado con el niño ya calmado, Carmen aguantaba las lágrimas.

—Es que no entiendo lo que te pasa —dijo él en tono conciliador—. De verdad que me esfuerzo, pero debo de ser muy bruto y no alcanzo a entenderlo.

—Que no me entiendes salta a la vista —dijo ella, muy «pasivo-agresiva».

—Intento hacer las cosas bien, pero nunca acierto. Haga lo que haga…, nunca acierto.

La resignación con la que Borja hablaba la sorprendió. Se preguntó durante un fugaz segundo si no sería que estaba insoportable, pero se lo negó a sí misma enseguida.

—Carmen Carrasco —llamó una enfermera.

Borja se levantó pero ella le pidió que se quedara fuera con el cochecito. Después entró en la consulta haciendo resonar sus tacones.

—Buenas tardes. Siéntate ahí —le dijo una doctora maquillada hasta las cejas con sombra morada, rosa y azul—. Cuéntame, Carmen…

—Estoy embarazada —dijo con desgana— y me duele mucho la espalda. No sé qué puedo tomar y qué no…

La doctora se quedó mirándola.

—¿Algo más?

—No —respondió a punto de llorar sin saber ni siquiera por qué.

—Carmen…, ¿estás bien?

—Sí, claro —asintió temblorosa y avergonzada.

—¿Era tu marido el de ahí fuera? —Carmen asintió—. ¿Tienes problemas con él? ¿Se porta bien contigo?

Carmen se secó los ojos.

—Se porta demasiado bien conmigo. —Sonrió—. No es eso. Es que la noticia del embarazo me ha pillado muy de improviso. Mi marido está ilusionado y me trata como a una reina.

Se preguntó a sí misma si a la inversa aquello sería real. ¿Trataba a Borja tan bien como él la trataba a ella?

—¿Tomabais precauciones? ¿Te sentiste presionada para…?

—No, no. Llevaba puesto el DIU, pero debemos de ser las dos personas más fértiles sobre la faz de la Tierra. —Sonrió y la doctora la invitó a hablar más—. Ser madre es muy duro, sobre todo para nosotras, que trabajamos fuera de casa. Usted me comprenderá. A mí siempre me gustó mucho mi trabajo, y con el niño…

—¿Ya sabe que es niño?

—No, no…, es que tengo otro. De seis meses.

—Ah… —contestó la doctora comprendiéndola—. Tienes dos. Vaya…, sí, habrá sido un palo.

—Imagínese…

—¿Y no has pensado en… interrumpirlo?

Carmen y ella se miraron. Carmen tragó. Claro que lo había pensado.

—Decirle que no sería mentir, pero creo que no podría perdonármelo jamás. Ni yo ni mi marido.

Cuando salió de la consulta con una receta en la mano se dio cuenta de que, por elección propia, jamás habría tenido ese hijo.

Borja se levantó, se metió el móvil en el bolsillo y acercó el carro hasta donde ella estaba.

—¿Qué te ha dicho?

—Que…, bueno, que no es nada. Me ha dado la receta para una pomada…

—¿Y?

—¿Y qué?

—¿Y qué más? —preguntó él.

—¿Y el niño? Qué tranquilo está, ¿no? —dijo tratando de cambiar de tema.

—¿Qué te ha dicho?

—Me ha preguntado si…, si he pensado en abortar.

Borja cogió aire y se encaminó hacia el coche sin mediar palabra.

Carmen quería revisar una cosa de su correo de trabajo, así que Borja bañó al niño aquella noche. Cuando Carmen fue a buscarlo para acostarlo se encontró la habitación a oscuras y a Borja sentado en la mecedora, con el niño dormido en brazos. El corazón le subió a la garganta.

—¿Se ha dormido?

—Sí —susurró Borja con una sonrisa, mirando a su hijo—. Pero primero se bebió todo el biberón. Es como su padre. Un tragaldabas.

Ella se acercó y le acarició la mejilla. Borja le dio al niño y ella lo dejó en la cunita. Los dos se quedaron mirándolo dormir, codo con codo. Carmen pensó que eso haría que se les olvidara el enfado de aquella tarde.

Él le pasó un brazo alrededor de los hombros y le besó el pelo. Se abrazaron y Borja, apoyando la barbilla sobre su cabeza, dijo:

—Si no lo quieres, lo haremos. No haré que cargues de por vida con algo que te hace infeliz.

Ella se apoyó sorprendida sobre el pecho de su marido, con la mirada perdida. Él, Borja, que había sido educado con unos valores tradicionales, que tenía su propia opinión sobre la interrupción de un embarazo, lo olvidaba todo por la felicidad de su mujer. Solo él sabía lo mucho que le había costado llegar a aquella decisión. Carmen era lo primero. Era su vida.

Carmen se dio cuenta entonces de lo muchísimo que la quería Borja. Él se lo demostraba todos los días, pero a veces hacen falta otro tipo de demostraciones para ver las cosas con claridad.

—No, mi vida. Lo haremos juntos, como el resto de cosas que nos pasen.

—No si no estás segura —añadió él, muy serio.

—Estoy segura. Pero solo porque es contigo.

A Nerea el plan de Lola de fingir que Jorge no le interesaba en absoluto (o que ya le había encontrado sustituto) le pareció bien en un primer momento, pero a aquellas alturas, cuando Jorge ya parecía haberse resignado, se le antojaba la peor idea del mundo. Se había pasado días culpándose a sí misma. ¿Que por qué? Vamos a ver...: hacerle caso a Lola en un tema como aquel, como concepto, era lo mismo que decidir raparse la mitad de la cabeza y hacerse *skater*. A algunas personas podría irles bien de ese modo, pero a ella no.

Muy a disgusto, se dio cuenta de que no solo no había dejado de pensar en Jorge, sino que todo le recordaba a él. Y lo que era peor: pasaba las horas muertas en su cama pensando en él. Tenía todo lo que podía crear rechazo en una persona como ella. Era desastrado, caótico, descarado y un rompeenaguas de impresión. Probablemente tenía más muescas en su «revólver» que el más valiente de los forajidos del Oeste. Ella no buscaba eso. Buscaba un señor de bien, elegante, bien vestido y con aspecto impoluto, que tuviera un buen trabajo y quisiera una vida tradicional…, a poder ser con boda y todo. Y niños… Y ella de princesa en el centro del cuento.

Meditó durante unos segundos sobre esto. Ella como princesa del cuento y un montón de niños. ¿Cómo se supone que iba ella a criar a un montón de hijos con el trabajo que tenía? Claro…, esa era otra cuestión. Y es que en sus fantasías siempre se veía a sí misma como una glamurosa «ama de casa» que dedicaba su día al yoga, al pilates, a los tratamientos de belleza y sus *hobbies* preferidos. Y luego los niños, claro. Eso sí, con una ayudita. Seguro que encontraba una buena tata que le echara una mano…

De pronto se dio cuenta de que aquella fantasía ya no la llenaba. Le creó ansiedad imaginarse a sí misma metida en casa, sin nada que hacer. Vale, el teléfono, la BlackBerry, el correo electrónico…, todas esas cosas dejarían de estresarla, pero…

Miró su móvil de reojo y suspiró. Si hubiera seguido el consejo de Lola, le habría mandado un mensaje al móvil. A Jorge, claro. Así volvería a engancharlo. Sobre eso precisamente habían estado hablando cuando planearon la estrategia. Una mínima muestra de atención haría que Jorge cayera en la cuenta de que quizá aún tenía oportunidades y, como seguro que ya había pasado por el proceso de darse cuenta de que ella era una chica que valía la pena…

¡¡Ay, Dios!! Pero ¡¡qué fatiga!!

Alargó la mano, cogió el teléfono con decisión y marcó su número. Con el primer tono se le arrugó un poco el ombligo y se preguntó a sí misma qué estaba haciendo, pero se mantuvo fuerte.

—¿Sí? —contestó una voz somnolienta.

—Eh…, ¿Jorge?

—Sí. Soy yo. ¿Eres Nerea?

—Sí. —Sonrió ella, haciendo un rulillo de pelo con el dedo índice.

—Ya decía yo que esa voz tan repipi me sonaba. —Jorge se echó a reír y ella frunció el ceño. Nerea la fría. Nerea la repipi—. ¿Qué pasa? ¿Algún fuego audiovisual que tenga que apagar?

—No, en realidad no. —Y contra todo pronóstico Nerea añadió—: Solo llamaba para charlar.

En los segundos de silencio siguientes, ella maldijo todo lo que se puede maldecir en el mundo, pero cuando él hablo… se le pasó.

—Bien, pues…, ¿qué me cuentas?

—Nada en especial. —Se encogió de hombros.

Miró a su alrededor, buscando un tema de conversación. Quería parecerle ocurrente, dulce, sexi, inteligente…, pero todo lo que veía era su escritorio lleno de papeles y la tienda cerrada, a oscuras. Jorge habló por ella.

—Anoche no dormí. Me puse a leer un libro y me dieron las tantas. Después no pude conciliar el sueño y tenía cosas que hacer…, así que me acosté a las tres para dar una cabezada y…

—Te he despertado.

—Menos mal que lo has hecho. Si no, podría haber seguido durmiendo hasta el día del juicio final. —Nerea arqueó una ceja. ¿Era cosa suya o Jorge parecía mucho más normal?—. ¿Tienes planes? —le preguntó él.

—No. La verdad es que estoy aún en la tienda, a oscuras, para mi vergüenza pública. ¿Y tú?

—Pues estoy tirado en la cama mirando al techo. También a oscuras.

—Las estrellitas estarán brillando —dijo Nerea.

—¿Cómo?

—Esas…, esas estrellitas que tienes pegadas en el techo…, las que brillan a oscuras.

—Ah, sí. —Se rio—. Estaban aquí cuando llegué y me pareció buena idea dejarlas.

—Son bonitas. —Y ella, encogiéndose, se ruborizó.

—Oye…, voy a preparar algún tipo de comida insana y muy probablemente precocinada. ¿Te apetece acompañarme?

Nerea pestañeó. ¿Qué debía hacer? Si iba, le apetecería acostarse con él. Eso seguro. Ay… Se mordió las uñas. ¡Y ella no se había mordido las uñas nunca!

—Eh… —balbuceó para ganar tiempo.

—Pizza. Pizza congelada. No creo que pueda intoxicarte con eso.

Ella rebufó y finalmente, cediendo a su lado más templado, añadió:

—Dame media horita.

No hubo silencios tensos, como se temía. Charlaron sobre la cena y la botella de vino para romper el hielo y después, de forma natural, entablaron conversación. Eran dos personas muy diferentes, pero no se habló de nada que los enfrentara. Hablaron de cine, vieron una película clásica y después salieron a la terraza a terminarse la botella de vino.

Corría brisa y los dos, sentados en unas destartaladas sillas de playa, miraban hacia el parque que había frente al edificio. Estaban callados y mientras Nerea sostenía su copa de vino, Jorge se concentraba en liar un cigarrillo… «especial».

—¿Quieres? —le preguntó cuando lo encendió.

—No, gracias.

—¿Por qué? —Sonrió él.

—Porque me atonta y a veces me da ganas de devolver.

—Un amarillo.

—¿Qué dices de amarillo?

—Que eso se llama «dar un amarillo».

—Ah, pues… los porros me dan «amarillo».

Jorge se echó a reír y le dio otra calada.

—¿No te deja grogui? —le preguntó ella.

—Uno no. No fumo mucho…, solo… —Se quedó mirando a Nerea y le tocó el pelo. Ella le sonrió y se acomodó, apoyándose en el respaldo reclinado—. No eres como intentas aparentar —le dijo Jorge.

—¿A qué te refieres?

—No eres…, no eres estirada y estúpida. Al menos esta noche no lo has sido. No parece que te avergüences de estar aquí.

—Es que no me avergüenza. —Sonrió.

—Eres… —Jorge alargó la mano y le tocó la mejilla—. Eres la chica más bonita que he visto en mi vida.

Ella bajó la mirada, sonrojada de repente. Jorge se acercó hacia ella y, cogiéndole la barbilla, la besó. Fue un beso sin nada de especial. Al menos un beso sin nada de especial para el resto de los mortales. Pero para Nerea fue… Fue como ese beso en el portal, a escondidas, a los quince años. Fue como cuando en la película el chico y la chica se besan al final. Fue… la primera vez que Nerea besaba con verdaderas ganas.

Los labios de Jorge resbalaron por los suyos y, dejando caer el porro al suelo, trató de acercarla. Nerea sabía que lo mejor era dejarlo allí. No por puritanismo, sino por diferenciar aquella noche del resto que habían pasado entregados al fornicio. Lo sabía bien…, igual de bien que sabía que ella no le pararía los pies cuando la cosa se pusiera… cálida.

Así que allí estaba, la tentación en su máxima expresión. La tentación de hacerlo bien o de hacerlo mal. Hacerlo bien tenía riesgos. Enamorarse de alguien como Jorge no iba a ser fácil. Hacerlo mal tenía su recompensa: un ratito de cama no le amargaba ni a ella.

Y en esas estaban cuando con un gesto Jorge inclinó de golpe la copa que Nerea aún sostenía y se la vertió por completo encima de la blusa.

La excusa de poner la blusa en remojo y cambiarse le valió para salir de allí, por mucho que Jorge tratara de insistir en que se quedara.

Cuando volvía en taxi a casa se dio cuenta de que quería más. Lo quería a él.

Víctor me citó en una dirección que me era conocida. Dijo calle y número en un escueto mensaje en el que tan solo añadía: «Borremos cosas que pudimos ahorrarnos».

La curiosidad me empujó a la calle, sin apenas preguntarme qué querría o a qué se estaría refiriendo. Lo averigüé pronto. La calle y el número que había mandado correspondían a esa tetería tan mona en la que rompimos el año anterior. Hacía más de un año y medio. Me di cuenta de que despertaba sentimientos encontrados en mí pero... Todo se diluyó en cuanto lo vi.

Él me esperaba dentro, sentado en una de sus mesitas, tomando un café en un vaso lleno de florituras doradas. Me dio la risa y no pude quitármela en un rato.

—Pareces un hombre metido en una casa de muñecas. ¿Lo sabes? —le dije cuando estuve a su lado.

—Me hago a la idea. Siéntate, por favor.

Me dirigí a la silla que tenía frente a él, pero tiró de mi muñeca y me atrajo hacia él, casi echándome sobre su pecho.

—¿No me das un beso antes? —susurró, pérfido.

—No en público. Es el código de los amantes.

Ladeó la cabeza y me besó en los labios, atrapando mi labio inferior entre los suyos. Solo ese beso y la presión de sus dedos alrededor de mi muñeca... me pusieron cachonda.

Me dejé caer en la silla y apareció una camarera con un té con leche y canela y un *red velvet*, que, para quien no lo sepa, es el *cupcake* más infernalmente delicioso del mundo.

—¿Te has pedido un *cupcake?*—le pregunté divertida.

—Te he pedido un *cupcake.*

—Muchas gracias. —Le guiñé un ojo—. No sé si debería. Dentro de nada me veré en biquini y vendrán los llantos y el rechinar de dientes.

—Por eso no te preocupes. Yo luego me encargo de que lo quemes todo. —Su sonrisa fue de dos rombos.

—¿Y cómo piensas hacerlo?

Víctor se reclinó sobre la mesa, acercándose. Su boca empezó a susurrar y yo me arrepentí de haber preguntado:

—¿Sabes esa postura… cuando te pones encima y haces sentadillas sobre mí? Sí, esa postura en la que entra tan bien, tan duro…

—Sí, sí, me hago a la idea. —Me reí, calentándome.

—Pues vas a hacerla durante más de cinco minutos, te lo aseguro.

Me acerqué el platito y quité la cápsula de papel decorado del *cupcake*, cuidadosa de no mancharme con la cobertura. Me lo acerqué a la boca y le di un mordisco, tras el cual me limpié con un dedo la comisura de los labios. Y lo hice con un aire mucho más provocador que de costumbre, la verdad.

—Para… —me dijo con una sonrisa.

—¿O qué?

Pasé el dedo por encima de la *buttercream* y después me lo chupé. Víctor se volvió hacia la barra.

—Perdona, ¿puedes traernos la cuenta? —pidió a la camarera.

Cuando nos metimos en su coche lo primero que hicimos fue besarnos. Y en ese beso… hubo más lengua que beso. Rebufé, él hizo lo mismo y después puso en marcha el coche.

—Ponte el cinturón —me dijo.

Dimos la vuelta a la manzana para cambiar de dirección hacia su casa y alargué la mano hasta su pierna. Se mordió el labio inferior con placer cuando me acerqué a su paquete. Lo manoseé y, sabiendo ya a qué lado solía cargar Víctor, seguí con la mano la erección que se marcaba.

—Dios, Valeria, espera a que lleguemos… —gimió.

—No puedo.

Me quité el cinturón, le desabroché el vaquero de un tirón a los botones y metí la mano. Víctor gimió y me pidió por favor que parara. Me incliné hacia él, saqué su erección y la llevé hasta mis labios.

—Nena, joder… —Su mano derecha se metió entre mi pelo y siguió el movimiento mientras la introducía hasta lo más hondo de mi boca.

Arriba, abajo. Dentro, fuera.

—Son las seis de la tarde —jadeó—. Si pasa un autobús te verán de pleno.

Pasé la lengua por la corona carnosa de su pene y succioné con fuerza. Él gimió y aceleró.

Salimos de su coche en dirección al ascensor y mientras lo esperábamos, Víctor me cogió en volandas y devoró mis labios y mi cuello, con mis piernas agarradas con fuerza alrededor de su cintura. Cuando la puerta se abrió y unos vecinos salieron, no pudimos más que reírnos.

Llegamos a duras penas a su casa. En el rellano Víctor se propuso que ni siquiera llegáramos a la cama… y casi lo consiguió. En el pasillo me quité la sobrecamisa y él tiró al suelo su polo gris. Lamí su pecho en dirección ascendente y cuando llegué a su cuello respiré lo más hondo que pude, para quedarme con ese olor que me volvía loca.

De allí hasta la cama mis pies ni siquiera tocaron el suelo. Tiré de mala manera las sandalias de cuña contra el armario y él se deshizo de sus Converse y de los calcetines. Nos reímos, con la respiración agitada, cuando cada uno se concentró en quitarse sus propios vaqueros.

Una vez que nos quedamos en ropa interior me tiré sobre la cama y lo esperé con las piernas abiertas. Víctor tiró de las copas de mi sujetador hacia abajo y sacó mis pechos. Gemí incluso antes de que se dedicara a lamer y mordisquear el derecho. Alargué la mano y le bajé la goma de los calzoncillos, alcanzando su pene y acariciándolo.

—Joder, nena…, espera…, espera…

—No quiero esperar. —Y dirigí su erección hacia mí.

Víctor se incorporó y negó con la cabeza con una sonrisa y después me bajó las braguitas y hundió la cabeza entre mis muslos. Su lengua alcanzó mi clítoris y después le dedicó caricias continuas, circulares, suaves, húmedas y contundentes. Todo a la vez.

Agarré la almohada y clavé los dedos en ella cuando Víctor me abrió más las piernas y se fue colando un poco más abajo. Quería que hiciera conmigo todo lo que le apeteciera, que no lo pensase siquiera. Que solo me usara a su antojo.

Cuando su lengua entró en contacto con un rincón de mi piel que nunca antes había visitado, me revolví inquieta, pero no pude evitar gemir de morbo y placer. Y él siguió durante unos minutos, jugueteando con sus dedos, haciendo cosas que nunca habíamos probado para, finalmente, terminar lamiendo el interior de mis muslos hasta la rodilla.

Quise lanzarme sobre él y regalarle un asalto de sexo oral que no olvidara en días, pero ni siquiera me dejó despegar la espalda de la colcha. Se colocó de rodillas entre mis piernas y paseó su erección entre mis labios vaginales, humedeciendo la punta, para terminar colándose… más abajo de lo habitual.

No dijimos nada. Yo no dije que no quería ese tipo de sexo y él tampoco lo pidió. Simplemente me dejé manejar por sus manos, que me arquearon la espalda. Sentí presión y a Víctor gruñir de modo morboso y grave. Mi cuerpo cedió unos milímetros e introdujo la punta dentro de mí. Una punzada de dolor me recorrió entera, como un calambre que me atravesaba la columna vertebral.

Quise pedirle que fuese despacio, que era mi primera vez con sexo anal y que ni siquiera estaba segura de que fuera a gustarme, pero no me salió la voz. De pronto el ambiente había adquirido un cariz demasiado intenso como para hablar.

Víctor empujó un poco más hacia dentro y mi cuerpo siguió cediendo, pero a duras penas. Arrugué los labios en una mueca y Víctor salió de mí, humedeció con saliva su mano y después se acarició a sí mismo despacio. Volvió a intentarlo y esta vez entró de golpe unos cuantos centímetros.

—Ah… —me quejé, entre dolor y placer.

Víctor se retiró, giramos en la cama y me colocó sobre él. No entendía nada, hasta que volvió a intentarlo en esa postura. Y cuál fue mi sorpresa cuando me penetró sin ningún esfuerzo, sin dolor, en una sola acometida.

Abrí la boca, lancé un gemido y me di cuenta de que tenía toda la piel del cuerpo erizada. Me moví despacio, dejándolo salir unos pocos centímetros de mí para volver a devolverlo a mi interior. Mi cuerpo fue acostumbrándose y, sin mediar palabra, aceleramos las penetraciones.

Víctor me agarró de la cintura y yo coloqué las manos encima de las suyas. No sabía cómo habíamos terminado haciendo aquello. Nunca, en todo el tiempo que estuvimos juntos, Víctor hizo mención de que le gustara el sexo anal. Aunque me imagino que es algo que les gusta a todos.

Y yo…, yo estaba disfrutando. No era solo el morbo de esa sensación, como quien hace algo prohibido, tabú y socialmente mal visto. Es que, además, me estaba resultando sumamente placentero.

Víctor dejó resbalar sus manos hasta mis nalgas y apretó los dedos en su carne a la vez que levantaba la cadera y volvía a clavárseme dentro. Gimió hondamente y supe que estaba a punto de correrse. Yo sentía que también, pero me faltaba algo. Una chispa que prendiera el orgasmo. Algo. Y ese algo lo provocó mi dedo corazón acariciando mi clítoris rítmicamente.

No sabría explicar lo devastador de aquel orgasmo, pero si me empeño en intentarlo, diría que fue como si todo mi cuerpo, al completo, se rindiera de placer con él. Todos los poros de mi piel se sensibilizaron y hasta el más sutil movimiento de mi espalda me producía… delirio. No pude gritar ni gemir ni jadear. Me quedé con los ojos cerrados, una mano en la nuca y otra en la entrepierna, con la boca entreabierta, intentando no ahogarme entre todas aquellas sensaciones que me decían que, a pesar de todo, no habíamos follado. Acabábamos de hacer el amor con una intensidad que desconocía.

Víctor se corrió cuando salía de mí, humedeciendo por completo la unión entre mis dos nalgas.

No me tumbé a su lado. Me levanté inmediatamente y me metí en el cuarto de baño, muerta de vergüenza. Cerré hasta el pestillo. Abrí los grifos de la ducha, me recogí el pelo como pude y me lavé con agua fría. Pasado ya el momento del calentón, me ardía el trasero. Me lavé entre las piernas con brío, porque estaba tan húmeda como no recordaba haberlo estado en mi vida. Me limpié su semen también hasta de la espalda; parecía haberme convertido en una pintura de Pollock.

Antes de salir me dije a mí misma que no tenía de qué avergonzarme. El sexo anal no es más que otra forma de sexo, tabú, sí, pero sexo al fin y al cabo. Y en una pareja, dentro del sexo, vale cualquier cosa con la que los dos estén cómodos y de acuerdo. Pero…

Víctor y yo no éramos una pareja. Éramos dos amantes. ¿No? Mi novio estaba en Asturias, en su casa, seguramente fumándose un cigarrillo frente al ordenador de su estudio. Sí, ese novio con el que iba a irme a vivir en cosa de un mes y al que no solo nunca le había dejado casi ni fantasear con el sexo anal conmigo, sino que ni siquiera le permitía correrse dentro de mí.

Me agobié. Me agobié muchísimo.

Cuando salí del baño, Víctor me dio el relevo con una sonrisa. La habitación olía a sexo, como siempre que acabábamos revolviendo sus sábanas. Y no, no había nada allí que se saliera de lo común, pero yo me sentía… diferente.

Recogí mis braguitas, mi sujetador y mi blusa de tirante fino. Después de ponérmelo todo y cuando estaba a punto de meter la pierna derecha por la pernera del pantalón vaquero, Víctor salió del cuarto de baño desnudo y se quedó mirándome, apoyado en la pared.

Apoyado en la pared. Desnudo. Despeinado. Después de llevarme al orgasmo más brutal de mi vida.

Demasiado.

—¿Te vas? —me preguntó confuso—. ¿Ya?

—Sí…, esto…, yo…

Víctor se acercó a mí y yo, en un movimiento reflejo, le pasé su ropa interior, que había caído a los pies de la cama. Él sonrió y se la puso. Después me abrazó, me besó los labios, el cuello y la garganta, mientras sus pulgares repasaban la piel del escote. Cerré los ojos.

—Quédate un rato.

—Tengo que irme —le dije.

—Quédate un rato y hablemos un momento —insistió.

Dejé el pantalón vaquero sobre el sillón de cuero del rincón con un suspiro y me giré de nuevo hacia él, que se acomodaba sobre la colcha arrugada. Me senté a su lado y me dejé arrullar por un escalofrío cuando sus dedos me repasaron la espalda.

—¿Qué te pasa? —me preguntó.

—Estoy avergonzada —confesé sin mirarlo.

—¿Por lo que acaba de pasar?

—No por eso en concreto. Es solo que…, que me he puesto a pensar y…

Víctor se rio y se sentó, de manera que su mentón terminó apoyado en uno de mis hombros.

—Mi vida…, no pienses. Si lo pensamos nos moriremos de pena. Déjalo estar. Al menos disfrutemos del tiempo que nos queda.

Y a pesar de no querer pensar, medité sobre ello. Sobre disfrutar el tiempo que nos quedaba de estar juntos. Así dicho sonaba a película dramática en la que una guerra separa a dos amantes. Y la verdad es que lo único que nos separaba era yo misma. Yo había decidido que era mejor irme. Entonces ¿por qué narices estaba teniendo una aventura con él?

—Joder, no me entiendo ni yo. —Suspiré.

—Ha sido genial —dijo él cambiando de tema.

—Supongo. Nunca lo había hecho, así que…

—Espero haber sido suficientemente cuidadoso… —En ese susurro había tanto sexo…

—Lo has sido. —Sonreí notando sus labios en mi cuello.

—Ya me apetece repetirlo.

Sentí que algo me hormigueaba en lo más hondo de mi sexo. Dios. A mí también me apetecía repetirlo.

—Creo que a mí también.

Víctor me giró ligeramente, de modo que pudiera verle la cara. Los dos nos sonreímos y él llevó mi mano derecha hasta su paquete, que empezaba a revivir.

—Estabas tan… apretada —gimió cuando metí la mano dentro de la ropa interior.

—¿Te ha gustado? —jadeé, excitada al notar que se endurecía bajo la presión de mis dedos.

—Joder, nena, mucho.

Subí y bajé su piel suave una y otra vez, notando cómo se agitaba todo su cuerpo, sensibilizado aún por el orgasmo que habíamos tenido un cuarto de hora antes.

—¿Crees que podemos volver a hacerlo ya? —le pregunté. Se mordió el labio y asintió—. Me ha dado tanto morbo… —confesé ejerciendo un poco más de fuerza con mi mano.

—Quiero hacértelo muchas veces —gimió.

Me levanté de la cama, me quité las braguitas y después tiré de su ropa interior hacia abajo. Me senté sobre su erección y la introduje entre mis labios vaginales. Fue como calmar de pronto una quemazón que no sabía ni siquiera que sentía.

—Ah… —gemí.

—Nena…

Y, así, cedí a la tentación, otra vez, de no pensar hasta que tuviera que irme. Solo quería sentir. Sentir a Víctor y su respiración junto a mi oído.

42
Nerea y el salto al vacío

Nerea ya no era Nerea la fría. Tanto era así que dudaba haberlo sido alguna vez. ¿Cómo era posible que no hubiera sentido nunca por nadie lo que ahora sentía por Jorge? Creía estar equivocada y se repetía constantemente que no podía ser, que siempre hay una primera vez y que la suya probablemente habría sido hacía años.

Repasó mentalmente todas sus historias. Triste. Sintió tristeza en cuanto lo hizo, porque la verdad era que lo único que la había empujado anteriormente a salir con alguien había sido llegar a un punto de equilibrio en una lista imaginaria de «cosas que me gustan» y «cosas que no me gustan». Y esas listas no se llenaban de cosas como «adoro cómo huele» o «sentirme segura siempre que me abraza». No. Esas listas estaban plagadas de cosas como: «Querrá casarse y tener hijos» o «Tiene un buen trabajo».

Después de haberse desahogado con nosotras durante la que ya habíamos bautizado como la noche de las confidencias, se sintió mucho más libre para pedirnos consejo. Y lo hizo. Yo le dije que no se dejara llevar por cosas superfluas, porque al final hay muy pocas personas en el mundo que nos hagan sentir especiales. No sé si hablaba para ella o para mí misma.

Entre todos los consejos que le habíamos dado escogió aquellos que más le gustaron y los metió en una batidora mental. El resultado fue la certeza de que tenía que hablar con Jorge y aclarar qué era lo que estaba pasando entre ellos. Porque a ella él le gustaba mucho, pero Jorge ni siquiera había hecho amago de ir a buscarla cuando se estuvo haciendo la dura.

Quería quitarse la incertidumbre de encima. Quería olvidar el «qué sentirá, qué pensará, qué opinará» y ahorrarse hacer castillos en el aire que después no soportaran el envite de la realidad.

Era sábado por la tarde. Nerea envió un SMS a Jorge en el que le preguntaba si tenía plan para aquella noche. Él contestó que no y que si le ofrecía alguno. Ella dijo: «Sí, una cena y una copa de vino. Quizá podamos hablar un rato». Y Jorge… aceptó.

Se vieron en la puerta del restaurante que ella había elegido, Maricastaña. Nerea se calló que estaba reciclando una reserva que tenía hecha para otro menester. Iba a cenar con una de sus hermanas para ponerse al día, pero le había dicho que no se sentía bien.

Jorge estaba apoyado en el muro junto a la puerta cuando se encontraron con la mirada. Nerea notó que, dentro de su estilo, se había esforzado por arreglarse. Llevaba un pantalón pitillo, unas Converse de piel oscuras y una camiseta negra lisa. Estaba muy guapo. Nerea se había esforzado también, pero en no parecer tan estirada, con unos vaqueros estrechos negros, unas bailarinas negras con cristales de Swarowski de Pretty Ballerinas y un jersey muy liviano, también negro, que se resbalaba por uno de sus hombros.

Se saludaron con una sonrisa y se movieron torpemente, sin saber si saludarse con un beso en la boca o uno en cada mejilla. Al final, se dieron uno en la comisura de los labios.

Se sentaron en una bonita mesita junto a la ventana y una camarera les preguntó qué querían para beber. Ella pidió una copa de vino blanco y él una cerveza. Después se abstrajeron en la carta. Bueno, Nerea ya sabía qué quería comer, pero pensaba en qué iba a decirle.

Charlaron mientras esperaban la cena sobre cosas sin importancia. Trabajo, un festival de música al que iba a ir Jorge y un mueble de Ikea que Nerea estaba intentando montar sola.

—Y me he dado cuenta —dijo Nerea avergonzada— de que ni siquiera tengo cuatro malas herramientas en casa. Cuando me he visto a mí misma clavando un taco con el lomo de un libro, me he dicho que lo mejor será esperar a que mi padre o uno de mis cuñados me ayude, antes de que termine cercenándome una mano de manera estúpida.

—No seas tonta. Yo te ayudaré. —Sonrió él.

—Bueno, también lo he pensado, pero… la verdad es que aún no sé para qué cosas puedo llamarte.

Jorge la miró de soslayo.

—Pues… no sé, Nerea. No sé bien a lo que te refieres.

—Me refiero a que…, a que no sé si puedo descolgar el teléfono y decirte: «Jorge, ayúdame a montar esta cómoda» o si me tengo que limitar a invitarte a una copa de vino.

Jorge se revolvió el pelo.

—Bueno, de esto creo que ya hemos hablado, preciosa.

—Pues no recuerdo a qué conclusión llegamos —insistió ella, dispuesta a obtener una respuesta clara.

—Podemos llegar a un equilibrio cómodo entre ser amigos y acostarnos de vez en cuando, supongo —dijo antes de apartar su plato.

Nerea respiró hondo.

—Yo…, yo no quiero eso. —Suspiró—. Esa no es la relación que busco, Jorge.

—Bueno, Nerea. Yo no busco otra cosa. —Se quedaron callados, incómodos. Jorge se aclaró la garganta y siguió hablando—. Creo que por el bien de la relación laboral que tenemos debería ser sincero contigo, Nerea. Está claro que me atraes. Me pareces una chica preciosa. Probablemente eres la chica más guapa con la que he estado, pero…, pero no estoy seguro de que me guste tu forma de ser. No sé si me gustas como persona, Nerea.

Un cubo de agua fría y una patada en el estómago le habrían sentado muchísimo mejor que aquella afirmación. Cogió aire, llamó a la camarera y con un gesto le pidió la cuenta.

—Esto no quiere decir que no podamos ser amigos —aclaró Jorge.

Dios. Quién la llamaba a hacer esas cosas. Ella (¡¡ella!!) diciéndole a un chico que quería más de lo que le daba. No era así como solían funcionar las cosas. Pero es que tal y como siempre habían funcionado las cosas anteriormente tampoco le satisfacía. Estaba en medio de lo que había sido siempre y lo que quería ser. En tierra de nadie.

—Ne… —dijo él con voz dulce—. Es que… a veces me pareces una tía fría y estirada. A veces creo que hasta te avergüenza que te apetezca follar conmigo. Y creo que no tenemos nada en común. Todas las tías con las que he intentado tener una relación más formal eran…, eran como yo.

—Por lo visto, que fueran como tú tampoco era garantía de que funcionara —contestó sin poder contenerse.

—No, pero si ya me es difícil con alguien como yo…, ¿cómo sería contigo? ¿Qué haríamos además de follar? Ni siquiera sé qué querrías y ya…, ya me agobia hasta planteármelo.

Nerea interceptó la cuenta en cuanto la camarera la dejó sobre la mesa.

—Déjame pagar a mí. Visto lo visto, esta podría haber sido una cena de trabajo como cualquier otra.

Dejó un billete en la mesa y se levantó. Él lo hizo también.

—No nos vayamos de esta manera —le pidió él—. Vamos a tomarnos una copa. Vamos a charlar un rato y…

—No me apetece —confesó Nerea de corazón.

—Dame la oportunidad de explicarme un poco más y no parecer un completo subnormal, por favor.

Se sentaron en el rincón de una coctelería, a un par de calles de distancia del restaurante. Nerea quería irse a casa, meterse en la cama y taparse por encima de la cabeza. Probablemente no saldría en una semana de debajo de la sábana.

Jorge pidió dos copas y, visiblemente nervioso, alargó una mano para coger a Nerea de la muñeca.

—No es que no me gustes como persona. Quizá antes no he elegido las palabras adecuadas —empezó a decir—. Es solo que las relaciones no me van. Al menos las relaciones tradicionales. No sé si sirvo para tener una novia y tener que estar preocupándome continuamente de no defraudar a alguien. No sé comportarme cuando esperan algo de mí. Y las mujeres, como ya habrás comprobado, no se me dan demasiado bien fuera de la cama.

Nerea cogió aire otra vez, dispuesta a callarse, pero, otra vez, no pudo.

—Jorge, tienes el mismo tacto que un guante de esparto. El mismo. Yo no te he dicho que quiera ser tu novia. Te he dicho que lo de meterme en tu cama cada vez que nos pica no me va. Solo quería saber si está abierta la posibilidad de conocernos un poco más como personas, de poder decirte que me acompañes a la exposición de un amigo o si puedo llamarte para ir al cine. De ahí a lo que dices hay un abismo. Pero no te preocupes, porque debí de sufrir un momento de enajenación mental transitoria si me imaginé por un instante que tú y yo podríamos comportarnos como dos personas normales.

Jorge resopló.

—Ahora no te pongas en ese plan.

—¿En qué plan?

—En plan tía despechada. Yo te gusto, vale. Tú a mí también, pero la verdad es que no sé si darte esperanzas de que esto pudiera funcionar es positivo. Ni siquiera sé si yo querría que funcionara. Eres una de esas chicas complicadas que…

—¡Yo no soy complicada! —lo reprendió Nerea—. Es solo que no te has tomado la molestia de conocer más de lo que hay debajo de la ropa interior. Tú me has colgado el sambenito de tía estirada sin pararte a averiguar si lo que me pasa es que lucho entre el modo en el que he sido educada y la persona que realmente quiero ser.

—¿Ves…?, eres complicada.

—¿Y tú qué eres, Jorge? ¿Eres tú una persona simple, sin aspiraciones ni ganas de conseguir las cosas que quieres? Es eso, ¿no? ¿Nunca te sientes solo, ni necesitas tener a alguien con quien pasar simplemente un rato callado?

—Joder, Nerea… —se quejó.

—Vale, Jorge. Olvídalo. Esto…, esto no ha pasado. —Nerea se levantó de la mesa, cogió su bolso y controló las ganas de llorar. Solo le faltaba echarse a llorar para terminar de arreglar la noche—. Me voy. A las copas invita tú. Y no vuelvas a llamarme, por favor.

Sorteó el resto de las mesas y salió a la calle, donde corría una brisa caliente. Contuvo un sollozo y caminó rápido, rumbo a Tribunal, donde podría coger un taxi.

Cuando estaba resguardándose en el interior de uno y dejaba escapar las primeras lágrimas, recibió un mensaje en su móvil, que no leyó hasta que llegó a casa. Era Jorge: «Soy un soberano gilipollas. Pero no quiero engañarte, pequeña. Eres demasiado para mí».

43

La exposición de Rai

La exposición de Rai se abría al público en una pequeña galería de Malasaña. Lola estaba segura de que irían apenas quince personas, así que nos obligó bajo amenaza de muerte a estar allí puntuales, para hacer bulto. Y lo hizo con exigencias.

—Y no me vengáis vestidas como treintañeras amargadas. Glamurosas. Que parezca que sois guays.

—Somos guays —le dijo Carmen con resentimiento.

—Calla, coneja.

La primera dama estaba nerviosa, por lo visto.

El caso es que, como en una especie de *déjà vu*, habíamos quedado todas en vernos en la galería sobre las nueve de la noche. Pero esta vez no estarían mi exmarido y su amante y yo no me sentiría fuera de lugar…

Al final llegué la última porque, con tanta amenaza por parte de Lola, temía ponerme algo inapropiado y que me echara de allí a gritos. Primero escogí un pantalón pitillo de color rojo, una blusa blanca y unos zapatos de tacón con estampado de leopardo, pero cuando llamé a Nerea con la intención de asegurarme de que había entendido bien el tema del *dress code* exigido, me dijo gritando:

—¿Estás loca? ¿Quieres que te eche de allí a gritos? ¡¡Dijo glamuroso!! Y ya conoces a Lola. Quiere un despliegue de lentejuelas y plumas de pavo real.

—¿Qué dices? —pregunté horrorizada.

—Yo llevo una minifalda de lentejuelas doradas, una blusa color salmón y unas plataformas del mismo color que parecen dos andamios.

—Vaya por Dios.

Tuve que cambiarme, para no desentonar por ir vestida de persona normal.

Cuando llegué seguía asustada por si a Lola no le parecía bien mi elección, pero cuando se volvió y me recibió, vi beneplácito en sus ojos. Me había decidido por un pantalón negro de fiesta, tobillero y ajustado y una blusa de palabra de honor holgada, ceñida a la cintura por un cinturón metálico rígido de color dorado. Me subí a los mismos zapatos de tacón estampados que había elegido para el modelito anterior y cargaba bajo el brazo con una cartera de mano negra con apliques dorados, como los brazaletes que llevaba en ambos brazos.

Lola llevaba una falda de cuero con vuelo a la altura de las rodillas, una blusa por dentro y sus zapatos de Louboutin. Tan solo llevaba pintada la raya del ojo y los labios, de color rojo, pero se había plantado unas pestañas postizas que, con un solo aleteo de sus párpados, podrían provocar un tsunami en la otra punta del mundo.

Me sorprendió ver a Carmen, que, al lado de la chisporreante Nerea (más conocida como la amiga de las lentejuelas), se había pasado las amenazas de Lola por su creciente barriga. Llevaba unos vaqueros rectos desgastados, una camiseta blanca donde ponía que «Manolo y Jimmy son los mejores amigos de una chica» y una chaqueta de media manga de *tweed*, de color naranja neón. Sí, iba *cool*, pero no parecía que se fuera de fiesta con Paris Hilton, como Nerea y yo.

—Tú pasas del rollo elegante, ¿eh? —le dije malignamente al acercarme.

—Estoy preñada. Puedo hacer lo que quiera —contestó mientras metía la mano en una bandeja de aperitivos que, viendo el nivel del evento, seguramente había pagado y montado el propio artista.

—No te atiborres, lo ha debido de pagar todo Rai —le dije en un susurro.

—Por eso —farfulló con la boca llena—. No querrá que sobren montaditos y tener que tirarlos.

Le di un beso en la mejilla a Borja y, mientras escuchaba a Nerea hablar de la organización de este tipo de fiestas, vi a Víctor de pie frente a una de las pinturas de Rai.

Víctor. Allí. Alto, firme, elegante. Sencillamente magnífico, como si no fuera ni siquiera real.

Tenía la cabeza ladeada y sus ojos viajaban a lo largo y ancho de la lámina con verdadero interés. Recordé que el día anterior, a espaldas de todo el mundo, habíamos follado en el rellano de su casa. En el rellano, ni siquiera entramos en su casa. De recuerdo me llevé las braguitas rotas en el bolso y una marca en la nalga derecha que empezaba a ponerse morada. Pero no había nadie alrededor en aquel momento preocupado por cazar un rubor sospechoso en mis mejillas.

Me disculpé con mis chicas y Borja y me acerqué a él. No dije nada al principio, solo me coloqué a su lado y dediqué mi atención a lo que tenía delante.

—¿Interesante? —terminé preguntando.

—Y tanto… —contestó sin despegar la mirada del cuadro.

Desvié los ojos hacia el suelo y pestañeé sorprendida. Yo no entiendo mucho de arte, pero siempre he tenido una gran curiosidad. Me gusta ver arte, aunque no sea precisamente una experta. Sin embargo, no pude evitar que muchas de mis referencias artísticas recorrieran mi cabeza hasta localizar la que estaba buscando. Había algo en aquel dibujo que recordaba los desnudos de Schiele, pero de un modo elegante.

Probablemente era el trazo del dibujo, quizá los colores utilizados para darle al pelo del personaje femenino aquel matiz cobrizo. Sin embargo, carecía de esa brutalidad que impregna, a mi modo de ver, la obra de Schiele. Era provocativo, pero amable.

El dibujo representaba a una chica recostada en un sofá, con el auricular de un teléfono antiguo pegado a su oreja y su mano derecha entre sus piernas, dentro de sus braguitas. A pesar de que no llevaba ninguna prenda más, solo podía verse claramente uno de sus pechos. Echaba la cabeza hacia atrás, con la boca entreabierta, como si se le escapase el placer a bocanadas. Un escalofrío me recorrió entera.

—Es bonito —dije.

—Es precioso —puntualizó Víctor con los ojos fijos—. Pero no sabía que posabas para estas cosas.

Y es que, me avergonzara o no, aquella chica era clavada a mí.

Víctor despegó los ojos del retrato y me miró con una sonrisa.

—Vaya…, yo tampoco lo sabía —contesté.

—Tú y yo en una exposición…, qué peligro. —Lancé una carcajada—. Entonces ¿no eres tú? —insistió.

—Pues… evidentemente nos parecemos mucho, pero yo nunca he posado para nada parecido. ¿Tiene título?

—Sí. *Él no me conviene.* Pero yo le diría que para no convenirle, le gusta un poco demasiado…

Los dos nos reímos.

—Qué vergüenza —le dije—. Me contó que dibujaba cosas que le inspiraban y que nuestras historias le parecían muy interesantes...

—Eso no explica por qué hay otra, allí al fondo, que juraría que representa a Nerea y Lola montándoselo.

Lo miré sorprendida.

—Nerea lo va a matar.

—Hay otro que…, que también es interesante. Ven. —Frunció el ceño en una mueca fingida.

Caminamos uno junto al otro un par de pasos y nos quedamos frente a otra ilustración. Cogí aire suavemente entre los labios y al soltarlo lo hice a trompicones, riéndome como una tonta.

—Joder con Rai —le dije.

En el dibujo una pareja se abrazaba apasionadamente. El fondo estaba formado por los azulejos asépticos de un baño clásico. Los brazos de ella, alrededor del cuello de él, lo ceñían a su boca, mientras una de las manos de él apretaba una nalga de ella con posesión. Los dos estaban en ropa interior y los dos éramos, evidentemente, Víctor y yo.

Nuestra risa llamó la atención de toda la gente de alrededor y Nerea se acercó a nosotros con cara de espanto.

—Val, creo que Rai me ha dibujado en… actitud cariñosa… ¡con Lola!

—No eres tú, mujer —le dijo Víctor, muy sonriente—. Míralo bien y verás.

Ella fue andando sobre sus dos andamios color salmón y se paró, con cara de sufrimiento, frente al dibujo al que se refería. Nosotros dos nos echamos a reír.

—Entonces ¿te gusta?

—Lo jodido es que me encanta. —Me reí—. Es soez y no sé qué pinta aquí, pero me encanta. ¿Cómo se titula esta?

Víctor se inclinó hacia el pequeño cartel con el título y después de una carcajada me contestó:

—*En secreto.*

—Vaya tela.

Los dos nos echamos a reír sonoramente y Lola se giró. Al vernos, la cara se le iluminó con una sonrisa.

—¿Te apetece una copa? —preguntó Víctor.

—Claro. Cuando Lola me dijo que las pinturas de Rai eran ligeramente eróticas no me esperaba esto. Se me está secando la garganta.

—Y aún no has visto el tríptico… —murmuró enigmáticamente.

Cogimos una copa de vino de encima de un mostrador y miramos alrededor.

—No entiendo de arte, pero creo que tiene talento —dije tras mojarme los labios en vino blanco.

—Sí, lo tiene. Espero que los venda todos.

—No sabía que estaban en venta.

—Sí, sí lo están.

Me giré hacia el mío, pero antes de que me acercara a ver si podía permitirme comprarlo, Víctor me atajó diciendo:

—Tarde.

—¿Cómo?

—Que esos ya están vendidos.

—¿Los dos?

—Los dos —asintió—. Siempre he tenido alma de mecenas renacentista.

—¿Y dónde vas a ponerlos, si es que se puede saber?

—Déjame que lo piense. Estoy buscándoles un lugar de honor.

—Oh, qué perverso —me burlé.

—Pienso serlo mucho más… —Arqueó una ceja y se inclinó para proponer—: Se me está empezando a poner dura solo con mirarte. ¿Follamos en los baños?

—No. —Le sonreí—. Aquí no. Después. Ve pensando qué me harás…

Lola se plantó delante de nosotros con una sonrisa justo entonces, dándonos un susto de muerte.

—¡Joder, Lola! ¡Ponte un puto cascabel! —farfulló Víctor.

—¿Qué? ¿Os gusta?

—Rai es novio muerto —le dije—. Esto se avisa.

—Con lo monos que os ha pintado, ahí, en pleno arranque de pasión. Yo le dije que sería más realista dibujar las bragas rotas en la mano de Víctor, pero Rai no lo consideró… elegante.

—Sin embargo, el tríptico es muy elegante —dijo Víctor, mirándola muy provocativamente.

—Eso es posmodernismo, chaval. Abre tu estrecha mente —señaló Lola después de golpearle el pecho.

Me acerqué a echarle un vistazo al tríptico en cuestión y por poco no me desmayé. Rai y Lola follando a todo color. De reojo me pareció ver el de Nerea con Lola.

—Dios… —murmuré.

—Hace calor aquí, ¿verdad? —dijo Víctor a mi espalda.

—Lola… —contesté yo, mirándola a ella—, ¿era completamente necesario?

—Es arte —añadió muy digna.

—¿Y por qué te tiene cogida del cuello? —pregunté volviendo la mirada al cuadro.

—Porque el sexo es un juego de poder y a mí, a veces, me gusta ser poseída por la fuerza.

Víctor se tapó los ojos con una mano.

—¿Es eso verdad, Víctor? ¿Le gusta ser poseída por la fuerza? —pregunté para provocarlo.

—¿Y a mí qué me preguntas? —Se rio.

—Bueno, la conoces bien en ese aspecto, ¿no?

Miró al techo, lanzó un suspiro y contestó:

—Sí, le gusta.

—Y a ella ¿qué le gusta? —preguntó Lola.

Víctor dejó la copa en una mesa alta y se palpó los bolsillos, donde le vibraba la BlackBerry.

—Salvado por la campana.

Se alejó de nosotras mientras contestaba. Por el tono, era una llamada de trabajo.

Clavé los ojos lascivamente sobre su cuerpo pero antes de que se me escapara un suspiro de deseo, decidí disimular.

—No sabía que vendría —le comenté a Lola.

—Claro. —Lanzó dos carcajadas sonoras—. Cuéntale historias a otra. —Las dos miramos hacia la puerta, por donde Víctor acababa de salir—. ¿Sigues sin creerte que ese es el chico de tu vida?

Me encogí de hombros.

—Míralo —le dije mientras Víctor se apoyaba en un coche y se revolvía el pelo con la mano que no sujetaba el teléfono móvil—. ¿Crees de verdad que ese hombre se resignaría alguna vez a tener una única mujer?

—¿Y por qué no si esa única mujer le llena?

La miré de soslayo y sonreí. Lola diciendo esas cosas y yo teniendo un amante… El mundo al revés.

—Por Dios santo, que eres Lola. Esa frase te pega tan poco como a Nerea una sórdida aventura sexual.

Y dije Nerea por no decir mi nombre y mentir más.

Víctor nos miró y se mordió el labio inferior, jugoso.

—¿Qué hacéis? —preguntó Carmen tras acercarse a nosotras.

—Mirando a Víctor —contestó Lola.

—Humm…, a nadie le amarga un dulce —dijo aquella echándole una miradita también—. Dime, Val, ¿sabes algo de Bruno? ¿Viene él al final o te vas tú sola? Porque podíamos hacer una cena de parejas antes de que te vayas.

—No lo sé —contesté escuetamente.

No quería hablar de Bruno. Eso me recordaría el desastre en que estaba convirtiendo mi vida. Solo quería ser una inconsciente durante unos pocos días más. Después me marcharía y todo aquello se quedaría en nada. En poco más que el recuerdo vago de una borrachera.

Un chico se cruzó con Víctor en la puerta y entró con paso decidido. Era alto, tenía el pelo castaño y brillante y unos ojos claros que atravesaron a Lola como si fuera un pinchito moruno. Esta contuvo la respiración.

—Me cago en la puta.

—Hum… —murmuró Carmen dándole un repasito visual al recién llegado.

—Cómo estás con las hormonas, ¿eh? —bromeé yo.

—Caliente como una perra.

—Esto… —murmuró Borja, que acababa de llegar—. ¿Me he perdido algo?

—¿Cómo hostias se ha enterado? —interrumpió Lola de pronto.

—¿Qué pasa? ¿Quién es?

—Es mi jodido jefe.

Carmen y yo hicimos una mueca y nos giramos hacia la lámina que había expuesta a nuestra espalda, disimulando. Nos encontramos con una especie de madona renacentista, con un pecho al aire, que se parecía sospechosamente a Carmen.

—Pero ¿qué narices le pasa a este chico? —se descojonó ella.

—Joder, voy a tener que comprarlo —masculló Borja entre dientes.

Lola anduvo decidida hacia su jefe y con una sonrisa tensa como el acero le preguntó que qué hacía allí.

—Hola, Lola. ¿Qué tal estás? Yo, bien, gracias. —Ella puso los ojos en blanco y él siguió hablando—: Escuché el otro día que tu chico era artista y… siempre he sido un apasionado de los pintores noveles. Además el título de la exposición me pareció… evocador. Todo lo que lleve la palabra «erotismo» me gusta.

—Disfruta entonces.

—Parece que no te alegras de verme.

Lola se obligó a relajarse. Era su jefe, no debía olvidarlo.

—¡Qué tontería!

—¿Me presentas al artista?

Víctor pasó en ese momento al lado de Lola guardándose la BlackBberry en el bolsillo y ella lo abordó:

—¡Víctor!

—¿Qué pasa, Lolita? —Le sonrió.

—¿Es este tu novio? —preguntó Quique al tiempo que le tendía la mano a Víctor.

—¡Sí! —dijo Lola.

—¡No! —contestó aturdido Víctor.

—Esto…, quiero decir que…, ja, ja, ja… —Fingió mondarse de la risa—. Lo fue, lo fue. —Víctor la miró con pavor—. Es…, es mi amigo Víctor —aclaró ella.

—Encantado.

Los dos se dieron un apretón de manos.

—Este es Enrique, mi jefe.

—Ah… —Víctor nos miró a Carmen, a Borja y a mí esperando que le echáramos una mano.

No me habría gustado estar en una situación como aquella, así que llamé a Víctor, que, disculpándose, vino hacia nosotros.

—¿Qué narices ha sido eso? —dijo pasmado.

—Ese es el jefe que trae a Lola por la calle de la amargura… —Abrí mucho los ojos, esperando que me entendiera.

—¿El del rabo como un martillo hidráulico?

—Sí.

—Ah, vale, vale. Ya decía yo.

—Cariño… —se oyó una voz a nuestras espaldas.

Al volvernos vimos aparecer a Rai, que llamaba a Lola. Ella se hizo la sorda pero él insistió mientras se acercaba.

—Cariño… ¡Lola!

—Creo que te reclaman —susurró Quique manteniéndole la mirada a Lola.

—Hola, cielo… —dijo ella con un hilo de voz cuando Rai la rodeó por la cintura—. ¿Qué tal?

—¡Superbién! ¡Han venido de la revista que te comenté! La de la uni. ¡Y dos de mis profesores! ¿Vienes? Me gustaría presentártelos.

—Claro. Esto… Rai, este es Enrique, mi jefe.

—Quique —aclaró este.

Y la cabeza de Rai viajó hasta la noche en la que Lola se despertó agitada, tras un sueño probablemente más erótico aún que las láminas que estaban expuestas en la galería. ¿No había dicho aquel nombre?

—Encantado. —Le dio un firme apretón de manos y, volviéndose hacia ella, espetó—: ¿Vienes o no?

Nosotros, que mirábamos la escena como quien ve el desarrollo de un culebrón, nos giramos hacia otro lado, con una mueca en los labios.

—¿Qué tendrán las exposiciones que terminan siendo siempre tan…? —dijo Víctor, rodeándome la cintura con el brazo.

Borja se quedó mirándonos y, con una sonrisa en la cara, exclamó:

—¡Oh! ¡Qué bien! ¿Estáis juntos otra vez? ¡Cuánto me alegro! ¡Ya era hora! ¡Ya decía yo que no podías dejarlo e irte!

Carmen se frotó la frente, avergonzada.

—Dios, Borja, cállate —murmuró mientras Víctor y yo nos reíamos.

—¿Qué pasa? —le preguntó a su mujer.

—Es que no…, no estamos juntos —aclaré yo—. Me voy a Asturias en unas semanas.

—Ah…, eh…, yo… pensé que…

Víctor le dio una palmadita en la espalda y le dijo que no se preocupara.

—Ojalá —comentó antes de ir a por otra copa.

Ojalá no estuviéramos escondidos en una relación tan sórdida y frívola. Una relación sexual que yo misma había provocado.

A Rai, evidentemente, la aparición de ese tal Quique le estropeó el humor. Siguió paseándose por la pequeña galería haciendo de su propio relaciones públicas, pero visiblemente más sieso que antes. Y no podía evitar echar continuas miradas hacia donde estaba el otro, persiguiendo con los ojos a su Lola. Ni siquiera saber que había vendido el noventa por ciento de las láminas le alegró. Lola era, como escribió Nabokov, la luz de su vida y el fuego de sus entrañas.

Cuando se terminó la bebida y los que estaban allí por el alcohol gratis desaparecieron, Borja y yo decidimos salir a fumarnos un cigarrillo. Víctor, Carmen y Nerea nos acompañaron, aunque hacía calor y el ambiente en la calle era asfixiante.

Le ofrecí un cigarrillo a Víctor y él se lo colocó entre los labios mientras se quitaba la americana. La mirada de las tres fue hacia su camiseta blanca y el torso que se marcaba debajo. Carmen incluso se recreó un poco demasiado con sus brazos, delgados pero fibrosos.

—Joder… —musitó entre dientes.

—Eso digo yo —le respondió Borja un poco malhumorado—. Ponte ahí, no quiero echarte el humo.

—¿Te molesta el humo, Carmen? —preguntó Víctor mientras se encendía el pitillo.

—No. Ya estoy acostumbrada, pero… —Se acarició el vientre.

Víctor abrió los ojos de par en par.

—¿Estás embarazada?

—Sí —dijo ella con una sonrisa resignada.

—¡Enhorabuena! —Se abalanzó sobre ella y la abrazó. Carmen le palpó la espalda y puso los ojos en blanco sin que Borja pudiera verla. Víctor la soltó y le dio a él uno de esos abrazos hipermasculinos, con un par de palmadas—. Es genial. Enhorabuena —repitió—. ¿De cuánto estás?

—De apenas tres meses.

—¿Ves, Carmen? ¡Nadie cree que seas una coneja! —dije con una risotada.

—Excepto Lola.

—Lola está encantada de ser tía otra vez —dijo Nerea alargando la palma de la mano hasta el vientre de Carmen.

—Estamos todas encantadas y te haremos de *baby sitter* cuando lo necesites —añadí yo.

Víctor me sonrió y yo, mirándolo, sonreí como una tonta también.

—¿Estás cansada? —preguntó Borja a su mujer, y le echó el brazo alrededor de la cintura.

—La verdad es que sí. Después de la noche que nos dio Gonzalo…

—¿Está malito? —pregunté preocupada.

—Están saliéndole los dientes y está rabioso, el pobre —aclaró Borja—. No llora, pero se pasa la noche haciendo ruiditos tipo ardilla. Venga, Carmen, vámonos antes de que aparezca el novio de Nerea y se descubra que está saliendo con nuestro jefe.

Todos nos echamos a reír. Víctor y yo volvimos a mirarnos. Después de la exposición de Adrián, donde Nerea se había enterado de que su novio era el odioso jefe de Carmen, Víctor y yo nos habíamos besado por primera vez.

—Vamos a despedirnos de Lola —dijo Carmen.

Borja tiró el cigarrillo al suelo, lo apagó y los dos desaparecieron, cogidos de la mano, dentro del local. Víctor los miraba.

—Qué monos —comentó Nerea—. Son la pareja ideal.

—Sí, de esas parejas que se hacen fotos de familia ideales en la playa, con su jauría de niños —me burlé yo cariñosamente.

—En la playa me gustaría estar a mí ahora mismo —comentó Víctor de soslayo.

—Y que lo digas —asentí.

—Todo es proponérselo.

Cuando susurró aquello entre dientes me pareció una auténtica provocación. Así que quise añadirle leña a aquel fuego.

—Mataría por bañarme de noche. Sobre todo en el Mediterráneo, con su agua tranquila…

—Sí —gimió Nerea, con la mirada perdida.

—Pues ale, vámonos —dijo Víctor.

—Sí, claro —contesté; quería ver cómo insistía.

—Tengo el coche aparcado a dos calles. Paramos en una gasolinera y…

Nerea se echó a reír y recordé que estaba allí.

—Lo digo en serio. Solo no me voy a ir. —Me miró intensamente con una sonrisa—. ¿No te apetecería darte un baño en el Mediterráneo? A Valencia son poco más de tres horas.

—Estás loco. —Me reí.

—¿Os imagináis que nos vamos? —Rio Nerea, mirándonos—. Una escapada superloca.

—Mira, a Nerea la tengo ya convencida.

—Nerea es la típica que se raja nada más pongas el coche en marcha, no te hagas ilusiones.

—¡De eso nada! —se quejó ella con un golpe de su melena rubia—. Que si la cosa va de irse a la playa, yo me voy a la playa, ¿eh?

Víctor ahogó la risa en una carcajada.

—Déjalo, Nerea, Valeria no se atreve.

—Oy, por Dios…, qué viejo eso de «no se atreve» —me quejé, cruzando los brazos bajo el pecho.

—Ni viejo ni nuevo, es la verdad. Eres de esas chicas… aburridas. ¿Qué le vamos a hacer? —me retó, con una mueca supersexi.

—No me toques las narices —le dije con una sonrisa.

—Hace una noche perfecta para conducir, ¿sabes, Nerea? ¿Por qué no nos vamos tú y yo?

Ahí me remató.

—Ay..., ¿tú y yo? —contestó sonrojada la buena de Nerea, que parecía que no se daba cuenta del juego.

—Claro. Como Valeria no se atreve...

—Venga, va, vámonos a la playa —dije tras dar una palmada al aire.

—¿Sí? —preguntó Nerea emocionada.

—Sí, venga —confirmé—. Nos despedimos de Lolita también y nos ponemos en marcha.

Nerea salió disparada hacia el interior y cogió a Lola. Mientras nos terminábamos el cigarrillo, Víctor y yo la vimos parlotear con ella muy emocionada. Lola la miraba con las cejas fruncidas y cuando terminó su discurso, le preguntó algo que Nerea contestó asintiendo contenta. Después la mano de Lola realizó una parábola perfecta en el aire antes de asestarle una colleja monumental, que provocó que buena parte de los invitados se giraran hacia ellas.

—¿¡Tú eres tonta!? —la escuchamos increparle.

—¿Por qué me pegas? —le dijo Nerea tocándose la nuca.

Se pusieron a hablar aceleradamente y de pronto Nerea levantó las cejas, como si acabara de descubrir la cuadratura del círculo. Bajó la cabeza cuando entramos y nos acercamos a ellas.

—¿Qué? ¿Nos vamos a la playa, Nerea? —la provocó Víctor.

—Es que... —contestó resuelta, acariciándose su rubia melena—. Me acabo de dar cuenta de que no puedo. Tengo..., tengo una cita ineludible con..., con gente. Gente importante.

—Víctor y yo nos echamos a reír—. Pero ¡id vosotros! Otro día ya si eso nos vamos los tres.

—Claro, estarás guapísima aguantándoles la vela —espetó Lola de mal humor.

—¡Oye! ¡Vale ya, Lola! ¡Eres una imbécil!

—¡Y tú una lerda! —le contestó.

—Antes de que esto acabe siendo una pelea de gatas en el barro, me voy, señoritas —dijo Víctor elegantemente.

Lo entendí al momento.

—Yo también me voy. Estos zapatos me matan.

—¿Os vais a la playa? —preguntó Nerea de soslayo.

—Claro que no, nena. —Me reí.

—¿Te acerco a casa? Tengo el coche a la vuelta de la esquina —me propuso Víctor.

—Hecho.

Víctor me tendió la mano y yo, con una carcajada infantil, la cogí. Después nos despedimos de todos y salimos rumbo al coche.

44

Fin de fiesta

Lola salió de la galería mirando de reojo a Rai, que no escondía su mal humor. Se imaginaba que la visita de Quique le había sentado igual de mal que a ella, o incluso peor, así que intentó ser amable y suave. Era consciente de que para alguien como Rai, que mantenía una relación sentimental con una mujer nueve años mayor siendo casi un adolescente, los celos eran una cuestión difícilmente gestionable. Se sorprendió gratamente a sí misma pensando tanto en él. ¡Mira, si era casi persona y todo!

Cuando se despidieron de la gente, comenzaron a caminar hacia la parada de metro. Ella prefería coger un taxi, pero como el ambiente estaba caldeado no le apetecía tener que luchar por aquella concesión.

Cuando llegaron a la calle principal, Rai miró a Lola muy serio.

—¿Te duelen los pies?

—Un poco. Estos zapatos son preciosos, pero son una tortura japonesa.

—Tortura china —corrigió él.

—Del país que tú quieras.

—Coge mejor un taxi entonces.

Lola levantó una de sus impolutas cejas.

—¿Coge? ¿Es que no vienes?

—Voy a casa. A mi casa.

—¿Y eso? Había pensado que podíamos picar algo de cena y que después terminaríamos en la alfombra sin ropa y…

—Estoy cansado… —la interrumpió él.

Lola chasqueó la lengua contra el paladar y cambió el peso de su cuerpo de un pie al otro.

—Dime ya eso que te molesta tanto y déjate de monsergas de amargada. Ni siquiera te pega. Creo que se tiene que ser tía para hacer esas cosas con dignidad y tú, que yo sepa, tienes dos cojones bien peludos colgando entre las piernas.

—No sé ni a qué te refieres.

—Me refiero a esa actitud tan «no me pasa nada» pasivo-agresiva. ¡Claro que te pasa! ¿Qué es? ¿Es Quique?

—Ah, Quique. Como sois amiguitos ya no tienes que llamarlo Enrique, ¿no? A los jefes se les llama de usted —aseveró—. Espera, no, claro. Es que tú a los jefes no les llamas de usted, solo te los follas.

Lola se puso rígida.

—¿¡Crees que me acuesto con mi jefe!?

—Es evidente que algo pasa.

—No sé de dónde te lo sacas —respondió poniéndose más tensa.

—¡¡De que te corres en sueños diciendo su nombre, joder!!

Lola pestañeó sorprendida al ver aquella explosión de rabia.

—Rai, lo que se sueña no se controla y, hasta donde yo sé, no es delito tener sueños eróticos. Y, por favor, háblame bien.

—Él cogió aire, rebufó, se pasó la mano por el pelo y trató de tranquilizarse, dando golpecitos rítmicos con el pie sobre el pavimento—. Deberías estar contenta. Has vendido casi todos los cuadros y has ganado lo suficiente para que podamos irnos de vacaciones. ¿Recuerdas? Es lo que querías.

—Quizá no debería gastarme ese dinero en unas vacaciones. Debería ahorrarlo.

—¿Y eso a qué santo viene ahora?

—Viene a santo de que conozco tu historial y no tiene sentido que me desviva ahora por una relación que terminarás rompiendo para meterte en la cama de alguien que te apetezca más que yo.

—Rai, te estás rayando.

—¡¡No me estoy rayando, Lola!! ¡¡Es que ese tío te apetece!! ¡¡Te apetece mucho!! ¿Qué se supone que tengo que hacer? Disfrutar el tiempo que nos queda juntos, ¿no? En plan panoli de veintiún años que está loco por ti y que va a tragar con cualquier mierda que le pongas en la mesa.

—Vamos a casa, no quiero montar numeritos en la calle.

Rai sacudió el brazo que ella intentaba agarrar y se soltó.

—¿De qué vas a convencerme, Lola? ¿De que no me vas a dejar tirado?

—Claro que no voy a dejarte tirado —respondió ella—. ¿Por qué dices eso?

Durante un momento de pánico, Lola creyó que Rai iba a echarse a llorar. Con eso no podría. Respiró hondo, preparándose para hacer una emotiva declaración de amor de esas que jamás confesaría haber hecho, pero él la cortó.

—No estoy tranquilo, Lola. No lo estoy. Siempre que te veo…, siempre que te veo pienso que has…, que has podido pasar la tarde con él y me pongo enfermo.

—Ese problema es tuyo, no mío. No puedo hacerme responsable también de tu imaginación.

—Ese tío te pone cachonda. Y mucho.

Lola no encontró ningún comentario ocurrente de su repertorio que pudiera salvar la situación, así que salió por peteneras.

—¿Es que tú has dejado de ser un tío por estar conmigo? ¿No miras a otras chicas? Porque me consta que bien que le das a la manivela cuando no podemos vernos.

Rai abrió mucho los ojos. Estaba claro. Nadie en su sano juicio le dejaría el ordenador a Lola ni un segundo sin borrar antes el historial de Internet y las *cookies*, por si acaso.

—Yo no miro a otras, Lola. Porque yo estoy enamorado y lo que tú me das me llena.

—Yo también te quiero, Rai. No sé a qué viene todo este drama.

Rai suspiró, revolviéndose su pelo casi rubio.

—Lola…, deberíamos dejar de vernos durante un tiempo.

—¿¡¡Qué dices!!? —gritó ella—. ¿¡Es que estás loco!?

Y Lola se sintió como Silvester Stallone en *Pánico en el túnel* cuando los ojos de Rai se humedecieron.

—Me siento… sobrepasado. No sé cómo hacer esto. Yo… no puedo competir en nada con ese tipo. Si quiere tenerte, simplemente te tendrá.

—¿De qué estás hablando?

—Lola…, yo tengo que ser inteligente.

—¡Si me dejas te araño entero! —Fue lo primero que le pasó por la cabeza, así que lo soltó sin más.

Rai levantó la mirada hacia ella. Se encontraron, nerviosos los dos.

—Yo no quiero dejarte.

—Ni yo que lo hagas —dijo Lola temblorosa—. Contigo tengo mucho más que sexo y lo sabes. —Él respiró hondo y ella se le enroscó—. Mi vida… —suplicó en tono amoroso—. Vamos a casa y hagamos el amor como perros encima de mi alfombra. Ya verás qué bien después.

Él la apartó un poco de su pecho y le dijo:

—¿Me quieres?

—Claro.

—Pues hazme un favor: acuéstate con él. No quiero saber más. Después simplemente decide. Quizá solo sea eso y después… Y después podamos volver a estar juntos.

—¡¡Yo no quiero acostarme con él!! —gritó Lola, nerviosísima.

—Claro que quieres, Lola. Hasta sueñas con ello. —Se quedaron callados sin saber qué decir, pero fue él quien, después de unos segundos, sentenció la cuestión—: No me llames hasta que lo hayas solucionado. Por favor.

Mientras Lola veía alejarse a Rai se dio cuenta de que lo que ella creía que pasaba en su interior con disimulo estaba escrito en su frente como una letra escarlata.

45

Un bis para Nerea

Nerea salió del taxi agotada. Los zapatos la estaban matando, aquella falda tan estrecha se le pegaba como la piel del demonio y tenía calor. Además, estaba avergonzada por muchas cosas. Lo primero, por lo pánfila que había sido en la exposición con el tema de la playa. ¿Es que se había vuelto *borderline?* Estaba claro que Víctor y yo teníamos algo escondido cuyos detalles no conocían ninguna de las tres. ¿Qué hacía ella apuntándose a nuestros planes? Y encima Lolita, la mordaz, apostillándolo todo con la violencia verbal que la caracterizaba. Olé.

¿Más cosas por las que estar avergonzada? Se acababa de ver en un cuadro hiperrealista con la cabeza de Lola entre los muslos. Si lo pensaba… hasta le asqueaba. Lola era muy mona y todas esas cosas, pero no le interesaban las relaciones lésbicas.

Relaciones lésbicas. Eso le recordaba más motivos por los que estar avergonzada. Si su vida sentimental seguía siendo tan lamentable no tardaría en tener que plantearse la cuestión de cambiar de acera.

Todo un éxito.

Vaya, Nerea, no se puede tenerlo todo en esta vida.

Estaba intentando abrir el portal cuando se fijó en que, apoyado en la pared, un chico la miraba con interés. Levantó la vista y… le sonrió sin poder evitarlo. Jorge suspiró, de soslayo, como si estuviera diciendo en un solo gesto que la tenía malcriada.

—¿De dónde vienes tan elegante? —le preguntó tras acercarse.

—De la exposición de cuadros del novio de mi amiga Lola. ¿Qué haces aquí?

—Esperarte. —Hizo un mohín—. Porque no me invitaste a la exposición de cuadros del novio de tu amiga Lola.

Nerea se rio sin querer hacerlo. Estaba cansada de los vaivenes de ese intento de relación. Ya había llegado a la firme convicción de que lo mejor era olvidarlo y limitarse a invertir sus esfuerzos en el trabajo.

—¿Has cenado? —le preguntó él.

—Jorge, cielo... —Y se dio cuenta de que cada vez le costaba menos quitarse la coraza para ser ella misma—. Si haces esto porque crees que el otro día te pasaste, déjalo. No hace falta. Soy una persona razonable y nada de esto afectará a la relación profesional que tenemos, te lo prometo.

Jorge se mordió el labio inferior.

—Es que... me conozco. Y sé que soy una de esas personas egoístas que...

—No necesito más explicaciones, Jorge. Yo te entiendo. De verdad. Nos atraemos, pero no te interesa seguir conociéndome.

—No es eso.

—Sí es eso, pero no pasa nada. No soy de esas chicas que se inventan rocambolescas excusas para justificar que las rechacen. Igual lo hago con mis amigas, por no hacer leña del árbol caído, pero soy muy consciente de que cuando un chico no quiere... es que no quiere.

—Es que... —siguió diciendo Jorge—. Es que no sé si tengo información suficiente para querer o no.

Nerea levantó las cejas sorprendida.

—¿Cómo?

—Bueno…, que he estado pensándolo y… creo que voy a necesitar unas cuantas salidas más para decidir si eres un cíborg o humana. —Fingió decirlo con aire grave—. Así que… exijo mi oportunidad.

—¿Exiges?

Jorge hizo un puchero.

—Estoy tratando de ser gracioso, u ocurrente, o simpático, no lo sé bien. Pónmelo fácil, anda.

Nerea suspiró.

—¿Qué propones, entonces?

—Pícnic en El Retiro. Exposición sobre la historia del cómic en Estados Unidos. Cine de verano. Cena en una tasca japonesa del centro y una cerveza por Alonso Martínez.

—¿Cuándo?

—Mañana. Te recojo a las doce con la moto, así que no te peines mucho porque tendrás que ponerte casco. ¿Te parece todo bien?

—Supongo. —Fingió un movimiento despreocupado de hombro y sonrió, girándose de nuevo hacia la puerta para subir a casa.

—Nerea…

Se dio la vuelta con un golpe de melena. Se encontró con Jorge con una sonrisa preciosa, mirándola.

—Al plan… ¿podemos añadirle un beso en el portal?

—Mañana lo veremos.

Giró la llave, abrió el portón y subió el escalón. Jorge tiró de su brazo y la besó en los labios con brío. Y fue un beso de esos en los que ambos cierran los ojos.

Cuando el ambiente empezaba a calentarse y los dos se enroscaban ya en un abrazo apretado, Nerea decidió que era hora de subir a casa… sola.

—Buenas noches —le dijo.

—¿No subimos? —preguntó él con un mohín.

—Hasta mañana.

—Doy muy poco trabajo. Si me dejas subir yo me acurruco allí, a los pies de tu cama, y no te enteras ni de que estoy.

—Adiós, Jorge…

Pues vaya. Nerea tenía una cita y esta vez era una de esas que no la dejaría dormir.

46
La playa

Pensaba que terminaríamos en su casa o en la mía follando como dos locos. Y estaba muerta de ganas. La camiseta le quedaba como si la hubieran cosido a mano solamente para él. Creía que lo más parecido a la playa que tendríamos aquella noche sería una ducha tirando a fría después del polvo.

De modo que no pude sino sorprenderme cuando enfiló en dirección contraria al centro. No. No paramos ni en su casa ni en la mía. No llevábamos ni una muda de ropa ni trajes de baño. Nada. Y en mi cartera de mano no cabían más que mis llaves, el paquete de tabaco y un monedero con unos billetes arrugados, unas monedas, la tarjeta de crédito y el DNI.

Al principio pensé que estaba de broma, que pararíamos en cualquier sitio y terminaríamos la velada con un polvo majestuoso en el coche. Pero cuando el brillante coche de Víctor se lanzó a la carrera por la A3 me di cuenta de que no hay que bromear con él. ¿No debería haberlo aprendido ya de nuestros dos años de historia?

—Estás loco, ¿lo sabes? —le dije—. Si íbamos a hacerlo de verdad, deberíamos haber cogido unas cuantas cosas.

—¿Como qué? —me preguntó poniendo el intermitente y adelantando a un coche al límite de velocidad.

—Como un biquini para mí. Un bañador para ti. ¡Una toalla!

—Yo soy un hippy. Esas cosas no me hacen falta.

Hippy dice. Un hippy conduciendo un Audi. Me ha quedado claro.

Víctor esbozó una sonrisa perfecta en sus labios de bizcocho y aceleró.

Quise buscar un disco en su guantera, pero encontré de todo menos CD. Los papeles del coche, condones (muchos condones), lubricante con sabor a fresa, su perfume, unas gafas de sol, otras graduadas y piruletas. Un montón de piruletas.

—No quiero saber por qué llevas ahí todo eso —dije mientras cerraba la puertecita.

—¿Para qué abres sin preguntar? —Se rio—. ¿Qué buscas?

—Discos. Pero por si luego tengo hambre, ya sé que tienes ahí el lubricante con sabor a fresa.

—Si tienes hambre paramos. Y si quieres probar el lubricante, también paramos.

Víctor alargó la mano y la coló entre mis piernas; yo contuve la respiración, esperando que me metiera mano de la manera más sucia posible, pero, lejos de eso, palpó debajo de mi asiento y alcanzó un estuche con CD. Después lo dejó caer en mi regazo y siguió concentrado en la carretera en obras. La noche se cerraba detrás de nosotros.

Elegí uno al azar. Lo primero que sonó fue Bobby Womack, versionando *California Dreamin'*. La voz y la guitarra, el ritmo del bajo y el paisaje engulléndonos nos hicieron enmudecer. Víctor bajó un poco las ventanillas y dejó que el aire caliente nos removiera el pelo. Después subió el volumen hasta que apenas pude escuchar mis propios pensamientos. Solo el olor de comienzos de verano y su perfume, envolviéndome entera.

Así, abstraída y acomodada en mi asiento, pensé en si aquella no sería otra de nuestras piruetas mortales, colmo del sadomasoquismo emocional al que nos sometíamos. ¿Sería como el final de aquella noche, tras la exposición de Adrián? ¿Volvería yo a mi casa al día siguiente pensando otra vez que Víctor ocupaba demasiado espacio en mi vida como para ser sano? Bueno, por eso me iba. Por eso me alejaba de él. ¿Y si aquella era nuestra despedida?

—¿En qué piensas?

—En la exposición de Adrián. —Hice una pausa—. Esta canción me encanta.

Víctor me lanzó una mirada de reojo.

—¿En qué parte de la exposición de Adrián en concreto?

—En el final. En tu casa.

Víctor asintió.

—Y, dime…, ¿pensabas en ello de manera reprobatoria o con añoranza?

—Una mezcla —contesté resuelta.

—Hicimos muchas cosas mal, pero de aquello no me arrepiento.

—Desde un punto de vista objetivo, creo que fue cobarde —confesé—. Como lo que hacemos ahora.

—¿Cobarde? —Me miró de soslayo y después de un silencio sostenido siguió hablando—: ¿Sabes quién es Silvio Rodríguez?

—¿El cantautor cubano?

—Sí. Pues Silvio Rodríguez tiene una canción muy triste que se llama *Óleo de mujer con sombrero*. Dice en ella que «los amores cobardes no llegan ni a amores ni a historias, se quedan ahí. Ni el recuerdo los puede salvar, ni el mejor orador conjugar».

Me quedé mirándolo, sorprendida. ¿Víctor citando a Silvio Rodríguez? Aquello rozaba lo bizarro.

—¿Qué quieres decir con eso?

—No sé tú, pero yo recuerdo aquello, lo que nos pasó, todos los días. Hemos hablado de ello demasiadas veces. Se repite demasiadas veces. No puede no ser una historia. No puede ser cobarde. —Abrí los ojos y él dibujó una sonrisa avergonzada que curvó sus labios—. Si le cuentas a Lola alguna vez que he dicho eso te mataré.

—Precioso. ¡Artista! —Me reí.

Llegamos a Valencia a las dos de la mañana. Entramos por la amplia avenida del Cid y bajamos del todo las ventanillas. Incluso allí, aún lejos de la playa, el aire olía a mar. Me emocioné.

Recorrimos Valencia bajo las luces anaranjadas de sus farolas. Víctor, que parecía conocer la ciudad, decidió que era mejor acercarse a las playas de un pueblecito cercano.

—Son más bonitas —dijo con la mirada perdida en la calzada—. Y tranquilas. Te gustarán.

Cuando llegamos a El Puig, aparcamos muy cerca de la playa. Me quité los zapatos, los dejé en el coche, junto al bolso, y salí corriendo como una niña, contenta, ilusionada y embelesada por el olor y el sonido del mar. No podía creerme que estuviéramos allí. Él me siguió, andando despacio.

Nos sentamos en el borde de un espigón de piedra, de cara al mar y a la luna. Todo aquello me recordó a mi escapada a Gandía, cuando quise aclarar mis ideas tras la decisión de separarme. Pensé en lo mucho que añoré a Víctor aquellos días, en lo mucho que deseé tenerlo allí, y después lo miré.

—¿Qué? —me dijo.

—Gracias por traerme. Es perfecto.

Se acercó, me rodeó con un brazo y yo me arrullé en su camiseta blanca de algodón, en su olor. Subí la pierna izquierda sobre su muslo derecho y así, entrelazados, Víctor me besó el pelo.

—Ahora es perfecto.

—Sí…, lo es. —Cerré los ojos.

Y durante unos minutos, ninguno dijo nada. Solo miramos las esquirlas plateadas que la luna, rechoncha y blanca, dejaba sobre el mar. Y fue perfecto.

—¿Qué habría pasado con nosotros si hubiéramos hecho esto aquella noche? ¿Qué sería de lo nuestro? —dijo Víctor en un susurro.

—¿Qué noche?

—La de la exposición de Adrián. O el día que rompimos, o…

—No habría cambiado. Todo habría seguido siendo como fue…

—¿Y cómo fue?

—Breve y sórdido.

—Vaya…, no te he dejado buenos recuerdos —murmuró.

Le acaricié la mano, que caía por encima de mi hombro.

—No digas eso. Tengo recuerdos preciosos tuyos, Víctor. Simplemente nos fue mal.

—Hablas en pasado… —Esbozó una sonrisa irónica.

—Lo que estamos haciendo no viene sino a confirmar lo que estoy diciendo.

—¿Por qué?

—Porque esas cosas no bastaron nunca. No nos convenimos.

—Él te conviene. ¿Es eso? —Levanté la mirada y él se inclinó hasta besarme la punta de la nariz—. Lo siento. No quiero que hablemos de él —se rebatió a sí mismo.

—No te preocupes. Los dos somos conscientes de lo que nos espera al volver.

—Esta noche me recuerda a aquella, ¿no te pasa? Me recuerda a la primera vez que dormí contigo y al primer beso que te di.

—A mí también. —Me reí al pensar en lo poco que sabía yo entonces.

Nos abrazamos un poco más en ese momento y Víctor se inclinó sobre mí para besarme. Aquel beso fue fantástico. Uno de los mejores de mi vida. Y si no digo nada más sobre él es porque soy una egoísta y quiero quedarme con ese recuerdo íntegro solo para mí.

Después Víctor susurró con los ojos cerrados:

—Dices que es mejor estar separados. Dices que es mejor para los dos, pero la verdad es que yo solo puedo pensar en estar contigo y en enmendar todas las cosas que hice mal.

Sé que lo normal habría sido deshacerme por dentro, derretirme, entender que para una persona como Víctor encontrar el valor suficiente como para confesar aquello había supuesto un esfuerzo, pero yo... Yo creía que sabía la verdad sobre lo nuestro. Aun así le besé el pecho sobre la camiseta.

—No hay nada que arreglar. Las cosas que fueron, fueron. No podemos quedarnos con aquello...

Víctor se incorporó y se levantó. Después me levanté yo.

—Vamos a hacer eso por lo que hemos venido, ¿no? —Me sonrió—. ¿Nos damos un baño?

Se quitó la camiseta y se desabrochó el cinturón y los vaqueros. Lo dejó todo doblado sobre el espigón y acomodó las pequeñas perneras de su ropa interior negra ceñida. Yo lo imité y dejé todas mis cosas sobre las suyas.

Cuando me acercaba a los escalones que llevaban hacia la suave arena, Víctor me rodeó con sus brazos. Y yo... sonreí.

—Eres lo más bonito que veré en mi vida.

Nos dimos la mano y entramos juntos en el agua, que nos recibió tranquila, caliente y oscura. Nos abrazamos, le rodeé con mis piernas y nos acomodamos, así, mientras las olas nos mecían.

Mi Carmen interior me dijo que lo besara. Mi Lola interior susurró que lo mejor era quitarse las bragas y follar con él. Mi Nerea interior tarareaba mentalmente canciones románticas.

Y así, abrazados, pegados y callados, pasamos la siguiente hora, besándonos lánguidamente de vez en cuando.

Cuando volvimos al coche eran más de las cuatro de la mañana y los dos estábamos cansados. Tan cansados que ni siquiera habíamos hecho nada más que besarnos. Aunque sopesamos la posibilidad de volver a Madrid en aquel mismo momento, Víctor consideró que lo mejor era buscar un hotel y dormir unas horas. Después veríamos. A mí también me pareció lo más conveniente.

Cerca de la Ciudad de las Artes y las Ciencias encontramos uno que nos pareció con buena pinta. Metimos el coche en el aparcamiento y nos acercamos a recepción. Llevábamos la ropa húmeda y manchada de salitre, el pelo revuelto y una sonrisa tontorrona en la cara.

—Estoy tan cansada… —le dije a Víctor.

—Y yo.

—¿Hay que llegar a Madrid mañana a alguna hora?

—No. —Negó con la cabeza mientras se rascaba la creciente barba de su mejilla—. Voy a mandarle a mi padre un mensaje para decirle que no me espere mañana en el estudio.

—¿Te reñirá? —le pregunté con una sonrisita.

—Qué va. Estará encantado. Dice que necesito desconectar.

—Creí que ya desconectabas en mi casa después de trabajar —comenté en un murmullo provocador.

—No. Recuerda que me saco un sobresueldo siendo tu *escort*. —Los dos nos echamos a reír y él suspiró—. ¿Sabes qué sería genial? —añadió.

—¿Qué?

—Pasar aquí el fin de semana.

Lo miré como si estuviera loco.

—Claro. Con una única muda para tres días.

—Salimos mañana a comprarnos algo de ropa y vemos la ciudad. —Me reí—. ¿No me tomas en serio? —preguntó rodeándome con su brazo.

En el mostrador una chica hacía el turno de noche hojeando un libro. Víctor me pidió el DNI y le sonrió. Mientras ella nos saludaba, le pasamos nuestra documentación y Víctor pidió una habitación. Ella tecleó diligentemente y nos preguntó qué tipo de habitación queríamos.

—Ahora mismo tenemos disponibles varias *junior suite* y...

—Con que tengan cama será suficiente —dijo Víctor apoyándose en el mostrador y frotándose los ojos—. Venimos de Madrid y estamos agotados.

—¿Cuántas noches estarán con nosotros? —preguntó ella mientras cogía nuestras identificaciones.

—Pues de momento hasta mañana. Ya veremos si la convenzo para quedarse dos noches más. —Sonrió él.

La chica me miró como si estuviera viendo a la especie animal más extraña del mundo. Supongo que no entendía por qué razón era necesario convencerme para pasar tres días allí con semejante hombre.

Cuando abrimos la habitación, Víctor dejó nuestras cosas sobre una pequeña mesita junto al ventanal que daba a la pequeña terraza y yo entré en el cuarto de baño. Cuando salí nos dimos el relevo y unos minutos después Víctor salió con las gafas graduadas puestas. Nos encontramos frente a la cama.

—Humm, qué guapo. ¿Te importa que duerma en la parte más cerca de la ventana? —le pregunté.

—En absoluto. ¿Quieres mi camiseta? —dijo mientras se la quitaba.

—No, gracias. Hace calor.

Se desprendió de ella en un ademán irresistible y la dejó extendida en el respaldo de una silla.

—Aún llevo la ropa interior húmeda —dije distraída.

Al levantar la mirada hacia él vi que se estaba riendo. Le tiré el sujetador a la cabeza después de meterme en la cama.

—Eres un cerdo.

—Has sido tú la que lo ha dicho. Yo solo me he reído.

Se quitó los zapatos, los calcetines, de los que cayó arena, y después los pantalones, que dejó sobre la camiseta. Yo apagué la luz. Sentí su peso mientras él abría las sábanas para acomodarse a mi lado. Respiró profundamente junto a mi cuello y me abrazó.

No parecíamos, ni de lejos, los típicos y sórdidos amantes.

—¿Le escribiste el mensaje a tu padre? —le pregunté.

—Sí —murmuró.

—¿Qué excusa le pusiste?

—Que tengo que tratar de volver a convencer a la mujer de mi vida de que soy bueno para ella.

Y sin saber si hablaba en broma o en serio, me acurruqué sobre su pecho y me dormí.

Cuando me desperté la habitación estaba completamente iluminada por esa luz tan brillante que baña casi todos los días Valencia. Tuve que parpadear muchas veces seguidas para acostumbrar mis ojos a la claridad. Me moví, tratando de estirarme entre las suaves sábanas, pero Víctor me pegó más a él en un gruñido. Solía hacerlo a menudo cuando salíamos juntos. Si en mitad de la noche yo me despertaba y trataba de salir de la cama, él, dormido, me agarraba con fuerza. Y eso hacía que me sintiera bien. Siempre bien. Daba igual con qué sensación me hubiera despertado, porque de pronto estaba… segura.

Pero en esa ocasión me sentí incómoda, sobre todo por cuestiones mucho más prosaicas, como la imponente erección que me estaba presionando el trasero.

—Víctor…, necesito ir al baño —susurré, esperando que me soltara.

—Humm… —ronroneó, apretándome más a él.

—Víctor, suéltame.

—No —dijo con una nota de placer en la voz.

En un movimiento de cadera, literalmente se restregó contra mi trasero.

—Déjame ir al baño, por Dios te lo pido…

—¿De lo contrario…?

—Te mataré —bromeé.

—Ya me matas. Lentamente. Todos los días.

Víctor me giró hacia él y, sonriendo, me dio los buenos días con un beso. Salté de la cama y corrí en braguitas hasta el baño, donde me cerré con pestillo. Mucho más descansada, salí de nuevo y me metí entre las sábanas.

—Paso de levantarme —dije juguetona—. Quiero quedarme todo el día en la cama.

—¿Durmiendo?

—O lo que se te ocurra —añadí con saña.

—Pues tendrá que ser sola, porque yo voy a levantarme. —Se rio.

—Hace un momento estabas restregándote contra mi culo. ¡No te hagas el estrecho!

Me giré e intenté toquetearlo, pero él se incorporó y se levantó de la cama. Su bóxer negro dejaba bastante poco a la imaginación. Allí estaba «ella» saludando en posición de firmes.

—Por Dios, Víctor. Te estás recreando. —Me reí, tapándome la cara con la almohada.

—Voy a darme una ducha.

—No tienes ropa interior limpia —le recordé.

—¿Quién te ha dicho que me voy a poner ropa interior?

—¿Puedo ir?

—Prueba a ver si puedes…

Y sí…, sí que pude.

Encontramos un centro comercial muy cerca del hotel. Decidimos invertir un par de horas en hacernos con todo lo necesario para pasar el fin de semana allí. Pero por separado. Sincronizamos nuestros relojes y quedamos en vernos en la puerta de un local para tomar un bocado rápido y después pasar por el hotel a dejar las compras.

Entré en la primera franquicia que vi y cuando llegué al probador ya cargaba con un vaquero acampanado, unos shorts, varias camisetas, una chaqueta vaquera y dos vestidos. Me lo llevé todo.

Recorrí la mayor parte de las tiendas y me crucé con Víctor en uno de los pasillos del centro comercial. Él también llevaba varias bolsas, pero, a diferencia de mí, ya había terminado. Cogió mis trastos y me dijo que me esperaría dentro del restaurante, en la barra, tomando algo.

Mientras me encaminaba hacia el resto de las tiendas por las que necesitaba pasar, aproveché para llamar a Lola, que tardó una eternidad en cogerme el teléfono.

—Dime —dijo escuetamente cuando por fin descolgó.

—¿Qué pasa? —pregunté sorprendida por su tirantez.

—Nada. Anoche tuve la reina de las broncas con Rai. Pero no te preocupes. Ya te contaré.

—¡No! ¡Cuéntame! ¿Estás bien?

—Sí, son cosas de críos.

—¿Tus cosas de críos o sus cosas de críos?

—*Fifty-fifty*. ¿Tienes plan para esta tarde? Podríamos emborracharnos con cazalla. O con Anís del Mono. ¡No, no, no! ¡¡Absenta!!

—Por muy tentadora que sea la idea, no puedo, reina.

—¿Y eso?

—Me he escapado unos días. A la playa y eso —dije, sabedora de que si le decía que estaba en casa, se presentaría allí en menos de media hora.

—¿Cómo? —La imaginé haciendo aquella pregunta con una de sus perfiladas cejas arqueadas.

—Que me he escapado… a ver el mar. Ya sabes.

—¿Sola?

—Sí.

—Vaya… ¿Te fuiste con tu coche, no?

Me di cuenta con horror de que mi coartada dejaba bastante que desear. Yo no tenía coche. Ni moto.

—Madrugué y me cogí un autobús —dije resuelta.

—Lo de callarte cosas, mira, puedo entenderlo, por eso de justificarte, claro. Pero lo de llamarme para mentir descaradamente empieza a clamar al cielo...

Suspiré. Bien, hora de confesar.

—Anoche Víctor y yo nos vinimos de puntazo a Valencia. A bañarnos en. el mar.

—Ajá. Y a follar.

—Noooo —dije arrastrando la o—. Fue alucinante, ¿sabes? Y hace tan buen tiempo que hemos decidido quedarnos este fin de semana.

—Dios. Te la ha vuelto a meter muy fuerte y muy hondo.

—¡No! —mentí—. Nada de eso. No estamos en ese plan, Lola. Ya sabes cómo son las cosas entre Víctor y yo.

—Por eso te lo digo.

—No, no va de ese rollo. Creo que necesitamos hacer las paces como personas, demostrarnos que podemos estar juntos sin que pase nada tortuoso, hablar de todo lo que llevamos a cuestas y dejarlo atrás por fin.

—Y por eso vais a pasar un fin de semana en Valencia juntos. Claro. Muy lógico todo —se burló.

—Lo digo en serio.

—No sé si lo dices en serio, siempre has sido muy buena autoconvenciéndote de cosas, así que, mira, me tienes más despistada que una puta por un arrozal.

Miré al infinito, pensando en aquel dicho improvisado.

—Creo que eso que acabas de decir carece de ningún tipo de sentido.

—Déjate la píldora. ¡Hazme tía con ese hombre! Quiero sobrinos guapos que pasear orgullosa por el parque. Se liga mucho paseando niños.

—Tú no necesitas ligar; deja de decir tonterías.

—Y oye…, ¿qué hace él ahora? ¿No estáis juntos?

—Hemos venido a comprarnos ropa. Vinimos con lo puesto. Y aún me queda comprarme zapatos y un montón de cosas, así que te voy a ir dejando.

—Ojalá te preñe de quintillizos y acabe ya esta tortura. Sois angustiosos.

—Arregla las cosas con Rai, Lola. Es un niño muy dulce y está muy enamorado. Y sé que tu jefe ha tenido algo que ver en esa discusión. Te repito que tienes que concentrarte en lo que importa y dejar esas cosas de lado, porque no te ayudan en absoluto y no te dan nada.

—Folla mucho —contestó antes de colgar.

Después corrí por el centro comercial para hacerme con todo lo demás. Sandalias, un pañuelo, un bolso grande, tres conjuntos de ropa interior, un pijama, un biquini y un kit básico de maquillaje y aseo. Bueno…, y un camisón bastante breve.

Cuando entré en el restaurante, Víctor estaba muy concentrado en la pantalla de su BlackBerry y en una pequeña libreta que solía llevar con él. Me senté a su lado y él, despegando los ojos del esbozo que estaba haciendo, me sonrió.

—¿Has quemado la tarjeta?

—Pero tú tienes la culpa. —Le sonreí—. ¿Comemos? Tengo unas ganas horribles de cambiarme de ropa.

—Y ponerte ropa interior —aclaró Víctor.

—Y desnudarte. —Le guiñé un ojo.

Durante la comida hablamos sobre lo que podríamos hacer aquellos días. Víctor me habló del casco histórico, de las paredes llenas de grafitis junto a edificios clásicos, del cauce seco del río Turia convertido ahora en un parque precioso, de la luz reflejada en el agua de La Albufera y de la zona de Cánovas iluminada de noche.

—Conoces bien la ciudad —comenté cuando ya tomábamos el café—. ¿Traes aquí a todas las mujeres con las que mantienes una aventura?

Me enseñó el dedo corazón de su mano derecha antes de coger la taza de café.

—Salí con una chica valenciana. —Sonrió—. Durante un año vine casi todos los fines de semana.

—¿Sí? No tenía ni idea.

—Es que fue como hace un siglo. Yo tenía… veinte o veintiún años. No duró mucho.

—Al menos un año, ¿no?

—Sí, algo así. Pero ella era muy jovencita y no salió bien. —Arrugó el ceño—. Eso sí, me enseñó cosas preciosas.

Era la primera vez que veía a Víctor hablar de alguien de su vida pasada en aquel tono. No había frivolidad en aquello. Había sido de verdad.

—Cuéntame más —le pedí.

—¿Para qué? No tiene importancia.

—La tuvo. Venga, ¿cómo os conocisteis?

—Aquí. En San Juan. —Sonrió con melancolía y después se terminó el café de un trago—. Era una chiquilla. Aún no había cumplido los diecisiete. No sabía nada de chicos, la pobre.

—Y tú se lo enseñaste.

—Sí —asintió con una sonrisa—. Lo que pude. Me pregunto si no gastaría con ella todo lo bueno que tengo. Si no será demasiado tarde para volver a hacer sentir a alguien así.

—¿Así?

—Bien. Segura. Dispuesta a creerme.

Me miró con intensidad y, después de una mueca, jugueteó con un azucarillo.

—¿Por qué terminó?

—Se hizo difícil. Fui imbécil. La historia de mi vida.

Los dos nos quedamos callados. El silencio zumbó en nuestros oídos hasta que yo lo rompí.

—¿Puedo preguntarte algo? Algo sobre nosotros.

—Claro —asintió.

—¿Por qué me dejaste?

Víctor se frotó la frente con un par de dedos y se dio unos segundos para rumiar la respuesta.

—Quería centrarme, averiguar qué era lo que quería. Lola me dijo que tendría que buscar una solución que no implicara arrastrarte a ti. Pensé que era lo mejor. Pensé que se me pasaría y que al final no tendría de qué asustarme. Y además... eres tan intensa...

¿Tan intensa...? ¿Yo? Fue entonces cuando me di cuenta de algo. Él pensaba que yo era demasiado intensa tal y como yo pensaba que lo era él. Pero no lo éramos ninguno de los dos, sino lo nuestro. Nuestros sentimientos eran tan fuertes..., tan violentos..., tan inmaduros aún. Pero allí estábamos, sentados tras comer en un restaurante, planeando pasar juntos aquel fin de semana y... sin dramas. ¿Habían madurado entonces todas aquellas sensaciones? ¿O aguardaban para asaltarnos a la vuelta de la esquina, cuando bajáramos la guardia?

Vi que Víctor esperaba algún tipo de respuesta por mi parte.

—Te perdoné —susurré.

Me pareció ver salir de entre los labios de Víctor un suspiro de alivio.

Volvimos al hotel y allí nos cambiamos de ropa, dejamos los trastos y planeamos qué haríamos. Sin intensidades, sin dramas y sin películas X.

Decidimos dejar el coche en el aparcamiento y, después de avisar de que nos quedaríamos dos noches más, salimos paseando tranquilamente de allí. Lo hicimos en paralelo al cauce del río durante un buen rato, hasta llegar a la calle Colón, y después nos internamos y callejeamos. Charlábamos de cosas sin importancia, nos reíamos; estábamos relajados. Él iba contándome cosas sobre los sitios que veíamos e historias de sus experiencias allí.

Pronto llegamos a un rincón de la ciudad que me gustó. Víctor me dijo que era la plaza de la Reina; nos tomamos un café en una de las terrazas y me explicó que aquello que se veía al fondo era parte de la catedral y al campanario se le conocía como la Torre del Miguelete. Le pedí que me hablara de lo que veía como arquitecto. Eso le hizo reír y, aunque tuve que insistir un poco, terminó haciéndolo.

—Es gótico levantino, al menos esto. Creo recordar que tardaron dos siglos en construirla, por lo que también tiene elementos renacentistas y barrocos. Se ven mejor desde otras caras. Luego la rodeamos y te los enseño.

Viendo cómo la luz de la tarde iba haciéndose azul hablamos después de sus recuerdos, de los míos. Hablamos de sus años de estudiante y de los míos. Hablamos de música y de cine. Fue… ingenuo. Sencillo. Especial.

Luego anduvimos hasta la plaza de la Virgen, bordeando la catedral, donde me enseñó la puerta de la catedral llamada de los Apóstoles.

—Me contó mi padre que todas las semanas, el mismo día a las doce de la mañana, se reúne frente a ella el Tribunal de las Aguas, donde solucionan los conflictos por el riego de las acequias. Me resulta muy curioso que se sigan respetando tradiciones de ese tipo. Y esta…, esta plaza es donde en Fallas termina la ofrenda. Sacan su virgen, la Cheperudeta, y le hacen un manto de flores. ¿Lo has visto alguna vez?

—Me suena.

Víctor me cogió la mano y trenzamos los dedos. Después, dando vueltas a la fuente que reina en el centro de la plaza, nos olvidamos de que íbamos cogidos de la mano.

47

De mala gana

Así estaba Carmen, de mala gana. Pero después de la bronca con Borja, al menos trataba de disimularlo. Quería a Borja y sabía que su actitud lo hacía sufrir y, aunque había intentado racionalizarlo, seguía sintiéndose rabiosa con las circunstancias.

Sabía que no era culpa de ninguno de los dos que ella volviera a estar embarazada. No habían sido descuidados esta vez, como con Gonzalo. No se trataba de que se pusieran calientes y prefirieran no parar para ponerse la gomita. Ella llevaba un puto DIU dentro y había fallado. ¿Cuántas probabilidades hay de que esto suceda?

Mal karma. Eso le parecía.

Igual estaba pagando todas las cosas malas que había hecho en la vida, se decía a sí misma, regodeándose en su estado victimista. A lo mejor, cada vez que celebró interiormente un éxito profesional las normas que rigen el cosmos se lo apuntaban en una libretita negra, de la que sacarían más tarde los tantos que tenían que meterle. ¿No quieres una vida profesional plena? Pues toma dos embarazos seguidos, coneja.

Pero todo esto en silencio, claro. Callada, silenciosa y fingiendo estar quizá no contenta pero sí centrada en su estado. Aunque por dentro no pudiera evitar que se la llevaran los demonios.

Aunque habría jurado delante de quien fuera que no era verdad, a veces fantaseaba con que todo era un error. O… incluso con que algo no terminara de salir bien. Le avergonzaba mucho que esas ideas se le cruzaran por la cabeza, así que las mantenía en el más profundo secreto. Y eso la torturaba.

Llegó a casa con la americana bajo el brazo derecho, una bolsa de la compra en la mano y Gonzalo gimoteando, cogido como un mono, en el izquierdo. Había salido bastante justa del trabajo, había cogido el autobús para ir a recoger al pequeño y, como había pillado un atasco en Recoletos, había bajado y corrido unas cuantas calles.

Iba sin comer. Lo último que recordaba haberse metido entre pecho y espalda era un batido descremado entre reunión y reunión hacia las diez de la mañana. Tenía un hambre atroz, que le agujereaba el estómago y le daba incluso angustia, pero quería acostar a Gonzalo primero para que durmiera la siesta, porque estaba cansado y llorón.

Dejó las cosas en la cocina de cualquier manera, se descalzó, se llevó a Gonzalo hacia la habitación y lo acunó en la mecedora arrullándolo, hasta que empezó a caer y lo dejó en la cuna. Miró el reloj, satisfecha de haber podido hacerlo todo a la velocidad del rayo, y se dio una palmadita mental en la espalda.

Cuando salía de la habitación a hurtadillas para no despertar al bebé, se dio cuenta de que el asiento de la mecedora estaba manchado. Se acercó y pasó un par de dedos por encima. Se sorprendió al comprobar que la mancha estaba aún húmeda. Con la oscuridad de la habitación, donde tenía la persiana a media asta, le pareció que era de color negro, y estaba preguntándose de qué demonios podría ser cuando lo vio a la luz que había en el pasillo.

Era roja. Y era, claramente, sangre.

El corazón se le desbocó y se tocó la barriga, nerviosa. Se dirigió hacia el baño, se quitó la falda del traje y se sorprendió al ver que la mancha se extendía por la tela, por su ropa interior y hasta por sus muslos. Contuvo la respiración, se lavó con agua fría, se cambió y llamó a Borja, que tardó lo que a ella le pareció una eternidad en contestar.

—Dime. —Y por el tono, serio y seco, dedujo que lo pillaba en medio de algo de trabajo.

—Cariño. —La voz le salió menos firme de lo que pretendía—. Es..., estoy sangrando.

—¿Qué dices?

—Que…, que estoy sangrando.

—Pero… ¿cómo que estás sangrando?

Empezó a llorar.

—Joder… —balbuceó—. No lo sé. Dios me está castigando.

Se puso a sollozar y escuchó movimiento en la otra parte del teléfono.

—¿Dónde estás?

—En casa, Borja. Dios me está castigando por no querer al bebé.

—Dios no castiga. Coge al niño y vete a urgencias. Te veo allí.

—¡El niño está durmiendo!

—No te pongas nerviosa.

—Ven… —Lloriqueó—. Ven rápido…

—Ve cogiendo un taxi. Nos vemos allí.

—¡¡Que no me voy sin ti!! —gritó.

Y Gonzalo se puso a llorar.

Cuando llegaron al hospital, tuvieron la infinita suerte de que no hubiera mucha gente esperando. Los tres tuvieron suerte: Borja, Carmen y Gonzalo.

Después de media hora de espera (lo cual, como todos sabemos, viene siendo poco), la hicieron pasar a consulta y la atendió el ginecólogo de guardia. Le dijeron que no tenía por qué preocuparse, que solía ser normal, pero que iban a comprobar que todo marchaba bien.

Carmen no dejaba de pensar que aquello era culpa suya, por desear con tanto ahínco no estar embarazada. Se sentía horriblemente culpable. Si perdía el bebé tendría siempre el peso de aquello sobre la conciencia.

Le untaron el vientre, que empezaba a redondearse, con gel frío, que le puso la piel de gallina, y después el ecógrafo se deslizó por encima, mientras el médico miraba atento lo que aparecía en la pantalla. Lo vio sonreír de soslayo.

—Aquí está. Mire. Es ese garbancito de ahí.

Carmen, que contenía la respiración, se sintió algo más tranquila.

—¿Va todo bien? —preguntó.

El médico asintió con una sonrisa y Carmen dio gracias a todo el cosmos.

—¿Oye eso? Es el corazón.

Carmen sonrió, fascinada. De pronto, la invadió exactamente el mismo sentimiento que experimentó cuando supo que estaba embarazada de Gonzalo. Se sentía pequeña, abrumada porque Borja y ella pudieran crear vida de la nada. Era..., era mágico, especial. Casi increíble. Su vientre crecería, crecería y crecería hasta que naciera otra persona. De ella. De haberse querido tanto con Borja.

Cerró los ojos, haciendo las paces con esa parte de sí misma que siempre estuvo preparada para ser madre y que le reprochaba constantemente su comportamiento.

—Estás de dieciocho semanas, ¿verdad?

—Sí, por ahí.

—Puedes quedarte tranquila. Por aquí dentro va todo bien. Lo único que te recomiendo es reposo durante un par de días. Dile a tu médico de cabecera que te dé unas pequeñas «vacaciones». —Sonrió otra vez—. Y descansa.

—¿Ya se ve si es niño o niña? —preguntó de pronto.

—No, y la verdad es que no tengo manera científica de demostrarlo, pero yo diría que es niña.

Carmen salió de la consulta acariciándose el vientre. Borja se levantó con Gonzalo en brazos, preocupado.

—¿Qué te han dicho?

—Todo va bien. Solo un susto.

—Tendrás que guardar reposo —le dijo atento—. Nada de coger a Gonzalo ni de correr por las calles como si se fuera a terminar el mundo. Si tengo que echar más horas en el curro, lo haré, pero tienes que frenar un poco.

—Ya lo sé.

Borja la miró intensamente y fue dibujando una sonrisa en sus labios.

—Te ha valido el susto, ¿no?

—Quiera o no…, yo ya soy madre. —Suspiró, le dio un beso a Gonzalo y terminó diciendo—: Y no me arrepiento.

Fueron hacia el coche andando mientras Gonzalo hacía pedorretas con los labios. Carmen iba pensando en… ¿Le había dicho que era niña?

—Cariño… —le dijo mientras él ataba al crío en su sillita—, ¿te gusta Ana si es niña?

—Me gusta lo que te guste a ti y te haga feliz.

Borja se irguió y besó a su mujer, que era madre… y ya no se arrepentía.

48
Fin

El sábado Víctor pidió a la recepcionista del hotel que nos reco-
mendara un restaurante en una zona conocida como El Palmar.
Arroz, claro. Estábamos en Valencia, ¿qué si no?

La amable chica del hotel nos reservó mesa para dos en
el que, según nos dijo, era el mejor restaurante de la zona.

—Espero que lo disfruten —dijo cuando nos despedía-
mos—. La zona de La Albufera es muy bonita cuando atardece,
por si les apetece asomarse a disfrutar de las vistas.

Dejamos el coche en el aparcamiento del restaurante. Tenía
una fachada muy cuidada y todo parecía reformado recientemen-
te. Nos sentaron a una mesa junto a las vistas de La Albufera y
los dos nos perdimos en silencio con los ojos puestos en el agua.

—Es precioso —le dije por fin.

Víctor asintió.

—No me apetece volver mañana a casa —comentó sin mirarme.

—Madrid es gris y no tiene mar, pero también tiene su
encanto.

—Sí —dijo mirándome fugazmente—, pero no es por Madrid. Me gusta vivir allí.

—¿Entonces?

—Mi casa. No…, no me apetece volver a mi casa.

Me quedé mirándole los dedos mientras él jugueteaba con los cubiertos.

—¿Qué le pasa a tu casa?

Víctor tardó en contestar. Estaba, desde que nos habíamos despertado otra vez juntos y abrazados en la misma cama, bastante callado. Muy serio. Ni rastro de esa sonrisa descarnada y sexi. Al fin suspiró y, con una mueca menos sensual pero resignada, confesó:

—Lo que le pasa a mi casa es que no estás. Y te sigo echando de menos —no dije nada. Sentí un nudo en el estómago que no me dejó contestar y que le dio la oportunidad a él de seguir hablando—: Yo no he podido hacer mi vida, ni olvidarte ni superarlo ni nada que se le parezca. Lo intento, te lo juro, pero es que no puedo. Y ahora te vas… ¿Cómo voy a sentirme?

—No puede ser, Víctor. Esto…, lo nuestro… no puede ser.

—¿Por qué? —preguntó muy resuelto—. ¿Por qué no puede ser? Si pudo ser antes, ¿por qué no ahora, cuando los dos estamos ya más preparados?

—Bruno y yo vamos a irnos a vivir juntos.

—Dime algo que no se pueda solucionar, no una mierda de excusa —dijo contundentemente.

—Tú no quieres lo mismo que yo de la vida.

—¿Qué se supone que quiero yo, Valeria?

—Tú no quieres tener una única mujer.

—Es que ya la tengo —contestó molesto—. Pero es que haga lo que haga para que lo veas no significa nada para ti. No sé qué hacer para que me creas.

Pues no. No lo creía. Volveríamos, estaríamos enamoradísimos, ¿cuántos? ¿Seis meses más? Y después me dejaría porque era demasiada atadura para alguien como él. Víctor… Lo imaginaba a los cuarenta largos con una jovencita de veinticinco sentada en sus rodillas. No.

—No queremos lo mismo —insistí.

—Te quiero a ti.

Pero antes de que pudiera contestar, un amable camarero se acercó para tomarnos nota.

—Pide lo que quieras —dije cerrando la carta—. Me fío de ti.

—Ojalá.

Disfrutamos callados de un vino blanco valenciano que nos sirvieron muy frío y después de un tipo de arroz muy típico que se llamaba *arròç del senyoret* cocinado con pescado pero sin nada que te obligue a utilizar las manos. Y menos mal, porque soy una auténtica kamikaze pelando gambas. Víctor, por su parte, esperó a verme probándolo para volver a sonreír cuando cerré los ojos con placer.

—¿Te gusta? —preguntó. Asentí con la boca llena—. Te gusta, claro —siguió—. Como muchas otras cosas que no miras por miedo a ver.

Conseguimos reconducir la conversación hacia temas más amables. Hablamos de su sobrino y de mi sobrina.

—Me hace mucha gracia cuando tiene esas conversaciones consigo misma tan largas. Parece que tenga ochenta años. —Me reí.

—Marcos —que es como se llama el hijo de su hermana Carolina— repite mi nombre sin parar cuando me ve, pero no hay manera de hacerle entender que hay una «c» en medio. Es «tío Vítor» sin parar. Tío Vítor, el avión. Tío Vítor, los camiones. Tío Vítor…

Le sonreí.

—¿Sabes? No pareces un hombre al que le gusten los niños.

—Me gustan mucho. ¿A ti no?

—Sí, pero los de otros. —Me reí—. Los que se van a dormir a su casa y despiertan a su madres y no a mí en mitad de la noche.

—No. —Negó con la cabeza—. No te hagas la dura. ¿Tictac, tictac? ¿El reloj biológico?

—¡Oye! ¡Que soy joven! —Los dos nos echamos a reír—. Vaya. Eso me recuerda que…

Escarbé en mi bolso nuevo y saqué un blíster de pastillas. Lo giré, miré los días, cogí la pastilla que correspondía y la deslicé por mi garganta con un trago de vino.

—¿Puedes tomarla con alcohol?

—No debería, pero, total, se van a mezclar en el estómago, ¿no?

Víctor se sumió en el silencio unos segundos que parecieron muy largos, acompañados de aquella expresión tan sombría.

—¿Qué pasa?

—¿Por qué sigues tomándola si a él no le dejas que se corra dentro de ti?

Miré la copa que acababa de dejar sobre el mantel blanco. Me encogí de hombros. No lo sabía.

—No quiero quedarme embarazada. Y voy a vivir con él. Es el momento de empezar a hacer concesiones.

—¿Más?

—No sé a qué te refieres —dije muy seria.

—Te vas a vivir a Asturias por él. ¿No es esa una gigantesca concesión?

—Supongo.

—Y a mí ni siquiera me concedes el beneficio de la duda. Yo no merezco ni que me creas…

—Joder, Víctor… —Solté la servilleta sobre la mesa.

—Si estuvieras conmigo te pediría que no las tomaras.

Lo miré arqueando una ceja. Eso sí que era nuevo.

—A ti puede que te gusten los niños, Víctor, pero no quieres hijos.

—Crees que sabes muy bien las cosas que quiero de la vida, ¿no? —A pesar de que la pregunta era tensa, la formuló con una sonrisa en los labios que relajó el ambiente.

—Sí, creo que sí.

—¿Y qué quiero?

—Tu pisito de soltero en silencio, tus discos, tu coche brillante, una niña guapa diferente cada fin de semana…

Víctor alzó las cejas sorprendido.

—Y sigo teniendo que escuchar cómo dices todas esas cosas sin poder replicar.

—¿Qué vas a replicar, Víctor?

—Que esto no es sexo, que es amor. Y que te quiero más que a mi vida.

Bajé la mirada hacia mis manos. No. Era una pataleta. Era un «quiero lo que no puedo tener». Pero, entonces, ¿qué hacía yo allí?

Nos lo tomamos con calma. Con mucha calma. Y silencio. Tomamos postre. Tomamos café. Tomamos mistela, un licor valenciano muy dulce, y cuando el restaurante empezó a vaciarse y casi quedamos a solas con los camareros, pedimos la cuenta. Invité yo, porque sabía de sobra que Víctor no querría compartir los gastos de gasolina ni dejarme pagar a mí el hotel.

Después de que Víctor les dejara una buena propina encima de la mesa, se acercó a nuestro camarero para preguntarle si podíamos quedarnos un rato en el jardín del restaurante, que daba a La Albufera. Con su beneplácito, nos sentamos en el césped, él en vaqueros y yo con mi vestido largo.

El sol empezó a caer frente a nosotros después de un rato, acercándose al agua, pero escondiéndose finalmente tras unas montañas bastante lejanas. El agua de La Albufera se ondeaba muy de poco en poco, quizá con el paso de algún pez por debajo. Y pronto el paisaje se tiñó de naranjas, amarillos, negros y morados. Fue precioso. Víctor me cogió la mano y nos besamos.

—Perdóname… —susurró.

—Perdóname también a mí —supliqué.

Cenamos cerca del hotel, en un restaurante informal que no nos gustó demasiado y en el que entre plato y plato nos hicieron esperar veinte minutos. Para pasar el rato, y aprovechando que no habíamos cogido el coche, bebimos vino. Bastante. Y nos besamos. De vuelta al hotel pasamos por delante de un bar de copas y nos animamos a tomarnos una. Una que fueron dos. Dos que se convirtieron en un montón de carcajadas.

Y allí, sentada en un sofá mullido e iluminado con las luces moradas del local, miré a Víctor con los ojos abiertos, tratando de que nada me pasara desapercibido. Se acababa nuestro fin de semana y en seis días tendría que coger un avión hacia mi nueva casa. Creo que todo el que me lea entenderá las ganas que tenía yo de creerlo. Quería creerlo, claro que sí. Pero es que mi experiencia chocaba vehementemente con sus palabras. ¿Víctor con niños? ¿Víctor conmigo de verdad y para siempre?

Paseando después, Víctor me rodeó con un brazo. Y así íbamos caminando cuando vimos a una pareja comiéndose a besos en un portal. Y no era una pareja de adolescentes que se besuqueaba, no. Eran un hombre y una mujer en el momento previo a decidir que era mejor seguir arriba. Se escuchaban los suspiros y los jadeos desde donde estábamos e iban aumentando de intensidad conforme caminábamos.

—Ale, a dieta —susurró Víctor con una sonrisa.

—Déjalos.

La mano de Víctor bajó de mis hombros a mi cintura.

—En un portal…, qué poca vergüenza —siguió picándome.

—En un portal, ¿como Lola y tú?

Víctor se echó a reír sonoramente.

—O como tú y yo.

—Tú y yo jamás nos hemos enrollado en un portal —aseguré.

—¿No?

—No.

—¿En el tuyo quizá?

Me apoyé un poco en él y me concentré en recordar.

—Ah, ya. Es verdad. Justo antes de que me dijeras que «no querías nada serio». Pero no fue culpa mía. Fue tuya. Me cogiste, me estampaste contra ti y me violaste la boca.

—Esperé a que se fueran tus amigas una jodida hora. —Se rio—. Una hora entera metido en el coche, imaginándome qué haríamos cuando subiera. Planeando cómo te cogería, cómo te besaría, cómo te desnudaría…

—No sigas. —Me reí. Su mano bajó un poco más hasta la cadera—. Ese es nuestro problema. —Suspiré—. Que nos encendemos y nos cegamos.

—Yo no me ciego. Yo te veo.

—¿Qué quieres decir?

—Que en el centro de todas las cosas que me gustan de ti estás tú. Y tú no eres tus pechos o… —Se revolvió el pelo y se detuvo—. O la piel suave de tus muslos, ni la forma en la que me lo haces o te mueves. No es eso.

—¿Y qué es?

—Es… más.

Trenzamos los dedos de las dos manos, uno frente al otro, y me acarició los nudillos con su pulgar.

—Esa pareja… —dijo señalando con la cabeza en dirección al portal que ya habíamos dejado atrás—. Ellos no están sintiendo lo mismo que tú y que yo cuando nos acostamos.

—Follamos como animales en celo —le dije arqueando las cejas.

—No. Follamos como animales hartos de no tenernos.

Víctor se inclinó hacia mí y me besó. Me besó y sentí un alivio terrible cuando sus labios se pegaron a los míos. Le solté las manos y le rodeé el cuello con los brazos. Él me envolvió las caderas. Nos besamos profundamente, a la luz de la luna de Valencia.

Llegamos al hotel cogidos de la mano. Una parte de mí me gritaba, desgañitándose, que no desaprovechara el momento del sexo porque podría ser el último. Y seguro que habría sexo.

Acabábamos de besarnos de ese modo tan… brutal y Víctor no suele disparar sin munición.

En la habitación, Víctor dejó todas las cosas que llevaba en los bolsillos encima de la mesa y me preguntó si sabía dónde había dejado la cajita de sus lentillas.

—Creo que está en el cuarto de baño.

—Gracias, nena. —Ese «nena» me acarició directamente debajo de la ropa.

Fue hacia allí y yo lo seguí. Él se quitó las lentillas, se lavó la cara y se puso las gafas al tiempo que yo me desmaquillaba. Y yo estaba nerviosa y aparentaba estar nerviosa. Nerviosa, qué tonta. Pero ¡si llevaba una eternidad acostándome con él de una manera gorrina y descontrolada!

Víctor estaba tranquilo. Tranquilo e impresionante con aquellas gafas de pasta, que había renovado hacía poco y que aún le quedaban mejor que las anteriores.

Cuando me dejó sola en el baño me recosté sobre el lavabo para pensar. Pensar en qué haría después de deshacerme en un orgasmo como los que Víctor sabía darme. Sí, esos orgasmos que eran… más. Y lo pensé porque lo más probable era que fuese el último. Después de aquel fin de semana yo retomaría mi vida y él la suya.

Los orgasmos, los besos, los abrazos, las caricias, los «nena», los «te quiero, mi amor»…, todo sería para otra. Los ojos se me llenaron de lágrimas y la saliva casi no pasó por mi garganta. Yo haría mi vida, sí. Pero Víctor regalaría todas aquellas cosas preciosas a otra chica, que sería feliz. Yo podría serlo también si quisiera… ¿Lo sería con Bruno? Y Víctor me daría una última noche perfecta para que después pudiéramos superarlo los dos. Él y yo. Yo me mudaría con Bruno, quizá hasta decidiéramos tener hijos. Víctor encontraría una chica bonita, de la que se enamoraría. Quizá yo desaparecería de su vida y de su cabeza por completo. Y puede que se casara y que Lola me llamase para contarme que iba a ser padre. Lo imaginé tan vívidamente que reconstruí en mi cabeza hasta los diálogos.

—Está muy ilusionado. No hace más que besarla y contarle a todo el mundo que va a ser padre. Es una chica muy maja.

Yo le daría recuerdos, quizá esperando despertar algo dentro de él…, y después lloraría. Lloraría como estaba a punto de hacer.

Salí corriendo y me lancé sobre él. Me abracé a su cintura, hecha un mar de lágrimas, y sollocé sobre su pecho desnudo, humedeciéndole la piel.

—Nena… —susurró.

—Sé que es lo mejor. Sé que es lo único bueno que podemos hacer por el otro, pero no quiero…, no puedo… —Sollocé de nuevo y la mano izquierda de Víctor se hundió entre mi pelo.

—¿Tú lo quieres, Valeria?

—Lo quiero, pero…

—¿Qué vas a hacer, mi vida? ¿Elegirlo a él porque yo te hice daño? ¿Vivir con él porque un día me lo hiciste tú a mí?

—Solo nos hacemos sufrir.

—Yo no comparto esos recuerdos. Quizá ese es el problema.

—Míranos, Víctor. —Levanté la vista hacia él, con los ojos llenos de lágrimas—. ¿Qué estamos haciendo?

—Yo solo hago lo que tú me pides, cariño, porque no puedo hacer más.

Me volví a hundir en su pecho y lloré. Víctor trataba de calmarme acariciándome la espalda y susurrando suave, pero yo sentía mucha pena. Pena de mí misma. La autocompasión es una de las peores cosas que podemos hacer por nosotros mismos.

—No llores —me pidió—. O lloraré contigo también.

—Yo nunca lloro —le dije.

—Ni yo. Pero a todos nos llega.

Víctor me levantó la barbilla y me besó. Después me besó mis mejillas, por donde corrían las lágrimas, y las secó.

El beso empezó siendo cariñoso y creció hasta convertirse en tantas cosas que es imposible nombrarlas todas. Pero había sexo allí.

—Abrázame —le pedí.

Nos abrazamos, apretados, y nos besamos. Víctor me dejó caer sobre la cama y se acomodó a mi lado, sin dejar de besarme. Sus labios pellizcaban los míos, primero el de arriba, después el de abajo, y su lengua irrumpía en mi boca con suavidad.

Bajé la mano a lo largo de su estómago, hasta la línea de vello que corría bajo su ombligo. Y después descendí un poco más. En el silencio de la habitación, el ronroneo que desprendió su garganta, grave y masculino, se escuchó a la perfección.

Víctor dejó su mano encima de la mía y apretó los dedos sobre los míos. Una erección empezó a despertar debajo de su ropa interior.

—No —dijo resuelto pero cariñoso.

—¿No?

—No quiero que pienses, ni sientas, que solo sirvo para esto.

Al principio me sentí humillada. Otro hombre que me rechazaba en la cama. ¿Qué estaba pasándome? Nunca pensé que él diría no. Nunca lo hacía. Siempre estaba dispuesto y, a juzgar por cómo reaccionaba su cuerpo bajo mi mano, le apetecía. ¿Entonces? ¿Sentía que lo utilizaba?

Suspiré, me apoyé en su pecho, sobre su corazón, y le pedí perdón.

—No tienes por qué pedirme perdón. Para mí también es difícil estar aquí y no hacerlo.

—No sé por qué no te creo, Víctor. Quiero hacerlo, pero no puedo.

Los dos nos apretamos en un abrazo.

—Te quiero —susurró.

—Y yo.

Nos miramos. Nos besamos. Despacio. Sus labios se abrieron sobre los míos y su lengua entró en mi boca, lentamente otra vez. Ladeamos la cabeza, encajamos nuestras bocas y seguimos besándonos con las piernas enredadas. Sonreí al recordar la cantidad de veces que habíamos estado en una situación parecida, conteniendo nuestras ganas, cuando aún estaba casada con Adrián.

—¿Por qué sonríes? —me preguntó dulce, besándome la mejilla, el cuello…

—Me estaba acordando de cuando… no podíamos.

—Yo también. —Se rio.

Seguimos besándonos un buen rato y Víctor se dejó caer sobre mí. Nos retorcimos y me subió el camisón, metiendo las dos manos debajo. Me lo quité y él hundió la nariz entre mis pechos.

—Hueles tan bien… —Besó mi piel—. Eres tan suave. Tan…

Sus manos me recorrieron el perfil del pecho y bajaron por mi cintura y mi cadera, como dibujando la forma de mi cuerpo. Enrosqué las piernas alrededor de sus caderas y seguimos besándonos, rozándonos hasta que empezamos a jadear.

—Para, para… —le pedí.

Víctor se incorporó y se quedó de rodillas sobre el colchón, revolviéndose el pelo y frotándose la cara.

—Bufff —rebufó mirándome desde allí.

Una de sus manos rozó su erección, como tratando de hacerla bajar, y yo hice lo mismo conmigo, pasando sin poder evitarlo una mano por el vértice de mis muslos a la vez que los apretaba. Un escalofrío me recorrió entera.

—¿Qué puedo hacer para que me creas? —preguntó.

—No lo sé.

—Dame tiempo… Sé que podré hacerlo.

—No puedo. Me voy, Víctor. Es lo mejor.

Se recostó nuevamente sobre mí y seguimos besándonos, pero la necesidad física no disminuyó, simplemente acabó convirtiéndose en algo que podíamos controlar, y entonces decidimos detenernos.

—Te quiero —me dijo acariciándome la cara—. El sexo contigo solo es el modo de decirte las cosas que normalmente callaba. No quiero que siga siendo así. No nos lo merecemos.

Víctor se dejó caer a mi lado y nos abrazamos.

49
La realidad

Cuando me desperté, los dedos de Víctor se deslizaban entre los mechones de mi pelo suavemente. Me resistí durante unos segundos, negándome a despertar. Teníamos que irnos, volver a Madrid, a la realidad. Al absurdo mundo de Valeria en el que querer a alguien como yo quería a Víctor me abocaba a un final desastroso sin duda. Y allí, en Madrid, todo sería como siempre. No habría más baños de noche en el mar ni noches abrazados. No compartiríamos nuestro tiempo ni veríamos ponerse el sol con las manos cogidas. Lo único que habría sería una mudanza.

Finalmente me incorporé; él hizo lo mismo. Sin decirnos mucho nos concentramos en preparar nuestras cosas para salir después de desayunar.

Cuando Víctor se metió en el cuarto de baño para darse una ducha, yo estaba sentada en el suelo, doblando ropa y metiéndola como podía en una única bolsa de cartón. En cuanto escuché el agua caer, no pude pensar en otra cosa.

Cerré los ojos y me acordé de la sensación de compartir una ducha con él. La piel de los dos resbalando mientras nos abrazábamos, el vello de su pecho, sus manos fuertes repasándome entera.

No sé decir si me equivoqué o no tomando aquella decisión, como con otras muchas. Lo único que sí puedo afirmar con certeza es que no me arrepiento.

No había mucho vaho en el baño; yo ya sabía que el agua no estaría precisamente caliente. A Víctor le gustaban las duchas frías. Y allí, tras la mampara, estaba él, con los antebrazos apoyados en la pared y la frente sobre ellos, cabizbajo.

Me desnudé sin pensarlo y cuando entré me abracé a su cintura y apoyé la cara en su espalda. En un rato no nos movimos. Cuando lo hicimos, solo fue para abrazarnos.

—No es justo —dijo.

Y fueron las únicas palabras que se dijeron allí dentro.

Hubo muchas cosas en el interior de aquella ducha, pero ninguna fue sexo. Hubo besos. Hubo abrazos y algún sollozo. Pero no convertimos aquel recuerdo en algo sórdido que termina en un orgasmo.

Creo que los dos estábamos despidiéndonos; Víctor, por si todo terminaba malográndose. Yo, porque me iba, pensando que nunca podría volver a confiar en él, a pesar de lo mucho que necesitaba hacerlo.

Hicimos el viaje de vuelta casi en silencio. Probablemente no cruzamos más de cuatro frases. Yo me dormí y Víctor condujo sin ni siquiera escuchar la radio. Cuando pasamos de largo Arganda del Rey, me desperté. Había soñado con cosas tristes.

Víctor no encontró sitio para aparcar en mi calle, así que paró en doble fila, detrás de unos coches estacionados en batería. Yo no hice amago de salir del coche y él tampoco. Cuando por fin dejé de esperar algo por su parte y fui a abrir la puerta, Víctor tiró de mí, me envolvió en sus brazos y me besó.

Fue el beso más bonito que nunca, jamás, nadie podrá darme. Era un beso desesperado al que intentamos aferrarnos los dos durante unos segundos.

—Ya está —le dije apartándome de mala gana—. Dejémoslo ya. Esto nos destroza, Víctor.

No contestó.

Cuando llegué a mi casa y cerré la puerta, no pude evitar echarme a llorar. Me convencí a mí misma de que era la última vez que lo hacía; al menos por Víctor.

Sentada en el único sillón de la casa, fumándome un cigarrillo con la mirada perdida a través de la ventana, me di cuenta de lo enorme que era la mentira que quería hacerme creer.

Esperé y pensé. Como muchas otras veces, pensé en qué harían cada una de mis chicas de verse en aquella situación. Nerea lo daría todo por perdido y su pragmática mente estaría enfocada en otras cosas. Lola iría hasta casa de Víctor y muy probablemente el asunto terminaría con las sábanas muy revueltas. Carmen…, a Carmen ya me costaba ponerla en una situación tan alejada de su matrimonio y la maternidad. Lo jodido era que a mí misma también me costaba ponerme en esas.

Creo que a lo largo de los años me he preocupado por conocerme bien. Mis puntos fuertes. Mis puntos flacos. Sé cuáles son mis debilidades, de la misma manera que sé qué me hace bien y qué me hace mal. Eso no consigue evitar que me equivoque, pero al menos significa que, casi siempre, lo hago conscientemente y a sabiendas de las consecuencias.

Por eso sabía qué era lo que pasaría de ahí en adelante si llamaba a Bruno y le decía que no podía irme con él. Sabía que Víctor y yo volveríamos a estar juntos y todo sería de color de rosa… hasta que dejara de serlo. No confiaba en Víctor y me daba rabia pensar en lo mucho que él se esforzaba por susurrar cosas que no se sentía cómodo diciendo. Pero me hacía falta… algo. Llamémoslo X. Algo. Un gran gesto. Un puñetazo en la mesa que me demostrara, de una vez por todas, que aquel no era el Víctor que había conocido hacía dos años, enfrascado en las rutinas de una chica por semana.

Y sabía muy bien cómo acabaría la historia si yo me callaba, recogía el resto de mis cosas y volaba a Asturias junto a Bruno. Podría centrarme en mi nueva situación durante un tiempo y apartar a Víctor. Construiría una vida alrededor de él y me aferraría con uñas y dientes a aquello. Pero el día menos pensado, algo haría saltar el pistón y... pasaría el resto de mi vida preguntándome cómo habría sido si me hubiera quedado junto a Víctor.

Eran las diez y media pasadas cuando descolgué el teléfono y marqué con dedos seguros. La habitación estaba completamente a oscuras y solo entraba la tamizada luz azul de las noches de verano. Escuché tres tonos. Al cuarto, la voz de Bruno contestó:

—¿Sí, dígame?

—Bruno... —dije con voz trémula.

—Hola, cielo.

—Hay muchas cosas que te he ocultado. Muchas. La mayoría de ellas harían que no volvieras a mirarme a la cara.

Hubo un silencio.

—¿Qué quieres decir con eso? —contestó muy serio.

—Quiero decir que te he engañado muchas veces, Bruno. Y creo que en el fondo lo sabes. No sé si quiero ir a vivir contigo y no sé si tú realmente quieres que lo haga. Al menos, no sé si querrías si supieras quién soy de verdad.

Cerré los ojos y me froté la frente nerviosamente.

—Valeria... —susurró—, no suelo tomar decisiones importantes a la ligera. Sé lo suficiente. Sé que me ocultas cosas y sé que todo eso terminará en el momento en que te instales aquí. Para mí es suficiente.

—Deberías odiarme —confesé.

—No puedo odiarte, pero estoy enfadado.

—Yo...

—¿Qué quieres?

—No puedo marcharme aún. Tengo que...

—Cambia el billete —contestó en un tono de voz que no admitía discusión—. Piensa bien lo que vas a hacer. Las cosas a medias... no me valen.

50
Decisiones

—¿Entonces?

—Entonces he llegado a la conclusión de que vivo en una telenovela venezolana y de que pronto alguno de vosotros va a sufrir un accidente tras el cual padecerá una tremenda pérdida de memoria.

Lola se echó a reír y sus carcajadas me llegaron amortiguadas por la distancia a través del teléfono.

—Sí, no te voy a negar que parece probable que pasen ese tipo de cosas después de todo lo que estás viviendo. Pero me refería más bien a qué vas a hacer con tu lujuriosa y ajetreada vida sentimental.

—Bruno y yo hemos llegado a la conclusión de que lo mejor es darnos un tiempo. La pelota está en mi tejado.

—Eh… —balbuceó—. Suena todo un poco vago, ¿no?

—Bueno, es que necesito alejarme un poco de todo esto, al menos en el sentido figurado. Para hacerlo necesito unos días. Quizá un par de semanas.

—¿A qué conclusión crees que llegarás en este tiempo?

Me mordí las uñas.

—Creo sinceramente que lo más inteligente sería hacer las maletas y marcharme con él, Lola.

—¿Y eso por qué? —dijo cambiando el tono.

—Porque si estoy aquí, Víctor y yo no nos podemos evitar.

—¿Y por qué narices querríais evitaros?

—¡Porque no puede ser!

—¿Por qué no?

—Lola…, a ver… —Crucé las piernas, decidida a que lo entendiera—. Una vez me explicaste por qué no pudo ser entre vosotros dos.

—¡No es lo mismo! —me interrumpió.

—Déjame acabar. Me dijiste que Víctor es un tren de mercancías y tú otro. Lo único que ibais a provocar sería un choque.

—Pero…

—Yo no soy un tren de mercancías, ni siquiera uno de viajeros. Yo soy como un carrito. —Me reí, resignada—. Y él me atropella, me destroza y cuando me quiero dar cuenta vamos en la misma dirección pero de mí no queda nada. Víctor es incapaz de hacer las cosas de una manera diferente a la suya. Y lo sabes.

—Todo el mundo cambia.

—Eso no es verdad, Lola. Nadie cambia. El mito de que se puede cambiar a un hombre no es cierto. Ni ellos pueden cambiarnos a nosotras. La única posibilidad de hacerlo es cambiarse uno mismo.

Me mantuve muy ocupada durante los días siguientes. Hice limpieza en casa, sobre todo de armarios, me senté a trabajar en mi nuevo proyecto y le mandé un extracto a Jose ahora que empezaba a tomar forma. Escribí el artículo para la revista sobre las despedidas de soltera y los motivos que ahora empujan a una chica a pasar por el altar. Llevé a mi sobrina al parque, a la ludoteca y a merendar porque, aunque era muy pequeñita, ya estaba encantada de tomarse un vasito de leche y una magdalena en alguna cafetería mona. Había salido a su tía, qué le vamos a hacer.

Una mañana, como ya tenía buena mano con la niña para sacarla de casa, mi hermana me llamó y me pidió que la entretuviera mientras ella iba a hacerse las mechas a la peluquería. Decía que la niña se asustaba con tanto papel de plata, secador y trasiego y que terminaba siendo un infierno para los tres: para ella, para la nena y para el peluquero.

Así que me la llevé a dar una vuelta cogida de la manita. ¿Adónde? Pues a la calle Serrano, a ver escaparates. Sí, lo sé. Pero es que a la niña le encantaban, lo juro.

Pues allí estábamos, mirando las dos ilusionadas los bolsos de colores que proponía Loewe para aquella temporada, cuando una señora guapa, elegante y muy bien vestida salió de la tienda cargada con una bolsa y se me quedó mirando.

—¿Valeria?

Me giré y sonreí instintivamente porque a Aurora le pasa lo mismo que a su hijo: nos hace sonreír aunque no queramos.

—Pero ¡¿quién es esta niña tan requeteguapa?!

—¡Hola, Aurora! Mira, Mar, mira lo que te dicen. Dile hola a Aurora.

Me dio dos sonoros besos en las mejillas, me limpió amorosamente la marca de su pintalabios y después se agachó a hacerle arrumacos a la pequeña.

—¡Huy! ¡Cómo se te parece esta niña! —exclamó—. ¡O tienes una hermana gemela o me vas a dar el disgusto de mi vida!

Me eché a reír.

—Es mi sobrina. La hija de mi hermana, que no es gemela pero se me parece.

—Hola —dijo súbitamente Mar.

Las dos nos reímos, la aupé y dejé que Aurora se dedicara a hacerle monadas y a decirle cosas bonitas sobre su ropa y su carita.

—Cómo me alegro de verte —me dijo finalmente dirigiéndose a mí—. De verdad, no es un decir.

—Yo también me alegro de verte —confesé. No me gustaba haberla conocido y haber desaparecido del mapa después. Me parecía alguien muy agradable que, además, siempre me trató estupendamente.

—Dime… —miró su reloj—, ¿adónde vas ahora?

Consulté mi reloj también.

—Pues a dejar a la niña en la peluquería donde está mi hermana, que ya habrá terminado. Y después…

—Después a comer conmigo —dijo muy resuelta—. ¿Conoces el Ten Con Ten?

—Sí. Claro. —Sonreí—. Pero no tendrán mesa, Aurora.

—Tú déjame a mí. Tengo muchos buenos pacientes.

Rebeca se sorprendió muchísimo al verme acompañada de una mujer desconocida cuando fui a dejarle a la niña. Todo le pareció un poco más claro cuando las presenté.

—Rebeca, esta es Aurora, la madre de Víctor.

—Su ex casi suegra. —Se rio Aurora.

Ay, Dios…

El Ten Con Ten estaba abarrotado. No tuve duda alguna de que nos echarían de allí con un escueto «no hay mesa», pero para mi sorpresa nos invitaron a una copa de vino en la barra y tras veinte minutos de charla sobre mis artículos, nos sentaron a una pequeña mesita junto a una ventana. Yo no dejaba de preguntarme qué narices hacía allí comiendo con ella. Era agradable, lo sé, pero era la madre de Víctor.

Hablamos sobre las ventas de mi libro, sobre mi saneada economía desde que escribía para una revista, de mi piso, de mis amigas, de su trabajo y de sus hijos. Y claro…

—Víctor me explicó un día… lo vuestro. —Cogí la copa y le di un buen trago a mi vino. Me pregunté hasta dónde habría llegado Víctor explicando. Ella me lo aclaró muy pronto—. Me dijo que lo habéis intentado de muchas maneras pero que nunca os sale bien, por más empeño que le pongáis.

—No sabía que Víctor y yo pudiéramos estar tan de acuerdo en algo. —Sonreí—. Tiene razón.

—Me contó que tú sales con alguien…

—Bueno… —Suspiré—. Es complicado. —La miré. ¿Por qué no ser sincera con ella? No me salía hacerlo de otra manera. Así que reanudé mi discurso—: Intenté rehacer mi vida con un chico, pero la relación que mantengo con tu hijo no me ha permitido que esto termine de funcionar.

—¿Ya no estáis juntos…?

—Sí lo estamos. O no. No lo sé. Estaba a punto de mudarme con él cuando… no lo vi claro. Él vive en Asturias y tiene una hija allí.

—Vaya. Eso lo complica todo.

—No sabes cuánto.

—¿Y Víctor? ¿Cómo lo complica Víctor?

Sonreí.

—Víctor lo complica mucho más. Sinceramente, él es el único problema. O al menos la génesis de todos nuestros problemas.

—Es decir, que tú…

—Que yo no puedo hacer mi vida si él está ahí.

—Porque estás enamorada de él, deduzco. —Y sonrió.

—Mucho. Bueno, mucho no. Demasiado.

Aurora tamborileó en la mesa con sus uñas.

—Déjame hacerte una pregunta absurda. ¿Cómo es que, estando tú demasiado enamorada y él perdidamente enamorado, no estáis juntos sino que, por el contrario, tú estás con otra persona?

—A veces no sé ni con quién estoy —contesté.

—¿Y con quién quieres estar?

Ahora venía lo difícil.

—Aurora, tú conoces a tu hijo. Tú sabes cómo es, cómo ha sido toda su vida. Él me quiere, no lo dudo, pero no puede darme lo que necesito y yo no puedo dárselo a él. No solo quiero saber que seré la única en su cama. Necesito saber que soy la única en su vida y que jamás necesitará nada más. Y… Víctor siempre necesita más cosas que a mí. Independencia, otras chicas, un ritmo de vida determinado…

Ella asintió.

—Tienes razón en que, ahora mismo, tal y como están las cosas, él no puede dártelo. Pero no creo que sea porque no es capaz, sino porque aún no ha encontrado la manera de hacerlo.

—Es que lo que dudo seriamente es que él quiera hacerlo.

—Me resisto a pensar que mi hijo sea tan rematadamente imbécil.

Las dos nos echamos a reír. Yo me reía por lo absurdo de la situación.

—Es una lástima, Aurora, porque lo quiero. Y porque me habría encantado tener a alguien como tú como familia política.

—Como familia —remarcó—. Mira, mi niña, nos tienes a todos locos desde que te trajo a aquella fiesta. Nosotros sí estaríamos encantados de tenerte a ti.

Me sorprendí.

—¿Por qué? —me interesé.

Aurora llamó al camarero y pidió un café solo con hielo para ella.

—¿Y tú, cielo?

—Lo mismo —pedí, pensando que me había pasado preguntándole aquello.

—Pues mientras nos los traen voy a contarte por qué nos gustaste tanto. —Cambió de postura, acomodándose en la silla y siguió. Yo también me acomodé—. Sé que no eres madre, pero creo que podrás entenderme cuando te digo que a los hijos se les quiere con sus más y con sus menos. Víctor es muchas cosas buenas. Es cariñoso, detallista, divertido, ocurrente y tierno, además de un hermano excelente y un hijo maravilloso, aunque tenga un genio terrible. Además es perseverante, talentoso e inteligente, tres cosas que ha demostrado en el tiempo que lleva trabajando con su padre. También me consta que es muchas más cosas que a las chicas os llaman la atención: es guapo, tiene buena genética, le gusta el deporte y tiene una labia demoniaca que os derrite. —Y yo, para mí, pensé que por favor dejara de nombrar todas esas cosas que lo hacían irresistible—. Sin embargo, sé otras muchas cosas de él. Y no todas son de las que una madre gusta de saber de su hijo, por más que sea sexóloga. —Sonrió—. Y Víctor ha pasado buena parte de la vida pensando con algo que está demasiado al sur de su cuerpo. ¡Desde siempre! A los quince mis vecinos lo sacaron de la habitación de su hija de dieciocho bastante ligerito de ropa. A los dieciséis las chicas eran como comer pipas. A los diecinueve tuvo un rollo con una profesora de la universidad. A los veinte dejó embarazada a una chiquilla de diecisiete...

Abrí los ojos como platos.

—¿Cómo?

—Una chiquilla de Valencia. Se les rompió la gomita, lo dejaron estar y dos meses después Víctor apareció por casa blanco como un muerto diciendo que tenía un problema. Se llevó más palos que cuando el marido de la profesora los pilló en faena. La pobre tuvo un embarazo horrible y terminó perdiéndolo. —Me revolví el pelo. Joder...—. El caso es que todo lo que hemos visto en él es un sinfín de relaciones relámpago, inmaduras y meramente sexuales, que se sucedían. Un día su padre y yo lo encontramos en un restaurante comiéndose a besos a una chica... —Puso cara de espanto y después resopló—. Y a la única que nos presentó fue a una tal Raquel que era aún más terrible. Era una niña bien, caprichosa, maleducada y manipuladora, que lo tenía cogido de las pelotas, seguramente porque lo sorprendió con unas depuradas técnicas amatorias. —Sonreí y Aurora siguió—: Entonces un día llega Aina y nos dice que su hermano se ha colgado de una casada. A su padre y a mí nos dieron ganas de matarlo. Pero la cosa no era como parecía, claro. —Jugueteó con su servilleta y la apartó de la mesa cuando el camarero dejó los cafés—. Yo tardé muy poco en ir a leerle la cartilla y lo que me encontré fue con un Víctor hecho polvo que, a regañadientes, me contó que se había enamorado de alguien con la que, sabía, las cosas no iban a ser fáciles. Me dijo que le habías contado que te ibas a separar y que él reaccionó como un cobarde. Y, con angustia, me decía que no sabía nada de ti. Después te trajo con aquella cara de… «no quiero que me haga ilusión tenerla aquí». Y mírate. Eres una chica amable, bonita, simpática, familiar, seria, que lo quiere y que lo dejó todo por él ya una vez, lo que significa que está dispuesta a volver a hacerlo si la situación lo requiere. Eres inteligente y creativa. Y te hemos leído, Valeria. Hemos leído hasta por qué lo dejaste cuando él pensaba que empezaba a funcionar. No hay nadie que no te haya entendido y que no sepa que eres buena para él.

La miré con agradecimiento.

—Gracias. Es importante para mí saber esto.

—Sé que no soy nadie para hacerlo, pero… ¿puedo darte un consejo?

—Claro —asentí.

—No pienses demasiado. Limítate a sentir, que a veces ya supone un trabajo a jornada completa.

Aurora y yo nos despedimos poco después con un abrazo, en la puerta del restaurante. Y el abrazo que le di fue sincero y bien fuerte. Creía que sería el último que le daría.

Yo me fui a mi casa y ella a la suya.

Pero…

A media tarde Aurora apareció en casa de Víctor. Cuando este le abrió, ella vigiló que no hubiera agua en el pasillo y que todas las puertas de su casa estuvieran abiertas, para asegurarse de no haberlo pillado con las manos en la masa, como alguna que otra vez. Ejem, ejem. Pero no había moros en la costa.

—Joder, mamá —se quejó él poniendo los ojos en blanco.

—¿Te pillo ocupado?

—¡No! Pero ¿es que no sabes llamar para avisar? —Él se fue hacia la cocina vestido con un pantalón corto y una camiseta blanca de manga corta—. ¿Quieres un café?

—Si tienes descafeinado sí, pero con hielo y sacarina. Si no, ponme algo fresquito.

Víctor la miró con gesto reprobatorio.

—¿Te horneo también unas pastitas?

—¡Anda ya! ¡Sieso, que eres un sieso!

—¿Pasa algo? —le preguntó él mientras se concentraba en hacer café.

—He comido con Valeria. —Aurora vio a su hijo apoyarse en la encimera de la cocina y coger aire—. Hemos estado hablando.

—Dime que no has…

—No he hecho ni dicho nada comprometido. —Cruzó los deditos a su espalda.

—¿Entonces? —contestó Víctor seco.

—He venido a traerte esto.

Él se volvió y se quedó mirando algo que su madre acababa de dejar sobre la mesa alta. Víctor lo reconoció y se revolvió nerviosamente el pelo. Abrió la boca para contestar pero su madre alzó la mano, parándolo:

—No vengo a hablar de ello y no tengo intención de pasarme la tarde convenciéndote de nada. Yo solo lo dejaré aquí, donde puedas verlo y pensar. Es tuyo. Lo sabes. Y sí, sé que dijiste que no lo querías. —Víctor miró lo que su madre había dejado allí para él—. A veces, en la vida, conseguir lo que más queremos pasa por tomar la única decisión que tememos, Víctor. Sé un hombre.

Y él no pudo discutírselo, porque supo que era verdad.

51
Decidiendo ser valiente

Lola pensó largo y tendido sobre lo que Rai le había dicho. Intentó llamarlo en un par de ocasiones, pero en todas él colgó sin contestar. Y lo único que recibió de su parte fue un escueto mensaje en el que decía: «Lo dije en serio, Lola».

Durante aquel fin de semana, pasó por distintas fases que no entendía. Y es que creo que Lola estaba haciendo las paces con su parte femenina en aquel momento y estaba viviendo cosas con las que las demás ya nos encontramos familiarizadas. Sí, ya se sabe:

—Primera fase: tristeza infinita. *(Con lo que yo te quiero, por qué me haces esto).*

—Segunda fase: odio supremo. *(Ojalá te metan un puño por el culo y no te guste).*

—Tercera fase: indignación. *(¡No va y me dice que no lo llame!).*

—Cuarta fase: análisis minucioso de la situación. *(A ver, yo dije «ah», entonces él contestó «buf» y después parpadeó dos veces seguidas).*

—Quinta fase: deducciones de sospechosa fiabilidad. *(Todo esto es porque soy demasiada mujer para él).*

—Fase final: despecho. *(Pues ahora te vas a cagar).*

Esas somos nosotras, admitámoslo.

Y la fase final en manos de Lola… suena peligrosa.

Lo primero que hizo fue mandar un mensaje a Rai. No querría hablar con ella pero… ¿quién se resiste a borrar un mensaje sin haberlo leído? Y fue escueta, como él. Solo puso: «Lo has conseguido, voy a hacerte caso».

Oh, oh.

Al principio planeó que esperaría a que Quique volviera a abordarla. Seguro que no tardaba demasiado. Ese huevo pedía sal. Sal a montones.

Le asustó darse cuenta de pronto de que aquello era lo mejor que podría hacer. Estaba lo suficientemente convencida, además, como para considerar que no tenía que consultarlo con nadie, porque era lo que quería hacer. Quizá aquello apartaría las tentaciones y fortalecería su relación con Rai. Y ella jamás volvería a pensar en Quique, porque, total, una vez lo hubiera cabalgado un rato, lo olvidaría.

Y en esas estaba el lunes cuando lo vio pasar hacia su despacho con una carpeta bajo el brazo y el teléfono en la oreja. Se levantó sin pararse a pensarlo y, sin pedir permiso, se metió en el despacho detrás de él y cerró la puerta.

Quique se giró sorprendido y ella le sonrió.

—Le diré a mi secretaria que busque un hueco en mi agenda y le devolveré la llamada. Sería interesante poder sentarnos a charlar tranquilamente sobre esto —siguió diciendo Quique. Lola se sentó en uno de los sillones y él dejó las cosas sobre la mesa y se despidió de su interlocutor—. Por norma general —empezó a decirle a Lola— odio las visitas sorpresa en mi despacho. Pero creo que eso no te incluye, aunque vengas a reñirme, seguro.

—¿Por qué iba a reñirte?

—Por presentarme en la exposición de ese yogurín con el que sales.

Lola apartó una sensación rancia de la boca de su estómago y siguió con su plan.

—Me he hartado. Nadie me conoce por mi infinita paciencia, ¿sabes?

—Nadie lo diría —contestó con sarcasmo.

—Oh, sí, ahora ríete de mí. —Sonrió ella—. Ya te reirás menos cuando tengas que meter la chorra en hielo.

—¿Qué quieres decir?

—Planéalo tú. No quiero saber los detalles. Solo una dirección y la hora. Ya te lo explicaré allí entonces.

Lola salió triunfal del despacho y cerró suavemente la puerta. Al llegar a su mesa, tuvo que respirar muy hondo. Un email de Quique la relajó: una dirección y una hora.

Parecía que había quien aún tenía más ganas que ella.

A mediodía declinó la invitación de comer con el resto de sus compañeros para celebrar lo cerca que estaba la jornada intensiva y se marchó a hacer unos recados. Recados sexis, pensó ella con una carcajada interna.

Correteó por todo El Corte Inglés de Castellana en busca de lo que necesitaba y después volvió a la oficina y se encerró en el baño, a sabiendas de que nadie la molestaría a esas horas. Lo colocó todo y se desvistió entera. Se untó espuma de afeitar, se pasó la cuchilla «de emergencia» por todo el cuerpo y se dejó sin un pelo de tonta. Después se puso ropa interior nueva, pasando por alto no haber podido lavar primero las braguitas, y volvió a su sitio.

A la hora de la salida pasó por el baño otra vez para retocarse el maquillaje, respirar hondo y decirse a sí misma que después de follar con Quique al menos en tres posturas imposibles se sentiría mejor. Iba a darse a sí misma una lección también. ¿Qué esperaba? Ella era Lola. No podía tener una relación monógama. No podía pretender ser una novia normal. Esa era la realidad.

Quizá no debía volver a llamar a Rai después de aquello, se dijo mientras salía haciendo resonar los tacones sobre el mármol del suelo. Quizá aquello no era más que alargar algo que tenía fecha de caducidad. ¿Cómo iba a ser aquella una relación duradera y madura? Él tenía veintiún años, por Dios santo. Él era el primero que tenía edad de meterse entre las piernas de un millón de chicas antes de decidir sentar la cabeza con alguien.

Paró un taxi, dio la dirección al conductor y trató de relajarse. Se alisó con la mano la melena color chocolate, se retocó el pintalabios y revisó los correos en su BlackBerry. Después miró de reojo el móvil, esperando descubrir una llamada de Rai en la que tratara de impedírselo.

No había nada y ella… se entristeció y enfureció al mismo tiempo.

Enrique Jara tenía un piso increíble en pleno paseo de la Castellana. En palabras de Lola, «cojonudo y de la hostia», lo que quiere decir que era una de esas casas de techos altos, enormes, que encima había sido reformada hacía muy poco tiempo. Ella aún no lo había visto, pero estaba muy cerca de hacerlo.

El portero la acompañó hasta el ascensor y pulsó por ella el número del sexto piso. Las puertas se cerraron cuando a Lola ya le había empezado a dar la risa nerviosa. Se giró y se miró a conciencia en el espejo. Repasó que no tuviera pintalabios sobre los dientes, se pasó los dedos por debajo de los ojos para borrar el posible exceso de sombra de ojos y después respiró hondo, convenciéndose de que no había por qué estar nerviosa.

—Follas un rato y te piras a casa a dormir. ¡Ya está! —se dijo en voz baja.

Enrique la esperaba apoyado en el marco de la puerta de su casa. Dos casas por planta. Para morirse. Y él… también estaba para morirse.

Había salido antes del trabajo directamente desde una reunión fuera de la oficina. Le había dado tiempo a quitarse el traje, y allí lo tenía, con un pantalón beis y un jersey granate. Era tan elegante… Pensó que no le gustaban ni el jersey ni el pantalón y mucho menos las dos cosas juntas, pero sobre él hasta la ropa cambiaba de significado.

—Buenas tardes, señorita —le dijo con una sonrisa descarada.

Ella se acercó y él la cogió de la cintura. En un segundo la metió en la casa, dejándola apoyada en la pared, cerrando la puerta y apretándose contra su cuerpo. Todo a la vez. Pero ¡qué tipo más hábil, joder!

Cuando se acercó a la boca de Lola ella notó un nudo en la garganta que hacía mucho tiempo que no sentía. ¿Qué era eso?

—¿No puedes esperar ni a tomar una copa? —le preguntó, fingiendo dominar la situación.

—¿Una copa? Bien…, empecemos por una copa.

Quique la cogió de la mano y la llevó hasta un espléndido salón decorado de manera sobria. Tenía una televisión enorme, un pequeño mueble debajo de color negro, un sofá inmenso de color gris, una mesa baja de cristal negro y una esponjosa alfombra. Poco más.

—¿Vino?

—Eh…, si tienes ginebra prefiero un *gin fizz*.

Quique se echó a reír y se fue a lo que Lola supuso que era la cocina.

—Estás muy guapa —le dijo desde allí—. ¿Te has cambiado?

—No. En realidad no. —Lola pensó que no se había cambiado nada que él pudiera ver—. Me retoqué el maquillaje. Quizá es eso.

—Quizá. Me alegro de que no te hayas cambiado. Para lo que te va a durar puesta la ropa…

—Ah… —Se rio, al tiempo que se acercaba hacia un enorme cuadro que decoraba la pared frente a la que quedaban los grandes ventanales de la estancia—. Conque esas tenemos, ¿eh? Pues espero que tengas dedos hábiles, porque estas braguitas se resisten a veces a bajar.

—No te preocupes… —La voz de él fue aproximándose—. Siempre puedo rompértelas o… apartarlas de mi camino.

Lola se giró y aceptó la copa de Martini que le ofrecía.

—Tengo entendido que estos cócteles se sirven en vasos de refresco, pero no tengo ninguno. Creo que esta es la solución más elegante.

Tras levantar su copa de vino brindó con ella, dio un trago largo y esperó a que ella hiciera lo mismo.

—Gracias, barman. Está en su punto.

Quique se humedeció los labios, le arrebató la copa y la dejó junto a la suya sobre la mesa de centro. Alargó la mano, cogió a Lola por la nuca y la acercó hasta que sus bocas se juntaron. Lola… gimió.

Los labios de ella estaban fríos y los de él calientes. Las lenguas, a diferentes temperaturas también, se enredaron en un abrazo sucio y sexual que empezó a ponerlos a tono.

Quique la cargó sobre sus brazos y la dejó caer en el sofá, acomodándose encima de ella después. La boca de él demandaba una intensidad que apabullaba a Lola. Estaba acostumbrada a llevar la batuta y aquella sensación la excitaba. Podía dejarse llevar sin preocuparse de más. Y así lo hizo.

Las dos manazas de Quique agarraron con ganas sus pechos y los manosearon mientras ella se derretía. Aquella furia… Dios, aquella furia la estaba poniendo a mil.

Quique le pidió que fueran a la cama y ella lo siguió hasta el dormitorio. Empezaron a desnudarse a zarpazos el uno al otro mientras se lamían la boca y poco importó la provocativa ropa interior nueva de Lola. El sujetador cayó al lado de la cama a la vez que la boca de Quique se concentraba en el lugar donde antes había estado colocado.

Lola se dejó caer en el colchón y él tiró de la cinturilla de sus braguitas hasta sacarlas por los tobillos, metiéndose entre sus piernas de inmediato.

—Vas a gritar tanto que igual incluso me corro antes de follarte —le dijo con voz malévola.

La lengua de Quique entró con violencia entre, los pliegues de su sexo y Lola gimió…, gimió…, y abriendo los ojos, de pronto muy sorprendida, se dio cuenta de que gemía por inercia y que no estaba sintiendo nada.

Esa sensación que la excitaba, ese «sentirse dominada» había desaparecido.

—Para… —le pidió.

—¿Cómo? —dijo Quique a la vez que levantaba la cabeza.

—Que pares, que no me está gustando.

Ole mi Lola. Ese señor nunca había lidiado con comentarios como aquel, así que se quedó parado y sin saber qué contestar.

—¿Me… —balbuceó— me pongo un condón?

—Pues es que si te pones un condón y pretendes follarme ahora, va a rascar como el esparto, hijo, porque lo que es húmeda solo tengo la lengua.

Quique levantó las cejas y la tocó, como para comprobarlo.

—Tengo lubricante si quieres —le ofreció.

—Es que no es cuestión de lubricante o aceite Johnson's Baby, es que no estoy cachonda.

Él se incorporó del todo, confuso.

—¿Sueles tener este tipo de problemas a menudo?

Ella abrió los ojos como platos.

—¿Perdona? ¿Problemas yo? Creo que soy la mujer con menos problemas sexuales sobre la faz de la tierra, cariño.

—¿Entonces?

Lola lo meditó una décima de segundo, lo que para ella ya es un logro enorme, porque tiene una escopeta en la garganta que dispara sin parar lo primero que le pasa por la cabeza. Esto pudo pararlo, pero no le dio la gana.

—Entonces, mi vida, va a ser mejor que lo dejemos estar antes de que esto empiece a ser más lamentable de lo que está siendo.

Cuando Quique se levantó, Lola se dio cuenta de que ella podía no estar cachonda, pero él llevaba el mástil bien tieso. Le entró la risa.

—¿Te vas?

—Hombre, pues a hacerte la cena no me voy a quedar. —Se levantó, recuperó con dignidad la ropa interior y se puso los zapatos antes de encontrar su vestido hecho un gurruño en un rincón de la habitación—. No te preocupes, nene —dijo con placer—. No es que lo hagas mal. Es que llegados a este punto, creo que no me pones. A veces pasa, ¿sabes? Se crean tantas expectativas sobre algo que luego... nos decepciona.

—Pero... —balbuceó él.

—Mejor seamos amigos, ¿vale?

Lola se acercó a él, le dio un beso en la mejilla y pidió unas falsas disculpas que le supieron a gloria.

Después recogió el bolso del salón y salió por donde había entrado.

Rai abrió la puerta con una cara que hablaba por sí sola. No lo estaba pasando bien, esa era la verdad. Cuando Lola le sonrió con energía, él solo se apoyó en el quicio, como cansado, y le preguntó «qué tal» con desgana. La sonrisa de Lola se fue escurriendo de su cara.

Con la emoción de darse cuenta de que no necesitaba a nadie más que a Rai se le olvidó que le había mandado un mensaje dejándole entender que iba a hacer uso de ese régimen abierto que él había propuesto. Además..., ¿quién le decía que él no había aprovechado para hacer lo mismo?

El corazón se le desató dentro del pecho. Era un chico de veintiún años que, probablemente, solo necesitaba reafirmar que ella no quería nada más que lo que tenía con él. Un chico inseguro, como todos, que necesitaba que ella se presentara en su casa y le dijera que todo era una tontería y que solamente lo quería a él.

Y ella había estado a punto de follar como un animal con otro.

—Mi vida… —dijo con un hilo de voz.

—¿Ya lo has solucionado?

Le costó tragar. Rai estaba resignado, como si aquel fin de semana le hubiera servido para darse cuenta de que no podía esperar nada más de ella. Él, que siempre se esforzaba por ser más maduro, por ser mejor porque pensaba que de otro modo no daría la talla más que en la cama, estaba… decepcionado.

—Voy a ser todo lo sincera que pueda —dijo Lola escondiendo en los bolsillos de su vestido *fifties* las manos temblorosas—. He ido allí, a su casa, como la imbécil que soy, pensando que era una perra en celo que no tendría suficiente hasta que me lo tirara. Creo que necesitaba demostrarme a mí misma que esta relación no me ha cambiado. —Rai se frotó la cara—. Y casi lo hago —balbuceó Lola, con la voz temblándole también—. Porque tenía razón en que soy una perra, pero lo cierto es que nadie me hace sentir como me siento cuando estoy contigo, por mucho que me cueste admitirlo.

—No entiendo… —dijo él mirando al suelo.

—¡Tienes veintiún años, Rai!

—¿Y tengo yo la culpa de haber nacido cuando lo hice?

—No, pero yo sí tengo la culpa de que se me arrugue el ombligo de vez en cuando si pienso en lo difícil que va a ser esto en ocasiones.

Él se rascó los ojos con vehemencia y Lola no dijo nada más.

La Lola de hacía un par de años habría dado media vuelta y se habría marchado con la cabeza muy alta, repitiéndose a sí misma que no iba a arrastrarse por hacer que funcionara una relación. Pero, por más que le pesara, ella no era ya esa Lola.

Así que lo único que pudo hacer fue morderse el labio inferior, pintado de color frambuesa, para sofocar aquel sollozo que le llenó la garganta.

Rai levantó la mirada y la clavó en ella, viendo cómo se agitaba su pecho mientras contenía el llanto.

—¿Por qué lloras, Lola? —Bajó la mirada y no contestó—. ¿Por qué lloras, Lola? —repitió.

—Porque… —gimoteó— te quiero.

—Pero tienes unas necesidades que yo no puedo satisfacer —contestó él.

Rai la abrazó y ella se agarró a su ropa, llorando, sollozando y gimiendo de pena. Era atento con ella, el único hombre en diez años que la había tratado con respeto, con cariño. Que le había dicho «te quiero» de verdad. Que se desvivía por verla feliz. Era el único al que ella quería también.

Levantó la mirada hacia él y se dijo a sí misma que tenía que quemar el último cartucho, porque era una imbécil que la había cagado.

—Rai… —Trató de no llorar—. Yo no creía en esto. No creía que pudiera hacerlo funcionar siendo el tipo de persona que era. Pero es que esa persona ya no existe. Me resistía a creerlo porque me cuesta admitir que dependo de alguien como dependo de ti. Pero… solo quiero estar contigo. El resto de la humanidad ni siquiera me cae bien. Eres el único al que siempre haría un hueco. Nunca te diría que no. No me dejes, por favor.

Rai le cogió la cara entre sus manos, obligándola a que le mirara a la cara.

—No quiero palabras de amor, Lola. No son tus palabras.

—Joder, Rai —se quejó—. No quiero follar con nadie que no seas tú. Quiero pasarme toda la puta vida jodiendo contigo y morirme mientras te cabalgo.

Él sonrió y la besó. Vaya tela. Con lo que le había costado ser fina y delicada.

—No me vuelvas a hacer esto —le pidió él—. Nunca. Casi me muero de pena sin ti.

—Eres un maricón. Haberme cogido el teléfono.

—Estaba enfadado.

—Y yo.

Sin importarles que estaban en el rellano, se besaron apasionadamente. Solo con el tacto de la mano de Rai deslizándose hacia su trasero sintió cómo se humedecía su ropa interior y se convenció de que no necesitaba sentirse dominada en la cama por alguien que se lo tuviera tan creído. Con la certeza de que por ese chico podría ser monógama le bastaba; no más nuevas sensaciones, por favor.

—¿Pasas? Estoy solo —dijo él con una sonrisa socarrona.

—Vale.

—No lo has hecho, ¿verdad?

—No. No he llegado. No me ponía en absoluto.

Él frunció el ceño.

—Paso de los detalles —dijo Rai.

—Ahora hago que se te olvide. —Y lo empujó hacia dentro del piso.

Vaya, vaya. Veintiún años, sí, pero era capaz de follársela contra la pared, de pie, durante veinte minutos, y después hacerle un cunnilingus de lo más intenso y satisfactorio. Pero, sobre todas esas cosas, era el único hombre que conseguía que se olvidara de todo con solo abrazarla.

52
El sí de las niñas

Víctor pasó un par de días muy malos. Eso no puede esconderlo. Lo sabe todo el que lo conozca. Tomar aquella decisión debió hasta de dolerle físicamente. Pero…

Seis días después de que su madre se presentara en casa con aquel maldito recordatorio, Víctor decidió que si había llegado a la conclusión de que su madre estaba en lo cierto, lo lógico era actuar en consecuencia. Así que salió del trabajo a las cinco, pasó por casa, metió una cosa en el bolsillo interior de su americana y se volvió a marchar.

Ni siquiera comió.

Cuando llegó, aparcó el coche, se puso la americana a pesar del calor y llamó al timbre, mientras se decía a sí mismo que no tenía ningún sentido pasar miedo. Le abrió una chica morena que llevaba puesto un ligero vestido de verano de color rojo. Nosotras habríamos dicho que era color coral, pero para él era rojo, de toda la vida. Es consabido que los hombres solo distinguen cuatro o cinco colores. La saludó educadamente y, señalando con la cabeza hacia la chica que había al fondo, le susurró:

—Vengo a verla a ella, gracias.

Como Víctor no tiene ojos en el cogote, se perdió la soberbia mirada de lascivia que aquella chica le regaló. Él estaba a otras cosas. Cosas que requerían toda su atención y concentración.

Una chica rubia y soberanamente guapa apartó el auricular del teléfono por el que hablaba y se levantó de su escritorio para recibirlo. Estaba visiblemente nerviosa, así que le tendió la mano, en lugar de saludarlo con dos besos. Él se echó a reír mientras se la estrechaba.

—¿Qué haces aquí, Víctor? Quiero decir…, no es que me moleste, pero…, bueno, ya sabes. Yo, es que… —La chica apartó su melena hacia un lado, cogió el auricular y dijo—: Espera un segundo, estoy contigo enseguida.

Víctor respiró hondo, metió la mano en el bolsillo interior y sacó la cajita que su madre le había dejado encima de la mesa de la cocina hacía casi una semana. Con dedos ágiles, la abrió y la posó abierta de cara a su interlocutora.

—Tienes que ayudarme.

Nerea estaba diseñando la decoración de una boda en la terraza de un hotel cuando sonó el teléfono de su escritorio.

—Eventos monograma, ¿dígame?

—Ga y me —contestó Lola—. ¿Qué haces?

—Trabajo. ¿Sabes lo que es?

—Más que tú, zorra teñida.

—¡Soy rubia natural! —la reprendió. Carolina levantó la cabeza desde su mesa y le lanzó una mirada de incomprensión—. Es Lola —le aclaró—. Siempre está diciéndome que soy rubia de bote y que guardo cochinadas en un cajón.

—Es que todo el mundo sabe que tienes un consolador enorme y negro escondido en tu dormitorio. Igual cuando no lo usas sirve de pata para la cama —contestó resuelta Lola.

—¿Qué quieres, Lola?

—¡Eres más rancia! Iba a preguntarte qué tal te va con el chorbo ese que te calzas y contarte cosas absurdas de esas de chicas, del tipo: ¿sabes que me he comprado un pintalabios nuevo?

Nerea puso los ojos en blanco aunque Lola no pudiera verla.

—Bueno, Jorge y yo tuvimos una cita muy guay. —Sonrió.

—¿Acabó en sexo descontrolado y violento?

—No. Terminó en beso en el portal.

—Si yo fuera él no te volvería a llamar, puta estrecha de los cojones. ¿Sabes? Son las mujeres como tú las que dan mal nombre a nuestro género.

—Pues me da la impresión de que a él no le pareció tan mal, porque ayer cenamos aquí en el bajo y mañana tenemos una mesa reservada en el restaurante del hotel ME.

—¿Con habitación para después? —consultó Lola.

—Eh…, no —mintió Nerea—. ¿Sabes algo de Val?

—Desde que hablé con ella la semana pasada no.

—¿Cuando te dijo que seguramente se marcharía con Bruno? —consultó Nerea para asegurarse de que no se había perdido nada.

—Exacto. Oye, ¿tú qué opinas?

—Pues… que Víctor es un partidazo —contestó muy a lo Nerea la fría—. Pero Bruno tiene pinta de ser más fiable.

—No tienes corazón.

—Lo que me sorprende es que tú sí lo tengas.

Las dos se rieron.

—Oye, si Valeria no quiere a Víctor igual te lo puedes calzar. Que ya vimos todas que ascos no le harías. ¿Cómo fue aquello? —Y poniendo voz de pito siguió—: Oh, Víctor, no puedo entender cómo una mujer podría no sentirse atraída por ti… Grrrr. Machoteeee.

—¡Eres tonta! —se quejó—. ¡Fue un comentario inocente! ¡Pretendía ser una broma! ¡Nunca me acostaría con Víctor, joder!

Entonces Nerea levantó la mirada hacia la calle y por poco no se murió del susto.

—Pero… ¿qué?

Carolina, su ayudante, se levantó y abrió la puerta de la tienda al chico que esperaba de pie tras ella.

—Hola, ¿puedo ayudarte?

—Vengo a verla a ella, gracias.

El chico anduvo resuelto hacia la mesa tras la que Nerea estaba sentada, mientras Carolina, desvergonzada, se mordía el labio con lascivia.

—No te lo vas a creer —susurró.

—¿Qué? ¿Qué pasa? —contestó Lola desde la otra parte del hilo telefónico.

—Dame un segundo.

Nerea dejó el auricular sobre la mesa y se levantó. Después de unos segundos de incertidumbre decidió que lo mejor era saludarlo con un apretón de manos. Cuando Víctor le sujetó la mano con firmeza para dejarla caer suavemente más tarde, Nerea se puso más nerviosa aún.

—¿Qué haces aquí, Víctor? Quiero decir…, no es que me moleste, pero…, bueno, ya sabes. Yo, es que… —Como siempre que se ponía nerviosa, Nerea apartó su melena hacia un lado. Después cogió el auricular y le dijo a Lola—: Espera un segundo, estoy contigo enseguida.

Nerea siguió el recorrido de la mano derecha de Víctor hasta el bolsillo interior de su americana. Cuando sacó una cajita roja ribeteada en dorado, ella sofocó un grito. Él la abrió, la posó abierta frente a su cara y dijo:

—Tienes que ayudarme.

—¡Me cago en la puta! —vociferó Nerea saltándose todo el protocolo. Cogió el teléfono—. No te muevas de casa. Vamos de camino.

—¿Vamos? ¿Quiénes?

Lola estaba aburrida como una mona. Había salido un poco antes del trabajo porque no aguantaba ni un segundo más en la oficina y allí estaba, harta de los orgasmos mecánicos que su amiguito a pilas le daba. Con los exámenes finales de Rai de por medio, los polvos maratonianos tendrían que esperar.

Me llamó pero yo no cogí el teléfono. Ella no lo sabía, pero en ese momento me encontraba enfrascada en uno de los capítulos más importantes del proyecto que tenía entre manos y estaba demasiado concentrada entre la documentación que había recabado y mi ordenador como para escuchar ni siquiera el tono del teléfono, que había dejado sobre el mármol del baño.

Pensó en llamar a Carmen, pero en el último momento se preguntó cómo seguiría la truculenta historia que Nerea llevaba con su amante bandido, así que se decidió por llamarla a ella. Tras dos tonos, Nerea contestó con el típico saludo.

—Eventos monograma, ¿dígame?

—Ga y me —contestó ella resuelta—. ¿Qué haces?

—Trabajo. ¿Sabes lo que es?

—Más que tú, zorra teñida.

—¡Soy rubia natural! —la reprendió. —Después la escuchó justificar su exclamación—. Es Lola. Siempre está diciéndome que soy rubia de bote y que guardo cochinadas en un cajón.

Lola se mondó de risa en silencio. Le encantaba fastidiarla con aquella historia, así que no pudo evitar la tentación:

—Es que todo el mundo sabe que tienes un consolador enorme y negro escondido en tu dormitorio. Igual cuando no lo usas sirve de pata para la cama.

—¿Qué quieres, Lola? —contestó Nerea muy fría.

—¡Eres más rancia! Iba a preguntarte qué tal te va con el chorbo ese que te calzas y contarte cosas absurdas de esas de chicas, del tipo: ¿sabes que me he comprado un pintalabios nuevo?

—Bueno, Jorge y yo tuvimos una cita muy guay. —Sonrió.

—¿Acabó en sexo descontrolado y violento?

—No. Terminó en beso en el portal.

—Si yo fuera él no te volvería a llamar, puta estrecha de los cojones. ¿Sabes? Son las mujeres como tú las que dan mala fama a nuestro género.

—Pues me da la impresión de que a él no le pareció tan mal, porque ayer cenamos aquí en el bajo y mañana tenemos una mesa reservada en el restaurante del hotel ME.

—¿Con habitación para después? —consultó Lola.

—Eh…, no —mintió Nerea—. ¿Sabes algo de Val?

—Desde que hablé con ella la semana pasada no —contestó, mirando el estado de su manicura en color burdeos.

—¿Cuando te dijo que seguramente se marcharía con Bruno? —consultó Nerea para asegurarse de que no se había perdido nada.

—Exacto. Oye, ¿tú qué opinas?

—Pues… que Víctor es un partidazo. Pero Bruno tiene pinta de ser más fiable.

—No tienes corazón. —Lola se rio a carcajadas al ver volver de entre los muertos a Nerea la fría.

—Lo que me sorprende es que tú sí lo tengas.

—Oye, si Valeria no quiere a Víctor igual te lo puedes calzar. Que ya vimos todas que ascos no le harías. ¿Cómo fue aquello? —Y poniendo voz de pito siguió—: Oh, Víctor, no puedo entender cómo una mujer podría no sentirse atraída por ti… Grrrr. Machoteeee.

—¡Eres tonta! —se quejó Nerea—. ¡Fue un comentario inocente! ¡Pretendía ser una broma! ¡Nunca me acostaría con Víctor, joder!

Cuando Lola estaba dispuesta a contestar una cochinada mayúscula, Nerea la interrumpió diciendo:

—Pero… ¿qué?

Hubo un silencio tan largo que Lola empezó a ponerse nerviosa.

—No te lo vas a creer —susurró Nerea.

—¿Qué? ¿Qué pasa? —contestó Lola levantándose del borde de su cama.

—Dame un segundo.

Escuchó cómo dejaban el auricular encima de la mesa y después la voz de Nerea, trémula y nerviosa, decir:

—¿Qué haces aquí, Víctor? Quiero decir…, no es que me moleste, pero…, bueno, ya sabes. Yo, es que…

Lola arqueó una ceja y después, empezó a berrear.

—¡¡¡¡Ah!!!! ¿Qué hace ahí? ¿¡Qué hace ahí ese hijo del mal!?

Y siguió gritando hasta que Nerea cogió el auricular y le dijo:

—Espera un segundo, estoy contigo enseguida.

Lola empezó a imaginar cosas raras mientras esperaba, aguzando el oído con la esperanza de escuchar algo de lo que estaba pasando. Pero todo era silencio. Fueron unos segundos que se le hicieron eternos.

—Tienes que ayudarme —oyó al fin que decía Víctor con su voz sensual.

Cuando ya estaba a punto de volver a gritar para que alguien le hiciera caso y poder preguntar, se encontró con algo que no esperaba: Nerea aullando cual loca palabras malsonantes:

—¡Me cago en la puta!

—Pero… ¿¡qué pasa!? ¿¡Qué pasaaaa!? ¡¡Nereaaaaa!!

—No te muevas de casa. Vamos de camino —le contestó Nerea.

—¿Vamos? ¿¡Quiénes!?

—Llama a Carmen.

—¡Carmen está preñada y tiene un niño! —vociferó Lola.

—He dicho que la llames, es importante.

—Nos vemos mejor en su casa, voy a avisarla.

Lola colgó y marcó el teléfono de Carmen. Se dio cuenta de que le temblaban los deditos. ¿Qué sería tan importante?

¿Qué habría hecho gritar a Nerea de aquella manera? ¿Por qué Víctor quería hablar con ellas?

—¿Sí? —contestó la vocecita vital de Carmen.

—Mench… —le respondió Lola—. ¿Estás en casa?

—¿Lola?

—Sí.

—Sí, estoy en casa. ¿Pasa algo?

—No, no te asustes. Pero no te muevas, ¿vale? Espéranos allí.

—¿Quiénes venís?

—Nerea, Víctor y yo.

Carmen estaba jugando con Gonzalo en una mantita de actividades cuando empezó a sonar el teléfono. Había quedado con Borja en que él iría a hacer la compra después del trabajo, así que estaba segura de que la persona que llamaba sería él para aclarar algo de la lista que ella misma le había hecho. Hombres…, incapaces de seguir las indicaciones más precisas dentro de un supermercado.

—¿Sí? —contestó esbozando una sonrisa.

—Mench… —La voz de Lola sonaba tan agitada que Carmen se asustó—. ¿Estás en casa?

—¿Lola? —dijo ella queriendo asegurarse.

—Sí.

—Sí, estoy en casa. —Le echó un vistazo a Gonzalo, que tiraba de un arito cosido a la manta en la que estaba acostado—. ¿Pasa algo?

—No, no te asustes. Pero no te muevas, ¿vale? Espéranos allí.

¿Espéranos? Oh, Dios, no. ¿En qué tipo de sinrazón estaba a punto de meterla Lola? ¿Se iba a presentar allí con dos representantes de la Cienciología para convencerla de que el fin estaba cerca y debían mudarse a su edificio y vivir en comunidad?

Mejor preguntar primero.

—¿Quiénes venís?

—Nerea, Víctor y yo.

Lola colgó y ella miró el auricular alucinada. ¿Cómo que Nerea, Víctor y ella? Pero... ¿qué tipo de cónclave era aquel?

Cogió a Gonzalo del suelo y pensó que pronto no podría hacerlo por culpa del tamaño de su vientre. Pronto no podría ni siquiera atarse los zapatos. Pero esta vez no lo pensó con rabia, sino con una tierna impaciencia. Quería que pasara todo el proceso pronto.

Fue a la cocina, metió unos cuantos refrescos en el congelador por si acaso y limpió un par de cosas para que la inesperada visita no la pillara con la casa desastrada.

Después escuchó el timbre. Era Lola. Seguro que había cogido un taxi para llegar lo antes posible. Y... antes de que Lola pudiera acomodarse en el sofá sonó otra vez el telefonillo. Víctor y Nerea.

Nerea adelantó a Víctor en la puerta y se sentó al lado de Lola.

—Carmen, ven —le pidió palmeando el sitio que quedaba junto a ella en el sofá.

Carmen dejó a Gonzalo otra vez en la mantita, le dio un beso en la mejilla a Víctor, que estaba lívido, y se sentó.

Víctor se tapó la cara con ambas manos y se la frotó.

—Dios... —murmuró.

—¿Qué pasa? —preguntó Carmen cada vez más nerviosa.

—No pasa nada —dijo Nerea acariciándole la rodilla, tranquilizándola—. Víctor solo quiere pedirnos una cosa.

Él metió la mano dentro de su americana de nuevo y dejó la cajita en la mesa de centro que tenían delante. Era de un rojo oscuro y se notaba desgastada. Debía de tener muchos años y el ribete dorado que la rodeaba había perdido brillo. Cuando la abrió todas contuvieron la respiración, incluso Nerea que ya conocía su contenido. Y Víctor, agachado frente a ellas, las miró a todas antes de decir:

—Tenéis que ayudarme.

El 24 de abril de 1929 Elena cumplía dieciocho años. Por la mañana su madre le pidió que la acompañara a comprar unas pastas a la confitería del barrio. Ella se arregló y perfumó e, ilusionada, corrió a ponerse su vestido nuevo de color amarillo pálido, regalo de sus padres.

Cuando andaba agarrada del brazo de su madre, cruzando la calle, ambas se encontraron con un caballero alto, moreno y elegante, que se paró a saludarlas. Ella no lo recordaba, pero era el hijo mayor de un amigo de sus padres que ahora vivía en Francia, haciendo negocio con relojes.

Este caballero, Alfonso de nombre, se encontró con su mirada y le sonrió. Elena se ruborizó y apretó el brazo de su madre instintivamente. Nunca nadie la había mirado de aquella manera. ¿Qué había en sus ojos? Quizá aquello de lo que su tata le había advertido. Los hombres y sus deseos. Sonaba oscuro.

De pronto escuchó cómo su madre invitaba a aquel hombre a acompañarlos en la merienda en honor a los dieciocho años de su hija.

—Madre… —dijo Elena cuando se despidieron de él—. ¿Por qué lo has invitado a mi fiesta?

—A papá le alegrará verlo. Y además trabaja en Cartier, Elena.

—¿Qué es Cartier?

—Es una de las joyerías más importantes del mundo. Está en París.

Elena entendió que aquello podría ser bueno para los negocios de su padre y calló. Decidió no pensar más en la manera en que aquel hombre la había mirado.

Pero Elena recordaría de por vida las sensaciones de aquella primera vez que se vieron. No. No pudo olvidarlo. Ni quiso.

Apenas un año después de conocerse, Alfonso y Elena marcharon juntos a París como marido y mujer. Su luna de miel la pasaron en una pensión de camino a Barcelona. Elena estaba asustada. Había recibido unas referencias muy vagas sobre lo que pasaría aquella noche. Poco más que consejos de criadas sobre contentar al esposo y dejarlo usar el cuerpo de una a pesar del dolor.

Cuando, temblando, se desnudó dispuesta a «dejarse usar», se sorprendió al encontrar en su esposo a un hombre cariñoso y atento que nada tenía que ver con esa voracidad que ella imaginaba.

—Elenita —le susurró él al oído—. Esto es para los dos, mi vida.

Cuando llegaron a París, Alfonso, ciego de amor por su joven esposa, compró un precioso anillo de oro blanco y brillantes que, para la época, era una novedad. Casi una extravagancia. Y Elena, loca de amor por su marido, juró entre lágrimas no quitárselo jamás.

—Que me entierren con él si muero —le dijo melodramáticamente.

Poco tiempo después, cambió de parecer. Fue al ver por primera vez a su primogénito. Decidió que cuando ella muriera alguien de su familia debía dárselo a la mujer de la que se enamorara; a su marido le pareció bien.

—Solo espero que esté muy enamorado y que esa mujer valga la pena —sentenció—. Es el anillo que le compré al amor de mi vida. No quiero que se lo quite por cualquiera.

El matrimonio entre Alfonso y Elena duró sesenta años. Alfonso murió durmiendo a su lado a los noventa y un años, sonriendo. Fue algo que quedaría en la familia para siempre. El abuelo Alfonso había muerto sonriendo. Una lección para todos, desde luego.

Cuando ella enfermó y empezó a perder memoria a los ochenta y seis, se obsesionó con algo. Se quitó el anillo, lo guardó en su caja original y se lo dio a su hija pequeña, la única que había tenido hijos varones. Le hizo jurar que aquel anillo lo heredaría el pequeño de sus nietos.

—Quiero que algún día haga tan feliz a una chica como Alfonso me hizo a mí. Dáselo a Víctor.

Y así, el anillo pasó años encerrado en una caja fuerte, en el fondo de un armario. Pero ahora esa caja roja con ribetes dorados había vuelto a abrirse.

—Sé lo que sois para ella. No lo haré sin que vosotras digáis que sí.

—Víctor…, no es lo que ella está buscando —dijo Carmen convencida.

—¡Mira la coneja, qué lista es! ¡Déjalo hablar! —contestó Lola.

Carmen asesinó a Lola con la mirada antes de volver a prestarle atención a Víctor.

—Sé que ella no me está pidiendo esto, pero creo que no me creerá hasta que lo hagamos.

—¿Por qué? —preguntó Carmen de nuevo.

—Valeria dice que no quiero lo mismo que ella. Dice que no puedo darle el compromiso que necesita. No conozco mayor compromiso que este, porque es de por vida.

—Existe el divorcio —contestó Carmen otra vez.

—Carmen… —susurró Víctor—. Cuando te casaste con Borja, ¿también pensaste eso?

—No.

—Entonces ¿por qué tengo que pensarlo yo? —Todas enmudecieron—. Me he dicho muchas veces que puedo pasar página. Sé que hay historias demasiado complicadas que, al final, es mejor dejar tal y como están. Sé que podría estar con otra chica y tratar de no pensar en Valeria jamás. Sé que podría seguir con mi vida tal y como era antes de conocerla. Pero... ¿cómo acabaría esa historia? Lo más probable es que termináramos encontrándonos en cualquier esquina. La vida es caprichosa. Ya nos ha pasado en más de una ocasión. Pero ¿sabéis?, podría pasar dentro de seis, siete, diez años. Ella podría estar empujando el cochecito de su bebé, caminando de la mano de su marido. Yo podría estar con la sustituta de turno que no me dejara tiempo para pensar. Y nos veríamos y me daría cuenta de que dejé pasar la única oportunidad de tener una vida completa. —Nerea se encogió y, para la sorpresa de las otras dos, sollozó, tapándose los ojos. Víctor no paró—: Yo no quiero hacerla sufrir. Quiero regalarle los años que me queden. Enteros. Para ella todo lo que soy, lo que tengo, lo que siento. —Cerró los ojos—. Sé que suena estúpido, joder, pero es que no puedo sacármela de dentro y terminará por matarme. Solo la quiero a ella.

Carmen resopló y el aire le salió a trompicones, tratando de sofocar las lágrimas. Al final se tapó los ojos y entre el ambiente, el llanto de Nerea y lo sensible que estaba, se dejó llevar por unas lágrimas silenciosas.

—Y os juro que me muero sin ella. Me acuerdo de todas las veces que he podido hacerla feliz y he terminado haciendo todo lo contrario..., como cuando dejó a Adrián. Lo más fácil habría sido decirle que no tuviera miedo, que yo estaría allí, esperándola. Sin más. O cuando me dejó... ¿Por qué no seguí llamándola todos los días? Sabía que si lo hacía terminaría dándose cuenta de que era una tontería dejarlo solo porque existía la posibilidad de que algún día terminara. Pero no lo hice. Ni la abracé cuando volvimos, ni me contenté con sentirme solo suyo, ni me resigné a estar enamorado. Desde que la conocí he estado dándole vueltas a lo mismo, buscando razones que me permitieran creer que yo era el mismo y que no pasaba nada, sin darme cuenta de la cantidad de señales que me decían que ni siquiera yo quería ser la misma persona. Joder, Lola, tú me conoces…, tú sabes que no haría esto de no ser lo que quiero y lo que necesito. Sé que es completamente necesario. Y si ella dice que no, me quedaré destrozado, pero no podré recriminarme jamás que no lo intenté.

—¿Qué necesitas de nosotras? —preguntó Lola, mucho más seria de lo habitual.

—El último empujón. El beneplácito. Si vosotras creéis que puede funcionar…, funcionará.

—Pero, Víctor… —insistió Lola.

—Lola. Es ella. Ella es… más.

Lola no necesitó escuchar qué significaba «más» para él. No quería más explicaciones sobre cuáles eran las referencias que para Víctor existían alrededor de esa palabra. Y mientras todas las palabras de amor grandilocuentes que hacían llorar a Carmen y a Nerea solo conseguían revolverle el estómago, esa única palabra la conmovió.

Más. Y Víctor, el Víctor que ella conocía tan bien, había cambiado su sonrisa descarada y sexual por la boca de un hombre que ni siquiera podía tragar.

—¿Es de verdad? —le preguntó.

—Es la única verdad que conozco —contestó Víctor resuelto.

Y fue entonces cuando Lola se desmoronó.

—Yo te ayudaré —dijo Nerea al fin—. Ese anillo se merece que lo hagas bien.

53
Hacerlo bien

Cuando Víctor me llamó sentí la tentación de decirle que no podía hablar con él y colgarle, pero parecía preocupado. Las primeras frases que cruzamos me sonaron confusas. Él comentaba algo de una oferta de su casa y de que no sabía qué hacer, pero yo no entendía nada.

—Disculpa, Víctor, pero no he entendido ni una palabra de lo que has dicho.

—Es solo que… tengo un amigo encaprichado de mi piso desde que lo estrené. No ha dejado de decirme que quiere que se lo venda. Siempre lo he tomado por loco, porque me gustaba mi casa, pero…

—¿Y tu amigo tiene dinero para comprártela?

—Sí, sí. Eso no me preocupa. Es hijo del consejero delegado de una entidad bancaria y…, en fin, no quiero aburrirte. Me la pagaría al contado. Ya tiene un par de casas.

—¿Y para qué quiere la tuya?

—Como picadero. —Rio—. Me temo que ese es el fin que quiere darle a mi casa.

—Deduzco por tu tono que eso no te gusta.

—No demasiado, pero…, verás, es que he visto una casa…

Volví a perderme.

—¿Qué casa?

—Bueno, me lo comentó mi padre hace tiempo. Fui a verla el otro día y no me la quito de la cabeza. Es… especial. Está para hacer un par de cambios pero me parece perfecta. Es grande, está en un buen barrio y está tirada de precio. El dueño parece tener prisa por venderla.

—¿Y para qué quieres tú una casa grande, Víctor?

—Me preguntaba si podrías acompañarme a verla de nuevo —insistió—. Tú podrías abrirme los ojos sobre cosas que no he pensado.

—¿Como que quizá es demasiado grande para ti solo?

—Quizá. Sí, esas cosas. Pero in situ. ¿Qué me dices?

Miré alrededor. Pero… ¿qué estaba pasando?

—Pues no sé, Víctor. La verdad es que pretendía no verte en una temporada y…

—Solo acompáñame. Después tú decides. No te molestaré más.

A pesar de que todo aquello me sonó tremendamente extraño, no pude evitar aceptar su invitación. Tenía mucha curiosidad sobre por qué Víctor necesitaba mi ayuda en aquello y no la de su padre, su madre o, yo qué sé, Lola. Quedamos aquella misma tarde, a las ocho y media.

—¿No es muy tarde?

—Es la única hora que les viene bien a los actuales propietarios.

Después de colgar recibí otra llamada, más inquietante aún. Era Nerea.

—Nena, tenía hora en My Little Momo para hacerme la manicura y no puedo ir. ¿Quieres ir tú?

—Eh…, no, paso. Estoy tratando de ahorrar en ese tipo de cosas.

—¡Ahí está la cuestión! Está pagado. Me lo regaló mi hermana Miren. Y si no voy hoy, me caduca el vale.

No sería yo quien dijera «no» a una manicura gratis en uno de los locales más monos de Madrid.

—¿A qué hora?

—A las siete y cuarto. El tratamiento dura una hora. Si me dices que sí, paso corriendo y te dejo el vale en el buzón.

—Oh…, he quedado con Víctor a las ocho y media.

—Dile que pase a recogerte allí. Seguro que no le importa.

Y no. No le importó lo más mínimo, a pesar de que el local estaba en un barrio muy transitado donde aparcar era bastante parecido a uno de los círculos del infierno de Dante.

Como siempre que salía con Víctor en los últimos tiempos, ni me arreglé ni dejé de hacerlo. Elegí mi vestido blanco. Era sencillo y con bastante escote, por lo que decidí ponerme encima un cárdigan corto de color coral, de media manga, que me vino genial para poder combinarle unas sandalias y una cartera de mano del mismo color.

Cuando salí de My Little Momo, Víctor me esperaba dentro del coche, mirando su BlackBerry. Al sentarme junto a él, en el asiento del copiloto, me di cuenta de lo guapo que estaba. Y no era por su camisa blanca y sus pantalones negros… Es que irradiaba algún tipo de… paz. Como un hombre que ha aceptado el rumbo de su vida. O puede que fuera una inmensa paranoia mía, que siempre lo encontraba increíblemente guapo.

Se inclinó hacia mí y me dio un beso bastante inseguro en la mejilla. Era Víctor, olía como Víctor, tenía los mismos ojos que Víctor, pero... no parecía Víctor.

—¿Estás bien? —le pregunté.

—Sí. Claro que sí. —Fingió una sonrisa.

—¿De verdad?

Asintió. Me cogió la mano, la llevó hasta su boca y la besó.

—Vamos.

El centro estaba a rebosar de coches y pasamos un buen rato parados en la Castellana. Víctor martilleaba sus dedos contra el volante sin parar y movía las piernas continuamente. Y yo estaba empezando a contagiarme de su nerviosismo.

Cuando llegamos me encontraba como cuando me pasaba con el café: cardiaca. Y él seguía de ese modo tan…, tan contenido. Tan poco Víctor. Si algo fue siempre evidente en él, fue el exceso. Todo en él tendía al exceso, lo bueno y lo malo. Pero, como decía Lola, él era así, una bestia parda que no necesitaba ser domada. Creo que la parafraseo bien.

Nunca entendí qué quería decir Lola exactamente cuando exigía que dejáramos a Víctor pulular por el mundo en su estado de bestialismo natural, pero lo hice entonces, viéndolo contenerse a sí mismo. Y es que, me gustara o no, aquel no era mi Víctor.

Después de tres o cuatro vueltas a la manzana, Víctor suspiró desesperado y bajó al aparcamiento de un hotel de lujo cercano, donde dio las llaves de su Audi y me pidió que lo acompañara, no sin antes coger una carpeta de dimensiones considerables.

—Lo siento, nena. Tendremos que caminar un par de manzanas.

—No te preocupes. Este tacón es muy cómodo —mentí.

Subimos una de las calles más amplias del centro y giramos a la izquierda, cruzando por un larguísimo paso de peatones.

—¿Estás seguro de querer comprar una casa en este barrio? —le pregunté.

—¿Por qué lo dices?

—Me sorprende que me lo preguntes. Yo ni siquiera puedo permitirme cenar en los restaurantes que hay por aquí. No quiero ni imaginar el precio de las casas.

—Ah, ya. —Sonrió—. Bueno, ya te he dicho que el dueño tiene mucha prisa por venderla. Me dio a entender que me rebajaría el precio actual, que ya es bastante más bajo de lo que debería ser en este barrio. Ya sabes…, la cochina crisis.

La milla de oro, en pleno corazón de Madrid. Creo que incluso te cobran por mirar los balcones desde la calle.

—¿Puedo preguntarte el precio?

—¿Puedo decírtelo después de que la veas? —Y volvió a sonreír como mi Víctor.

Me eché a reír.

—No, dímelo ya.

—Bueno, no es que no quiera decírtelo, nena. Es que el precio tiene condicionantes que no puedo explicarte ahora. Tendrás que esperar.

Alargó su mano, mostrándome la palma, y esperó hasta que le di la mía para seguir andando.

Tras caminar un poco más en zigzag, llegamos al portal de un edificio antiguo precioso. La fachada era blanca y gris y tenía unos balcones acristalados muy bonitos. Miré hacia arriba.

—¿Estás seguro de que te lo puedes permitir?

—¡Qué ceniza eres! —Se rio—. Deja de preocuparte tanto.

Víctor sacó unas llaves del bolsillo de su pantalón y me sorprendí cuando abrió el portal. De camino al antiguo pero amplio ascensor, me explicó que los dueños finalmente no habían podido asistir a la cita, pero que habían tenido la deferencia de pasar por su estudio a dejarle las llaves.

—No entiendo por qué la gente se fía tanto de ti —bromeé—. Yo nunca te dejaría las llaves de mi casa.

—Cierto, nunca lo hiciste —dijo mientras pulsaba el botón del último piso—. Pero eso solo significa que tú eres tremendamente desconfiada.

La pesada puerta de madera se abrió en completo silencio. Nos recibió un interior un poco oscuro, iluminado a tientas por unos rayos de luz azul.

—No es muy luminoso —apunté.

—Es casi de noche.

Palpó la pared y encendió las luces del recibidor. Me quedé sin palabras a pesar de que el único mueble fuera un espejo de cuerpo entero. Precioso. Era amplio, con un suelo de madera oscura impecablemente conservado y molduras en unos techos infinitamente altos.

—Yo creo que estas casas antiguas casi no tienen que vestirse. Tienen que ser funcionales y dejar que hable lo que las distingue de las nuevas —susurró cerrando la puerta—. ¿Qué te parece?

—Amplio, grande y bonito.

—Habría que alisar las paredes. Este gotelé… —Hizo una mueca.

—Me encanta el suelo.

Avanzamos pasando de largo una habitación que había a la derecha y que Víctor dijo que era mejor dejar para el final. La cocina era muy grande y parecía haber sido renovada a finales de los noventa. Una gran nevera de dos puertas de color acero inoxidable, suelo de baldosines pequeños haciendo un dibujo y un gran ventanal.

—Mira, ven.

Fui hacia la puerta cerrada de la habitación por la que habíamos pasado sin entrar. Víctor me esperaba y me envolvió la cintura con uno de sus brazos.

—Mírala ahora.

Entonces desplegó ante mí un papel en el que había un dibujo realizado exactamente desde la misma perspectiva desde la que estábamos mirando. Era como si, de pronto, pudiera ver en blanco y negro y a lápiz las ideas que Víctor tenía para hacer de aquella casa su casa, dibujadas por su propia mano.

Al frente, la cocina completa, haciendo una ele y partiendo la estancia en dos. Delante de los fogones, pero con la suficiente distancia para moverse cómodamente, una barra alta, ancha, con varios taburetes. A la izquierda de la estancia, junto al ventanal, una mesa sencilla, con seis sillas.

—¡Qué bonito! —exclamé sin poder controlarme.

—¿Te gusta?

—¡Sí! Es precioso. —Me giré entre sus brazos y nos miramos con una sonrisa—. Pero sigo pensando que esta casa es demasiado grande para ti.

—Claro…, eso es porque no te he explicado algo…

—¿Qué algo?

—Esta casa… —susurró mirándome a los ojos con una sonrisa tierna—. Es una promesa.

—¿Una promesa? ¿Cómo que una promesa?

—Ven, te lo enseñaré.

Caminamos por el pasillo y abrió una de las puertas. Frente a mí, una habitación vacía, de buen tamaño. Víctor desplegó de nuevo un papel delante de mis ojos. Una gran librería, plagada de libros, y un sillón donde leer. Una mesa bajo la ventana, con una silla cómoda. Una alfombra, una lámpara de pie…

—Esta casa te promete un lugar donde sentarte a escribir. Y leer. Y escuchar un disco tras otro.

—Víctor…

—No, déjame terminar.

Guardó el papel y me llevó hasta la siguiente puerta. Al abrir, otro amplio dormitorio, con un gran ventanal. Todo vacío. En su dibujo había una cama de matrimonio con cabecero y mesitas de noche sencillas. A los pies, una suerte de diván acolchado. Y bajo las dos cosas, una esponjosa alfombra. Frente a la cama, un mueble con una televisión, un equipo de música y algunos libros. El cabecero de la cama estaba apoyado en una pared tras la cual se abría un vestidor.

—Esta casa nos promete una cama para los dos. Solo para nosotros dos. Y es una cama en la que no cabrán dudas. —Se acercó mucho a mí y con sus labios sobre mi oreja susurró—: En la que haremos el amor por todas las noches que quisimos hacerlo y no nos tuvimos. —Cerré los ojos notando cómo la piel de los brazos iba poniéndose de gallina—. Pero hay más —dijo decidido.

Prácticamente me arrastró hasta la siguiente puerta, mientras yo me debatía en un discurso de autoconvencimiento. Me decía a mí misma que aquello no era real, que se quedaría en lo que veía, en un boceto en un papel y en unas palabras susurradas.

Víctor abrió otra puerta y desplegó frente a mis ojos otro pliego. Esta vez la habitación vacía se convertía en una habitación infantil espaciosa, donde un niño jugaba de espaldas a la puerta sobre otra mullida alfombra. Quise llorar.

—¿Por qué me haces esto? —pregunté con un hilo de voz.

—Porque quiero que me creas y porque quiero dártelo todo.

—No.

Víctor me giró hacia él.

—Hay otra habitación grande. Por si decidiéramos tener más niños.

—¿Por qué no te das cuenta de que no es lo que quieres?

—¿Por qué no iba a serlo?

—Te ahogarías —dije.

—No pienses en eso ahora. Dime, solo dime, si lo harías conmigo.

Pensé. Del estómago me nacía la necesidad de asentir con la cabeza, pero había algo que me impedía hacerlo sin más explicación.

—Lo haría, Víctor, porque, como ya he demostrado en los últimos dos años, soy una kamikaze que cuando se trata de ti no mira las consecuencias. Pero… ¿sabes qué pasaría? Que en un año, quizá dos, tú te aburrirías, conocerías a una chica y terminarías deseando irte a casa con su sujetador en el bolsillo. Estarías insatisfecho y yo sería infeliz, deseando que me quisieras como creo que no estás preparado para hacerlo.

Víctor me miró frunciendo el ceño, pero no porque le doliera lo que acababa de decirle, sino porque seguía nervioso.

Sabía cómo disimularlo, fingiendo sostener las riendas de la situación, pero lo cierto es que aquel disfraz se le escurría.

Al fin, me soltó, palpó su bolsillo derecho y dijo:

—Quiero que veas algo más.

Me cogió la mano y fue hacia la entrada, donde abrimos la puerta que quedaba frente a la cocina y que había decidido dejar para el final.

Era un salón grande, también vacío. Bonito, sí, pero sin nada especial. No entendí por qué resultaba tan importante hasta que entramos y fuimos directamente a una de sus paredes, de la que colgaba una especie de lona. Víctor la apartó y abrió otra puerta, que daba a una terraza.

La terraza no era enorme. Tampoco estaba amueblada, pero además de encontrarse llena de plantas preciosas y enredaderas, alguien se había tomado la molestia de iluminarla con pequeñas bombillitas blancas salpicadas sobre la vegetación.

La brisa me movió el pelo y trajo olor de principios de verano. Recordé sensaciones vagas ligadas al verano. Olía así cuando, después de hacer el amor por primera vez, Víctor abrió la ventana y los dos volvimos a meternos en la cama.

—Víctor… —dije.

—No. Déjame hablar a mí. Deja de creer que sabes qué quiero, qué siento y qué necesito porque estás equivocada. Sé muy bien lo que quiero y sé también que he hecho mil cosas mal desde que nos conocimos. No creas que no soy consciente. Pero es que nunca me has dado la oportunidad de redimirme por ello. Dices que esto no es sano, que es una relación que nos enloquece y que está destinada al fracaso, pero no eres justa. Fui ese Víctor, lo que no significa que no pueda ser otro. Sé que quedamos en alejarnos y que de pronto te traigo a esta casa y te digo que quiero comprarla para que vivamos los dos en ella. Pero no estoy loco, Valeria. No lo estoy. —Víctor se frotó la cara, nervioso, y yo callé, esperando que aclarara algo. Todo me parecía un sinsentido—. Val…, esto es amor —dijo por fin—. Y no es algo de lo que podamos huir o que podamos cambiar. Cuando quieres a alguien y no funciona, se olvida. Cuando quieres a alguien y jamás encuentras la manera de hacer que funcione, no tiras la toalla: buscas el modo. Y es lo que estoy haciendo. Si me miras y me dices: «Víctor, no te quiero», lo dejaré estar. Pero no puedes hacerlo.

—Sabes que no —añadí.

Víctor sonrió y volvió a palpar nervioso su bolsillo.

—Déjame que te cuente una historia. —Lo miré alucinada y él se humedeció los labios antes de seguir—. Y perdóname si lo hago mal, pero estoy muy nervioso. —Carraspeó y, mirándome, empezó—: Mi abuela tenía diecinueve años cuando se casó. Casi no conocía a mi abuelo más que de las visitas en las que él la rondaba y los comentarios que escuchaba a su padre. Era doce años mayor que ella; ella era una niña y él un hombre hecho y derecho. Pero se enamoraron como dos locos. —Suspiró—. Vivieron en París hasta poco antes de la Segunda Guerra Mundial. Mi abuelo trabajó en Cartier durante años, y estaba tan locamente enamorado que gastó casi todos sus ahorros en comprarle a mi abuela uno de sus anillos. Es una lástima que ella muriera casi sin recordar nada, porque adoraba esa joya. Dos años antes de morir se obsesionó con algo: se lo dio a mi madre y le hizo jurar que sería para mí, el más pequeño de sus nietos varones. Y cada vez que me veía, me contaba la historia de esa joya como si fuese la primera vez. Le dije a mi madre que se lo quedara, que se lo diera a mis hermanas, que lo donara…, pero ella siempre lo guardó. El tema me ponía loco de nervios porque yo no lo quería. Yo no quería que nadie mereciera llevarlo otra vez. —La pausa que hizo entonces me pareció eterna pero, finalmente, Víctor siguió hablando—: Mi abuela hablaba muchas veces del amor y de todas las cosas que aprendió de mi abuelo. Y siempre decía que hay que estar loco para querer tanto como se querían ellos. Y tenía razón, ¿sabes? Hay que estar loco de amor para poder darse cuenta de que conseguir lo que más queremos pasa por tomar la única decisión que tememos. —Víctor respiró despacio. Casi me robó hasta el oxígeno. Después metió la mano en su bolsillo, la sacó de nuevo y se arrodilló delante de mí con una caja de Cartier envejecida—. Yo no creía en nada hasta que te conocí. Sin ti solo tendría media vida. Mi vida entera quiero pelearla contigo.

—¿Qué…? —conseguí decir.

—Cásate conmigo. Quiero morirme a tu lado.

Víctor abrió la caja. Era precioso, grande y tan magnífico que es difícil imaginarlo. Pero lo realmente admirable era la promesa que significaba. Como la casa. Prometía una vida completamente diferente a la que tenía y a la que había tenido. Era decir que sí a algo que no podía desear más. Era una declaración de principios. Lo que Víctor quería era un para siempre.

Allí estaba, el gran gesto que iba a activar el interruptor y solucionar todo lo que no cuadraba entre nosotros. ¿Qué debía hacer entonces? ¿Solucionaba de verdad todos nuestros problemas?

Y entonces recordé a Aurora, pidiéndome que no pensara demasiado, que sintiera, porque a veces sentir se convierte en un trabajo a jornada completa.

Por unos segundos no dije nada, al menos en voz alta. Por dentro me recriminaba estar a punto de tomar la decisión más importante de mi vida empujada por un anillo. Esa vocecilla impertinente me preguntaba por Bruno. Pero, lo siento, Bruno no era Víctor y Víctor era lo único que yo quería. Si él era capaz de dar carpetazo a toda su vida por completo, ¿no iba a ser capaz yo de creer?

Víctor cerró los ojos, suspiró y susurró:

—Di que sí, nena, por favor…

—¿Qué otra cosa puedo decir?

Víctor me miró sorprendido, como si en realidad se hubiera preparado concienzudamente para encontrar una respuesta negativa. Sus ojos verdes se abrieron al escucharme hablar y la mecha de una sonrisa preciosa prendió en la comisura de sus labios.

El anillo se deslizó por el dedo anular de mi mano izquierda con facilidad. Lo pusimos entre los dos, con los dedos enredados. A los dos nos temblaban las manos. Después me envolvió en sus brazos y me besó. Y cuando lo hizo me di cuenta de que ese beso significaba más que un anillo *vintage* de Cartier. No habría jamás dinero en el mundo para pagar algo como lo que sentíamos. Nunca.

54
La boda

En mi piso había expectación y lo entiendo. Era el día de mi boda. El día de una boda decidida, a ojos de mis padres, de una manera probablemente más irreflexiva que la primera. Me costó convencerlos de que se trataba de algo que se había cocido a fuego lento durante los últimos dos años de mi vida. Al final no pude sino ser sincera y decirles que desde que conocía a Víctor nada más tenía cabida. Al principio ni siquiera él, lo sé, pero habíamos crecido.

Y una vez llegados a este punto, en lugar de estar radiante de ilusión y de felicidad, de sentirme victoriosa y fuerte, me encontraba asustada. Como una ardilla frente a los faros de un coche. Asustada no por convertirme en su mujer. Asustada no por ir a celebrar nuestro compromiso delante de toda nuestra familia y amigos. No, asustada por si él lo estaba.

Cuando volví de la peluquería le pedí a mi madre que hiciera café. Tuvo el acierto de prepararlo descafeinado. Gracias, mamá, mi salud cardiaca te lo agradece. Pero después del café, seguí sintiéndome inquieta. Así que cogí el teléfono y llamé a Lola.

—Ve a su casa —le pedí—. Cerciórate de que quiere hacerlo, de que está tranquilo y, sobre todo, de que no va a echarse atrás. Ante la mínima duda, por favor, dímelo.

—¿Qué dices, loca? —contestó ella en un grito.

—Haz lo que te he dicho, por favor. Y hazlo rápido, porque no me pondré el vestido hasta que vengas.

Después colgué. Los nervios me convierten en alguien sumamente diligente.

Una hora después, aún no sabíamos nada de Lola y yo seguía sin querer ponerme el vestido, a pesar de la insistencia de mi madre, que no entendía nada.

—Vas a llegar tarde, por favor, vístete ya.

—No, mamá. Espera. Espera, por favor, que venga Lola.

—Pero…

Mi hermana se sentó junto a mí, en la cama, me cogió la mano y, mirándome, intentó hacerme entrar en razón.

—¿De qué tienes miedo, Valeria?

—De que él tenga miedo —contesté.

Entonces mi padre entró acompañado por Lola, vestida, peinada, maquillada y preciosa, con su vestido morado de escote vertiginoso y falda vaporosa.

—Lola… —dije levantándome del borde de la cama.

Ella esbozó una sonrisa de oreja a oreja.

—Eres una auténtica imbécil. Por tu culpa ahora cree que he intentado seducirlo para que no se case.

Las dos nos reímos.

—¿Está seguro de verdad?

Mi padre carraspeó y todas miramos hacia la puerta, donde Víctor me miraba con una sonrisa.

—Esto da muy mala suerte… —susurró mi madre.

—Salid —pedí.

—¿Puedo quedarme? —preguntó Lola dejándose caer sobre la cama.

—Sal. Ya —ordené.

Cuando todos estuvieron fuera, Víctor se acercó. En su gesto había una mueca burlona que me tranquilizó. No, no estaba allí para decirme que se había arrepentido de todo lo que juró y prometió aquella noche de rodillas.

—Nena. —Se reía—. ¿Qué te pasa?

—Yo… —Cerré los ojos y dejé que él me apoyara en su pecho, sobre la camiseta gris que llevaba puesta—. Solo necesitaba que me dijeran que estás seguro.

Me besó en el pelo.

—Nunca, jamás, encontrarás a nadie más seguro de querer pasar la vida a tu lado. ¿Es la boda lo que te asusta? —preguntó.

—Es la segunda…, no lo sé. No…

—Dime una cosa, Val. ¿Quieres hacerlo? Porque si no quieres, no pasa nada. —Me levantó la cara y sonrió para infundirme tranquilidad—. Lo dejamos estar. Cogemos las maletas, nos vamos de viaje y a la vuelta ya daremos explicaciones. ¿Qué más da?

—No. No es eso. Tengo miedo de que te arrepientas.

Víctor se inclinó y me besó en los labios. Primero fue un beso tierno e inocente, de los que no te molesta que tengan público. Pero… es Víctor. Poco duró esa ingenuidad en su boca. Cuando sus labios se abrieron y su lengua entró en la mía, hasta el aire cambió dentro de la habitación. Tuvimos que parar aquel beso porque sabíamos dónde terminaban ese tipo de cosas entre nosotros. Con los dos desnudos, por si alguien se lo preguntaba.

—Dímelo… —le pedí.

—Te quiero y el resto de mi vida quiero pelearla contigo.

Mi madre se asomó y, tras disculparse por la interrupción, nos dijo que se hacía tarde.

—Ponte ese vestido ya —dijo Víctor, mientras se separaba con una sonrisa en la boca y se marchaba hacia la puerta—. Te veo en el altar.

Víctor y Lola se cruzaron en el umbral y él se agachó a besarla amorosamente en la mejilla, estrujándola un poco.

—Estás preciosa, piojo —le dijo.

Cuando nos quedamos solos, Lola vino hasta mí, me besó en la mejilla y susurró:

—Si no fuera porque sé que es imposible, juraría que te quiere más que yo.

El trayecto en coche hasta la finca en la que celebrábamos la boda se me hizo eterno. Mi padre y yo prácticamente ni nos dirigimos la palabra. Estábamos muy nerviosos. Aquella era mi primera boda de verdad.

Cuando llegamos, mi padre me ayudó a bajar del coche. Mi vestido blanco de seda natural volvió a su sitio cayendo pesado por mi cuerpo. Era sencillo, de corte griego, con escote en uve y tirantes finísimos.

Suspiré con fuerza cuando mi padre me ofreció su brazo para apoyarme.

—¿Estás segura? —me dijo en un susurro.

Asentí. No creí que fuera a salir voz de mi garganta, así que me ahorré el intento.

Carmen, Nerea y Lola se encontraban de pie junto a la entrada del jardín, frente a un arco de ladrillo, y me esperaban sonrientes y emocionadas. Carmen se echó a llorar en cuanto cruzamos una mirada. Llevaba un vestido precioso color verde que no se molestaba en disimular su avanzado embarazo. La niña nacería el mes siguiente y se llamaría Ana.

Cuando subí los dos escalones de piedra las besé en las mejillas, pero casi por inercia. No sabía lo que me hacía. Nerea me abrazó. Yo volví a coger a mi padre del brazo y vi detrás de ellas a todos los invitados sentados en sus sillas, a ambas partes de un pasillo hecho de flores blancas. Respiré. Aún no habían reparado en mí. Apreté el brazo de mi padre. Ni siquiera vi cómo las chicas se alejaban.

La música empezó a sonar suave y nosotros caminamos por el pasillo. Los invitados se giraron hacia mí. Todo era verde, blanco y perfecto.

Cogí aire y sentí la tela del vestido presionarme el estómago.

—¿Estás segura? —volvió a preguntar mi padre a media voz.

Mis ojos viajaron de la alfombra de flores blancas al frente. Vi a Aurora morderse el labio, sofocando el llanto. Sonrió al encontrarme mirándola y le devolví el gesto. Su marido hizo lo mismo, inclinando antes la cabeza a modo de reverencia. Escuché a la gente murmurar a mi paso.

Y entonces lo vi. Se hallaba de pie, frente a la persona que nos convertiría en marido y mujer; y estaba mirándome como si hubiera pasado la vida entera buscándome. Los dos esbozamos una sonrisa temblorosa y se pasó la mano derecha sobre los labios, nervioso. Llevaba un traje negro, perfecto, con una camisa blanca y una corbata de un verde precioso. Dios. Estaba tan guapo que se podía soportar a duras penas.

—Cariño… —dijo mi padre.

—Nunca he estado más segura —conseguí contestarle.

Cuando me dejó junto a Víctor, mi padre posó mi mano sobre la de él y le pidió algo. Algo que solo escuchamos nosotros tres.

—Cuídala de por vida.

—Lo haré —contestó Víctor con un hilo de voz.

Y sentí que había nacido para tomar la decisión de envejecer a su lado. Y dejé de tener miedo.

Las ceremonias civiles siempre son sencillas. No es como en una iglesia. Se habla de leyes, no de sagradas escrituras. No hay nadie que alabe al Señor, no hay rezos. No hay cánticos. En aquella ceremonia solo se escuchó *soul* de los años sesenta, bajo, casi sin volumen. Garnet Mimms & The Enchanters, Otis

Redding, The Platters, The Righteous Brothers..., palabras de amor anticuadas.

Durante la ceremonia habló su madre. Dijo cosas preciosas, como que gracias a mí su hijo nunca estaría solo y había conocido el amor. Dijo que algo dentro de ella sabía que lo nuestro sería para siempre desde la primera vez que me vio. No pude evitar recordar aquella fiesta. Hacía ¿cuánto? ¿Dos años? Parecía una eternidad. Y yo, insegura, había entrado en el jardín de su casa cogida de la mano de Víctor, esperando que significara algo estar allí.

Después habló mi hermana, que, con la voz trémula, le dijo a Víctor que nos merecíamos ser felices y cumplir nuestros sueños; que habernos conocido había sido cuestión del destino. Y... cuando ya pensábamos que la ceremonia estaba a punto de acabar, Lola se levantó.

Creo que nadie se lo esperaba y que al verla coger el micrófono todos tuvieron la misma reacción que Víctor y yo: contener la respiración.

Si me lo hubieran preguntado, jamás habría permitido que ella hablara en público el día de mi boda. Temía que su discurso acabara siendo, como pasaba a menudo con Lola, una perorata apocalíptica incitando al desenfreno y la orgía. Un «follad, que se acaba el mundo». Hasta Víctor le lanzó una mirada de aviso, que ella obvió.

—Hola a todos —dijo Lola con voz suave acercando sus labios al micrófono—. Sé que no soy la típica persona a la que se le encarga preparar un discurso para una ceremonia como esta. Creo que por eso nadie me lo pidió.

Se escuchó una risa general. Víctor y yo sonreímos, mirando al suelo.

Lola suspiró y enseñó un papel.

—Lo he traído escrito de casa, porque la improvisación es peligrosa para mí. Así que... —Sonrió, carraspeó aclarándose la voz y empezó—: Víctor y Valeria se encontraron una noche de principios de verano hace ya dos años. Yo los presenté. Desde entonces han pasado buena parte de su tiempo ciegos a todas las cosas que los unían, demasiado concentrados en las cosas que los separaban. Sin embargo, como Víctor me dijo una noche frente a dos copas de vino, hay un momento en la vida en el que uno se cansa de buscar razones que justifiquen el miedo a ser feliz. Él dice que Valeria lo completa, que sin ella es una cáscara vacía. Ella dice que Víctor la hace tangible, que sin él va a tientas. Yo, Lola, digo que han nacido para dar nombre a los orgasmos del otro. —La gente soltó una carcajada y ella nos miró con gesto dulce, como una niña que nunca ha roto un plato. Después retomó el discurso—: Yo también he dudado de esta historia muchas veces. Cuando los he visto sufrir y llorar por lo complicado que resulta a veces el amor, me he sentido tentada de decirles que se olvidaran. Gracias a lo que sea que rige el cosmos, no lo hice. Víctor se arrodilló delante de Valeria con el anillo de compromiso de su abuela, pero antes nos pidió permiso. No fue convencional. No fue a ver a los padres de Valeria para pedirles su mano. No. Se sentó con nosotras, con sus mejores amigas, para pedirnos la oportunidad de explicarnos todo lo que sentía. Y nos enseñó el anillo. Lloramos mucho…, las tres. Carmen porque está embarazada otra vez y ya se sabe, las hormonas y esas cosas… Y Nerea, bueno, todo el mundo sabe que Nerea es un poco moñas, sobre todo si le enseñas un anillo *vintage* de Cartier. —Los invitados al completo se echaron a reír otra vez, pero Lola siguió leyendo—: Hacerme llorar a mí tiene su mérito. Lo único que pudimos hacer después de aquello fue ayudarlo para que todo fuera perfecto, tal y como los dos merecen. Me gustaría aprovechar el momento para darles las gracias. Las gracias ¿por qué?, se preguntarán algunos. Pues porque ellos me han demostrado que el amor existe. De verdad. Por ellos dos, yo creo.

Cuando dobló el papel y bajó del atrio se escuchaba un silencio inmenso. Pocos segundos después de que volviera a sentarse junto a Rai todos los invitados irrumpieron en un sonoro aplauso y, para sorpresa de todos, Lola estalló en lágrimas y se abrazó a su novio.

No quisimos hacernos las típicas fotos de recién casados. En cuanto firmamos y fue oficial quisimos estar con todas las personas a las que habíamos invitado a compartirlo con nosotros, que no eran muchas. Solo la familia más cercana y los amigos más allegados. En total, cuarenta y cinco personas.

Tomamos una copa de vino frío, charlamos con todos, nos hicimos las fotos de rigor con los amigos y con algún familiar y disfrutamos del cóctel como todos los demás. Cuando terminó, contentos como niños con zapatos nuevos, nos sentamos a cenar.

Fue precioso. Las mesas eran pequeñas y redondas y estaban colocadas sobre la hierba. Malo para las chicas con tacones, pero precioso al fin y al cabo. Sobre nuestras cabezas había un sinfín de ristras de luces blancas pequeñas que le daban a la escena una apariencia onírica. Nerea lo había hecho muy bien; había entendido lo que nosotros queríamos.

Nos levantamos mil veces, nos sentamos a otras mesas, volvimos a la nuestra y todo entre la algarabía de una cena casi entre amigos. Mi ramo de novia se lo regalé a Carmen; bueno, a la tripa de Carmen, donde estaba mi ahijada. Después las cuatro repartimos a todas las mujeres unos paquetitos preciosos con unas galletitas y *macaroons* hechos por Alma, una naciente estrella repostera que, un año más tarde, ganaría el premio nacional a la mejor bloguera cocinera.

Víctor desapareció antes de nuestro baile y cuando ya me temía que se hubiera fugado, lo vi volver con la cara color ceniza y olor a humo de puro.

—Me han obligado a fumarme un habano y después me han manteado. Creo que voy a terminar el día de mi boda vomitando —se quejó, lanzando miradas locuaces a sus amigos, que no podían parar de reírse.

Pero se le pasó. Así que como dos recién casados cualesquiera, abrimos el baile, en una terraza adyacente con suelo de madera y también rodeada de luces. Nos cogimos con formalidad y después nos apretamos, deslizándonos suavemente al ritmo de *At Last*, de Etta James. Casi olvidamos que cincuenta personas nos miraban. Nos olvidamos del mundo. Solo él y yo y aquella canción…, y la letra no nos pudo venir más como anillo al dedo. Como el anillo que ahora los dos llevábamos en la mano derecha.

Después, en algo que teníamos muy coreografiado y mientras sonaba *Wonderful World*, de Sam Cooke, los dos sacamos a bailar a nuestros respectivos padrinos. Y, vaya, cómo se movía Aurora a pesar de sus zapatos de tacón alto; como una niña de quince años en su primer guateque.

Seguimos con música de los sesenta, de los setenta, de los ochenta y algo de los noventa que causó mucho revuelo. Y, entre risas, los mayores fueron retirándose hacia las sillas en los márgenes de la pista, dándonos paso a los jóvenes.

Lola se hizo dueña y señora de la pista de baile, siempre cargada con una copa, arrimándose a Rai, que no sabía dónde meterse cuando ella se le enroscaba vehementemente, sobre todo de cintura para abajo.

Y Víctor y yo… lo dimos todo, como si estuviéramos en la noche en la que nos conocimos. Bailamos con todo el mundo, bebimos unas copas, nos reímos a carcajadas hasta que todos decidieron que era el momento perfecto para que hiciéramos un poco el ridículo.

Lola (¿quién si no?) cogió el micro del DJ y, con la media lengua con la que hablan los borrachos, nos informó a todos de su última idea, que lamentablemente fue secundada por el resto.

—He pensado que sería taaaan boniiiitooo que Valeria y Víctor bailaran para nosotros la primera canción que bailaron…, ¿a que sí? Pero ¡¡dándolo todo, ¿eh?!! Como aquella noche.

—Cabrona —dijo Víctor entre dientes.

Y todo el mundo aplaudió, nos colocó en medio de la pista e hizo un cerco alrededor de nosotros. Bueno, en toda boda hay un momento en el que los novios se ven obligados a pasar vergüenza, ¿no?

La primera canción que bailamos Víctor y yo era uno de esos temas calientes del verano, con lo que implicaba, por supuesto, que nos rozáramos. Que nos rozáramos mucho más de lo que yo estaba dispuesta a que mis padres vieran. Miré a Víctor durante las primeras notas de la canción y lo vi tan decidido, quitándose la chaqueta, que me dio miedo.

—Ni de coña. Están mis padres —le dije riéndome.

—Pues diles a tus padres que soy tu marido y que esta noche pienso hacerte cosas bastante peores.

—Pero ¡sin público!

Me tendió la mano, me dio una dramática vuelta y rozó descaradamente su entrepierna por mi trasero. Todo el mundo se puso a aplaudir. Si es que… nunca os fieis de un hombre que sabe cómo moverse.

Y, cómo no…, me llevó con él.

Dimos vueltas uno en torno al otro, apoyé la espalda en su pecho y moví las caderas, más roja que un tomate, pero fingiendo que lo estaba disfrutando. Los dos cantamos, nos rozamos y avergonzamos a nuestros familiares con el baile más erótico de nuestro repertorio. Bueno, a todos menos a Aurora, su madre, que se puso en primera fila a dar palmas al ritmo de la música y a moverse, como esperando que alguien la sacara a bailar.

Víctor me levantó, enganché una de mis piernas a su cadera y, lanzándome hacia atrás, hicimos que mi madre emitiera un gritito y se tapara la cara. Lola estaba a punto de tener un sonoro orgasmo de maldad.

—Teresaaaaa —le gritaba a mi madre—. ¡Esto no es nada! ¡Los tendrías que haber visto la primera vez! ¡¡Casi follaban!!

Por esas cosas mi madre nunca dio su total beneplácito a mi relación con Lola, claro.

Cuando terminamos de bailar y les pedimos que no volvieran a hacernos nada parecido, nos retiramos a recuperar el aliento en uno de los rincones. Un camarero nos llevó un refresco y lo compartimos apoyados en una pared, mientras veíamos cómo Lola volvía a captar toda la atención, rivalizando con Nerea que, aunque es mucho más discreta, esa noche estaba espectacular vestida de negro.

—Pero qué amigas más guapas tengo —dije dándole un trago a la limonada.

—Lola ha estado genial —confesó Víctor—. Menos en lo del baile.

—No, en eso no. Pero era de esperar.

Me rodeó la cintura.

—Ese vestido es precioso.

—Y tú estás guapísimo. —Le palmeé el pecho.

—¿Qué llevas debajo? —preguntó arqueando malignamente las cejas—. ¿Cosas perversas de novia?

—No. —Negué con la cabeza—. No seas guarro.

—Espero muchos pequeños corchetes… —Se acercó—. De esos que se ponen peleones cuando intentas desabrocharlos. Espero tener que arrancártelo a lo bestia.

—Pues yo espero que no lo hagas. Es un regalo de tu madre. —Me toqué disimuladamente bajo el pecho—. Es precioso y muy caro. —Miró su reloj e hizo una mueca—. ¿Qué pasa?

—Espero que lleguemos a casa antes de esa hora en la que dejo de ser un caballero. Por el bien de tu ropa interior.

—¡Nadie lo hace el día de su boda! —Me reí.

Víctor abrió mucho los ojos:

—¿Qué dices?

—Estaremos tan cansados… —susurré de soslayo.

—Vámonos ya —susurró también.

—No nos dejarán.

Borja y Carmen se acercaron a nosotros arrastrando un carrito de bebé donde Gonzalo estaba plácidamente dormido, a pesar del ruido de la fiesta.

—Pero ¡cosita! —Me incliné hacia el carrito—. ¿Cómo ha podido dormirse con la guerra que hemos dado?

—Es como su padre. Se dormiría de pie —bromeó Carmen—. Nos perdonáis, ¿verdad?

Le acaricié su prominente vientre.

—Claro. Has aguantado mucho.

—No he bailado mucho por miedo a dar a luz aquí mismo. Eso empañaría cualquier boda, aunque fuera tan bonita como esta. —Sonrió.

—Oye, Borja… —dijo Víctor cogiéndolo por encima de los hombros—. ¿Tú quieres echarle una mano a un recién casado desesperado?

Borja se echó a reír.

—Cabéis atrás, junto a la sillita de Gonzalo.

—A mí me vale.

No pude evitar despedirme de mi hermana. Le lancé un beso, le pedí en un gesto que no se lo dijera a nadie y después me cogí a Víctor, que me ayudó a salir de allí sigilosamente sin quedarme clavada en el césped.

Pensé que me daría pena abandonar mi propia boda, pero sentí alivio.

Víctor acababa de vender su casa y habíamos firmado los papeles de la nueva apenas dos semanas antes, pero estábamos enfrascados en las reformas de la cocina y los baños y en la pintura de todas las habitaciones. Aunque nosotros teníamos pensado dormir en mi casa aquella noche, mis suegros nos regalaron una noche de hotel en el centro, quizá con la idea de que nuestra primera noche como casados fuera algo más especial.

Cuando entramos en la habitación no pudimos más que echarnos a reír. No sabría decir si aquello había sido obra de Lola o de la madre de Víctor. Toda la cama estaba llena de serpentina de colores, habían colgado una pancarta donde se leía «Disfrutad de vuestra noche de bodas… al menos tres veces» y las mesitas de noche estaban llenas de cosas que prefería ni siquiera averiguar qué eran.

Pero como era de imaginar, Víctor encontró muy pronto la manera de cambiar la atmósfera hasta hacerla irrespirable. Irrespirable porque nos deseábamos tanto que el aire se hacía denso y nos mojaba.

Me levantó entre sus brazos mientras me besaba desesperadamente. Nuestras lenguas se enrollaron y, como siempre, todo mi cuerpo reaccionó, llamándolo. Quise tomar la iniciativa y llevé su mano hacia la cremallera del vestido. No hicieron falta demasiadas explicaciones…, pronto cayó al suelo y yo me quité las sandalias.

A mi vestido le siguió su traje de Hugo Boss. La chaqueta, despacio, deslizándola por sus hombros. La camisa, botón a botón, besando el pecho que iba dejando al descubierto. El pantalón, haciéndolo sufrir.

Lo tumbé completamente desnudo sobre la cama, apartando la serpentina, y después me subí sobre él a horcajadas. Víctor llevó la mano a mi cadera y subió hasta mi pecho por el corsé. Siempre pensé que nunca llevaría ese tipo de ropa interior el día de mi boda, pero… ¿quién puede decirle que no a un conjunto de seda de La Perla regalado? A Víctor pareció gustarle mi decisión.

Desabroché los corchetes delanteros de un tirón y lo abrí. Él se mordió el labio y posó sus manos sobre mis pechos, dejándome los pezones endurecidos en el centro de la palma.

—¿Sabes? Da exactamente igual lo que lleves. Eres tú la que me vuelve loco.

Me levanté, deslicé las braguitas por mis piernas y volví a subirme sobre él. Víctor me acarició la cara, apartando unos mechones de pelo que escapaban de mi semirrecogido.

—¿Dejaste de verdad las pastillas? —me preguntó.

—Sí —asentí.

Nos besamos y su boca resbaló por mi cuello y por mi escote, haciendo que me estremeciera con pequeños mordiscos.

Víctor estaba, como siempre, preparado, y yo volvía a sentir esa necesidad física de él que solo satisfacía sintiendo cómo se iba dentro de mí. Pero esta vez sería especial.

Cuando entró, los dos gemimos entregados. Después moví las caderas, arriba y abajo, sintiendo cómo entraba y salía de mí, ejerciendo presión, llenándome.

—A partir de ahora… solo estaré yo —dije, esperando que estuviera seguro de lo que habíamos hecho.

—¿Qué más necesito?

La mano derecha de Víctor fue hacia mi entrepierna y sus dedos hábiles se colaron entre mis pliegues hasta acariciar mi húmedo clítoris. Me mordí el labio con placer y me eché hacia atrás, para facilitarle el trabajo. Víctor se acomodó la almohada bajo la cabeza y sonrió de lado, macarra.

—No sabes las vistas que tengo desde aquí —dijo entre jadeos.

Me apoyé en la colcha y me impulsé arriba y abajo friccionando a la vez mi sexo contra los dedos de su mano. Cerré los ojos. A juzgar por los sonidos que emitía la garganta de Víctor, estaba muy cerca del final, aunque apenas hubiéramos empezado. Y lo sentía entrando en mí cada vez con más fuerza, más duro y húmedo.

—Oh, Dios… —jadeé.

—Sigue… No pares, nena. No pares…

Aceleré el ritmo de mis caderas y noté cómo la piel iba erizándoseme. Los pezones se endurecieron aún más, la respiración se me agitó y entreabrí los labios, dejando que los gemidos camparan a sus anchas por la habitación. Sus dedos no se apartaron de mí ni dejaron de tocar las teclas que me hacían sonar.

—Mírame —me pidió—. Mírame.

Abrí los ojos. Allí estaba Víctor, sudoroso, jadeante y mirándome con adoración. Por fin. Por fin había llegado el amor, como cantaba Etta James. Por fin era mío.

Lo siguiente fue una explosión y Víctor se corrió dentro de mí con fuerza, sujetándome a él para hundirse en mí lo máximo posible. Después, tras recuperar el aliento, me tocó el vientre con las dos manos y susurró:

—Mi Valeria…

Epílogo

Cuando oigo la puerta de casa son las doce y media pasadas. Apago la tele y salgo del dormitorio echándome una bata corta de satén negro por encima del camisón.

Víctor está echando el cerrojo.

—No enciendas la luz del pasillo —me dice en un susurro.

Enciendo la de la cocina y lo miro. Está cansado del viaje. Me habría gustado ir a por él al aeropuerto, pero era demasiado tarde para las niñas, aun siendo fin de semana.

Me acerco y le beso en los labios como saludo.

—¿Te preparo algo de comer?

Víctor sonríe y asiente. Carga su pequeña maleta hasta la habitación y susurra un «gracias, cariño» conforme se pierde en la oscuridad.

Abro el microondas y le caliento las sobras de la cena. Rollitos vietnamitas caseros y con mi propia receta. Vamos, que les llamo rollitos vietnamitas por ponerles un nombre. Ser madre me ha obligado a saber defenderme delante de los fogones, pero no soy de esas mamás que podrían escribir un blog de cocina.

Víctor viene frotándose la cara por el pasillo. Lleva un jersey negro de cuello vuelto y unos vaqueros oscuros. Está guapísimo.

—¿Cansado?

—Dormí un poco en el avión —confiesa mientras se sienta en una banqueta—. Lo justo para quedarme más hecho polvo que antes.

Y a pesar de que sé que no exagera y que está realmente cansado, Víctor está contento. En los tiempos que corren, tener que viajar por trabajo y por proyectos importantes es un orgullo. El contrato con una cadena de pequeños hoteles urbanos de diseño nos ha salvado de pasarlo mal durante la fastidiosa crisis. Ahora, cuando parece que la economía remonta, ese trabajo ha atraído a otros muchos.

—Fue bien, ¿verdad? —digo al tiempo que le saco cubiertos de un cajón.

—Sí, sí. Fue genial, la verdad. Mañana te lo cuento con detalle. Hoy estoy tan cansado que a ratos no sé ni cómo me llamo.

Él mismo se acerca al microondas y saca el plato humeante.

—¿Quieres una cerveza?

—No. Agua —me pide.

Le paso un vaso con agua y antes de sentarme me sirvo una taza de café. Víctor me lanza una mirada seria con sus ojos verdes.

—Después no dormirás —murmura antes de dar el primer bocado.

Mi adicción al café y las posteriores noches en vela le ponen los nervios a flor de piel. Si yo no dejo de dar vueltas en la cama, él se desvela y así pasamos la noche. Y las niñas no perdonan una mañana para que tú puedas descansar. Ellas son implacables y a las ocho ya demandan atención.

Pero esta vez es descafeinado, para su tranquilidad.

Mientras Víctor come me abstraigo, mirándolo. Han pasado seis años desde que nos casamos y Víctor ya ha cumplido los cuarenta. Gloriosos cuarenta los de Víctor, hay que admitirlo. A veces creo que está mejor ahora que cuando lo conocí. Sí que es verdad que unas canas locas brillan en sus sienes y han cubierto parte de su barba, pero eso lo hace aún más interesante.

Su cuerpo sigue siendo el mismo. Alto, delgado, duro, con unas piernas eternas, unos ojos verdes de pasmo y unos labios jugosos… Debe de ser la adoración con la que lo miro, pero creo que es perfecto. Perfecto no solo por su vientre plano y por su pecho marcado. Es perfecto para representar el papel que ocupa en mi vida.

Se pasa la servilleta por los labios, bebe un poco de agua y me mira. Al encontrarse con mis ojos, sonríe canalla.

—¿Qué miras, nena?

—A ti. ¿No puedo?

—Claro que sí. Soy de tu propiedad —bromea—. ¿Vamos a la cama?

Y esa pregunta me parece sumamente provocadora, a pesar de haber sido dicha de manera informal.

Caminamos juntos por el pasillo, a oscuras. Enciendo la luz de nuestro dormitorio y lo veo asomarse a la habitación de la pequeña, Victoria. Sonríe inconscientemente cuando la encuentra dormida entre las sábanas revueltas. Sale y entorna la puerta. Repite la operación con Daniela.

—Como dos troncos —susurra.

—No hables muy alto o las tendremos en la habitación en menos que canta un gallo.

Víctor se mete en nuestro dormitorio y yo cierro la puerta. Se quita el jersey y lo deja sobre el diván que hay a los pies. Después se desprende de las zapatillas Converse y los vaqueros. Cuando se encamina hacia el baño solo lleva unos bóxers apretaditos de color negro que casi me hacen bizquear. Tengo que repetirme mentalmente varias veces que está cansado para poder sofocar la tentación de meterme en el baño con él y desnudarme.

Cuando sale, yo ya estoy metida en la cama otra vez. No se pone ninguna pieza de ropa. Solo se desliza a mi lado y me agarra. El modo en el que sus manos se han cogido a mi cintura me dice que por muy cansado que esté…, este huevo pide sal.

Y a quién quiero engañar… Yo también.

—Te he echado de menos —me susurra al oído.

—Solo has estado fuera dos días.

—Una eternidad —ronronea.

Me giro hacia él en la cama y nos besamos. Los besos de Víctor no han dejado de ser escandalosos a pesar de los años que llevamos juntos ya. Sigue sacándole los colores a cualquiera que los presencie. Y me encanta que crea que hay que besar siempre como si fuese el último beso que pudieras dar.

Cuando nuestras lenguas se encuentran prenden la mecha de algo que, de por sí, ya es muy inflamable.

El camisón me dura puesto apenas un par de minutos. Antes de darme cuenta, solo llevo las braguitas y él está encima de mí buscando mis pechos con la boca. En cuanto localiza el derecho, pellizca el pezón entre sus labios y juguetea, tironeando suavemente, mordiendo, lamiendo y soplando. Yo me arqueo y gimo bajito. Siempre me ha gustado demasiado esa manera que tiene de dedicarle atención a mi pecho. Me recuerda a la primera vez que nos acostamos. Fue brutal y especial, a pesar de que cuando terminamos no sabía qué sería de nosotros.

La boca de Víctor baja por mi estómago y él me abre las piernas con decisión. Pasea la nariz sobre mis braguitas, rozando y provocándome suspiros. Me retuerzo cuando noto su lengua sobre la tela y sus dedos, crispándose, rompen mi ropa interior.

—¡Víctor! —me quejo.

No me da más motivos de queja. Su lengua se despliega sobre mí y se desliza con maestría. Una vibración sale de su garganta. Es un ronroneo de placer que me recorre entera y que me excita.

Me levanta de las caderas, dejándome expuesta, y me devora. Noto cómo me recorre entera, cada pliegue, cada rincón, cada punto sensible. Me humedece. Su mano derecha me abre más delante de su boca y uno de sus dedos acaricia mi clítoris hinchado.

Me agarro los pechos, que vibran, y los aprieto entre mis manos. La luz de su mesita de noche sigue encendida, de modo que puedo ver cómo me mira mientras ladea la cabeza y despliega la lengua. Me llevo la mano derecha hasta el sexo y me acaricio, encontrándome con su lengua en algunos movimientos. Él se desplaza un poco hacia abajo y cuando siento la contundencia de sus lametazos no puedo evitar gemir. Y lo hago un poco más alto de lo que querría.

—Shhh… —me pide con una sonrisa sádica—. Vas a despertarlas.

—Para… —suplico.

Víctor se muerde el labio inferior, brillante de mis fluidos, y niega con la cabeza.

—No puedo. Y no quiero.

Miro al techo y me dejo hacer. Me acaricia, me lame, muerde con suavidad, sopla… y yo meto los dedos entre los mechones cortos de su pelo negro.

Víctor se incorpora de pronto y pasa su antebrazo sobre sus húmedos labios. Como estaba en mitad de un viaje astral, no me he dado cuenta de que se quitaba la única prenda de ropa que le quedaba, así que cuando se tumba sobre mí, me sorprende notar su erección pugnando por entrar en mí. Se lo pongo fácil, yo también lo busco. Cuando nos juntamos y chocamos, aprieto las sábanas por no gritar de satisfacción. Me llena, me completa. Cuando Víctor me penetra estoy absolutamente a su merced.

La cama hace un poco de ruido e intentamos aminorar el ritmo, o la intensidad. Ya no estamos solos en casa. No son los vecinos los que nos preocupan.

—Echo de menos escucharte gritar… —me susurra al oído.

Inevitablemente me vienen a la cabeza los gritos apasionados, los gemidos y los jadeos descontrolados… y su voz pidiéndome más.

Giramos en la cama, me coloco sobre él y me remuevo. Dibujo un círculo imaginario con mi cadera y Víctor sonríe entre jadeos. Le aprieto mientras le hago entrar y salir. Cuando pienso en él yéndose dentro de mí, pierdo el control.

—Más fuerte…, más… —jadeo bajito.

Nos aceleramos los dos. Él hacia arriba. Yo hacia abajo. Cuando chocamos, un escalofrío de placer me recorre entera, concentrándose en mi sexo. Es electricidad. Podría prenderme si él quisiera.

Mete la mano entre los dos y me presiona suavemente el clítoris. Me muerdo el labio inferior por no aullar. Las yemas de mis dedos se deslizan sobre el vello de su pecho y aprieto su piel. Me excita todo de él. Es perfecto.

Con fuerza vuelve a darnos la vuelta en la cama, dejándome atrapada entre él y el colchón. La cadencia de los movimientos ha cambiado. Ahora sus acometidas son más fuertes pero más espaciadas. Nos sonreímos. Tiene el pelo revuelto y está espectacular.

Me coge las manos y trenza sus dedos con los míos. Quiere que no me toque. Quiere que me vaya solo sintiendo cómo entra y sale de mí. Y estoy a punto. Acerco mis caderas, buscándolo, y la fricción entre los dos empieza a convertirse en un placer delirante.

Me voy yo primero. Él espera a ver cómo me deshago entre sus brazos, mirándome fijamente, antes de dejarse ir también. Cuando empiezo a reponerme del orgasmo, suelta mi mano derecha y se hunde en mi cuello.

—Tócate, nena, tócate. Quiero ver cómo te corres otra vez.

Me encanta que me pida eso y, claro, obedezco. Mis dedos resbalan en mi humedad y empiezo a gemir bajito de nuevo. Víctor se contiene.

—No pares…, no pares, cariño —le pido.

No puede más y ha frenado el ritmo. Teme correrse y dejarme a medias del segundo orgasmo. Acelero mi caricia mientras él gime, pegado a mi cuello, con la frente apoyada en la almohada.

Gimo, gime. Jadeo, jadea. Me corro y él explota dentro de mí. Es una sensación brutal. Víctor se tensa entero, palpita en mi interior y, por fin, me llena.

A Víctor se le escapa un gemido de satisfacción más alto de lo previsto antes de estampar su boca sobre la mía y besarme. Nos besamos profundamente…, como si no quedase tiempo.

Aún está dentro de mí cuando escuchamos algo en el pasillo. Víctor se retira y me humedece los muslos. Cuando todavía no le ha dado tiempo a apagar la luz de la mesita de noche ni a bajar del todo de encima de mí, se abre un poco la puerta.

—Mami…, ¿papi ya está aquí? —dice una vocecita infantil.

—No, soy el butanero —murmura divertido Víctor.

Me echo a reír y le reprendo a la vez que contesto a Daniela.

—Sí, cariño. Ya ha llegado.

—¿Puedo entrar?

Gracias a Dios estas niñas han aprendido muy pronto que una puerta cerrada quiere decir intimidad. No me gustaría que entrara corriendo y se abalanzara sobre la cama ahora mismo. El dormitorio huele a sexo. Nosotros olemos a sexo. Aún estamos jadeantes, desnudos y sudorosos. Ahora no lo entiende, pero llegará el momento en el que lo recuerde y las piezas encajen en su lugar.

—Espera un segundo, cielo —dice Víctor.

Se levanta de la cama desnudo y se mete en el cuarto de baño. Yo me coloco el camisón, abro un poco la ventana y salgo al pasillo, donde Daniela, totalmente despeinada, nos espera.

—¿Por qué tardáis? —demanda con el ceño fruncido.

Me echo a reír. Lleva todo su bonito pelo largo y negro bastante enmarañado y se frota con vehemencia los ojos, tan verdes como los de su padre. Víctor sale en ese momento del dormitorio con un pantalón de pijama liviano. Huele a jabón y a su perfume. Sin rastro en su piel de olor a sexo, la coge en brazos, aunque ya empieza a ser mayor para ese gesto, y le llena la cara de besos. La niña se ríe y se rasca, porque la barba de su padre le pica.

—¿Qué hace usted levantada a estas horas, señorita?

La puerta de la otra habitación se abre y aparece Victoria. No sé ni cómo puede bajarse de la cama, con lo pequeña que es. Al verla, Víctor esboza una sonrisa de oreja a oreja.

—Ahora sí que sí. Todas mis mujeres…

Víctor vuelve a la habitación después de haber acostado a las niñas de nuevo. Cierra la ventana que yo dejé abierta y se mete entre las sábanas otra vez. Está sonriente pero meditabundo. Lo achaco al cansancio y me acomodo sobre su pecho dispuesta a dormir por fin bien después de dos días encontrándome sola.

Sus dedos pasean por mi espalda y, cuando ya estoy a punto de dormirme, él llama mi atención.

—Me ha pasado algo este viaje que me ha hecho pensar…

—Pensar… ¿en qué?

—En nosotros.

—¿Qué…? —empiezo a decir, asustada.

—Cuando llegué al hotel… me acordé de mi casa. De mi piso de soltero. Y me sentí bien. Reconfortado. Había silencio. Pude escuchar música, leer, trabajar… Os echaba de menos pero me sentía… aliviado.

—¿Aliviado? —pregunto totalmente alarmada.

—Sí. Silencio. Tranquilidad. De repente podía concentrarme en lo que pensaba sin tener que interrumpirme por las dos mil cosas por minuto que pasan aquí. No había niñas corriendo. No había Valerias regañando. Yo no tenía la obligación de dejar las cosas que estaba haciendo para ayudarte.

—¿Quiere eso decir que…?

—Venía asustado. No me podía quitar de la cabeza que quizá tú, que siempre has sido mucho más lista que yo, tuviste razón al pensar que esto no es para lo que estoy hecho…, pero… ha sido entrar y… adiós.

—¿Adiós qué? —Me siento estúpida por no saber hacer nada más que preguntar con voz temblorosa.

—Adiós a las dudas. Primero tú…, tan bonita. —Me estrecha con fuerza entre sus brazos—. Hasta que no te he visto no me he dado cuenta de lo muchísimo que te he echado de menos. Tú te has convertido en el motor. —Lo miro, retorciéndome para poder hacerlo y sonríe—. Te hago el amor, te huelo y… después las niñas. Es todo lo que necesito.

—¿Seguro?

Suspira.

—No encontrarás a nadie en el mundo más seguro de nada.

Hoy, la mañana siguiente a su vuelta, es el cumpleaños de Gonzalo, el hijo mayor de Carmen, y vamos a celebrarlo con una barbacoa en casa de Lola y Rai. Cada vez que pienso que Lola y Rai viven juntos en una casa en un pueblo a sesenta kilómetros de Madrid tengo la tentación de pellizcarme para asegurarme de que no estoy soñando. Lola, la persona más urbanita del mundo, cogió un día la maleta y se mudó aquí, donde Rai dispone de espacio para poder pintar y ella tiene un huerto. ¡Lola tiene un huerto! Bueno, eso y un dormitorio en el que abrir un cajón supone encontrar algo perverso, oscuro y supersexual que ella no tiene problemas en explicar cómo funciona.

Hace un frío que pela, pero Rai y Lola tienen esas estufas de pie que se han puesto de moda en las terrazas de los restaurantes en invierno. Bajo una de ellas estamos Carmen y yo, con el regazo cubierto por una manta a cuadros.

—¡Borja, por el amor de Dios! ¡Se te va a caer a la piscina! —grita Carmen de pronto, fuera de sí, al ver cómo Borja juega con Eva, su hija más pequeña, que tiene dos añitos.

—Me vas a matar de un infarto… —murmuro.

—¡Carmen, relájate! ¡La piscina está cubierta por una puñetera lona! —la reprende Borja.

—¡Puñetera! —repite Eva con voz estridente.

—Ay, Dios… —resopla ella, fingiendo que no le presta atención.

—Tomad, pequeñas frígidas —dice de pronto Lola, que aparece cargada con una bandeja.

Nos pasa unas copas de balón y yo miro el reloj.

—Es la una del mediodía. ¿Crees que es buena idea tomarse un *gin tonic*?

—El *gin tonic* no es cuestión de horas, cielo. Es como un orgasmo. Siempre es bien recibido.

Cojo el mío y le doy un sorbo. Está fuerte y yo ya he perdido la costumbre de beber los combinados que prepara Lola, así que, notando cómo se me pone la piel de gallina, las miro y murmuro:

—Hola, estoy borracha.

Carmen se ríe y se pone a beber del suyo.

—Tú no bebas mucho, coneja, no vaya a ser que te pongas cachondota y dentro de nueve meses tengamos que volver a verte sostener una larva humana. Creo que con tres a los treinta y seis ya vas bien servida.

Ella pone los ojos en blanco y decide no contestar. Cruza las piernas, echa un vistazo a los niños, que corren detrás de un balón, y a su pequeña, que quiere jugar con los mayores a pesar de que no levanta dos palmos del suelo.

Lola me ofrece un cigarrillo, pero declino la invitación con una sonrisa. Ella me mira raro.

—¿No estarás preñada otra vez? —me pregunta con voz aguda.

—Estoy bebiendo, Lola, por Dios. ¿No te dice eso nada?

Gruñe, se sienta a nuestro lado tirando de la manta para taparse también y mira hacia el jardín, donde aparece Víctor corriendo como un poseso, con el balón en la mano y una horda de críos detrás gritando.

—La madre que lo parió. —Se ríe Lola—. Ojalá pudiera hacerle una foto y viajar en el tiempo, como la del anuncio de la lejía, ¿os acordáis? Entraría de noche en su habitación y después de darle un susto de muerte le diría: «Vengo del futuro para mostrarte pruebas de que en unos años serás un meacamas de impresión».

—Es padre, no un meacamas —la reprendo, riéndome por sus ocurrencias.

—Con lo que Víctor ha sido… —bromea.

—Y sigue siendo, te lo aseguro.

Las dos me miran de soslayo y yo me río enigmáticamente.

—¿Sigue empotrándote contra el frigorífico?

—No es que tengamos muchas ocasiones para hacerlo en la cocina sin público, ¿sabes?

—No sé cómo podéis vivir con esas restricciones —dice Lola dándole una calada al cigarrillo.

—No son restricciones, cariño. Son prioridades.

La contestación de Carmen podría parecer airada, pero no lo ha sido. Está tratando de explicarle que a pesar de que nuestra vida y la suya son muy diferentes, ninguna es mejor que otra.

Rai aparece con unas cervezas. A Carmen y a mí se nos van irremediablemente los ojos tras él. El Rai de veintiocho años empieza a ser bastante espectacular. Alto, con el pelo casi rubio y fuerte. Lleva un poco de barba, el pelo revuelto y va vestido con unos vaqueros, un jersey deshilachado y unas zapatillas maltrechas. Tiene ese aire de artista que tanto nos atrae a las mujeres.

—Ay, Lolita, qué buen ojo tuviste —suspiro.

—Y que lo digas.

Y la voz de Lola suena ahora tan cándida, tan enamorada y tan sincera que Carmen y yo no podemos evitar la tentación de mirarla.

Hace unos años, después de una bronca brutal, Rai y ella decidieron que lo mejor era dejarlo estar y hacer su vida por separado. Rai tenía veintitrés años y ella treinta y dos. La crisis del capicúa, la llamó Lola. Ellos no la superaron. Se separaron. Él salió con sus amigos, conoció a otras chicas y ella hizo lo propio, sacando su chorbo-agenda y volviendo a reavivar algunos fuegos que creía más que extinguidos. Ninguno de los dos quiso hundirse en una ruptura que a ambos los dejó tocados.

Solo pudieron mantenerse alejados el uno del otro un año. El mismo día que se cumplían trescientos sesenta y cinco días desde que rompieran, Rai apareció en casa de Lola y le juró que si no volvía con él, enloquecería.

Y eso nos alivió a todos, porque Lola nunca había estado tan enamorada, jamás.

Rai y Lola tienen, como todas las parejas, sus propias normas. Una de ellas es que no tendrán hijos. Los dos están de acuerdo. Dicen que son demasiado egoístas como para compartirse y dejar, además, un ritmo de vida que les llena. Son, a pesar de todo y de esos nueve años de diferencia, el uno para el otro.

Estoy pensando en ello cuando Eva y Victoria se acercan a nosotras. Tienen la misma edad y las dos son chiquitillas. Sus padres nos las mandan cuando ven que Gonzalo, Anita y Daniela se ponen a jugar al balón prisionero.

Miro a Víctor, que comparte unas cervezas con los demás y me sonríe. No puedo evitar un calor que me recorre todo el cuerpo y que se concentra en mis mejillas al recordar que al asalto de anoche le ha seguido uno esta mañana, muy digno de nuestros comienzos como pareja.

—¿Y esa miradita? —Se ríe entre susurros Carmenchu, que saca un par de muñecas para que las niñas se entretengan a nuestros pies.

—Huy, huy, huy… —Se ríe a su vez Lola—. Yo sé de una que va a ser rellenada como un pavo.

Le echo una mirada de desaprobación. Las niñas son como esponjas a esta edad. No quiero que se pase el resto del día repitiendo frases de su tía Lola.

Me agacho para quitarle el pelo de la cara a Victoria y al levantarme, Víctor sigue mirándome con una sonrisa de lo más sugerente.

—¿No mata el matrimonio todas esas miraditas?

—Pero las reavivan algunas cosas, ya verás.

Lola se echa a reír. Se hace la dura, pero en unos meses tenemos planeado un viaje muy especial. Ocho personas volaremos al oeste de Estados Unidos para presenciar cómo Elvis casa a Lola y a Rai.

—¿Oral, convencional o por la puerta de atrás? —pregunta Lola.

—Un poco de todo —contesto muerta de la risa.

En ese momento, cuando Lola está preparándose para seguir haciendo preguntas, suena el timbre.

—Hombre, por fin.

Tras unos minutos vemos entrar a Nerea, sonriente y tan guapa que ciega. Las niñas siempre la miran con los ojos como platos. Una vez Daniela me preguntó si la tía Nerea era en realidad Barbie. Aún me estoy riendo internamente del asunto.

Nos levantamos para darle dos besos y descubrimos que, cogido a su mano, entra tímido un chico muy, muy, muy guapo. Creo que todas las mujeres que ocupamos el jardín contenemos la respiración, incluidas las que aún no han cumplido ni los diez años.

Es alto, delgado y castaño. Tiene un pelazo espectacular que lleva peinado hacia arriba. Sonríe tímido y enseña una dentadura blanca y perfecta que impresiona. Es modelo, no puede disimularlo. Es el nuevo novio de Nerea, italiano de nacimiento, español de adopción. Francesco, aunque todos lo conocemos como Fra; de oídas, claro. Hoy es su presentación en sociedad.

Da la mano a nuestros respectivos y después se dirige a nosotras con una sonrisa encantadora.

—Hola, chicas. Encantado de conoceros por fin —dice con un acento italiano que echa de espaldas.

—Nosotras sí que estamos encantadas —murmura Carmen.

Después nos reímos todas a coro, como si fuéramos tontitas. Nos da dos besos y se queda paradito al lado de su chica, que lo mira con orgullo.

Lo de Jorge y Nerea, evidentemente, no terminó de cuajar. Duró, sin embargo, cuatro años en los que ella cambió por completo muchas de las facetas de su vida, convirtiéndose en una Nerea muy diferente a la que estábamos acostumbradas. El matrimonio dejó de importarle. Casarse carece de importancia si no lo haces con verdadero convencimiento con la persona a la que quieres. Y hay que querer con locura. Eso también lo aprendió.

A pesar de haber roto, Jorge y Nerea suelen hablar de vez en cuando. No terminaron mal. Solamente se acostumbraron a estar el uno con el otro y su relación dejó de motivarlos. Un día Nerea se levantó por la mañana, recogió sus cosas del piso que compartían y le pidió por favor que, por el bien de los dos, aceptara la invitación de un amigo suyo y se marchara a Los Ángeles. A día de hoy, Jorge sigue sin aparecer en los créditos de ninguna película, pero Nerea dice que es feliz. Y ella también lo es.

Su negocio le trae muchos quebraderos de cabeza y probablemente ha llenado un espacio de su vida que hasta el momento ocupaba la idea de ser madre. Pero está demasiado entregada a su trabajo como para frenar y planteárselo. Quizá un día adopte, dice cuando nos ve con nuestros hijos. Por ahora, el tiempo libre que tiene, que es poco, lo reparte entre nosotras y ese novio bombón que tanto ha tardado en presentarnos.

—Oye, Fra —escuchamos decir a Lola—. Nerea nos ha contado que eres modelo, pero… nosotras somos un poco como san Pablo, que si no vemos, no creemos.

—Era santo Tomás. —Se ríe Borja.

—San Pablo, santo Tomás… —Se encoge de hombros y, mirando de nuevo a Fra, termina la frase—. Quítate la camiseta y alegra la mañana a tres pobres viejas.

El chico mira a Nerea y ella, Nerea la templada, solo se ríe y coge en brazos a Eva, que anda revoloteando a sus pies.

Fra se levanta el jersey que lleva y la camiseta de debajo y nuestros tres hombres carraspean cuando se nos empieza a escurrir la baba por la comisura de los labios.

—Creo que te vas a resfriar —le digo yo, apartando la mirada.

—Mi papá también tiene eso en la barriga —se escucha decir a Daniela con desparpajo.

—¿Qué dices, cariño? —le pincha Lola—. ¿Qué tiene papá?

—Mira, papá, enséñales.

—Gracias, Daniela, cariño. Yo también te quiero. —Víctor le lanza un beso a su hija, que se echa a reír, contenta.

Después le pregunta a Fra, que ya se ha tapado, si le apetece una cerveza.

—Gracias —contesta él, que parece estar pasando un mal trago.

—¡Papá! —se queja Daniela.

—Cariño, no le hagas a tu padre hacer el ridículo —le contesta Víctor con una carcajada.

—Eso, mi niña, que tu papá ya no es lo que era —apunta Lola.

Víctor se yergue ofendido y frunce el ceño.

—¿Cómo que no? Mi mujer puede atestiguar que...

—Víctor, las niñas... —Me río.

Él tapa los ojos de Daniela y después le enseña el dedo corazón a Lola. Cuando ya va hacia la cocina a por más cerveza, se gira, silba y, delante de todas, se levanta el jersey para enseñarnos ese vientre plano tan sexi, cruzado por una línea de vello oscuro que se pierde hacia abajo, que conserva las formas que tenía cuando lo conocí.

Los chicos, entre risas, se trasladan hacia la barbacoa, donde se les une Víctor pronto con más bebida. Los niños juegan, ellos se ríen y nosotras, sentadas, bebemos en silencio. Yo me pongo a pensar. Hace casi diez años que comenzó esta historia y la tengo que acabar, por mucha pena que me dé cerrar este capítulo de mi vida.

Cuando publiqué *Oda*, leí una reseña sobre la novela en la que una periodista me nombraba la nueva autora «sin finales felices». En ese momento me enorgullecí de aquello, pero ahora, esta vez, me alegro de no cumplir esa norma.

Pero diré algo más; algo que probablemente la vida ya nos ha enseñado a todas. Y es que el colorín colorado en el que todos comen perdices, siendo felices y todo es perfecto... no existe.

Para muestra, un botón.

Sé que Carmen ha dejado muchos sueños por el camino. Ya no será directora en ninguna gran agencia de publicidad. Es triste, pero cierto. Para las mujeres la cruel realidad es que hay que elegir entre la carrera profesional o la vida personal. La conciliación, a día de hoy, es una cosa que suena a cuento. Carmen necesita tiempo para atender a sus hijos, lo que implica horas que no dedica a su trabajo. Así es la vida. Una decisión, decir sí a algo, siempre supone decir no a otra cosa.

Lo mismo le ha pasado a Nerea. A todas nos encantaría que todo fuera como en las películas románticas o en esas novelas que siempre terminan bien. Y sí, esta termina bien, pero no todo es perfecto. Creo que eso es lo que hace que apreciemos más las cosas.

Yo, sí, sigo ganándome la vida con lo que más me gusta. Desde que empecé a publicar, cinco novelas mías han visto la luz. Dentro de poco, nacerá la sexta. Y sí, sigo con Víctor a pesar de todo lo que sufrimos intentando hacer de nuestra relación algo real. Pero…

Siempre hay un pero, chicas.

Mi matrimonio con Víctor a ratos ha sido muy duro. Nadie cree ya en esos príncipes azules, colmados de perfección, que viven para parar el mundo a tus pies. Víctor no es una excepción. Es un hombre y no lo puede todo. Pero es el hombre que yo elegí.

Por poner un ejemplo, y aun a sabiendas de que cuando lo lea le dolerá un poco, la paternidad se le resistió al principio. Aunque fue él quien más insistió en que debíamos ser padres pronto, el nacimiento de Daniela lo pilló en pañales. Los primeros seis meses fueron mucho más duros de lo que nadie puede imaginarse y Víctor tardó mucho en entender la mayor parte de las cosas que nos pasaban entonces. No había dramas ni grandes discusiones, pero éramos una pareja cansada que, de pronto, ya no tenía ganas de pasar la noche en vela destrozando los muelles del colchón.

Pero como una pareja adulta, fuimos superándolo y convirtiéndonos juntos en dos personas, quizá diferentes, no sé.

Nerea rompe el silencio preguntándonos cómo se puede hacer desaparecer un chupetón y, tras un estallido de carcajadas, Lola se pone a enumerar todos los remedios naturales que ha probado para ello.

Y yo sigo pensando en nosotras, en las vueltas que ha dado nuestra vida y en todas las decisiones que tomé para llegar hasta donde ahora estoy.

Hace poco me encontré, azares del destino, con Adrián. Hacía seis años que no sabía absolutamente nada de él y casi siete que no lo veía. El tiempo no ha pasado por él…, qué cabrón.

Yo no iba lo que se dice impecable. Daniela me había puesto perdida de ganchitos y Victoria estaba berreando metida en el cochecito. A decir verdad, creo que llevaba veinticuatro horas dando gritos, gimoteando y amenazando con encanarse, por lo que tampoco había pasado muy buena noche, de ahí las ojeras a lo oso panda.

Cuando Adrián se incorporó delante de mí y dibujó una sonrisa estupefacta, pensé que era el broche final para un día de mierda. Él, mi exmarido, hecho un auténtico pincel y mucho más guapo que cuando lo vi por última vez. Yo, hecha un auténtico asco.

—¿Valeria? —preguntó para cerciorarse.

Asentí y, cauteloso, se acercó y me abrazó ante la atenta mirada de mis dos hijas. Me sentí extraña e incómoda. Olía como la mayor parte de mis recuerdos, y eran recuerdos preciosos. Con el tiempo, lo malo tiende a esfumarse hasta dejar solo una sensación rara.

—¿Son tus hijas?

—¿Y tú quién eres? —interrumpió Daniela con mucho descaro.

Adrián se puso en cuclillas delante de ella y con una sonrisa le contestó:

—Yo soy Adrián. —Le tendió la mano—. ¿Y usted, señorita?

—Daniela. —Y se la estrechó con su manita llena de pegotes de ganchitos y esa elegancia que debe de haber heredado de su padre.

—Tienes un nombre precioso.

—Jo…petas, te ha manchado —intervine yo.

Ignorando los berridos de Victoria, que se retorcía en el cochecito como una maga escapista, cogí una toallita húmeda y lo ayudé a limpiarse la mano. Estaba, sin saber por qué, muy nerviosa de repente.

—No te preocupes, Val —me dijo con voz cálida.

Suspiré y dejé caer los brazos.

—Daniela, haz el favor y límpiate las manos. Pero en mí no.

Adrián se quedó mirando a Daniela mientras ella se frotaba las manitas y después, levantando la mirada hasta mí, susurró:

—No pueden negar de quién son hijas.

—¿Lo dices por mí?

—Lo digo por él. Me alegro de que finalmente saliera bien.

Hubo un silencio tenso durante unos segundos. Haría muchos años, pero habíamos estado casados y nuestra separación no había sido lo que se dice... amable.

—¿Qué tal te va todo? —le pregunté.

—Muy bien.

—¿Tú no tienes niños?

—No. —Se rio—. No va mucho conmigo eso de la paternidad.

Me extrañó. Adrián siempre quiso tener hijos. Cuando nos casamos me prometió un millón de veces que en cuanto pudiéramos traeríamos al mundo a un montón de críos. Pero, bueno, no sería aquella la única promesa que rompió.

Una chica se acercó a nosotros, tímidamente.

—Adri, cariño... —le dijo.

Era morena, con el pelo larguísimo, unas pocas pecas sobre los pómulos y unos ojos preciosos de color azul.

—Cielo. —La besó—. Te presento a Valeria, mi exmujer. Y estas son sus hijas.

Victoria berreó más alto aún y ella se agachó a hacerle carantoñas, calmándola enseguida. La muy perra. Llevaba dándole guerra a su madre todo el día pero ante la primera desconocida se echaba a reír.

Una mano se posó al final de mi espalda y, de pronto, la tensión de mis hombros se aflojó. Unos labios cálidos se apoyaron en mi sien y sonreí.

—Hola, mi vida —me dijo Víctor—. Hola, Adrián.

—Hola.

Se dieron un apretón de manos bastante tenso y, visiblemente incómodo, Víctor me preguntó si podíamos irnos ya.

Me despedí de Adrián y de su chica con una sensación rancia en la boca del estómago. Iba pensando en nosotros. En lo que fuimos. En que una vez decidí dar aquel paso con alguien y se estropeó. Aquel encuentro había sido como chocarme por la calle con la mayor equivocación de mi vida. Y no me hizo feliz.

Cuando terminaba de abrochar la sillita de las niñas en el coche, Daniela me preguntó quién era ese señor que habíamos visto.

—Es un amigo de hace muchos años.

—Mamá estuvo casada con él antes que conmigo —aclaró Víctor, que es acérrimo defensor de no contar mentiras a las niñas, por pequeñas que sean.

Vi que Daniela se quedaba con una expresión extraña y cuando me subí en el asiento del copiloto, reprendí a Víctor con la mirada.

—¿Y tuviste hijos, mamá?

—No, cariño. Mamá solo os ha tenido a vosotras.

—Por el momento —murmuró malignamente Víctor con una sonrisa espléndida.

Hace un par de años, cuando Victoria acababa de nacer, me encontré en el dominical de un periódico con la fotografía de Bruno junto al titular: *El escritor que conquistó al cine.*

No le había perdido la pista (al fin y al cabo, los dos publicamos bajo la misma editorial), pero no sabía que había llegado a dar el paso a la gran pantalla como guionista de la adaptación de una de sus novelas. Me alegré tanto que, sin pensarlo, descolgué el teléfono y traté de localizarlo en alguno de los números que aún tenía memorizados en el móvil como suyos. Pero no. Uno no existía y en el otro nadie contestó.

Un par de días después, un hombre con la voz muy grave y profunda preguntó por mí a través del teléfono. Era Bruno.

—Me ha dicho un pajarito que la señora Valeria Ferriz ha intentado localizarme. —Y en su tono, a pesar de ser serio, se adivinaban unas notas divertidas. Mientras yo me reponía de la sorpresa, él siguió diciendo—: Y digo lo de señora con conocimiento de causa, porque según las malas lenguas, llevas un anillo de oro en el dedo anular de la mano derecha.

—Veo que sigues bien informado.

—¿Qué tal te va todo? —preguntó.

—Muy bien —le dije—. Pero no tan bien como a ti. Te llamé hace unos días para darte la enhorabuena.

Víctor entró en casa en ese momento y se quedó mirándome desde el marco de la puerta de la cocina. Yo llevaba el «uniforme de madre», que consiste en unas mallas negras y una camisetita holgada que se me descuelga por un hombro.

—Mamá sexi —dijo Víctor poniéndome morritos.

—¿Enhorabuena? —respondió Bruno.

—Sí, vi en el periódico que pronto se estrenará tu película y que la crítica la pone muy bien. —Me acerqué a Víctor, le di un beso y volví a sentarme en un taburete.

—Ah, ya. Muchas gracias. Pero me preocupa más lo que pensará el gran público.

Vi a Víctor dejar sus cosas en el armario de la entrada.

—Por eso no te preocupes. Seguro que habrá una horda de esos fans frikis que tienes, extorsionando a la gente a la salida de los cines.

—Habla bien de ella o te cocino, ¿no?

—Algo así. —Me reí.

Víctor encendió la cafetera y después desapareció por el pasillo, seguramente de camino a la habitación de las niñas.

Desde que le había llamado no había podido evitar pensar, aun de refilón, en lo que sería de mi vida si hubiera tomado la decisión de marcharme con él. Probablemente también habría sido madre y viviría en una casita en pleno prado asturiano. Me incomodaba pensar en esa Valeria, la que sí había cogido aquel avión, porque a pesar de que sabía que sería feliz…, solo disfrutaría de media vida.

—Oye, Bruno —dije de pronto—, me alegro muchísimo de que las cosas te vayan bien. Yo guardo muy buenos recuerdos tuyos.

—Lo mismo digo.

—Lo nuestro no salió porque nos esperaban otras vidas.

Bruno se echó a reír.

—No hace falta que digas todas esas cosas, Valeria. Hace mucho tiempo que te perdoné por no quererme tanto como yo te quise a ti.

Víctor entró en la cocina otra vez con Victoria en brazos y cara de culpabilidad. Seguramente la había cogido de su cuna mientras dormía, sin poder resistir la tentación.

—Estaba medio despierta —se excusó.

—Dale recuerdos a Aitana —le dije a Bruno.

—¿Fuiste madre?

—Sí. —Y sonreí.

Cuando colgué el teléfono tenía más que claro que, por dura que fuera a veces mi vida con Víctor, fue la única decisión correcta.

Lola me despierta de mis razonamientos con un codazo y unas excéntricas y sonoras carcajadas.

—¿A que sí?

—No tengo ni idea de lo que estás diciendo —le contesto.

Por la cara que está poniendo Nerea y la risa que le ha entrado a Carmen me imagino que debe de haber hecho algún comentario de lo más subido de tono sobre el chico de Nerea. No puedo evitar reírme.

Han pasado siete años desde que empezó esta historia y, aunque hemos cambiado y la vida nos ha dado y quitado, aquí seguimos. Somos perfectamente conscientes de que somos afortunadas por mantener lo que nos une, que nos ha convertido en familia. Pero es que lo hemos cuidado entre algodones y ninguna ha dejado de ser, en esencia, lo que las demás tanto adoran.

Lola sigue siendo incontrolable, explosiva y genial; es como un cuadro abstracto que solo hay que disfrutar, no intentar entender.

Nerea aún no se siente cómoda hablando de sexo y, por mucho que nos apene, las epopeyas de cama que su querido Fra debe de elaborar por las noches nos son totalmente desconocidas (al menos lo son en detalle, ejem, ejem). Y sigue siendo dulce y constante y lo suficientemente estirada para poner el contrapunto a las conversaciones de Lola.

Carmen ahora es publicista a media jornada y mamá a jornada completa, pero no habrá nada que le quite esa manera de ver la vida que tanto nos ha ayudado al resto. Es cabal, es fiel a sí misma, es a la que siempre acudo cuando quiero un consejo y no me importa que me duela la respuesta. Sin Carmen, sinceramente, no sé qué haría.

¿Y Valeria? ¿Qué ha pasado con ella? Porque primero le costó meterse en sus propios zapatos y más tarde no estuvo segura ni siquiera de lo que veía en el espejo cuando se miraba. Y por mucho que se empeñara en tratar de ver la vida en blanco y negro, Valeria sigue siendo la misma mujer a veces insegura, a veces demasiado firme, a veces tierna o vulnerable. Sé los defectos que tengo y, para ser sincera, dudo haber podido corregir alguno de ellos. Pero sé también que Víctor es la única pieza que completa totalmente mi vida. Ahora no me cuesta tanto dejar ver a la gente a la verdadera Valeria. Al desnudo.

Esa noche llegamos a casa agotados. Intentar seguir siendo un adulto sociable cuando se es padre implica mucha energía. Las niñas se han peleado en el coche de vuelta y Víctor se ha pasado buena parte del trayecto riñéndolas y explicándoles lo irritante que es escucharlas pelearse por una muñeca cuando… ¡tienen dos iguales! Pero son niñas. A veces se le olvida el hecho de que son eso…, niñas.

A él le toca baño y a mí cena. Daniela se ducha sola en nuestro cuarto de baño (sin repisas, escalones ni nada que me parezca potencialmente peligroso) y después avisa para que le sequemos el pelo. Víctor y Victoria canturrean en el otro baño y pronto la pequeña corretea por el pasillo en pijama, escapándose del secador, que la aburre soberanamente.

Sopa de pollo con fideos, tortilla de queso y una pequeña ensalada después, las niñas se arrastran cual conejito de Duracel sin pilas y su padre las acuesta mientras yo clamo por un segundo para mí, para desmaquillarme y ponerme crema hidratante.

Daniela pide un cuento y Victoria un chiste. Con la pequeña me meo. Si no fuera imposible, pensaría que es clavada a «su tía Lola».

Cuando Víctor entra en el dormitorio, viene riéndose.

—Me ha contado un chiste ella. Me ha dicho «Papá, para terminar el día déjame que te cuente el chiste del perro mis tetas». Prohibidísimo volver a dejarla ni un minuto sola con Lola.

Yo estoy sobre la cama, poniéndome crema en las piernas, y también me río.

—Igual tú de pequeño también eras así.

—Yo era un niño muy serio y taciturno —bromea—. Qué bien huele eso, ¿no?

Se tumba en la cama con un gemido de satisfacción y se me acerca. No enciende la tele. No propone ver una película. No trae consigo el iPod.

—Cariño… —le reprendo con una sonrisa.

—¿Qué?

Se recuesta sobre mí, deja el bote de crema sobre mi mesita de noche y me besa en la boca con toda la suya. Labios, saliva, lengua, incluso dientes. Gimo y, apartándolo de mí, le pido que ponga un disco.

Junto a la ventana tenemos un viejo tocadiscos, regalo de mi suegra, junto con unos vinilos de *blues* y de jazz. Música como la que sonó en nuestra boda o la que escuchábamos en su casa. Víctor se acerca al rincón, elige un disco al azar, lo coloca y, cuando ya suena a un volumen moderado, vuelve. Y yo, que soy muy observadora, he visto que bajo su pantalón liviano de pijama… hay vida.

No creo que lo de esta noche vaya a ser amor. No creo que vaya a ser un silencioso y mimoso ratito de sexo. Creo que Víctor tiene ganas de otra cosa. Así que cuando me aborda por todas partes con sus manos y su boca, trato de quitármelo de encima con risas.

—No te hagas la remolona —dice mientras se ríe.

—¡Víctor, por Dios! ¿Sinceramente crees que las parejas normales tienen sexo seis de los siete días de la semana?

—¿Y desde cuándo tú y yo somos una pareja normal? —Y al decirlo se acomoda entre mis piernas, arrancándome un gemido.

—¿Qué somos entonces?

—Nosotros somos más.

Y no creo que haya nada que añadir.

Capítulo extra

La vida con Víctor

Víctor y yo pasamos nuestra luna de miel en la Polinesia Francesa. Aquel viaje fue en parte regalo de boda de mis suegros, que decidieron que teníamos que dar la bienvenida al matrimonio de la mejor manera posible y sin que nadie nos molestara. Por eso la Polinesia Francesa; por eso la última villa del complejo. Creo que nunca albergaron esperanzas de que su hijo sentara la cabeza y se casara, y la alegría de verlo con sus propios ojos los volvió locos en la agencia de viajes. Una locura que agradeceré toda la vida, debo decir.

Fue todo tan emocionante, tan bonito y tan ingenuo…, hacer las maletas para irnos de viaje de novios, como marido y mujer… Nos reímos muchísimo, avergonzados de necesitar de pronto que el otro nos aclarara cosas; las típicas cosas del matrimonio.

—Cariño, ¿cuántos pantalones largos crees que debería llevar? En las cenas dicen que exigen dress code —me dijo apoyado en la puerta del armario, un día antes de salir de viaje.

Yo me quedé parada, rígida como un palo, y después me eché a reír hasta que lagrimeé, porque nunca imaginé a Víctor diciendo: «Cariño, ¿cuántos pantalones crees que debería llevar?», y porque además el caos de meter sus cosas y mis cosas en mi minúsculo piso daba como resultado algo tan delirante como el camarote de los hermanos Marx. Nuestra nueva casa estaba de reformas y no la tendríamos a punto hasta la vuelta de la luna de miel.

Víctor descubrió entonces que los largos trayectos en avión me ponían de los nervios. Y sumémosle las conexiones de locura: Madrid-Miami-Los Ángeles-Papeete. Unas pastillas facilitadas por Aurora lo hicieron más llevadero, pero solo rebajaron mi estado a una prehisteria. Descubrí entonces al Víctor paciente. Al que decía: «Venga, vamos a pasear por el avión». «Venga, vamos a ver una película juntos». «Venga, cuéntame algo». Cualquier cosa para entretenerme, incluyendo una masturbación loca y atrevida en mitad de uno de los vuelos nocturnos, mientras todos dormían. No fue hacer el amor, pero fue sexo a más de diez mil metros de altura. No está mal. Doy esa asignatura por aprobada.

Durante la mayor parte de las dos semanas que pasamos en la Polinesia Francesa, estuvimos en Bora Bora, donde nos hospedamos en una villa sobre el agua del hotel Four Seasons. Lo primero que hicimos tras dejar las maletas fue ponernos la ropa de baño y… hacer el amor en el mar, justo frente a nuestra habitación. Muchas horas entre aviones y aeropuertos y muchas horas de desearnos como recién casados. Recordamos entonces la escapada que hicimos a Menorca, y nos partimos de risa imaginando en lo que hubiéramos pensado si alguien nos hubiera dicho que íbamos a terminar siendo marido y mujer.

Marido y mujer y buscando niños, claro, porque fue una de las cosas que nos prometimos cuando Víctor levantó la rodilla del suelo tras deslizar el anillo de compromiso en mi dedo aquel día de junio.

—Vamos a darnos hijos, mi vida, porque me mata pensar no hacer contigo algo que me sobreviva.

Fue algo precioso que… me dio pavor. Pero yo cedí. Si había creído que estábamos preparados para comprometernos con boda de por medio y casi de inmediato, tenía que confiar en él en cuanto a lo que ser padres iba a significar para nosotros.

Pero aún iba por nuestra luna de miel…

Cada mañana nos despertábamos cuando salía el sol, a pesar de que ni siquiera fueran las seis de la mañana. Era automático y supongo que era resultado del *jet lag*. Empezaba a clarear el alba y alguno de los dos abría los ojos. Casi siempre nos descubríamos en un amasijo de brazos y piernas, enredados el uno en el otro. Y lo primero que hacíamos era olernos, abrazarnos y… terminar haciendo el amor, alucinados aún de que lo nuestro hubiera terminado bien. Que nuestra relación fuera una bonita de historia de amor que contar a nuestros hijos no es algo que ninguno de los dos habría esperado un par de meses atrás.

Creo que es totalmente necesario que haya empalago, para que la luna de miel sea satisfactoria. Y madre si lo hubo… Siendo sincera diré que estábamos con el otro como si ni siquiera pudiéramos mantener las manos apartadas. Tocándonos y besándonos a todas horas; haciéndolo real. Por eso, cuando ahora vamos por la calle y nos tropezamos con una de esas parejas besuconas que se soban con ojos de cordero degollado, nos reímos. No hace falta decirnos eso de «mira, como nosotros en la luna de miel».

Hubo mucho sexo, mucho amor y mucha conversación. Sentados en la arena de la estela de la isla, analizamos hasta el último pormenor de lo que había sido hasta el momento lo nuestro. Idas, venidas, intentos, huidas, ganas, desidia, desesperación y lo que creíamos una equivocación recurrente. De pronto nos explicábamos cosas que no habíamos entendido hasta ahora, como por qué Víctor se marchó de la conferencia en la que conocí a Bruno.

—No soportaba ni mirarte sabiendo lo mal que lo estaba haciendo todo. Me molestaba. Eras algo así como un recordatorio de lo niñato que puedo llegar a ser. No quería verte y a la vez lo necesitaba. Ni siquiera yo me entendía. Salí de allí corriendo porque quedarme hubiera significado esperarte, comer juntos y hablar de por qué lo nuestro parecía estar abocado al desastre cuando ninguno de los dos lo quería. Me negaba a admitir que me equivocaba.

Y mientras lo decía, sentado sobre la arena húmeda y con los ojos perdidos más allá del mar, yo lo miraba. Creo que por aquel entonces apenas nos conocíamos, pero teníamos mucho tiempo por delante para hacerlo.

Cuando volvimos, empezó la aventura. La verdadera vida en común. La rutina y la normalidad, si es que es posible que con Víctor algo sea normal.

Y, ay, la rutina… ¡Convivencia, vieja hija de perra! ¡Qué broncas! Creo que nunca había discutido de verdad en mi vida antes de aquellos primeros meses de casados. Nosotros siempre lo hicimos todo a lo grande, ¿no? En pelearnos teníamos un título *cum laude*. Víctor solía perder los nervios en muy pocas ocasiones, pero era justo aquella apatía a la hora de «dialogar» lo que más nerviosa me ponía. Y si yo subía un tono, él subía medio…, y así terminábamos gritándonos por verdaderas tonterías, como haber olvidado recoger un traje de la tintorería o no ponerle gasolina al coche cuando entraba en reserva. Lo bueno es que siempre saldábamos aquellas discusiones con un beso en los labios…, un beso en los labios que solía convertirse en la antesala de un revolcón animal sobre la alfombra, en el cuarto de baño o… donde pillara. Lo hicimos hasta en la terraza durante aquella temporada. Los vecinos nos retiraron el saludo en el ascensor, supongo que hartos de la banda sonora de goce y orgasmos que les dábamos una noche sí otra también.

Carmen me dijo un día eso de «aprovecha ahora que aún no tenéis niños» y… lo tomé al pie de la letra.

A tenernos siempre a mano nos acostumbramos enseguida. Él llegó a decirme que le costaba recordar lo que era llegar a casa sin tenerme allí.

—Lo pienso y me digo…, coño, qué triste —dijo una vez mientras yo lo miraba embelesada.

Y a mí… ¿a quién quiero engañar?, con esas cosas se me olvidaban todas las otras por las que me quejaba a diario. «Víctor, recoge las camisas cuando te las quites, por favor; o a la lavadora o al armario, pero a los pies de la cama, no». «Víctor, si te terminas el café, avísame, por favor; aún no tengo poderes de adivinación». «Víctor, come fruta, por el amor de Dios; vas a pillar escorbuto». «Víctor, ¿puedes hacer el favor de no meterme mano delante de mis padres?».

Y así… las cosas típicas de la convivencia, supongo. Bueno, esas cosas sumadas al hecho de que es durante ese primer año en el que una descubre (o afianza la idea de) que su pareja no es perfecta. Se ponía enfermo como todos los mortales; ensuciaba como todos los hombres; hacía bromas de cosas que no me hacían gracia y…, pues eso, que era humano… y hombre. Con eso quiero decir que también se olvidaba de bajar la tapa del váter, y que cuando iba al baño en mitad de la noche, medio dormido, tampoco se preocupaba por atinar. Y yo a Víctor lo había subido a un altar muy alto durante nuestros dos años de «no relación» porque él también se había esforzado mucho en parecer perfecto.

Sin embargo, no todo fue desmitificar. Para compensar, empecé a sentir algo en lo que nunca me había parado a pensar, aunque supongo que siempre había estado entre nosotros: admiración. Hay quien dice que las grandes relaciones están construidas sobre ella. Y es que… Víctor tenía un talento brutal que además sazonaba con su esmero; si no hubiera sido por ello, el estudio de interiorismo nunca hubiera superado la crisis. Víctor era un hijo ejemplar, que atendía siempre las llamadas de su madre (¡y de la mía!), aunque lo único que ella necesitara fuera cotillear sobre cosas de las que él no tenía ni idea. Víctor era sumamente cariñoso y nunca dejó de ser detallista. Le gustaba traerme flores a casa porque sí, regalarme música, libros y películas clásicas para inspirarme a escribir y siempre tenía un momento para un mensaje, una llamada o para enviarme una foto. Víctor era todo aquello que yo imaginé que podría ser. No había que cambiarlo, solo tenía que descubrirlo.

Y nos quisimos con verdadera locura.

A los diez meses de estar casados nos sobrevino la primera gran responsabilidad de nuestra vida; algo con lo que ninguno de los dos estaba acostumbrado a lidiar y para lo que uno no nace preparado. Me di cuenta un día al azar mientras escribía en mi despacho. Me acordé de que el cumpleaños de mi hermana debía estar al caer y miré el calendario de sobremesa… Una idea llevó a la otra. De pronto estaba haciendo cuentas con los dedos y el corazón me iba a estallar dentro del pecho. Llevaba más de dos semanas de retraso y no había sido consciente hasta ese momento.

Bajé a la farmacia, compré una prueba de embarazo y me la subí a casa. Ni siquiera tuve que esperar los minutos de rigor: el positivo fue hasta apabullante. Me senté en la banqueta que había en un rincón del baño a respirar hondo y sentí vértigo. ¿Cómo que estaba embarazada? ¿De verdad? ¿Iba a tener un hijo? Le dediqué un microsegundo a pensar y… me puse a llorar como una imbécil. Como una auténtica imbécil. ¿Cómo iba a tener yo un bebé? ¿Es que estábamos locos? Pero ¡si terminaría olvidándomelo en el carro del Mercadona o algo por el estilo!

Cuando Víctor volvió del trabajo, yo le esperaba con una copa de vino servida para él, la cena en el salón y un disco de vinilo de soul en el tocadiscos. Me temblaban hasta las piernas. Tenía tanto miedo de ver en su cara las mismas dudas que tenía yo…

—Uhm. Gracias, nena. ¿Qué celebramos? —me preguntó agarrándome de la cintura.

—Nada. O todo. No sé —dije yo hundiendo la nariz en la tela suave de su camisa, buscando las palabras perfectas.

—¿No hay vino para ti?

Levanté la mirada hacia él y negué con la cabeza. Él me miró frunciendo el ceño y sus labios se fueron curvando poco a poco.

—Nena… —pronunció despacio.

Me apoyé en su pecho y me puse a llorar. Nada de palabras perfectas…, un llanto desconsolado. Él me abrazó y me besó mil veces, dando friegas en mi espalda. Buscando mi cara al fin, me miró a los ojos y me dijo que iba a darle el mejor regalo del mundo.

—No llores. No tengas miedo, mi vida. —Sonrió—. Vamos a hacer algo precioso.

—¿Sabremos?

—¿No hemos aprendido a querernos bien? ¿Cómo no vamos a saber ser padres? —Hizo una pausa en la que sonrió—. ¿De cuánto estamos?

—En la prueba ponía de tres a cuatro semanas.

Me levantó entre sus brazos y me besó apasionadamente en los labios.

—Cada día que pasa me digo a mí mismo que es imposible quererte más, y cada día me sorprendo a mí mismo queriéndote hasta el límite de mis fuerzas.

Lo confirmamos pocos días después y decidimos esperar un poco más antes de decirlo. Cuando estaba de dos meses y medio, Lola me miró de reojo y me preguntó si me pasaba algo. Llevaba un tiempo con excusas estúpidas para no beber alcohol y no fumar desde que me había enterado.

—¿No estarás preñada tú también, coneja? —soltó.

—No seas así —refunfuñé.

Y dos semanas después, tras la comida de rigor con su familia y la mía (y los besos, y los abrazos y los «enhorabuena» y mis gónadas a la altura de la garganta), les confesamos a las tres mosqueteras (mosqueperras según Lola) que Víctor y yo seríamos papás en seis meses.

—¡¡Zorra!! —gritó Lola ofendidísima—. Te lo pregunté y me dijiste que no. ¡Mintiéndome a la cara, coneja salvaje!

—Son las hormonas —intercedió Carmen para justificarme—. Nos hacen ocultarlo al principio. Debe de ser alguna cuestión de instinto de supervivencia. Para que el macho no nos abandone o algo así.

Las tres la miramos con cara alucinada y a Nerea le salió un borbotón de Coca-Cola Zero por la nariz. Eso distendió el ambiente. Después Lola, con su tacto habitual, se acercó a Víctor, lo llamó machote, «miura», y le tocó el paquete con las dos manos. Ni siquiera él pudo protegerse lo suficiente como para no sentirse violado.

—Me siento sucio —me confesó cuando nos íbamos a casa.

Cuando estaba de cuatro meses y medio, nos dijeron que era niña y Víctor se pasó una semana rezando para que o fuera una equivocación o la niña decidiera en el futuro ser lesbiana. Supongo que con todo lo que había vivido él en su vida de soltero sin compromiso, no soportaba la idea de que «su niña» pillara un hueso como él. Le hablaba a mi barriga, diciendo que los niños eran un asco y que el amor solo lo podía dar una mujer.

—Garbancita, en serio. Las mujeres son más suaves. A los chicos les sale pelo. Hazle caso a papá. Tú lesbiana a tope.

En fin…

Tuve un embarazo buenísimo. Hasta los ocho meses casi ni me enteré, aunque me creció una tripa que parecía un remolque. Pero mi vida siguió con total normalidad. Cuando ya estaba muy cerca de salir de cuentas, me desperté una noche con la boca muy seca, me incorporé con intención de ir a por agua y cuando me levanté, una contracción por poco no me rompió por la mitad.

—Víctor… —gemí cogiéndome a las sábanas—. Vístete…, vístete.

Víctor se levantó de la cama, se tropezó con la alfombra, se cayó encima de mi maleta y levantándose salió corriendo en pijama por el pasillo con ella en la mano. Después un poco más espabilado, volvió, me dio un beso, me pidió que estuviera tranquila y ya se vistió y eso…

Hombres…

Cuando llegué, llevaba dilatados cuatro centímetros y decidieron ponerme la epidural. Las siguientes horas no fueron dolorosas, pero sí desesperantes, porque sin saber por qué, el parto se ralentizó. Pasé diez horas rezando por terminar de dilatar mientras Víctor se ponía frenético de ver que no podía hacer nada.

—Paciencia —nos decía todo el mundo cuando pasaban por allí.

Y nadie conoce a Víctor por su infinita paciencia…

A las cinco de la tarde del día siguiente la cosa se aceleró y nació Daniela justo cuando ya creíamos que tendrían que hacerme una cesárea. Empujé como una loca y de pronto… el milagro de la vida. Una persona más en el mundo, nacida de la nada, de Víctor, de mí, de mi cuerpo. Fue una sensación fantástica. Cuando dio una bocanada de aire, lloró a pleno pulmón y la pusieron sobre mi pecho. Yo la miré alucinada porque no me lo podía creer. Hasta aquel momento no comprendí lo que era la maternidad. Había vivido nueve meses con ella en mi interior, pero sin ser completamente consciente de ello. Era mía y de Víctor; habíamos hecho aquello juntos. Le toqué la carita, aún un poco sucia, sin poder asimilar que por fin la tuviéramos allí y cuando me giré a mirar a Víctor, lo encontré con una expresión que no le había visto jamás. Tragó saliva con dificultad, se inclinó, me besó en la sien y después le acarició la mejilla. Le temblaban los dedos.

Nos subieron a la habitación poco después. Allí, en la puerta, nos esperaba mi familia y la suya y una habitación tan llena de flores que tuvimos que sacar algunas al pasillo para poder respirar. Todos lloraron de alegría al ver a la niña, que era una manzanita morenita y con los morritos gruesos. Todos, excepto Víctor, que se mantuvo con aquella expresión…, no sé. Nueva. Rara. Intensa. Parecía un hombre que acababa de comprender que lo era.

Antes de que me subieran la cena apareció Lola por allí. Venía despeinada y con el maquillaje sin retocar, signo inequívoco de que la noticia del nacimiento de Daniela la había pillado echando un casquete. Suerte que llevara bragas; eso último se encargó de decirlo ella, cruzando el umbral y enseñándonos la cinturilla de la ropa interior.

Lola se asomó a la cuna donde dormía Daniela, se mordió el labio inferior y levantó la cara hacia nosotros para darnos la enhorabuena.

—Es preciosa —dijo comidiendo un puchero.

Se acercó a Víctor y lo abrazó. Él suspiró trémulo y le palmeó la espalda.

—¡No me des esos golpes, hombre, que no tengo pene! ¿Por qué no me abrazas? —preguntó ella levantando la cara hacia la de Víctor—. ¡Abrázame, te digo!

Y cuál fue nuestra sorpresa cuando vimos a Víctor desmoronarse. Cogió aire, dio un paso hacia atrás y tapándose la cara…, sollozó. ¡Sollozó! Las dos nos miramos sorprendidas.

—Val, dime que no está llorando —me dijo Lola con los ojos abiertos de par en par.

—Eh…. —logré responder yo.

Ella se estampó contra él con brutalidad y se fundieron en un abrazo. Lola se contagió y los dos lloraron agarrados mientras yo, alucinada, me decía a mí misma que aquello debía de ser algún tipo de alucinación posparto.

—Soy padre, Lola —le escuché decir.

—Lo sé —contestó ella.

—Conseguí hacer algo bien.

La ternura que me dio aquello ni siquiera puede expresarse en palabras. Víctor estaba abrumado, henchido de orgullo por haber sido capaz de hacer algo tan grande como ser padre.

Cuando Lola se fue y obligamos a todo el mundo a hacer lo mismo, nos quedamos solos con las primeras rutinas, tal y como queríamos y habíamos acordado meses atrás. Aprender a darle el pecho, por ejemplo, pero solos, sin madres que dieran consejos y te dijesen sin parar cómo lo tenías que hacer y por qué lo estabas haciendo mal. Víctor cogió a la niña, la colocó en mis brazos y mientras la acomodaba, nos miró, sonrió y me dio las gracias.

—¿Por qué? —le pregunté contenta.

—Por hacerme feliz para siempre.

Y sí, seríamos felices para siempre, pero… no siempre seríamos felices; menuda dicotomía. No hay cuentos de hadas cuando de la vida real se trata. Y los dos tuvimos que aprender a ser padres, que es algo que no enseñan en ninguna escuela, a pesar de que sea lo más importante y difícil de la vida, si es que tomas la decisión de emprenderlo. Los primeros días en casa después de salir del hospital fueron rarísimos, como si los dos estuviéramos asustados y no supiéramos qué hacer con aquella pequeña que berreaba en la cuna cada veinte minutos.

Si a ese «no saber» le sumamos el desbarajuste hormonal, los cólicos del lactante y pocas horas de sueño… como resultado tenemos unos meses complicados. Para mí ser madre fue un aprendizaje natural; para él a veces algo impuesto. Víctor tuvo que aprender a ser maduro, a no pensar en él primero y a vivir por otra persona de verdad. Y no entendía muchas cosas. No entendía que el tiempo se esfumara como lo hacía; no entendía estar tan cansado; no entendía que ya no fuéramos solo el uno para el otro.

Fueron meses duros, sin duda, pero aprendimos. Aprendimos a hacer muchas más cosas en menos tiempo; a hablar sobre cómo había ido el día, besarnos, separar ropa para la lavadora y bañar a la niña, todo a la vez. Empezamos a disfrutar de la vida mucho más intensamente, como a través de una droga de diseño. Tuvimos suerte con Daniela; eso ayudó. A los tres meses éramos nosotros quienes debíamos despertarla para darle la toma nocturna; a los seis se entretenía prácticamente sola; casi no lloraba y creció tan rápido… Cuando la vimos caminar por primera vez, muerta de risa, para fundirse en los brazos de su padre, decidimos que volveríamos a ser padres. Nos dimos un poco más de tiempo, para disfrutar de los últimos meses como bebé de nuestra primera niña y buscamos el segundo. Y vino Victoria. Y Víctor, de cara a la pared, en el cuartito del ecógrafo, se daba cabezazos mientras susurraba que Dios tenía mucho sentido del humor. ¿No querías preocuparte por una niña? Pues toma dos.

—Pero ¡Víctor! —le dije riéndome al llegar a casa—. Pero ¿es que no ves lo mucho que se te cae la baba con Daniela? ¡Si estás encantado!

—¡Claro que estoy encantado! Pero ¡es que no lo entiendes! Crecerán, serán preciosas y todos los tíos querrán tenerlas. Y alguien las besará y las tocará y… —contestó nervioso—. Alguien ¡como yo!

Víctor lo asumió a pesar de todo. Y cuando Victoria nació, volvió a dar gracias a Dios, al cosmos y a mí, por poder tener todo lo que tenía. A pesar de que todo se multiplicó por dos, lo bueno y lo malo, conseguimos disfrutarlo. Siempre valió la pena. Con él. Tanto que, a día de hoy, Víctor sigue insistiendo en que volveremos a ser padres.

Víctor. ¿Quién lo iba a decir? El hombre apabullante contra el que choqué una noche en la que yo aún amaba a otro. La persona que puso mi mundo patas arriba. Quien me hizo sentir, dudar, gozar, sudar, llorar, creer, odiar y sacar de dentro de mí toda la intensidad con la que podía querer. Víctor, aquel que huyó, que volvió, al que dejé, con el que volví, que me abandonó y que después de conocer a Bruno, no dejó de pelear por mí para demostrarme que nos queríamos como dos locos. Sencilla y complejamente… el amor de mi vida.

Ver al Víctor padre me hace querer más profundamente al Víctor hombre. Al que elegí porque me paré a pensar sin darme demasiado tiempo para ello. El que dice que volveremos a ser padres de nuevo cuando sus hijas se duermen en su regazo. El que por las noches sigue dándome las gracias y venerándome como el centro de su existencia. Gracias al que yo he hecho las paces conmigo misma.

Final alternativo de Valeria

La realidad

Cuando me desperté, los dedos de Víctor se deslizaban entre los mechones de mi pelo suavemente. Me resistí durante unos segundos, negándome a despertarme ya. Teníamos que irnos, volver a Madrid, a la realidad. El mundo real donde querer a alguien como yo quería a Víctor no significaba que pudiera ser. Y allí, en Madrid, todo sería como siempre. No habría más baños de noche en el mar ni noches abrazados. No compartiríamos nuestro tiempo ni veríamos ponerse el sol con las manos cogidas. Lo único que habría sería una mudanza y madurar.

Finalmente me incorporé; él hizo lo mismo. Sin decirnos mucho, nos concentramos en preparar nuestras cosas para salir después de desayunar.

Cuando Víctor se metió en el cuarto de baño para darse una ducha, yo estaba sentada en el suelo, doblando ropa y metiéndola como podía en una única bolsa de cartón. En cuanto escuché el agua caer, no pude pensar en otra cosa.

Cerré los ojos y me acordé de la sensación de compartir una ducha con él. La piel de los dos resbalando mientras nos abrazábamos, el vello de su pecho, sus manos fuertes repasándome entera. No sé decir si me equivoqué o no tomando aquella decisión, como con otras muchas. Lo único que sí puedo afirmar con certeza es que no me arrepiento.

No había mucho vaho en el baño; yo ya sabía que el agua no estaría precisamente caliente. A Víctor le gustaban las duchas frías. Y allí, tras la mampara, estaba él, con los antebrazos apoyados en la pared y la frente sobre ellos, cabizbajo.

Me desnudé sin pensarlo y cuando entré me abracé a su cintura, apoyando la cara en su espalda. En un rato, no nos movimos. Cuando lo hicimos, solo fue para abrazarnos.

—No es justo —dijo.

—En el fondo los dos sabemos que sí lo es.

Y fueron las únicas palabras que se pronunciaron allí dentro. Hubo muchas cosas en aquella ducha, pero ninguna fue sexo. Hubo besos. Hubo abrazos y hasta sollocé. Pero no convertimos aquel recuerdo en algo sórdido que terminara en un orgasmo. Creo que los dos estábamos despidiéndonos; Víctor, por si todo terminaba malográndose. Yo, porque me iba, pensando que nunca podría volver a confiar en él. Querer sin confiar… no es posible.

El viaje hasta Madrid lo hicimos casi en silencio. Probablemente no cruzamos más de cuatro frases. Yo me dormí y Víctor condujo sin ni siquiera escuchar la radio. Cuando pasamos de largo Arganda del Rey, me desperté. Había soñado con cosas tristes.

Víctor no encontró sitio para aparcar en mi calle, así que paró en doble fila, detrás de unos coches estacionados en batería. Yo no hice amago de salir del coche y él tampoco. Cuando por fin dejé de esperar algo por su parte y fui a abrir la puerta, Víctor tiró de mí, me envolvió en sus brazos y me besó. La historia de lo nuestro había sido siempre igual: yo esperaba algo por su parte y cuando ya dejaba de hacerlo, él se decidía. Aun así fue el beso más bonito que nunca, jamás, nadie podrá darme. Era un beso desesperado al que intentamos aferrarnos los dos durante unos segundos. Un beso de despedida sin saber si era la despedida.

—Ya está —le dije apartándome de mala gana—. Dejémoslo ya. Esto nos destroza, Víctor.

No contestó.

Cuando llegué a mi casa y antes incluso de abrir la puerta, no pude evitar llorar. Me convencí a mí misma de que era la última vez que lo hacía; al menos por Víctor.

Apoyada sobre la madera fría de la puerta, me decidí a entrar, secándome las lágrimas. Al meter las llaves en la cerradura, me sorprendí. Recordaba muy bien haber cerrado la puerta con dos vueltas cuando me fui de allí el jueves por la noche, así que no pude sino asustarme cuando se abrió a la primera. Pero mi casa es muy pequeña y pocas cosas pueden esconderse del primer vistazo, desde la entrada.

Bruno estaba sentado en la butaca. Frente a él, un cenicero lleno de colillas y una taza de café vacía. En su cara…, un gesto indescifrable. El corazón me saltó en el pecho de una forma que jamás me habría imaginado.

Cerré a mis espaldas y me pregunté por qué narices tenía todo que ser tan complicado. ¿Por qué tenía que ser yo tan niñata? Aquel viaje había terminado por no dejar absolutamente nada claro. Y ahora Bruno. No se lo merecía.

—Hola —dije.

—Hola —contestó.

Le eché un vistazo a la casa tratando de encontrar alguna pista que me dijera cuánto tiempo llevaba allí esperándome, pero todo estaba tal y como lo dejé, incluida la ropa que me había quitado a última hora para cambiarme.

Dejé la bolsa en el suelo y vagabundeé por allí dentro, esperando que dijera algo. Pero tardó tanto en hacerlo que casi estuve a punto de tomar yo la iniciativa. Yo, que me creía bien lista, había sido pillada de una forma deplorable y, para añadir leña al fuego, venía con el rímel corrido.

—Vine el sábado —dijo por fin—. Vi la copia de tus llaves que guardaba en mi casa y cogí un avión a las nueve de la mañana porque… te notaba rara. Pensé que te exigía demasiado pidiendo que vinieras a vivir conmigo y que tenía que estar a tu lado en los últimos días, para ayudarte. Para hacértelo más fácil. Y cuando llegué, no había nadie. Sorpresa. —Y lo de sorpresa lo dijo con dolor—. Así que… aquí me quedé. Porque, como bien pensé, no ibas a estar fuera eternamente.

—¿Llevas dos días esperándome?

—Básicamente… sí —contestó revolviéndose el pelo, dejando caer levemente la cabeza.

Bufé. Tranquila, Valeria. Para bien o para mal, aquello iba a solucionarse. Me recriminé que hubiera tenido que pasar aquello para aclarar las cosas.

—Necesito decirte algo antes de que empieces a justificarte… —Jugueteó con sus dedos—. Sé que lo quieres y eso…, sé que has debido de estar con él y sé, porque te conozco, que no ha salido bien. Mírate.

Me dejé caer sobre un cojín frente a él, en el suelo.

—Por un lado pienso que ojalá todo con él fuera más fácil, así yo terminaría aceptando que me has dejado y tú serías feliz. Por otro, creo que lo que se merece no es eso, sino que le des una lección, que te marches conmigo a Asturias y que… —Se frotó las sienes—. Yo qué sé, Valeria. No lo sé. Pero tú y yo no nos merecemos lo que él nos hace. Tú también lo tienes claro.

—Sí —asentí—. Pero no sé si…

—Conozco bien la historia, Val. Él va y viene y ahora espera que lo dejes todo por él. ¿Ha sido bonito el fin de semana? ¡Claro! Es que Víctor es así…, te baja la luna y el día siguiente se enrolla con otra en una discoteca. No puedo creer que estés tan ciega.

—No estoy ciega, Bruno, pero no puedo evitar sentir las cosas que siento.

—¿Lo quieres?

—Claro que lo quiero —le contesté resuelta a ser completamente sincera.

—¿Os habéis acostado este fin de semana?

—Sí. Llevamos un par de semanas haciéndolo.

Escuché a Bruno maldecir. Bien. Bravo, Valeria, en tu carrera masoquista y autodestructiva has terminado por arrastrarlo a él, a la persona que quiso hacer tu vida más fácil. A la única persona que te ha querido sin dramas.

—¿Te ha jurado amor eterno? —preguntó con sorna.

—Sí —le dije—. Sí lo ha hecho.

—Él puede darte todas esas cosas. Promesas, palabras grandilocuentes de amor infinito…, pero no puede darte algo tan fácil como… seguridad.

—Lo siento —musité.

—¿De verdad lo sientes?

—Sí.

—Pues dime qué tengo que hacer, Val. Los dos sabemos que tú preferirías estar segura de que es conmigo con quien quieres estar.

—Sí, pero porque la vida contigo es muy fácil, Bruno, a pesar de todo. La única decisión difícil que me has planteado es la de marcharme contigo.

—¿Lo ves? —me dijo convencido—. ¿Es que prefieres pasar la vida inmersa en el drama?

—El drama es que para mí sea tan difícil la idea de dejarlo todo por ti. Eso es contra lo que luché durante los últimos meses porque, como has dicho, yo quería más que nadie que esto saliera bien. Pero es que no puedo.

—Si necesitas tiempo, te lo daré.

Me froté la cara.

—Lo que necesito es estar sola. Completamente sola —le contesté—. Necesito olvidarme de Víctor, de ti, de Adrián…, ha sido todo como una avalancha desde que me separé y lo único que aspiro a tener es una vida tranquila.

—Yo puedo dártela —insistió.

—Una vida tranquila con alguien que me enloquezca, Bruno. Estuve diez años con Adrián y ya sé lo que es…

Bruno se levantó. Yo también. Nos encontramos cara a cara.

Él alargó la mano y la metió entre mi pelo. Después me acercó a su boca y nos besamos. Su beso, siempre lánguido pero contundente, me catapultó a unas sensaciones bien conocidas: una mezcla de cariño, pasión y confianza. ¿Quién no quiere sentir algo así en una relación de por vida? Sin dramas, sin torturas, sin algo demasiado intenso.

—Dime que no has sentido nada —dijo al separarnos—. Y te juro que tiro la toalla.

Y no pude abrir la boca, porque cuando Bruno me besaba sentía cosas distintas, cosas que no había sentido nunca y cosas que… parecían sabias.

—Solo… —le pedí apoyando la frente en sus labios— dame un par de días. Necesito unos días para pensarlo.

—Te daré esos dos días, pero despídete después. De mí o de él. Pero hazlo.

Despidiéndome

No lo hablé con nadie. No fui a llorar al regazo de Carmen ni de Lola ni de Nerea. No les confesé que, además de ser una perra infiel, me habían pillado. No les conté que a pesar de todo Bruno se había dejado caer moralmente de rodillas para suplicarme que pensara bien lo que estaba haciendo con mi vida. Y no lo hice, porque en aquel momento ni siquiera yo sabía si merecía la pena tomar una decisión al respecto o dejarlos ir a los dos y empezar de cero. Creo que nunca he sido menos persona que entonces. Era solo un algo. Un algo que no conseguía hacer nada bien. ¿Cómo había llegado a aquella situación? ¿Cómo había podido hacer daño a Víctor y a Bruno a la vez?

Bruno se marchó a Asturias aquella misma noche. Recogió sus cosas y se fue. No quiso dormir conmigo, ni siquiera estar entonces en la misma ciudad. Confesó que le desgarraba imaginarnos a Víctor y a mí juntos.

—Joder, Valeria. Yo te estaba esperando en casa. Yo estaba en casa, como un gilipollas, haciéndote un hueco en mi vida, queriendo ser tu hogar. Y mientras yo pensaba en ti, tú te acostabas con él.

Estaba en todo su derecho de reprocharme aquellas cosas. Se llamó jodido imbécil dos mil veces y me di cuenta entonces de cuánto me quería porque, para lograr perdonarme, se estaba culpando él mismo.

Cuando estaba cruzando el quicio de la puerta, me eché a llorar. Sollocé. Me desbordé por entero por todas las cosas que había vivido tan intensamente durante esos meses. Me habéis leído hasta la saciedad y sabéis que soy alguien que aguanta las lágrimas y que, quizá por orgullo o quizá por vergüenza, suelo llorar sola. Pero no pude esperar a que cerrara la puerta, porque tal y como hice en el hotel de Valencia cuando imaginé a Víctor haciendo su vida sin mí, imaginé a Bruno volviendo solo a Asturias, dando carpetazo a aquella historia, culpándose. Y por fin me vi a mí... sin él.

Corrí hacia él y le agarré de la manga. «Por favor, por favor», sollozaba. Y ni siquiera sé qué le estaba pidiendo. Pero él sí lo sabía.

—Joder..., no me hagas esto —murmuró.

—No te vayas así. No..., no quiero.

Me encaramé a él, lloré pegada a su cuello. Le olí. Olía a volver a tener ilusión en algo. Olía a su casa de Asturias y a construir desde cero una cosa entre los dos. Olía a... paz. Y sin que viniera a cuento, mi cuerpo reaccionó y... lo deseé.

—Me voy a ir —dijo separándome de su cuerpo y mirándome, muy serio—. Me iré a casa. Y esperaré. Porque te quiero y porque me niego a que esto acabe con nosotros. Puedes querernos a los dos. Eres humana y tienes derecho. Pero no puedes tenernos a ambos. Piensa en tu futuro y dónde te ves dentro de diez años. No importa que yo no salga bien parado de ese supuesto porque si ves con claridad que quieres pasar el resto de tu vida con él, al menos sabremos algo. Es esta incertidumbre la que me mata. Me estás matando...

Lo dejé marchar. Sin beso de despedida. Sin nada más. Salió de mi casa, me miró y cerró.

¿Qué iba a decirles a mis amigas?

El día siguiente lo pasé entero en casa. Llamé a mi madre y tras una conversación trivial colgué y desactivé todos los teléfonos. Y me abstraje. Intenté hacer una balanza mental, pero todo era inútil. ¿A quién le sirven de verdad esas cosas cuando se trata de decidir con quién pasar el resto de tu vida?

Dos días. Era el tiempo que me había dado, así que al día siguiente… salí de casa en busca de respuestas. Solo tenía que hacer las preguntas adecuadas.

Quedé con Víctor en su casa a las cuatro de la tarde. Cuando llegué, me abrió la puerta y sonrió.

—Hola, nena.

No contesté. Entré en silencio en el salón, me senté en el sofá y lo miré desde allí abajo.

—¿Qué pasa? —dijo metiendo las manos en los bolsillos, allí de pie frente a mí.

—Cuando llegué a casa el domingo, Bruno estaba esperándome en el salón. Así que a estas alturas ya no hay nada que esconder, porque lo sabe todo.

—¿Y? —respondió muy serio—. Quiero decir, ¿cómo se lo tomó?

—Pues… ¿cómo te lo tomarías tú?

—Sé que no es lo mismo, pero yo también he tenido que digerir vuestra relación, Valeria.

—Ultimátum —le dije crípticamente.

Víctor asintió y se puso de cuclillas frente a mí.

—¿Y qué quieres hacer?

—Quiero no haceros daño a ninguno de los dos.

—Eso ya no es posible. Cuando estás enamorado y ella se marcha, siempre duele. Así que él o yo…, uno de los dos va a pasarlo mal. Ahora solo dime qué puedo hacer.

—No lo sé.

Cogió mis manos y las besó. Lo miré durante un buen rato en silencio. No creo que ninguno de los dos supiera qué decir en ese momento. Pero finalmente abrí la boca y empecé a hablar.

—Él y yo teníamos un plan. Irnos a vivir a Asturias, porque somos conscientes de que si no me alejo de ti, no podremos seguir con lo nuestro.

—Vale —asintió otra vez—. ¿Y te has preguntado si podríamos seguir nosotros si él estuviera cerca?

Arqueé confusa las cejas.

—¿Te refieres a si te engañaría a ti con él si fuera a la inversa?

—Algo así.

Me levanté y él hizo lo mismo, mirándome.

—Solo sé que lo que siento por ti me sale de las entrañas y hasta me duele. Es mucho más incontrolable. No sé si te sirve de respuesta.

Dio un par de pasos por el salón. Puede parecer que estábamos teniendo una conversación demasiado civilizada tratándose de nosotros, pero la verdad es que los dos nos conteníamos en aquel momento. Los gritos, los reproches y las cosas que nos hacían daño no servían de nada llegado aquel momento. Eso no significa que no nos apeteciera culpar al otro por la situación en la que estábamos; es solo que… no tenía sentido.

—No tengo ni idea de lo que tienes con él, Valeria. No lo sé. No sé si es como lo nuestro o si es de otra manera. No sé si lo quieres o cómo eres cuando estás con Bruno. No sé nada. Lo único que sé es cómo estamos nosotros cuando estamos solos —espetó Víctor revolviéndose el pelo.

—Con Bruno es completamente diferente. Te lo dije una vez. Hemos tenido problemas, pero no son como los que tú y yo tenemos. Lo nuestro, Víctor, siempre es una guerra. Incluso cuando estamos bien. Estamos luchando constantemente por el control.

—Sí —dijo dándome la razón—. Claro que es una guerra. Nadie dijo que fuera fácil.

Me froté la cara y volví a mirarlo decidida a hacer preguntas pendientes:

—¿Tú por qué me quieres, Víctor?

—¿Tiene que haber una lista de razones?

—Algo tiene que haber.

—Me volví loco cuando no te tuve. Contigo soy más. Más. Maldita sea.

—No puedes enamorarte de alguien por quién eres cuando estás con él, porque esas sensaciones no son reales —le contesté.

—¿Cómo que no, Valeria?

—No te has enamorado de mí entonces, sino de la sensación de estar conmigo y eso con el tiempo se va. No quieres a quien yo soy. Si te agarras a eso, a cómo te hago sentir, jamás me vas a conocer. Jamás verás cómo me haces sentir tú. Y no lo harás hasta que se apague el amor.

Víctor frunció el ceño.

—No entiendo nada, Valeria.

—Quiero que me digas algo a lo que pueda agarrarme para tomar la decisión, Víctor. Porque la triste verdad es que, buscando razones, sales perdiendo tú. Lo único que tengo tuyo son sensaciones demasiado intensas y un montón de promesas.

—Te quiero porque eres diferente. Porque siempre has sido más. Tú…, te tengo entre los brazos y vas explotando, dejándote ver tan poco a poco…

—¿Y cómo puede ser que Bruno me haya visto ya al completo y tú no?

—Yo te conozco bien, Valeria. ¿Recuerdas? Si algo hicimos bien fue el conocernos de verdad.

—Nos conocemos en los extremos; en las broncas, en la inseguridad, en la pasión, en…, en la exaltación, Víctor. No sé cómo sería la vida contigo día a día. No me has dado nada parecido.

—Tú ya has tomado la decisión. —Aunque fue una afirmación, detrás él me estaba haciendo una pregunta—. No sé por qué me estás haciendo esto.

—Claro que no he tomado la decisión, Víctor. Si no, ¿qué narices hago aquí?

Se acercó, me cogió suavemente del cuello y me acarició la piel de la garganta con sus pulgares.

—¿Qué va a ser de nosotros si te vas con él? Como personas, Valeria. ¿Qué será de mí? ¿Qué será de todo lo que pudimos hacer juntos?

—Todo son supuestos. Siempre, Víctor. Lo nuestro ha sido un supuesto precioso que nunca se ha materializado. ¿Cómo voy a decidir quedarme si no tengo nada a lo que agarrarme para hacerlo?

Suspiró, se alejó y se frotó la cara.

—¿Por qué tengo la sensación de que me estás dejando?

—¿Cuál es tu plan, Víctor? Si me quedara…, ¿qué haríamos?

—No tengo planes, Valeria. Quiero hacerlos contigo.

Me quedé mirándolo fijamente y de pronto… necesité salir de allí. Lo necesité como esa manera adolescente de huir de algo que nos queda grande.

—Tengo que irme.

Víctor me agarró del brazo y me acercó.

—Bésame antes.

Me acordé del día de la conferencia, cuando conocí a Bruno. Víctor vino a verme y cuando nos despedimos, me pidió un beso. Yo no se lo di. Después, rompimos. Pensé durante mucho tiempo que me había perdido nuestro último beso. Y ahora… pensando en aquel momento, ¿no era posible que fuera aquel beso no dado el culpable de no habernos superado? Sí, como algo simbólico. Como una puerta sin cerrar que dejamos así por miedo a no volver a sentir el aire corriendo por la ranura.

Tuve la certeza de que aquel beso iba a dejarlo todo claro porque sería un beso de despedida o un nuevo comienzo.

Me acerqué dubitativa, como si aquel fuera nuestro primer beso en realidad. Él se inclinó hacia mí y pegamos nuestros labios. Sus brazos me rodearon la cintura y los míos hicieron lo mismo con su cuello. Me levantó recorriendo con una de sus manos mi espalda hasta zambullirse entre mi pelo. Encajamos nuestras bocas, como en aquel cuadro de Rai y al separarnos y mirarnos…, lo supe.

Víctor… me absorbía. Me anulaba. Víctor devoraba a Valeria hasta que no quedaba nada de ella.

El final

Hola:

Sé que esperabas que hiciera esto en persona, pero como ya sabrás de sobra, soy de esas personas que en el fondo son mucho más cobardes de lo que pretenden demostrar. Creo que por eso mismo me cuesta tanto decirte esto. Tú lo entenderás.

Quizá pienses que es pusilánime por mi parte poner todo esto por escrito en lugar de verte y decírtelo mirándote a los ojos. Porque te lo debo. No creo que debiera hacerlo por honestidad solamente, sino porque tienes un derecho a réplica del que te estoy despojando; no puedo dártelo si no quiero ceder. Por eso no puedo verte, mirarte a los ojos y decirte que al final, no te elijo a ti. No puedo porque sé que si te miro, en el último momento flaquearé y buscaré alguna excusa lo suficientemente convincente como para justificar no sacarte de mi vida. Como que podemos ser amigos. Supongo que hay millones de personas que cometen el mismo error a diario, pero tú y yo no podemos ser amigos y la única manera de seguir hacia delante es, sencillamente, no volver a vernos.

Sencillamente. ¿He dicho de verdad sencillamente? Sé que sabrás que no es fácil para mí obligarme a anular todos los impulsos de mi vida que me llevan a tu lado. Pero tenemos más que perder que ganar. Lo sabes. No quiero convertirte en un desgraciado. No quiero que un día, dentro de diez años, te despiertes y te des cuenta de que me odias. No quiero robarte ni un día más. Estamos obcecados en algo que no puede ser, por más que a los dos nos guste esa idea. En la vida real, mi amor, esto no tiene sentido.

Por eso, entiende que me aleje. Porque no quiero despertarme una mañana y descubrir que también te odio, porque sigo sintiéndome incompleta.

Sé que me quieres; yo también te quiero a ti. Todo este tiempo ha sido real y ha significado cosas, pero mira lo que hemos hecho. Y tú y yo hemos estado equivocados desde el principio. Los dos. Esto empezó sobre cimientos equivocados.

No creo que se te haya pasado por alto que me enamoré de ti muy pronto, pero me enamoré como una niña, ciegamente. Apareciste de la nada para sacarme de la situación en la que estaba inmersa; para arrancarme de ese «nada me sale bien». Pero esos amores ciegos, no tardan en caer por su propio peso.

Han pasado ya años desde que te conozco. Quién iba a decirlo. Es como si la vida se hubiera desencadenado de verdad para mí y todo ha sucedido muy rápido. Mi matrimonio, mi divorcio y mis relaciones fallidas.

¿Comprendes por qué te pido que no volvamos a vernos? Porque te quiero, pero a él lo quiero mejor y me lo he estado negando porque me da miedo darme cuenta de que eso es lo que de verdad los dos merecemos. Tú te quedas con esa parte de mí que quiere congelarse y sentirse bien aquí y ahora y él con todo lo que tengo aún por dar. No hago más que equivocarme contigo. Cuanto mejor quiero hacerlo, más me comporto como una niñata caprichosa. Estamos viviendo Oda, *mi vida, y la has leído; es imposible que esto pudiera acabar mejor.*

A mí también me hubiera gustado que funcionase. Te juro que me duele decir que no. Me duele tanto olvidarte que me he pasado la noche en vela interrogándome a mí misma, preguntándome si no será que me cuesta tanto decirte que no quiero volver a verte porque no es la decisión adecuada. Pero creo que la certeza es mutua.

Tengo muchas razones para decir sí, ¿sabes? Se acumulan en un rincón, pidiéndome a gritos que les preste atención y que las tenga en cuenta. *Me dicen que nunca antes fui como soy contigo, me dicen que me calmas, me dicen que casi te pertenezco, pero no puedo. No puedo porque lo que realmente importa son esas dos o tres razones que me empujan a decir que no. Y una es él. Lo sabes. Me ha cambiado la vida.*

Decirte adiós a ti no significa que tenga que estar con él. Podría empezar de cero, pero sería engañarme, porque no es lo que quiero. Ahora tengo que ser sincera con él, aunque es un hombre inteligente y sabe que los dos estáis jugando a un «todo o nada».

Nos hemos hecho daño, pero a la vez eres una de las cosas más bonitas que me han pasado en la vida. Todo lo que ha envuelto tu nombre desde que te conocí es... mágico. Sobre todo este último año. Yo no quería, pero tú fuiste dando pasos hacia mí, hasta acercarnos lo suficiente como para ver que, de verdad, por más que lo intentemos, esto no va a funcionar. No dudo por miedo. Ya tengo la certeza. Hay una parte de mí que te adora hasta morir. Quizá en una realidad paralela hay un tú y un yo que lo consiguen, pero sería una realidad en la que yo nunca me habría cruzado con él. Lo sabes.

Quiero despedirme de todas las cosas que he vivido contigo. De todas las sonrisas que me has dedicado, que supongo que tardaré en poder olvidar. Tienes algo que me enloquece y que me llevaría al infierno si quisieras. Quiero decir adiós a todas las noches que hemos hecho el amor desde que nos conocimos. A todos los besos que nos hemos dado. A todo lo que hemos intentado hacer y las pocas cosas que conseguimos.

Quiero despedirme también de todas las sensaciones que me sacuden estando contigo. A día de hoy me duele decirte que son un lastre. Para los dos. Debo olvidar el timbre de tu voz, lo pequeña que me siento contigo y ese magnetismo animal que me empuja a ti.

Y como esta es una despedida dejaré la falsa modestia de lado. Porque quiero que sepas que estoy segura de que siempre has sido sincero con tus sentimientos. Yo ya te creo, pero no es suficiente. Quizá ese haya sido nuestro problema, que nunca nos paramos a pensar en si era posible o no. Siempre quisimos intentarlo.

También sé que nunca has debido querer a nadie como me quieres a mí. Una vez me dijiste que podrías quererme hasta que se acabara el mundo y sé que lo sientes de verdad. Lo sé. Pero ¿en qué situación nos deja que yo haya sentido con él cosas de verdad? En una mala. Sé sincero contigo mismo…, tú también sabes que esto no va a funcionar. Al menos para siempre.

Por favor. No me llames, no me visites, no me escribas. No quiero que lo hagas porque necesito toda la fuerza de voluntad que me queda para mandarte esta carta y para decirte adiós. De otra forma los dos sabemos cómo acabaremos: dolidos, solos y odiándonos. No quiero que pase y no quiero robarte los años que vienen. No me los robes tú a mí, porque a partir de hoy todo lo que venga, por bonito que sea, solo podrá estropearlo.

Nunca te he visto llorar, pero tengo la certeza de que ahora lo haces. Yo también lloro. Entre tus lágrimas y las mías solo existen las horas de distancia que me habrá costado conseguir el ánimo de hacerte llegar esta carta. Y por eso es tan larga. Porque cuando la firme sabré que se habrá terminado y no voy a volver a verte; yo misma lo he decidido.

Hubiera sido precioso, pero es imposible. Tú y yo fuimos MÁS, pero solo en un supuesto. En la práctica nunca conseguimos andar a la vez.

Rehaz tu vida. Enamora a otra persona como lo hiciste conmigo. Enséñale lo mismo que a mí, pero aprende de lo que nos ha pasado. Ya no me atormenta imaginarte con otra…

Te echaré de menos. Siempre. Quizá se me olvide que lo hago, pero sin saberlo estaré echándote de menos. No lo dudes.

Te quiero. Demasiado.
Valeria

Carmen

Carmen siempre quiso ser directora creativa de una agencia de publicidad. Siempre…, hasta que fue madre. Nadie supo en qué momento la Carmen profesional se doblegó a la Carmen madre, pero lo triste es que tuviera que hacerlo. No me malentendáis. Sé lo que significa ser madre y nada puede igualarse a esa sensación que, siempre, compensa. Es solo que una se para a pensar y llega a la conclusión de que por culpa de la conciliación nula en nuestro mercado laboral, el mundo de la publicidad se ha perdido a alguien como Carmen.

Cuando hablamos del tema, ella le quita importancia. «Soy feliz como estoy», dice. Y sé que lo piensa de una forma completamente sincera. Carmen no se ha dicho nunca demasiadas mentiras a sí misma. Desde el momento en que aceptó su segundo embarazo, ha trabajado duro para construir su propio mundo para ser feliz. Disfruta a tope en su trabajo en las horas en las que está allí, pero cuando el reloj da las dos, se le cae el ratón del ordenador de la mano y se va a casa a gozar de su otra vida.

Su segunda hija, Ana, nació un miércoles a las tres de la tarde y fue uno de los bebés más bonitos que he visto en mi vida. La apodamos «la manzanita», porque nació sonrosadita como una fruta madura. Como la pareja joven que eran, Borja y Carmen se dedicaron a disfrutar de sus dos niños con pasión…, tanta pasión que, aunque los dos pusieron medios, Carmen (que debe de ser la mujer más fértil sobre la faz de la tierra) se quedó embarazada de nuevo cuando Anita tenía año y medio. Y nació Eva; la tercera. Cuando fuimos a verla al hospital, anunció que Borja se haría una vasectomía en breve, pero tuvieron que retrasarlo por una cuestión de agenda y… aún les dio tiempo para concebir al cuarto, Jaime.

Siempre que voy de visita me quedo completamente fascinada con el orden con el que han gestionado la crianza de sus cuatro hijos. Cuatro, ¿eh? Que es fuerte. Carmen dice que la hora del baño es como una cadena de montaje de automóviles.

—Paso de uno a otro sin saber ni siquiera el que tengo entre las manos. —nos comenta con una sonrisa—. Niño, niña, ¿qué más da? ¡¡Tráeme otro, Borja, que estoy en racha!!

Pero miente. Es una madraza espectacular. He aprendido mucho de cómo lo ha hecho con sus niños. Nunca los ha tratado a todos por igual porque opina que cada uno tiene un carácter diferente y unas necesidades propias. Y son los niños más educados, encantadores y cariñosos que he conocido nunca, a pesar de que ella se queje porque nunca se les ocurre una buena. Y Carmen sigue siendo una persona inteligente, independiente y sensata que no ha olvidado cómo hablar de cosas ajenas a sus hijos.

Borja se ha cortado la coleta y se ha retirado del ruedo. Dice que cree haber hecho suficiente ya por la continuidad de la raza humana, y todas le damos la razón. Cuando no está, lo llamamos «torero» y jaleamos a Carmen diciéndole que se casó con un miura. Ella se descojona y con la boquita pequeña nos da la razón y siempre sazona la respuesta con alguna anécdota. Sí, Borja, anécdotas como la del día que dejasteis a los niños con tu madre con la excusa de «salir a cenar» y ni siquiera llegasteis al restaurante. Está muy bien eso del ascensor; sí, señor.

Y cuando la veo sentada en el suelo, jugando con sus cuatro hijos, sonrío con una ternura indecible. Esos niños aún no lo saben, pero cuando sean mayores se darán cuenta de que tuvieron la suerte de tener como madre a una de las mejores personas que conozco. Y cariñosa. Mi Carmen; la que siempre me dijo todo aquello que yo necesitaba saber, aunque escociera.

Cuando siento nostalgia, sigo llamándola y es su voz la que me reconforta y la que me recuerda, sin tener que nombrarlo, que tomé la decisión adecuada. De otra manera, mi estabilidad emocional siempre habría pendido de un hilo.

Nerea

Nerea olvidó hace mucho tiempo la idea de casarse en una boda digna de una princesa y un caballero andante con armadura de Dior. Olvidó la idea en el momento en el que decidió que iba a vivir con Jorge más por pragmatismo que por romanticismo.

—Es un coñazo tener dos pisos. Mira, nos mudamos y punto.

Las demás nos quedamos con la boca abierta. Siempre imaginamos que Nerea tomaría la decisión de compartir su día a día con alguien como quien se sube a una carroza tirada por caballos blancos ataviados de adornos de cristal de Swarovski. Hay que joderse, la muy hippy, qué calladito se lo tenía.

He de ser completamente sincera y decir que temí que todo aquello fuera demasiado para Jorge. Cosas de la vida, fue demasiado para ella. Vivió durante tres años en un piso que ningún interiorista como Víctor diseñó, lleno de cámaras de fotos y pósteres de películas clásicas, adaptando sus peculiaridades a las de Jorge. Pero un día se cansó del pasotismo de su novio y volvió a alquilarse un estudio para ella sola. Sola hasta que apareció Fra, un italiano guapísimo y muy divertido que la enamoró haciéndola reír y que se la llevó de vacaciones a la Toscana. De aquel viaje volvió siendo un poco más Nerea la hippy que Nerea la templada. Y hasta hoy. Sigue fiel a su collar de perlas, pero ya no parece el mismo, porque muchas cosas alrededor de él han cambiado. Lola dice que ha pasado de ser una relamida a ser boho, a lo examiga de Paris Hilton que ha dejado de ser mala.

Un año después de empezar Fra y ella decidieron que se abrirían a la posibilidad de que la naturaleza les diera un hijo. Así, a lo hippy también. Y, claro, no tardó en quedarse embarazada porque, según nos contó, después de meditar un rato cada tarde hacen el amor como conejos. Ale, ya lo he dicho. Pero ojo a la expresión, «hacer el amor como conejos», porque dice mucho de esa Nerea que aún es incapaz de decir «follar».

A su niña le pusieron nombre de flor: Jazmín. Es rubia, rolliza, tiene los ojos verdes y le encanta correr desnuda por la playa mientras grita de alegría. Y Nerea la mira y se le iluminan los ojos (mientras a nosotras se nos iluminan mirándole el torso al bueno de su novio).

Sigue creando bodas de ensueño para la gente que las quiera. En el empeño e ilusión que le pone a su trabajo se intuye a la antigua Nerea, a la que siempre le hizo ilusión imaginarse de blanco (y no por lucir un vestido ibicenco). Ella dice que lo ha superado y que no tiene sentido agarrarse a esa necesidad.

—No tengo que referenciarme con una de esas bodas, porque ya me he encontrado. No lo necesito.

Pero la conozco y sé que, nostálgica, se pregunta qué habría sido de sí misma si no hubiera dejado que se diera el cambio, si se hubiera mantenido en su castillo de hielo y hubiera terminado casándose con alguien como Daniel.

Y la respuesta es que Nerea, la de ahora, hubiera terminado por derretir todo aquello porque con el tiempo lo único que importa es aceptar que lo que nos hace felices no tiene por qué parecerse a lo que escribiríamos en nuestro cuento. Y eso nos lo ha enseñado a todas la vida con el curso de los años.

Lola

Lola…, ¿qué decir de ella? La señora sin compromiso. Otra que tal calza. Quién la ha visto y quién la ve.

Lola se despertó una noche de manera agitada y tomó una decisión: se iba. Se iba o terminaría por ahogarse. Era demasiado pedir para alguien como ella tener una relación seria y echar raíces para siempre en un solo lugar.

Rai cogió la noticia lo menos a pecho que pudo, pero aun así fue un drama que se sumó a las dudas que tenían entonces sobre su relación. Y vinieron los «tú es que no me quieres», «vete y sigue engañándote a ti misma», «no haces más que hacerme daño» y…, vamos, el llanto y el rechinar de dientes. Una hecatombe.

Cuando los ánimos se aplacaron, Lola tomó otra decisión. Rai iba a licenciarse en un año. Esperaría ese año. Y después, los dos se irían, si es que seguían juntos.

Y sí…, siguieron juntos y volaron.

Recuerdo la cena de despedida en Madrid. Fue horrible. La celebramos en el salón de mi casa, justo antes de alquilarla. Nada más reunirnos alrededor de la mesa baja de la salita, todas nos echamos a llorar. Todas. Sin excepción. Y así pasamos el resto de la noche, brindando por todas las cosas que habíamos hecho juntas, por la historia que teníamos detrás y haciéndonos promesas llenas de lágrimas. Carmen, Nerea y yo nos prometimos vernos cada dos semanas o como mínimo una vez al mes. Y a Lola al menos una al año.

—Tendrás que venir tú, Lola. Tenemos que ser realistas porque ya no podemos viajar a lo loco. Yo soy madre, y ellas lo serán algún día —dijo Carmen.

Seré sincera y diré que, cuando todas se marcharon de mi casa, lloré mucho más aún, creyendo que jamás cumpliríamos todas aquellas cosas que habíamos prometido y que decíamos adiós, irremediablemente, a los mejores años de nuestra vida.

Gracias a Dios, me equivoqué. Al menos en algunas cosas. Cosas fundamentales.

Lola ha vivido ya en Francia, Rusia y Canadá, donde parece que Rai y ella se están empezando a acomodar muy mucho. Hace un par de años, cuando acababan de mudarse a Canadá y después de una bronca brutal, Rai y ella decidieron que lo mejor era dejarlo estar y hacer cada uno su vida. Rai tenía veintitrés años y ella treinta y dos. La crisis del capicúa, la llamó Lola. Ellos no la superaron. Se separaron pero, a pesar de que acordaron mantenerse alejados, siguieron siendo amigos. Él volvió a España, hizo su vida, salió con sus amigos, conoció a otras chicas y ella hizo lo propio, ampliando su chorbo-agenda con un anexo «internacional». Ninguno de los dos quiso hundirse en una ruptura que los dejó tocados.

Por eso, un año, dos meses y cinco días después, Rai y Lola volvieron a verse, a besarse y después de una noche completa de pasión a lo Lola (lo que creo que significa mucho juego erótico de poder), decidieron que nada de lo que hubiera fuera de aquellas cuatro paredes podría llenarlos jamás. Fue muy romántico, como en esas películas de las que Lola siempre se reía. Rai cogió un avión de un día para otro, sin casi equipaje, y se presentó en casa de Lola para decirle que nunca podría querer a otra persona. Siguen juntos desde entonces y... no solo eso. Hace un par de meses, las tres y nuestros respectivos volamos a Las Vegas para ver con nuestros propios ojos cómo Lola (sí, Lola) se casaba. Y no fue un numerito. Bueno, un poco sí lo fue, pero fue legal. Una boda legal también aquí. Llevan unas alianzas negras de no sé qué extraño material con una inscripción dentro que reza «Lo que pasa en Las Vegas, se queda en Las Vegas». El romanticismo *by* Lola.

Pero de niños ellos dos me temo que bien poco. Ella se niega. Dice que con tenernos a nosotras pariendo hijos como animales de granja es suficiente. Es una pena que se pierdan sus fabulosos genes. Me encantaría verla criar, pero tengo suficiente con escuchar los cuentos que les cuenta a la «chiquillería» cuando viene y todas paramos nuestra vida para reunirnos como antes. Caperucita roja, según Lola, era una buscona que andaba de discotecas con quien no debía y que consiguió que un macarra se comiera a su abuela. Y es genial, tal y como lo ha sido siempre y siempre seguirá siendo.

Sé que ya me ha perdonado por la decisión que tomé.

La echo de menos, como a las demás. ¿Cómo no iba a hacerlo? Pero tengo a mi lado a una persona fantástica que me ha enseñado a aparcar la nostalgia por «aquellos maravillosos años» y a construir mi vida tal y como la quiero ahora. Y la quiero con ellas lo más cerca posible. Por eso y no por ninguna otra cosa, he aprendido a usar Skype. Para poder verla un ratito cada día y que me cuente, con su escandalosa lengua, que ha hecho guarrerías sobre la nieve o que Rai la ha vuelto a pintar desnuda. Ay, mi Lola. Da igual cuánto hable de ella o cuánto diga sobre ella. Lola siempre es MÁS.

Final alternativo

Aeropuerto de Barajas. Madrid.

12 de agosto.

Siete años después.

10:24 de la mañana.

Hace frío dentro del aeropuerto. Cualquiera diría que fuera estamos bajo cero. Pero la realidad es que en la calle, ya a estas horas, se deben sobrepasar los treinta y cinco grados. Está haciendo un calor de mil demonios. Igual los mayas se colaron en los cálculos y en lugar de en el 2012, el mundo se acaba este año. No me extrañaría, con este calor.

Estoy harta de estar sentada frente a la puerta de embarque. Ya no sé cómo ponerme. Piernas arriba de la maleta. Piernas abajo. Recostada en el asiento. Dejada caer. Sentada…, no hay manera. Estas sillas son un invento satánico para hacernos desesperar y empujarnos al consumismo en las tiendas, estoy segura.

Se oyen unas risas que se acercan por detrás de mi asiento. Son de una pareja que tontea, lo sé porque se han sentado justo detrás de mí y no he podido evitar mirar de reojo. No he visto mucho, pero ella debe de estar pasando más frío que yo, porque apenas va vestida. Sonrío para mí misma. Juventud, bendito tesoro.

No es que yo no sea joven, me digo. Lo soy. Pero con treinta y siete años ya no me encuentro con ganas de ponerme ese tipo de minifaldas. Yo, que conste. Lola las lleva siempre que la veo. Pero para mí es agotador tener que estar todo el día preocupada de qué se me verá si me agacho. Paso de parecer la tonta del bote, cruzando las piernas.

Estoy empezando a aburrirme como una ostra, así que saco el móvil para evitar ponerme a cotillear de reojo a ver qué hace la parejita. Ella sigue riéndose y él parece estar haciéndole escuchitas en el oído. Me concentro, atenta, porque el caso es que el murmullo de esa voz… me suena. Tuerzo el cuello y disimulo, como si estuviese vigilando el estado de las puntas de mi pelo. Solo alcanzo a ver parte de su cuello, pero juraría que tiene unos pocos años más que ella. Unos pocos…, ella es una chiquilla y él ya peina alguna cana. La escucho lanzar un gritito y creo intuir que se están metiendo mano. Y entonces… él se ríe.

La piel se me eriza. El estómago me da un vuelco.

ÉL. ÉL se ríe.

Noto que me falta el aire y el corazón me bombea rápidamente en el pecho. Cierro los ojos. «Tranquila, Valeria, tienes que respirar». Recuerdo entonces que mis pulmones necesitan oxígeno y doy una bocanada.

No me hace falta verlo. Es él. Esa carcajada solo puede tener un dueño. Ese timbre de voz. Ese acariciar el aire con su boca. Su boca de fresa y bizcocho.

Me pongo en pie. Sin pensar muy bien qué es lo que voy a hacer, cojo la maleta y doy la vuelta hasta ponerme casi frente a él, que está muy concentrado susurrando al oído a su acompañante, sentada sobre su regazo. Me encuentro enferma. Mal. «¿Lo ves, Valeria?», me digo. Tiemblo, pero quiero ser fuerte. No tengo ninguna duda. Ha pasado mucho tiempo, pero es él. Debería irme. Vete, Valeria, corre en dirección contraria.

NO.

Quiero saludarlo, escucharlo… olerlo; aunque no encuentre ninguna razón lógica para hacerlo. Las vísceras, sin embargo, me empujan.

—Hola —susurro.

Él se aleja del cuello de su «amiga» en una reacción casi animal y se me queda mirando. Me reconoce al instante y se levanta de golpe, obligándola a levantarse también. Temo por ella, porque casi se cae al suelo.

—¿Eres tú? ¿De verdad eres tú? —balbucea.

Y tiene la misma voz que el día que lo conocí, hace nueve años. Y los mismos ojos, aunque ahora, cuando sonríe, se empiezan a adivinar las primeras arrugas a su alrededor. Tiene la misma sonrisa. Por un momento nos quedamos mirándonos, sin decir nada, hasta que me abraza contra su pecho. Es un abrazo torpe al principio que se torna intenso cuando me aprieta y nos notamos de verdad. Es… desesperado. Algo me azota por dentro.

Me violento, porque el abrazo que yo creía un fugaz gesto de cariño, se está alargando demasiado. Moralmente demasiado, no demasiado para mí. Hay algo dentro del pecho que me duele. Sus brazos siguen alrededor de mi cintura y los míos alrededor de su espalda. Lo huelo. Huele como siempre. A él, a su perfume de Chanel, a suavizante para la ropa y a su casa. Todo mi cuerpo reacciona porque no he olvidado su olor. Da igual el tiempo que pase; no creo poder olvidarlo jamás. Dios mío…, ¿por qué me estoy haciendo esto? Abro los ojos. Ella nos mira visiblemente incómoda también.

—Déjame verte —digo obligándolo a soltarme—. Estás exactamente igual.

Y lo está. Tan alto, tan moreno y tan guapo como siempre.

—Estoy más viejo —se ríe—. Ha pasado mucho tiempo. He cumplido cuarenta. ¿Te lo puedes creer?

Cuarenta. Quién lo diría. Parece un chiquillo. Aunque para chiquilla, su acompañante. No puedo evitar mirarla y él se ríe abiertamente. Me conoce bien.

—Esme, ven, que te presento a Valeria.

—Encantada —me dice con una sonrisa educada.

—Igualmente.

La miro. Tiene el pelo muy largo, castaño claro con un deje cobrizo y los ojos de color avellana. Hay algo que me recuerda… a mí. O quizá quiero que me recuerde a mí.

—¿Recuerdas el libro que te regalé…? Lo escribió ella —le dice.

—Espero que no fuera… —digo refiriéndome a mi breve experiencia con la autobiografía.

—No —me ataja él riéndose—. No era ese libro. Fue el siguiente.

Trago saliva y casi me duele. Creí que alejándome, mis libros podrían contar cosas nuevas, pero jamás he dejado de escribir sobre él. Uno escribe sobre las cosas que le duelen, que no siempre son las que ama. Él lo sabe, tengo la certeza.

—Voy a aprovechar para acercarme a por un café, así os ponéis al día. ¿Te traigo algo, cariño? —dice la jovencita dándole énfasis a la última palabra.

—Un café, gracias, mi amor.

Mi amor. Siento celos. Mi amor. A mí me susurró «te quiero, mi amor» mientras nos acostábamos. Fue una tarde, hace cosa de nueve años, en Menorca, cuando yo aún creía que con querer a alguien bastaba.

—¿Quieres el café solo? —pregunta ella a la vez que rebusca en su bolso.

—Con leche y dos de azúcar —le contesto yo con una sonrisa.

—Exacto —confirma él mirándome a mí, como si el hecho de recordar cómo toma el café me hiciera merecedora de toda su admiración.

Ella se despide y me dice eso de «encantada» pero intuyo que de lo que está encantada es de poder marcharse y ahorrarse un rato de sentirse violenta. Y lo siento porque, a pesar de todo, me ha caído bien.

Él se queda mirándola marchar, como si una certeza inquietante le hubiera cruzado la cabeza y después se gira a mirarme de nuevo, cambiando su expresión.

—Estás guapísima —me dice.

—No se puede competir con tu... chica. Perdona la indiscreción, pero ¿cuántos...?

—Veinticuatro —me dice con una sonrisa—. Tiene veinticuatro años.

No sabemos qué decir. Los dos estamos violentos ahora. Una voz dentro de mí me susurra que tuve razón...

—Pero bueno, dime, ¿qué tal todo? —digo rompiendo el hielo.

—Pues bien. Como siempre, a decir verdad. Creo que eres tú la que más cosas tendrá que contar. Enhorabuena por el premio.

—Muchas gracias. —Y noto que me arden las mejillas.

—He comprado cada uno de tus libros. Son realmente buenos. De verdad. Los he vivido como si fuesen mi vida.

Me muerdo la lengua para no decirle que todos mis personajes no dejan de tener algo suyo y que las historias no dejan de ocurrir en escenarios en los que nosotros nos quisimos. Pero no hace falta que lo haga. Él ya lo sabe, por eso me lo ha dicho. No es tonto; nunca lo fue. Es agradable comprobar que hay personas que no decepcionan.

Los dos nos callamos, mirándonos, empapándonos del otro. Cuántos cambios... y a la vez es la misma persona a la que quise con ceguera. Me duele pensar que todos esos matices nuevos se fueron formando poco a poco y que yo me los perdí. Me perdí las cosas que le hicieron reír lo suficiente como para marcar más las arrugas de expresión de sus ojos verdes. Me perdí lo que le dolió para volver su mirada mucho más dura. Me perdí a

Víctor de los treinta y cuatro a los cuarenta. Estará a punto de cumplir cuarenta y uno. Me perdí eso también.

Qué guapo es. Sigue siendo el hombre más guapo que veré nunca. Víctor a los cuarenta está casi más guapo que a los treinta y uno. Se ha dejado un poco de barba y los ojos le brillan como el cristal verde de una botella de cerveza de mi marca preferida. No puedo evitar pensar que, si las cosas hubieran marchado de otra manera, sería mi marido. O mi exmarido, quizá. O mi pareja. O mi expareja. Con Víctor nunca se sabe.

—¿Qué tal están tus amigas? Sigues viéndolas, ¿no? —me pregunta.

—Sí, claro. Cada vez que puedo. Tratamos de vernos una o dos veces al mes… Bueno, excepto a Lola, que la veo cuando puedo. Ya lo sabrás. Canadá nos pilla lejos.

—Yo intento llamarla cada dos semanas. Y… fui a verla hace unos meses.

—No me dijo nada.

—Ya, bueno. —Hace una pequeña mueca—. Creí que ese era el trato.

Nos quedamos callados. A los dos nos acaba de doler esa referencia a mi carta. No saber nada del otro, le dije.

—¿Qué tal Carmen y Nerea? —pregunta.

—Están genial. Carmen ya tiene cuatro niños y Nerea está embarazada otra vez. —Río nerviosa, pensando en si se habrá fijado en que yo también ando un poco más gordita que de costumbre, sobre todo en la zona del vientre. Estoy ya de cinco meses.

—¿Y tú? —me pregunta, metiendo las manos en los bolsillos.

—Pues…

Un ruido a mi espalda me ahorra tener que contestar. Es Bruno empujando un carrito de bebé donde balbucea María… o Maruxa, como la llama él cuando la riñe. No me pasa desapercibida la expresión en la cara de Bruno. Aprieta los dientes. Víctor nunca nos deja indiferentes a ninguno de los dos. Cuando se planta a nuestro lado, dibuja una sonrisa que debe hasta dolerle.

—Víctor, ¿te acuerdas de Bruno?

—Sí. Claro. ¿Cómo no voy a acordarme…? —Le tiende la mano.

Bruno se adelanta y le estrecha la mano.

—Hola, Víctor. Cuánto tiempo…

—Mucho.

—¿Dónde vas? —le pregunta Bruno como si tal cosa, señalando su maleta de mano.

—A República Dominicana.

—Mira, Valeria, lo que teníamos que haber hecho nosotros. Dejar al monstruo a mi madre e irnos por ahí a…

—No termines la frase —le pido con una sonrisa.

Los años no pasan por él para ciertas cosas…, esas cosas que me han hecho sentir tan cómoda, tan comprendida, tan amada…, tan feliz.

—¿Dónde vais vosotros? —pregunta Víctor.

—A Asturias —le digo—. De vuelta a casa. Venimos mucho a Madrid, por la familia, trabajo…

—Claro. De vuelta a casa, entonces… —murmura—. ¿Es tu hija? —pregunta con las cejas levantadas señalando a María.

—Sí, claro. —Me agacho, la desato y la cojo en brazos.

—Ten cuidado, cariño, que empieza a pesar —me dice Bruno, mirándome el vientre.

María se parte de risa porque sí cuando la acomodo en mis brazos y nos contagia a todos.

—Le gustan los hombres guapos —dice Bruno—. Ten cuidado o se te pegará cual lapa y tendrás que llevártela al Caribe. O mejor, ya nos vamos nosotros al Caribe y se la llevas tú a mis padres.

—Es calcada a ti —dice dirigiéndose a Bruno.

—Lo sé —reconoce él—. Menos mal que la mezcla con su madre ha mejorado la raza.

—Es más guapa que él —digo con tono jocosamente ofendido.

—Mujer, sí. También tiene algo tuyo. —Se ríe otra vez Víctor, haciéndole un arrumaco—. A decir verdad, es una preciosidad.

—Gracias —contesta Bruno.

La niña trata de echarse en brazos de Víctor y como no la dejo, se dedica a tirar de un mechón de mi pelo, que tiene agarrado en su manita regordeta.

—Bruno, cielo, ¿puedes cogerla?

—Pobre, le ponéis ahí el caramelito… ¿Eh, mi vida? Y luego no te dejan ni tocarlo.

María se nos queda mirando a Víctor y a mí y se echa a llorar a gritos de pronto. Está en esa edad. O quizá ella también siente esto… Bruno chasquea la lengua, se disculpa con una broma se aleja de nosotros, tratando de calmarla.

—¿Y tú? ¿No tienes niños? —le pregunto, escuchando en la lejanía a Bruno tararearle a María: «Asturias patria querida».

—No. —Víctor niega y se ríe.

—¿Y no quieres? Quizá algún día, ¿no?

—No creo. Bueno…, a decir verdad no puedo. Me… —Con los dedos índice y corazón hace un movimiento de tijera.

—Ohm… —Me sonrojo.

No me veo, pero sé que me estoy sonrojando mucho. Quizá porque lo he recordado desnudo encima de mí, besándome y penetrándome; corriéndose dentro de mí como ahora hace Bruno.

Víctor se echa a reír al ver mi expresión.

—Quizá tenías razón. Ser padre… siempre me ha dado miedo. Y nunca he encontrado a la persona adecuada.

—Aún —le replico.

—Cambia el aún por un «ya», nena.

—No entiendo —le digo. Y cómo me perturba su «nena».

—Ya nunca encontraré a esa persona adecuada. Hay trenes que pasan solamente una vez en la vida. Yo no hubiera podido hacerlo con nadie más que... contigo. Solo contigo.

—Víctor y yo nos mantenemos la mirada—. Dios... —murmura sin apartar sus ojos de los míos—. No estaba preparado para verte.

—No. Yo... tampoco.

—Cielo... —grita Bruno a unos treinta metros—. Van a empezar a embarcar.

Gracias a Dios.

—Bueno. —Me giro de nuevo hacia Víctor—. Ha sido un placer volver a verte. Dale recuerdos a tu familia.

—Mi madre me pregunta por ti de vez en cuando, ¿sabes? No se le olvida. —El corazón me da un vuelco—. Dice que nunca me va a perdonar no haber hecho todo lo que estuvo en mi mano para que te quedaras.

—No es..., no fue culpa tuya. Solamente...

—Sí lo es. Debería haberte pedido que te casaras conmigo. Ahora sé que eso te habría hecho reaccionar. Te habrías quedado.

Me miro las bailarinas. Me tiembla algo en la garganta. Sí me hubiera quedado, porque hubiera sido algo a lo que agarrarme. Se lo pedí. Me faltó suplicarle que me diera algo a lo que agarrarme. Pero me dejó sin nada tangible con lo que justificar la decisión de quedarme con él. Todo estaba en el aire y yo... me fui muerta de miedo de estropear mi vida al completo por creer unos susurros.

—Me alegro mucho de verte. Deberíamos... —se lo piensa un instante— deberíamos quedar algún día. A la vuelta.

—Sí, estaría bien —digo devolviendo la mirada a su cara y a sabiendas de que no es buena idea.

—Yo... —Mira hacia dónde está Bruno, agitando a María, que ya se ha calmado—. Yo me quedé con ganas de decirte que..., que solo guardo buenos recuerdos tuyos. Aunque te marcharas. Me costó mucho, pero...

—Ya. —Me río, avergonzada, recordando a Víctor prometiéndome que yo era lo único que él necesitaría de por vida.

—Nunca te guardé rencor —añade.

—Gracias —y lo digo porque no sé qué decir.

—Pero hay días que no consigo no guardármelo a mí mismo.

Los dos nos callamos otra vez y nos miramos sin decir nada. Sin sonreír. Sin no hacerlo. Víctor continúa:

—Me acuerdo de ti todos los días...

—No... —Bajo la mirada—. No sigas.

—¿Qué quieres que haga si lo hago? Todos los días cuando me levanto, cuando me acuesto y... siempre. Te busco en todas. La has visto, Valeria...

—Cállate... —le pido con todo el cariño que puedo.

Bufa y se frota la cara. Después parece decidido a relajar la conversación.

—Estás preciosa. Te sienta bien el embarazo.

—No sé qué decir, Víctor.

—Dime que eres feliz. —Y el tono en el que habla es como si no hubieran pasado siete años, como si volviéramos a estar juntos en la intimidad de una habitación de hotel en Valencia. O en su salón, hablando de terminar con lo nuestro o empezar de verdad. Es como si sintiéramos lo mismo y siguiéramos intentándolo.

—Víctor..., yo..., no es momento ni lugar, y yo...

—Solo dímelo.

A nuestro alrededor la vida se desarrolla con la normalidad de un aeropuerto en pleno agosto. La gente se encamina hacia las puertas de embarque, arrastra sus maletas, habla por teléfono… y Víctor y yo retrocedemos en el tiempo. Con la misma intensidad. Trago saliva.

—Soy feliz —le digo muy seria—. No es como lo nuestro, pero él me hace muy feliz.

Me mira con sus ojos verdes clavados en los míos. Una sonrisa muy tímida se asoma a su boca, pero de pronto es una sonrisa melancólica.

—Venga, vete.

—Sí, me voy…

Antes de irme nos damos otro abrazo torpe y lo huelo. Dios, cómo me duele. Nos separamos y, cuando empiezo a alejarme rodando la pequeña maleta de mano, Víctor me llama.

—Una pregunta —dice.

—Tú dirás.

—¿Aún lo guardas? El camafeo que te regalé por tu cumpleaños. ¿Aún lo guardas?

Miro a Bruno de reojo, que disimula la tensión a cien metros de nosotros, y después miro a Víctor.

—¿Guardas tú la carta y los cuadros de Rai? —le contesto con otra pregunta.

—Sabes de sobra la respuesta. —Y mete las manos dentro de los bolsillos de su pantalón vaquero.

Pero no le contesto porque no puedo decir nada que nos satisfaga a los dos. Y lo sabemos. Es mejor dejarlo estar.

—¿Sigues teniendo el mismo número de teléfono?

—Sí —asiento.

—Te llamaré. No sabes las veces que he pensado en hacerlo. Pero esta vez no lo pensaré; solo lo haré, ¿vale?

Y lo hará. Lo sé. Me llamará. Seré yo quien no coja la llamada. Al menos sé que no debo hacerlo. No quiero que me odie, pero no puedo tenerlo en mi vida.

Cuando me voy, me cruzo con su acompañante. Es una chica bonita y dulce que lo busca con la mirada y sé que se muere por abrazarlo y quitarse de la cabeza la imagen de Víctor abrazando a otra. Pobre. Otra que morderá el polvo. Nadie puede enamorarse de Víctor sin perder la apuesta. Da igual lo joven que sea, lo perfecto que sea su cuerpo o lo bien que se mueva en la cama. Porque no será su culpa. Víctor busca algo que no existe; incluso en mí. Busca una oportunidad perdida, algo que ya voló.

Cuando llego al lado de Bruno, tengo los sentidos embotados, un nudo en la garganta y la cabeza llena de imágenes de Víctor con esa chica. La ha llamado «mi amor». Y no puedo dejar de imaginarlo llevándola a la misma cama donde me confesó que me quería por primera vez. ¿Cuánto tiempo llevarán? ¿Se sentirá suya? ¿Lo amará? ¿Qué habría sido de mi vida si le hubiera dicho que sí a Víctor?

Miro de reojo a Bruno y él me tiende a nuestra hija.

—Sujétala un segundo, cariño. Pero cuidado, no te la apoyes en la barriga.

Bruno…, sé lo que supuso decirle que sí a él. Me ha hecho feliz. Lo quiero. En sus brazos me pierdo y me retuerzo y nunca conseguí ser tan transparente con nadie más que con él. Me ha dado una hija. Me ha dado una vida plácida y divertida. Me ha dado amor, sexo, complicidad. Yo sé que lo quiero, porque cuando se lo digo mirándolo a los ojos, siento que ese sentimiento me explota dentro y que por mucho que se lo diga jamás voy a alcanzar ni una décima parte de lo que de verdad hay entre nosotros.

Pero Víctor es diferente. Con Víctor todo es diferente. ¿Qué es…? ¿Quién es…?

Antes de cruzar la puerta de embarque con mi hija en brazos miro hacia atrás; no puedo evitarlo. Bruno está tratando de plegar la silla de María y de arrastrar nuestra maleta de mano a la vez, así que mi mirada le pasa desapercibida. Víctor está de pie mientras su chica lo mira, sentada frente a él. Y lo único que siento en ese momento es pena por ella, porque debe de ser plenamente consciente de que Víctor solo me mira a mí.

Y al darle la espalda…, lo sé. No sé decir por qué tengo esa certeza, pero es absoluta. Lo sé. Sé que cree que lo nuestro no ha terminado. Sé que le da igual que tenga una hija de otro y que esté embarazada de nuevo. Víctor está seguro de que volverá a pasar, que nos veremos otra vez y que un día, sin saber muy bien si por los viejos tiempos o porque en realidad lo sentimos, nos alcanzará de nuevo aquella corriente. Y la chispa saltará. Y volveremos a complicarnos la vida.

Víctor sería capaz de volver a dejarlo todo por mí, aunque después no diera la talla con las responsabilidades; aunque se agobiara y después de romperlo todo, regresara a su vida de siempre. Porque Víctor no aceptará nunca que algo no esté a su alcance.

Al girarme, Bruno sujeta con los dientes la bolsa que llevamos enganchada al carro de la niña y lo está plegando con una pierna. No puedo evitar reírme y él se contagia, dejando caer al suelo la bolsa con un montón de pañales, toallitas y demás. Una chica nos ayuda a recogerlo y Bruno sigue riéndose. Le palmeo el trasero y vamos hasta la cabina del avión, donde una azafata nos indica cuáles son nuestros asientos y nos ayuda a colocar el carro donde no moleste.

Una vez sentados, Bruno sienta a Maruxa en sus rodillas y le enseña cosas por la ventanilla, diciendo tonterías que la pobre niña ni entiende, pero con las que se ríe. Un poco meditabunda paso una mano sobre el espeso pelo negro de mi hija y miro a Bruno. Descubro que también me está mirando. Le sonrío y le doy un beso en la cabecita a María. Después él me besa a mí y nuestra hija se muere de la risa, como siempre que lo hacemos.

—¿Estás bien? —me pregunta.

—Claro. ¿Por qué no iba a estarlo?

No dice nada.

—¿La llevas tú en las rodillas o me la siento yo?

—Lo que quieras —le contesto.

Se concentra unos minutos en abrochar un cinturón especial para la niña junto con el suyo. Maruxa se ríe haciendo gorgoritos y yo le acaricio el pelito suave y le hago cosquillitas en el cuello. Bruno apoya la espalda en el asiento y echa fuera de su pecho un suspiro hondo.

—Sé que te remueve cosas —confiesa de pronto.

—¿Cómo?

—Víctor. Sé que te remueve cosas.

—Sí, claro que me las remueve. —Suspiro. Es inútil mentirle—. Pero tomé las decisiones que tomé por algo, Bruno.

Me besa en la frente, consciente como lo soy yo de que la única manera de mantener el equilibrio es apartándolo de nosotros. Yo no sé si querría al Víctor de ahora, pero sé que quiero al Víctor que fue, porque una parte de mí siempre le ha sido fiel.

Bruno me toca el vientre y yo fijo la mirada en su mano. Suspiro. De pronto me cruza la memoria el recuerdo de mis primeros meses en Asturias, de la decisión de casarnos en el juzgado sin demasiada ceremonia, de lo feliz y tranquilo que es mi día a día, de las noches en la cama, abrazados, de las charlas antes de dormir, del sexo que cada año es mejor y más intenso, de lo mucho que nos costó tomar la decisión de ser padres y tener que compartirnos. El nacimiento de Maruxa. Y Aitana, a la que siento y quiero como parte de mi familia.

Después recuerdo a Víctor, y… se me ha olvidado por qué lo quiero aún en ese espacio pequeño y oscuro que guardo escondido. ¿Hay razones para hacerlo? Alguna habrá. Ya se sabe, el corazón tiene motivos que la razón no entiende, como dice Carmen.

Cuando levanto la mirada, Bruno me mira con el ceño ligeramente fruncido. Le acaricio la cara.

—¿Eres feliz?

—Claro que lo soy. —Le sonrío, sorprendida de que me pregunte lo mismo que Víctor—. Mira lo que hemos hecho juntos.

Los dos miramos a María, que juguetea con algo que le ha dado su padre.

—Déjame que te pida algo antes de que despegue el avión —susurra Bruno.

—Lo que quieras…

—Deja a esa Valeria ahí abajo. No me avergüenza confesar que me mata el miedo de que te marches con él.

Me río y niego con la cabeza.

—Esa Valeria ya no existe, cariño.

Cuando el avión despega nos cogemos fuertemente de la mano. Cierro los ojos y me digo a mí misma que tomé la decisión adecuada.

Yo no sé si querría al Víctor de ahora, pero sé que quise al Víctor que fue. Con el recuerdo tengo suficiente. Ahora mi vida es otra. Ahora por fin, mi vida es mía.

Agradecimientos

Esta vez no quiero extenderme. Quiero dar las gracias a todos los que han participado de una u otra manera en el proyecto que cerramos con este libro. Gracias por hacer mi sueño realidad.

A todas las personas de Suma de Letras que trabajaron en Valeria, gracias por hacer de cada detalle algo perfecto. Gracias, Ana, porque trabajar contigo siempre, desde el primer día, ha sido un placer.

A todas las personas que se han alegrado por mí de corazón. Gracias a todos ellos me he sentido querida y arropada; capaz.

Y gracias a mi familia, a mi marido y a mi familia política, en quienes tengo a mis mayores fans.

Biografía

Elísabet Benavent (Valencia, 1984) es licenciada en Comunicación Audiovisual por la Universidad Cardenal Herrera CEU de Valencia y máster en Comunicación y Arte por la Universidad Complutense de Madrid. Ha trabajado en el Departamento de Comunicación de una multinacional.

Su pasión es la escritura. La publicación de sus libros *En los zapatos de Valeria, Valeria en el espejo, Valeria en blanco y negro, Valeria al desnudo, Persiguiendo a Silvia, Encontrando a Silvia, Alguien que no soy, Alguien como tú, Alguien como yo, El diario de Lola, Martina con vistas al mar, Martina en tierra firme, Mi isla, La magia de ser Sofía, La magia de ser nosotros, Este cuaderno es para mí, Fuimos canciones, Seremos recuerdos, Toda la verdad de mis mentiras* y *Un cuento perfecto* se ha convertido en un éxito total de crítica y ventas con más de 2.000.000 de ejemplares vendidos.

Sus novelas se venden en diez países y los derechos audiovisuales de la «Saga Valeria» han sido adaptados por Netflix, que en la primavera de 2020 emitirá la serie en más de 190 países. En la actualidad se ocupa de la familia Coqueta y está inmersa en la escritura.

www.betacoqueta.com
 @BetaCoqueta

Este libro se publicó
en el mes de junio de 2020